SUSAN WIGGS

Mapa del corazón

Editado por Harlequin Ibérica.
Una división de HarperCollins Ibérica, S.A.
Núñez de Balboa, 56
28001 Madrid

© 2017 Susan Wiggs
© 2018 Harlequin Ibérica, una división de HarperCollins Ibérica, S.A.
Mapa del corazón, n.º 163 - 1.7.18
Título original: Map of the Heart
Publicado originalmente por HarperCollins Publishers LLC, New York, U.S.A.

Todos los derechos están reservados, incluidos los de reproducción total o parcial en cualquier formato o soporte.
Esta edición ha sido publicada con autorización de HarperCollins Publishers LLC, New York, U.S.A.
Esta es una obra de ficción. Nombres, caracteres, lugares, y situaciones son producto de la imaginación del autor o son utilizados ficticiamente, y cualquier parecido con persona, vivas o muertas, establecimientos de negocios (comerciales), hechos o situaciones son pura coincidencia.

® Harlequin, HQN y logotipo Harlequin son marcas registradas por Harlequin Enterprises Limited.
® y ™ son marcas registradas por Harlequin Enterprises Limited y sus filiales, utilizadas con licencia. Las marcas que lleven ® están registradas en la Oficina Española de Patentes y Marcas y en otros países.
Imagen de cubierta utilizada con permiso de Shutterstock, Inc.

I.S.B.N.: 978-84-9188-403-3
Depósito legal: M-14284-2018

Para mi marido, Jerry: por todos los viajes que hemos hecho, por todos los momentos de inspiración, por perderte conmigo en caminos perdidos, por las interminables divagaciones y fantasías, por saber que el mejor viaje de la vida es el que te lleva a casa.

Tú eres la mejor aventura que he tenido.

PRIMERA PARTE

Bethany Bay

Gracias por todos los Actos de Luz que embellecieron un verano que aún pervive en el recuerdo.

CARTA DE EMILY DICKINSON
A LA SEÑORA JOHN HOWARD SWEETSER

Capítulo 1

De los cinco pasos del revelado de un carrete, cuatro debían hacerse en una completa oscuridad. Y, en el cuarto de revelado, el control del tiempo lo era todo. La diferencia entre la sobreexposición y la falta de exposición era, muchas veces, cuestión de una fracción de segundo.

A Camille Adams le gustaba aquella precisión. Le gustaba la idea de tener bajo control un buen resultado con el adecuado equilibrio entre los químicos y la exactitud del tiempo.

No podía haber luz en la habitación, ni siquiera una luz de emergencia roja o ámbar. «Camera obscura» era la expresión latina de «cámara oscura» y, cuando ella era joven, había hecho grandes esfuerzos para perfeccionar su oficio. Su primer cuarto de revelado, su primera «cámara oscura», había sido un armario que olía al perfume de *frangipane* de su madre y a las botas de pescar de su padrastro, aderezado con el salitre de Chesapeake. Rellenaba todas las grietas con burlete y cinta de carrocero para cerrar cualquier posible entrada de luz. Incluso la más fina grieta, del grosor de un cabello, podía velar los negativos.

Los carretes antiguos eran una obsesión suya, sobre todo, ahora que las imágenes digitales habían sustituido a la película fotográfica. Adoraba la emoción que le causaba abrir una puerta al pasado y ser la primera en mirar. A menudo, mientras trabajaba con un carrete antiguo o con un rollo de película, intentaba imaginarse a la persona que se había tomado la molestia de sacar la cámara y hacer fotos o una película capturando un momento espontáneo o una pose elaborada. Para ella, el cuarto de revelado, aún en completa oscuridad, era el único sitio donde podía ver con claridad, el lugar en el que se sentía más competente y con más dominio de la situación.

El proyecto de aquel día consistía en restaurar un carrete de treinta y cinco milímetros hallado por un cliente a quien ella no conocía, un profesor de Historia llamado Malcolm Finnemore. El carrete le había sido entregado por mensajería desde Annapolis, y las instrucciones que se encontraban en el interior del paquete indicaban que necesitaba una devolución rápida. Su trabajo consistía en revelar la película, digitalizar los negativos con el escáner, positivar las fotografías y enviar los archivos por correo electrónico. El servicio de mensajería volvería a las tres para recoger los negativos originales y las hojas de contacto.

Camille no tenía problemas con los plazos. No le afectaba la presión. La obligaba a ser lúcida y organizada. La vida funcionaba mejor de esa manera.

Ya tenía preparados los líquidos para revelar. Había calculado con precisión las cantidades y las había medido cuidadosamente. No necesitaba la luz para saber dónde estaban, perfectamente alineados, como si fueran instrumentos en la bandeja de un cirujano. Líquido de revelado, baño de paro, fijador y líquido de aclarado. Sabía cómo manejarlos con suma delicadeza. Cuando la película estuviera revelada y seca, ella inspeccionaría el resultado. Le encantaba aquella parte de su trabajo: ser la que descubriera tesoros perdidos y encontrados, abriendo cápsulas olvidadas con un solo acto luminoso.

Algunos, entre los que estaba su difunto marido, Jace, consideraban que la fotografía era un pasatiempo. Ella, sin embargo, sabía cuál era la realidad. Con solo mirar un grabado de Ansel Adams –que no tenía relación alguna con Jace– era suficiente para saber que en el cuarto de revelado se podía hacer arte. Detrás de cada fotografía ya terminada había docenas de intentos, hasta que Adams encontraba los ajustes perfectos.

Camille nunca habría sabido lo que había en aquel viejo carrete si el tiempo y los elementos no lo hubieran estropeado. Tal vez el profesor lo había encontrado en los archivos del Smithsonian o en algún almacén de la biblioteca de Annapolis. Ella quería hacerlo bien, porque el negativo del carrete que estaba introduciendo cuidadosamente a la espiral de revelado podría ser un hallazgo importante. Podría contener retratos de personas que no había visto nadie, o paisajes que habían cambiado hasta resultar irreconocibles, o la captura de un momento del tiempo que ya no existía en el mundo.

Por otra parte, podía ser una escena prosaica, un picnic familiar, la imagen genérica de una calle, la fotografía de un desconocido a quien no era posible identificar... Tal vez fuera la fotografía de un difunto al que su viuda quería ver una vez más. Camille recordaba la alegría y la tristeza que había experimentado ella al mirar fotografías de Jace después de su muerte. Las últimas fotos que le había hecho seguían en la oscuridad, en un carrete que aún estaba en su cámara Leica, su favorita. No había vuelto a tocarla desde que lo había perdido.

Ella prefería trabajar con películas de perfectos desconocidos. La semana anterior le habían enviado una colección de negativos de nitrato de celulosa en un estado muy precario. El tiempo y el descuido habían pegado unas imágenes con otras. Después de varias horas de trabajo minucioso, había conseguido separarlas, quitar el moho y fijar las capas de las imágenes, revelando de ese modo algo que había visto el ojo de la cámara hacía casi un siglo: la única fotografía conocida de una especie de pingüino ya extinguido.

En otra ocasión, había conseguido revelar una serie de negativos de retratos hechos a Bess Truman, una de las primeras damas más alérgica a la cámara de todo el siglo xx. Hasta la fecha, el proyecto con el que había logrado más atención había sido la fotografía de un asesinato por encargo, porque había servido para absolver a título póstumo a un hombre ejecutado por un crimen que no había cometido. La prensa nacional le había concedido el mérito de resolver un caso muy antiguo, pero, para ella, saber que habían ahorcado a un hombre inocente mientras que el verdadero asesino había tenido una larga vida era un éxito agridulce.

Puso en marcha el temporizador digital y se preparó para comenzar con la alquimia especial del cuarto de revelado.

Sin embargo, el sonido del teléfono, que estaba junto a la puerta, interrumpió el momento. No podía tener el teléfono dentro del cuarto de revelado a causa de la luz del piloto que se encendía cuando sonaba, así que ponía el volumen al máximo para oír los mensajes que le dejaban en el buzón. Desde que a su padre le habían diagnosticado un cáncer, a ella se le aceleraba el pulso cada vez que llamaba alguien.

Esperó unos segundos mientras se reprendía a sí misma por el sentimiento de pánico. La enfermedad de su padre había remitido, aunque los médicos no les habían dicho cuánto iba a durar aquel tiempo de gracia.

—Soy Della McClosky, del Centro Médico Henlopen. Quisiera hablar con Camille Adams. Su hija Julie está en la sala de urgencias...

Julie. Camille abrió la puerta de par en par y tomó el

teléfono. La lata de la película cayó al suelo. El miedo le había disparado la adrenalina por todo el cuerpo.

–Hola, soy Camille. ¿Por qué está en urgencias Julie?

–Señora, su hija ha venido en ambulancia desde el Club de Surf de la Bahía de Bethany. Ahora está consciente. Está incorporada y habla. El entrenador Swanson está con ella. Una corriente la arrastró durante la clase de salvamento de surf, y ella aspiró agua. El médico le está haciendo un reconocimiento.

–Voy para allá.

Salió por la puerta trasera, bajó de un salto los escalones del porche y corrió hacia el coche. No pensó, tan solo actuó. Cuando alguien te llamaba para decirte que tu hija estaba en urgencias, no había tiempo de pensar. Lo único que sentía era un miedo indescriptible que le atenazaba el pecho.

Salió derrapando por la carretera y giró en la rotonda del faro, que estaba al final de su calle. El centinela que dominaba la bahía llevaba un siglo avisando a los navegantes de la presencia de aquellos bajíos rocosos.

La radio del coche estaba encendida. Estaban emitiendo noticias sobre surf comentadas por Crash Daniels, el dueño del Surf Shack.

–Ya ha llegado el verano, amigos, se nota en el ambiente. Toda la península de Delmarva disfruta de una temperatura que ronda los treinta grados centígrados, y el mar está deslumbrante. El invierno se ha ido de Bethany Bay...

Apagó la radio. El pánico que sentía por su hija hacía necesario que mantuviera una concentración absoluta. ¿Qué demonios estaba haciendo Julie en una clase de salvamento de surf? Ni siquiera era una de sus asignaturas obligatorias, sino una clase de Educación física opcional que se les ofrecía a los estudiantes del noveno curso. Ella le había prohibido a Julie que asistiera, aunque Julie se lo había rogado. Era demasiado peligroso. Las corrientes de la parte de la península que daba al océano eran muy peligrosas. Sin embargo, no le causaba ninguna satisfacción tener razón. Sintió tanto horror al pensar en que el mar había arrastrado a Julie, que tuvo ganas de vomitar.

—Tranquila —se dijo—. Respira hondo. Te han dicho que Julie está consciente.

Sin embargo, Jace también estaba consciente antes de que lo perdiera para siempre, hacía cinco años, cuando estaban haciendo un viaje de segunda luna de miel. Pensó en todo aquello sin poder evitarlo. Aquel era el motivo por el que no le había firmado a Julie la autorización para que participara en el salvamento de surf. No sobreviviría a otra pérdida.

Ella había tenido una vida maravillosa, sin saber que la desgracia podía cebarse con cualquiera sin previo aviso. Durante su idílica infancia en Bethany Bay había sido tan salvaje y despreocupada como los pájaros que sobrevolaban aquel enclave al borde del Atlántico. Ella misma había sido una experta en salvamento de surf. Se animaba a todos los escolares a que hicieran aquel curso, que requería una buena forma física, porque en una población rodeada de mar en tres de sus cuatro límites, era obligatorio tener conocimientos en materia de seguridad. La playa era un gran atractivo y las olas que rompían en ella eran especialmente indicadas para practicar el surf, y los jóvenes debían entrenarse en el arte del salvamento con tablas especiales de remo. Aquella era una tradición de la bahía de Bethany. Cada mes de mayo, aunque el agua aún estuviera helada de las corrientes del invierno, el departamento de Educación Física ofrecía aquellas clases tan exigentes.

Cuando tenía catorce años, ella no era consciente de los peligros del mundo. Había llegado muy pronto a ser la primera de su grupo de salvamento y había ganado la competición anual en tres ocasiones consecutivas. Recordaba lo alegre y segura que se había sentido con cada una de aquellas victorias. Todavía recordaba el gozo de luchar contra las olas bajo el sol y vencer, y de reírse con sus amigas embriagada por la satisfacción suprema de conquistar los elementos. Al final del curso siempre hacían una hoguera en la playa, y los entrenadores de salvamento de surf seguían manteniendo aquella tradición para que los niños formaran vínculos duraderos compartiendo aquella experiencia. Ella quería que Julie también viviera todo aquello, pero su hija era distinta.

Hasta hacía cinco años, ella había sido una adicta a la adrenalina. Hacía surf, kitesurf, escalada... cualquier cosa que pudiera proporcionarle una emoción profunda. Jace era su compañero perfecto, porque él también era un amante de la aventura.

Aquellos días habían pasado. Ella había cambiado debido a la tragedia. Se había vuelto cautelosa en vez de intrépida, temerosa cuando antes se atrevía a todo y contenida cuando antes era desenfrenada. Consideraba que el mundo era un lugar lleno de peligros para aquellos que fueran tan tontos como para arriesgarse. Todo lo que amaba era frágil para ella, y sabía que podía perderlo tan rápidamente como había perdido a Jace.

Julie había asimilado la muerte de su padre con la inocencia estoica de una niña de nueve años, sufriendo silenciosamente y, al final, aceptando el hecho de que su mundo ya nunca sería igual. La gente había alabado su templanza y ella se había sentido agradecida por tener un motivo por el que debía seguir adelante con su vida.

Sin embargo, cuando Julie le había llevado a casa la autorización para hacer el curso de salvamento de surf, ella no la había firmado. Habían tenido discusiones. Había habido lágrimas, pataleos y lloreras sobre la cama. Julie la había acusado de querer sabotear su vida.

Camille sabía que estaba limitando el avance de su hija, pero también sabía que estaba alejando a Julie de los peligros. Quería que su hija experimentara en el instituto la misma diversión y camaradería que ella, pero Julie tendría que encontrar todo eso a través de actividades más seguras. Parecía que se las había arreglado para entrar en la clase de salvamento de surf, seguramente, con el viejo ardid de falsificar la firma de la autorización materna.

Había pocas fuerzas más grandes que la determinación de una chica de catorce años cuando quería algo. Una adolescente no iba a detenerse ante nada con tal de salirse con la suya.

Ella debería haber estado más atenta. En vez de concentrarse absolutamente en su trabajo, debería haber vigilado más a su hija, y se habría dado cuenta de que Julie tramaba algo, de que se iba a clase de salvamento de surf en vez de ir a jugar al balón prisionero, o a la sala de estudio, o a cualquier otra actividad que no fuera aquel curso de la playa.

Cuando Jace vivía, los dos se habían cerciorado de que Julie se convirtiera en una gran nadadora. A los ocho años, la niña ya sabía cómo funcionaba la resaca, y lo que tenía que hacer para sobrevivir si se veía atrapada en alguna corriente: nadar suavemente para mantenerse a flote, mantenerse paralela a la costa y no luchar contra ella. Jace se lo había explicado todo. Las corrientes de resaca volvían a los tres minutos, así que no había que dejarse llevar por el pánico.

Últimamente, sin embargo, dejarse llevar por el pánico era su especialidad.

Camille buscó a tientas en el interior de su bolso, sin apartar los ojos de la carretera. Tocó la cartera, el bolígrafo, la chequera, un peine, unos caramelos... pero no encontró el teléfono. Se lo había dejado en casa al salir corriendo hacia el hospital.

El hospital, donde habían llevado a su hija herida mientras ella estaba escondida en el cuarto de revelado, ignorando el resto del mundo. Con cada pensamiento negativo, apretaba un poco más el acelerador, hasta que se dio cuenta de que circulaba a ochenta kilómetros por hora en una zona en la que el límite de velocidad era de cincuenta. No frenó. Si la paraba la policía, le pediría que la escoltaran.

Las palabras «por favor» reverberaron por su cabeza. Rogó que no le ocurriera nada a Julie. Por favor, a Julie, no.

Catorce años, inteligente, divertida, maniática... Julie era su mundo. Si le ocurría algo, el mundo terminaría para ella. «Yo dejaría de existir», pensó, con una certidumbre absoluta.

La carretera de la costa dividía en dos la extensión de terreno llano que había entre la bahía de Chesapeake y la inmensidad del océano Atlántico. La bahía estaba bordeada de dunas de arena que acogían colonias de pájaros nativos, y se curvaba hacia el interior, recibiendo el embate de las olas del Atlántico y formando una de las mejores playas de surf de la costa este. Allí, en aquella maravillosa playa de arena blanca que atraía el turismo año tras año, había ocurrido el accidente de Julie.

Camille volvió a acelerar. Cinco minutos después, entró en el aparcamiento del hospital. Aquel lugar tenía recuerdos lejanos y recientes para ella. Salió de un salto del coche y fue directamente a la recepción.

–Julie Adams –le dijo a la recepcionista–. La han traído de clase de salvamento de surf.

La recepcionista consultó la pantalla del ordenador.

–Área de cortinas siete –le dijo–. Después de girar, a la derecha.

Ella sabía dónde estaba. Dejó atrás la gran pared del homenaje al doctor Jace Adams. Siempre que veía aquel muro, los recuerdos le causaban una aguda punzada de dolor en el corazón.

Echaba de menos al padre de Julie todos los días, pero, sobre todo, cuando estaba asustada. Otras mujeres podían contar con sus maridos cuando se producía un desastre, pero ella, no. Ella solo podía acudir a sus recuerdos. Había perdido encontrado y perdido al amor de su vida en un abrir y cerrar de ojos. Jace permanecería para siempre entre las sombras de su memoria, demasiado lejano como para reconfortarla cuando estaba aterrada.

Que era casi todo el tiempo.

Se acercó a toda prisa a la zona de los compartimentos. Estaba desesperada por ver a su hija. Atisbó su pelo rizado y negro y una mano delicada que colgaba de una camilla.

—Julie —dijo, cuando estuvo al lado de la cama con ruedas.

Los otros presentes se apartaron para que pudiera acercarse. Fue una pesadilla ver a su hija conectada a los monitores y rodeada de personal médico. Julie estaba sentada con un collarín en el cuello, con varias cintas impresas alrededor de la muñeca y una vía en el brazo. Y con cara de estar muy molesta.

—Mamá —dijo—. Estoy bien.

Aquello era lo que necesitaba oír. La voz de su hija, diciéndole aquellas palabras. Sintió un alivio casi insoportable.

—Cariño, ¿cómo estás? ¿Qué ha pasado? Cuéntamelo todo —dijo, y devoró a su hija con los ojos para comprobar si estaba pálida o si estaba sufriendo algún dolor. No, en realidad, no. Lo que tenía era la típica expresión adolescente de exasperación.

—Como ya he dicho, estoy bien —respondió, poniendo los ojos en blanco.

—Señora Adams, soy el doctor Solvang. Yo he atendido a Julie –le dijo un médico vestido con el traje verde y la bata blanca del hospital, que se había acercado a ellas.

Como buen médico de urgencias, el doctor Solvang le explicó lo sucedido con calma, metódicamente. La miró a los ojos y habló con frases cortas y claras.

–Julie ha dicho que se cayó de la tabla de salvamento cuando intentaba rodear una boya remando de rodillas, durante un ejercicio de velocidad. Una corriente la zarandeó, ¿no es así, Julie?

–Sí –murmuró ella.

–¿Te refieres a la resaca? –le preguntó Camille, y le lanzó una mirada fulminante al entrenador, que estaba un poco alejado y tenía una expresión vacilante. ¿Acaso él no la estaba vigilando? ¿Acaso la primera lección de salvamento de surf no era evitar las corrientes de resaca?

–Pues parece que sí –respondió el médico–. El entrenador Swanson pudo llevar a la orilla a Julie. En ese momento, ella estaba inconsciente.

–Oh, Dios mío –murmuró Camille. No podía soportar aquella imagen–. Julie... no lo entiendo. ¿Cómo ha podido suceder esto? Ni siquiera debías estar en clase de salvamento de surf –dijo, y tomó aire–. Hablaremos de eso más tarde.

–El entrenador la llevó a la orilla y le hizo la respiración boca a boca. Consiguió que Julie expulsara toda el agua que había aspirado. Ella recuperó el conocimiento inmediatamente. Después, la trajeron aquí y le hicimos un reconocimiento.

–Entonces, está diciendo que mi hija se ahogó.

–Me di un golpe y me caí de la tabla, nada más.

–¿Cómo? ¿Que te diste un golpe? Dios mío...

–Bueno, me caí... –dijo Julie, mirando alrededor por el cubículo.

–La contusión se le curará perfectamente por sí sola –dijo el doctor Solvang.

—¿Qué contusión? —preguntó Camille. Tuvo ganas de agarrar al médico por la solapa y zarandearlo—. ¿Se golpeó la cabeza?

Le tocó la barbilla a Julie, buscando la herida entre los rizos oscuros de su hija, que estaban llenos de salitre. Tenía un chichón al borde del pelo, sobre un ojo.

—¿Cómo te golpeaste la cabeza?

Julie apartó la mirada. Se tocó el pelo ligeramente, por encima de la sien.

—Le hemos hecho una revisión neural cada diez minutos —le dijo la enfermera a Camille—. Todo es normal.

—¿No llevabas casco? —le preguntó Camille a Julie—. ¿Cómo te has hecho una contusión?

—Mamá, no lo sé, ¿de acuerdo? Pasó todo muy rápido. Por favor, deja de agobiarte.

Lo del malhumor de Julie era algo nuevo. Ella había empezado a notarlo un poco antes, durante el curso escolar. En aquel momento, el malhumor le pareció una señal esperanzadora, porque significaba que se sentía normal.

—Y ahora, ¿qué? —le preguntó Camille al médico—. ¿Va a ingresarla?

Él sonrió y negó con la cabeza.

—No es necesario. Ya están preparados los papeles del alta.

Ella volvió a sentir un gran alivio.

—Necesito un teléfono. Se me ha olvidado el mío en casa, y tengo que llamar a mi madre.

Julie le señaló su bolsa de deportes del equipo de las Barracudas de Bethany Bay.

—Toma el mío para llamar a la abuela.

Camille lo encontró y marcó el número de su madre.

—Hola, nena —dijo Cherisse Vandermeer—. ¿Ha terminado antes hoy el colegio?

—Mamá, soy yo —dijo Camille—. Te llamo con el teléfono de Julie.

—Ah, creía que ibas a estar en el cuarto de revelado todo el día.

El cuarto de revelado. Camille se acordó de algo que había hecho muy mal, pero se lo apartó de la cabeza para dedicarse al asunto más inmediato.

—Estoy en el hospital —le dijo a su madre—. Julie está en urgencias.

—Oh, Dios mío. ¿Está bien? ¿Qué le ha pasado?

—Ahora está bien. Ha tenido un accidente en la clase de salvamento de surf. Yo acabo de llegar aquí.

Se oyó un jadeo de horror.

—Voy ahora mismo.

—Estoy bien, abuela —dijo Julie, para que Cherisse lo oyera—. Pero mamá está muy agobiada.

Entonces, Camille oyó un suspiro profundo al otro lado de la línea.

—Seguro que se va a poner bien. Os veo en diez minutos. ¿Te han dicho qué...?

La llamada se cortó. Tan al sur de la península había muy mala cobertura.

Por primera vez, Camille miró por toda la zona de cubículos. Había llegado el director, Drake Larson. Drake, su exnovio, tenía un aspecto muy profesional, con una camisa de cuadros y una corbata, y con un pantalón de pinzas. Sin embargo, tenía manchas de sudor en las axilas, y eso indicaba que no se sentía precisamente tranquilo.

Drake debería haber sido perfecto para ella, pero, no hacía demasiado tiempo, ella había tenido que admitir, primero para sí misma y después ante Drake, que su relación había terminado. Sin embargo, él todavía la llamaba, y seguía dándole a entender que quería verla. Y ella no quería herir sus sentimientos rechazándolo.

Durante meses, había intentado querer a Drake. Era un buen tipo, caballeroso y bondadoso, guapo y sincero. Pero, a pesar de sus esfuerzos, no había chispa, no existía el sentimiento de que fueran el uno para el otro. Ella se había dado cuenta, con una sensación de derrota, de que nunca iba a llegar a aquel punto con él. Estaba resignada a cerrar aquel corto y predecible capítulo de su vida amorosa, que carecía de interés. Romper con él había sido un ejercicio de diplomacia, porque era el director del instituto de su hija.

—Y cuando la resaca arrastraba a mi hija mar adentro, ¿dónde estaba usted? —preguntó, lanzándole una mirada de acusación al entrenador Swanson.

—En la playa, dirigiendo los ejercicios.

—¿Y cómo se golpeó la cabeza? ¿Vio cómo ocurría?

Él movió los pies contra el suelo.

—Camille...

—Así que no, no lo vio.

—Mamá —dijo Julie—. Ya te he dicho que fue un accidente tonto.

—No tenía permiso para ir al curso —dijo Camille, y se volvió hacia Drake—. ¿Quién es el encargado de comprobar las autorizaciones?

—¿Es que no llevó la autorización? —le preguntó Drake al entrenador.

—Tenemos una archivada —respondió Swanson.

Camille se giró hacia Julie y la miró con severidad. La niña tenía las mejillas muy sonrojadas y parecía que estaba avergonzada. Sin embargo, Camille percibió algo más en sus ojos. Una mirada desafiante.

—¿Y cuánto tiempo lleva sucediendo esto? —preguntó.

—Esta era la cuarta clase —dijo el entrenador—. Camille, lo siento muchísimo. Sabes que Julie es muy importante para mí.

—Es lo más importante del mundo para mí, y ha estado a punto de ahogarse —dijo Camille, y miró a Drake—. Te llamaré para aclarar lo de la autorización. Ahora, lo que quiero es llevarme a mi hija a casa.

—¿Puedo ayudar en algo? —preguntó Drake—. Julie nos ha dado un buen susto a todos.

Camille tuvo la fea sensación de que Drake estaba pensando en las palabras «responsabilidad extracontractual» y «demanda».

—Mira —dijo—, no estoy enfadada, solo estoy aterrada. Julie y yo nos sentiremos mejor cuando lleguemos a casa.

Los dos hombres se marcharon después de que ella les prometiera que les enviaría un mensaje más tarde para decirles cómo iba todo. Una enfermera les estaba explicando las precauciones y procedimientos que debían observar después del alta cuando llegó la madre de Camille.

—Los rayos equis han revelado que tiene los pulmones completamente limpios —dijo la enfermera—. Como medida de precaución, haremos un seguimiento para asegurarnos de que no se le desarrolla una neumonía.

—¡Neumonía! —exclamó Cherisse.

La madre de Camille estaba en la década de los cincuenta, pero parecía mucho más joven. La gente siempre decía que madre e hija parecían hermanas, y Camille no estaba muy segura de que aquello fuera un cumplido para ella. ¿Querían decir que ella, a los treinta y seis años, parecía una mujer de cincuenta y tantos? ¿O que su madre, de cincuenta y tantos, parecía una mujer de treinta y seis?

—Mi nieta no va a tener neumonía. Yo no lo voy a permitir —dijo Cherisse. Se acercó rápidamente a la cama de Julie y la abrazó—. Cariño, me alegro tanto de que estés bien...

—Gracias, abuela —dijo Julie, y sonrió apagadamente—. No te preocupes. Entonces, puedo irme a casa ya, ¿no? —le preguntó a la enfermera.

—Por supuesto —dijo la enfermera.

—Muy bien, cariño, pues vamos.

Cuando Julie se vistió y recogió sus cosas, salió del cubículo y dijo:

—Bueno, podemos irnos. Y, para que lo sepáis, no voy a volver al instituto —dijo, retándolas con la mirada a que la contradijeran.

—De acuerdo —dijo Camille—. ¿Tenemos que pasar por allí y recoger el resto de tus cosas?

—No —dijo Julie, rápidamente—. ¿No puedo irme a casa directamente a descansar?

—Claro, cariño.

—¿Quieres que vaya yo también? —preguntó Cherisse.

—No hace falta, abuela. ¿No es hoy el día más ajetreado en la tienda?

—Todos los días lo son, hija. Nos estamos preparando para el Primer paseo de las artes del jueves. Pero nunca estoy demasiado ocupada para ti.

—No hace falta, de verdad. Te lo prometo.

—¿Voy después de cerrar para ayudar? —le preguntó Camille a su madre. Las dos eran socias de Ooh-La-La, una tienda de artículos para el hogar que estaba en el centro del pueblo y que siempre estaba muy concurrida. Era un buen negocio, gracias a que los oriundos estaban dispuestos a concederse algún lujo que otro, y a que a la zona acudían muchos turistas adinerados del área de Washington D.C.

—No te preocupes, los empleados se ocupan de prepararlo todo. Nosotras tres podemos pasar la noche juntas. ¿Qué os parece? Podemos ver una película y hacernos las uñas.

—Abuela, de verdad. Estoy perfectamente —dijo Julie, y se dirigió hacia la salida.

Cherisse suspiró.

—Si tú lo dices...

—Lo digo.

Camille le pasó un brazo a Julie por los hombros.

—Te llamo luego, mamá. Saluda a Bart de nuestra parte.

—Podéis saludarlo en persona —dijo un hombre de voz

grave, y el padrastro de Camille se acercó hacia ellas–. He venido en cuanto he recibido el mensaje.

–Julie está bien –le dijo Cherisse, mientras le daba un abrazo–. Gracias por venir.

Camille se preguntó cómo sería tener a una persona a la que poder llamar automáticamente, alguien que lo dejara todo al instante para ir a tu lado.

Bart abrazó a Julie. Olía a salitre y a neblina del mar. Era un navegante de la vieja escuela, que tenía una flota de barcos de vela dedicados a la recogida de la ostra en la bahía de Chesapeake. Era alto, rubio y guapo, y llevaba veinticinco años casado con Cherisse. Era un poco más joven que su madre. Aunque ella lo quería muchísimo, su padre seguía siendo su debilidad.

Después de abrazarla, Bart miró atentamente a Julie.

–Bueno, y ¿en qué lío te has metido?

Caminaron juntos hacia la salida.

–Estoy bien –volvió a decir Julie.

–La arrastró la resaca –dijo Camille.

–¿A mi nieta? –preguntó Bart, y se rascó la cabeza–. No. Tú sabes lo que es la corriente de resaca y sabes evitarla. Te he visto en el agua. Llevas nadando como un pez desde que eras una mocosa. Dicen que los niños de aquí tienen los dedos de los pies unidos.

–Pues me parece que los pies me han fallado en esta ocasión –murmuró Julie–. Gracias por venir.

Se despidieron en el aparcamiento. Mientras Julie entraba en el coche, Camille se fijó en cómo se apoyaba su madre en Bart y él la abrazaba de nuevo. Al verlos, sintió una punzada de envidia. Se alegraba por su madre, que había encontrado un amor tan sólido con aquel buen hombre, pero, al mismo tiempo, aquella felicidad magnificaba su propia soledad.

–Vamos, nena –dijo, y arrancó el coche.

Julie se quedó mirando en silencio por la ventanilla.

Camille respiró profundamente. No sabía cómo enfrentarse a aquella situación.

–Jules, de verdad, no quiero estrangularte.

–Y yo, de verdad, no quiero tener que falsificar tu firma en una autorización –dijo Julie–. Pero quería hacer este curso con todas mis fuerzas.

Camille pensó, con una punzada de culpabilidad, que no había tenido en cuenta los deseos de su hija, ni siquiera cuando Julie le había rogado que le permitiera ir a clase de salvamento de surf.

–Creí que sería divertido –continuó Julie–. Nado muy bien. Papá hubiera querido que yo hiciera salvamento de surf.

–Sí, es verdad –reconoció Camille–, pero también se habría enfadado mucho al saber que me habías engañado. Mira, si quieres, yo puedo darte clases de salvamento de surf. En mis tiempos, era muy buena.

–Oh, genial. Escolarízame en casa, para que la gente piense aún más que soy un bicho raro.

–Nadie piensa que tú seas un bicho raro –respondió Camille.

–No, claro. Solo el resto del mundo conocido.

–Jules...

–Quiero ir a esa clase, mamá, como todos los demás. No que tú me enseñes. Te agradezco mucho que te ofrezcas, pero no es lo que quiero, aunque fueras una campeona. La abuela me enseñó las fotos del periódico.

Camille recordó la foto triunfal del *Bethany Bay Beacon*, de hacía años. Tenía el pelo muy largo, llevaba aparato de ortodoncia y no podía dejar de sonreír. Ella sabía perfectamente que hacer aquel curso no solo era una cuestión de adquirir nuevas capacidades. El salvamento de surf era una tradición muy arraigada en su comunidad, y gran parte de su atractivo era la experiencia de grupo. Recordó que, para celebrar el final del curso, sus amigos y ella se habían sentado alrededor de una hoguera y habían contado historias. Al mirar alrededor del círculo y ver todas esas caras familiares, había experimentado una sensación de satisfacción y de pertenencia. En aquel momento había pensado que nunca volvería a tener amigos como aquellos y nunca volvería a vivir un momento así.

Y, ahora, debía preguntarse si no le estaba robando a su propia hija el mismo tipo de vivencias.

–Tu madre te dejó que fueras a esa clase –dijo Julie–. Ella te dejaba hacer todo. He visto fotos tuyas surfeando, montando en bici de montaña y escalando. Ya nunca haces esas cosas. Ya nunca haces nada.

Camille no respondió. Esa era una vida diferente. La vida del antes. Era la Camille de antes, la que vivía plenamente la vida, con todas sus emociones. Había hecho deporte, corrido aventuras, viajado, se había atrevido con cosas desconocidas... Y la mayor aventura de todas había sido Jace. Al perderlo era cuando había empezado el después. Después significaba ser cautelosa, ser tímida, tener miedo, sentir desconfianza... Había construido un muro alrededor de sí misma y de todo lo que le importaba, sin permitir que nada alterara el equilibrio que le había costado tanto alcanzar.

–En cuanto a la autorización –dijo.

Julie se encogió de hombros.

–Lo siento.

–Si no estuviera tan asustada por el accidente, estaría furiosa contigo en este momento.

–Gracias por no ponerte furiosa.

–Seguramente, después me pondré hecha un basilisco. Dios mío, Julie. Hay un motivo por el que no quería que fueras a esas clases. Supongo que hoy lo has experimentado por ti misma: es demasiado peligroso. Por no mencionar que no deberías haberme engañado ni falsificado mi firma...

—No habría hecho nada de eso si me hubieras dejado ir a la clase como a una niña normal. Nunca me dejas hacer nada. Nunca.

—Vamos, Jules.

—Yo te lo pido, y tú ni siquiera me oyes, mamá. Quería hacer el curso como tú lo hiciste cuando tenías mi edad. Quería tener una oportunidad de probar...

—Ya has tenido la oportunidad hoy, y mira lo que ha pasado.

—Por si tenías alguna curiosidad, que supongo que no, en las tres primeras clases lo hice muy bien. Se me da muy bien, soy una de las mejores de la clase, según el entrenador Swanson.

Camille sintió otra punzada de culpabilidad. ¿Cómo iba a explicarle a su hija que no le permitía hacer algo que ella misma había hecho, y en lo que, además, había sido tan buena?

Después de unos minutos de silencio, Julie dijo:

—Quiero seguir yendo.

—¿Qué?

—Que quiero seguir yendo a la clase de salvamento de surf.

—Ni lo sueñes. Lo hiciste engañándome y...

—Siento haber hecho eso, mamá. Pero, ahora que ya lo sabes, te pido que me dejes terminar el curso.

—¿Después de lo de hoy? —preguntó Camille—. Deberías estar castigada de por vida.

—Ya he estado castigada toda la vida, desde que murió papá.

Camille salió de la carretera y frenó de golpe junto a un campo yermo.

—¿Qué has dicho?

Julie alzó la barbilla.

—Ya lo has oído. Por eso has frenado. Lo que digo es que, después de que muriera papá, no me permitiste que siguiera teniendo una vida normal porque no dejas de pensar que va a ocurrir algo horrible. Yo nunca puedo ir a ningún sitio ni hacer nada. Ni siquiera he podido ir en avión desde hace cinco años. Ahora, lo que quiero hacer es ir a una clase de salvamento de surf a la que va todo el mundo. Quería ser buena en una cosa.

Le temblaba la barbilla. Giró la cara hacia la ventanilla y se quedó mirando la hierba alta mecida por el viento y las nubes.

—Tú eres muy buena en muchas cosas —le dijo Camille.

—Soy una perdedora y una gorda —dijo Julie—. Y no digas que no estoy gorda, porque lo estoy.

Camille se sintió muy mal. Había estado muy ciega a todo lo que quería Julie. ¿Era una mala madre por ser sobreprotectora? ¿Estaba permitiendo que sus miedos asfixiaran a su hija? Al negarle el permiso para que fuera a la clase de salvamento de surf, la había obligado a ir a escondidas.

—No quiero oírte hablar así de ti misma —le dijo, suavemente, mientras le metía un mechón detrás de la oreja.

—Está claro que no quieres —replicó Julie—, por eso estás siempre tan ocupada trabajando en la tienda o en tu cuarto de revelado. Estás siempre ocupadísima para no tener que oír nada de mi patética vida.

—Jules, no lo dices en serio.

—Muy bien, como quieras. No lo digo en serio. ¿Podemos irnos a casa ya?

Camille respiró profundamente. ¿Era cierto lo que le estaba diciendo su hija? ¿Se encerraba en el trabajo para no tener que pensar por qué seguía sin pareja después de todos aquellos años, o por qué tenía un miedo enfermizo a que le ocurriera algo malo a aquellos a quienes más quería?

—Mira, cariño, vamos a hablar de otra cosa.

—Siempre haces eso. Siempre cambias de tema porque no quieres hablar de que todo el mundo piensa que soy una perdedora gorda y fea.

Camille soltó un jadeo.

—Nadie piensa eso.

Julie puso los ojos en blanco.

—No, claro.

—Mira, vamos a hacer una cosa. Has sido muy disciplinada con el Headgear cervical, y tienes muy bien los dientes. Vamos a preguntarle al dentista si puedes llevarlo solo por las noches. Y, otra cosa, iba a esperar a tu cumpleaños para cambiarte las gafas por unas lentillas, pero ¿qué te parece que te regale las lentillas para celebrar el final de curso? Voy a pedir cita...

Julie se giró hacia ella.

—Estoy gorda, ¿vale? Aunque me quiten el aparato externo y me ponga lentillas, no voy a adelgazar.

—Ya basta —dijo Camille—. No voy a permitir que hables así de ti misma.

—¿Por qué no? Todo el mundo lo dice.

—¿Qué quieres decir con eso de «todo el mundo»?

Julie se encogió de hombros otra vez.

—Pues... no importa.

Camille volvió a apartarle el pelo de la cara a su hija. Julie estaba en medio del cambio de la pubertad, que le había llegado un poco tarde. Todas sus amigas lo habían pasado ya, pero Julie acababa de empezar. Durante el año anterior había engordado, y estaba tan avergonzada de su cuerpo, que se ponía pantalones vaqueros y camisetas enormes.

—Tal vez yo necesite ser más permisiva, es cierto —dijo Camille—, pero no voy a hacerlo todo a la vez y, mucho menos, a ponerte en peligro.

—Se llama salvamento de surf por un motivo. Estamos aprendiendo a estar seguros en el agua. Eso tú ya lo sabes, mamá.

Camille exhaló un suspiro, arrancó el coche y volvió a la carretera.

—Haciendo las cosas a escondidas no te vas a ganar mi confianza.

—Muy bien. Pues dime cómo me puedo ganar tu confianza para poder ir al curso.

Camille miró a la carretera y vio cómo iba dejando atrás todos los puntos familiares de aquel trayecto. La laguna donde, una vez, sus amigas y ella habían colgado un columpio de cuerdas. En la parte del mar estaba Sutton Cove, una pequeña playa, destino de todos aquellos que querían hacer kitesurf enfrentándose con el viento y las corrientes. Después de un día entero haciendo kitesurf en aquella cala, al salir del agua, se había encontrado a Jace de rodillas, ofreciéndole un anillo de compromiso. Había vivido tantas aventuras en cada rincón...

—Hablaremos de ello —dijo, al final.

—Eso significa que no.

—Significa que las dos vamos a intentar hacerlo mejor. Siento haberme encerrado tanto en el trabajo, y...

De repente, recordó algo horrible.

—¿Qué pasa? —le preguntó Julie.

—Una cosa de trabajo —dijo ella, y miró a su hija—. No te preocupes, ya me las arreglaré.

Se le había encogido el estómago al darse cuenta de que, al oír la llamada de la enfermera de urgencias, había dejado caer los negativos del profesor Finnemore y había salido corriendo del cuarto de revelado, dejando que entrara toda la luz. Aquella película que había hallado su cliente se había estropeado para siempre.

Magnífico: unos negativos únicos, que podían haberles brindado unas imágenes nunca vistas de un siglo de antigüedad, estaban completamente destrozadas.

El profesor Finnemore no se iba a poner contento, precisamente.

Capítulo 2

Finn tenía un puesto de profesor en el extranjero y, siempre que volvía a Estados Unidos, hacía una parada en el cementerio de Arlington. Caminaba entre las interminables filas blancas de lápidas de alabastro con inscripciones grabadas con letras negras. Eran casi medio millón de tumbas, alineadas con tanta precisión que marcaban las ondulaciones del terreno cubierto de hierba. A lo lejos, se oía la música de una gaita; era uno de los cerca de treinta funerales que se celebraban allí todas las semanas.

Se detuvo delante de una lápida en la que había posado un patito de goma. En la parte posterior del juguete, alguien había escrito *Hola, abuelo,* con un garabato infantil.

Finn se detuvo antes de sacar la cámara. Los mensajes de los niños pequeños siempre le conmovían. Cerró los ojos y murmuró unas palabras de agradecimiento para el soldado. Después, fotografió la lápida y metió el recuerdo en su bolso. Era voluntario del Centro de Historia Militar y visitaba Arlington cada vez que iba a la ciudad para recopilar los objetos que la gente había dejado en las tumbas. Con sus compañeros voluntarios, ayudaba a catalogar los objetos para incorporarlos a una base de datos, de modo que cada uno de aquellos recuerdos, por muy pequeño que fuera, pudiera conservarse.

Se desvió de su camino para ver las lápidas de su primer logro, un logro agridulce. Trabajando con un grupo de aldeanos en las tierras altas de Vietnam había descubierto el lugar del accidente que habían sufrido cuatro soldados estadounidenses desaparecidos hacía cincuenta años. El helicóptero en el que iban los cuatro soldados, el comandante del helicóptero, el piloto, el artillero de puerta y el artillero, había sido alcanzado por el fuego enemigo, y se había estrellado contra la ladera de una montaña. Aquellos hombres habían estado perdidos durante décadas. Cuando Finn había hablado con sus familiares, había oído el eco de la historia de su propia familia. No tenían forma de saber qué había sido de sus seres queridos y eso no dejaba lugar para el duelo. El dolor estaba siempre presente, como una niebla que algunos días levantaba pero, otros, era impenetrable.

Los restos habían sido enterrados en una ceremonia conjunta, con carros tirados por caballos y una guardia de honor, ante sus familiares, que se aferraban unos a otros como los supervivientes de una tormenta. Una de las hijas le había escrito a Finn una nota de agradecimiento en la que le decía que, a pesar del dolor que había revivido, también tenían una sensación de alivio porque, finalmente, había podido dejar descansar a su padre.

Más de mil veteranos seguían sin aparecer, y entre ellos estaba su padre, Richard Arthur Finnemore. Durante años, Finn había buscado a alguien parecido a su padre entre mendigos que pululaban por los asilos para veteranos, preguntándose si la tortura lo había dejado tan deteriorado que había sido incapaz de regresar con su familia.

Finn tomó un pequeño trozo de papel de una lápida de la Sección 60, donde estaban enterrados aquellos que habían caído recientemente. La nota, que estaba escrita a mano, decía:

Tengo que dejarte aquí. Deberías estar en casa jugando con nuestros niños y riéndote con nosotros. Pero aquí es donde te quedarás. Siempre. Supongo que, en ese sentido, nunca te perderé.

A pesar del calor del verano, Finn sintió un escalofrío mientras fotografiaba la lápida y añadía la nota a su colección.

Finalmente, consultó una aplicación en su teléfono y localizó la nueva lápida de un caído muy antiguo: el teniente primero de las fuerzas aéreas del ejército Robert McClintock. Finn había buscado por los campos de alrededor de Aix-en-Provence, donde vivía y daba clases. Su investigación lo había llevado al lugar donde se había estrellado un avión P-38 monoplaza, pilotado por McClintock en una misión de bombardeo contra un aeródromo enemigo en 1944. Al examinar los archivos, Finn descubrió que, el día en cuestión, las malas condiciones climatológicas disminuían la visibilidad. El recorte de una noticia conservado en una microficha informaba de que el avión de McClintock se había metido entre las nubes y, aparentemente, había desaparecido.

Junto a un grupo de ciudadanos, Finn había trabajado con un equipo de recuperación, y habían hallado dientes y fragmentos de huesos, todo lo que quedaba del piloto de veintiún años. El Laboratorio de Identificación de ADN de las Fuerzas Armadas había encontrado correspondencias con el ADN de tres hermanas que vivían en Bethesda y, el año pasado, el teniente McClintock había sido repatriado y enterrado en Arlington. Finn no había asistido al funeral, pero en aquel momento estaba allí, delante de la lápida recién grabada. Nuevamente, había recibido cartas de gratitud de la familia.

Él agradecía las amables palabras, pero esa no era la razón por la que hacía lo que hacía. Dejaba que la gente pensara que buscaba elogios y reconocimiento en su trabajo académico porque era más fácil que admitir que, en realidad, estaba buscando a su padre.

En medio del mar de lápidas de alabastro, Finn sintió la brisa en el cuello, un aire que olía a hierba recién cortada y a tierra recién removida. «¿Adónde fuiste, papá?», se preguntó. «A todos nos gustaría saberlo».

El carrete que había encontrado su hermana, con las iniciales de su padre en una pequeña lata amarilla, era la mejor esperanza de descubrirlo. La experta en revelado fotográfico, Camille Adams, iba a sacar por fin a la luz las últimas imágenes de su padre, tomadas en algún lugar de Camboya hacía décadas.

La idea le hizo acelerar el paso de camino a su coche del alquiler. Tal vez el servicio de mensajería encargado de recoger la película revelada ya estuviera de vuelta. Finn entró al coche y tomó su teléfono móvil del salpicadero. Tenía varios mensajes de voz de la empresa de mensajería. Mientras apretaba las teclas del teléfono para escuchar los mensajes, pensó: «Por favor, Camille Adams. No me falles».

—No parece que estés muy contento —dijo Margaret Ann Finnemore. Su voz salía de los altavoces del coche.

Finn miró hacia delante, por la carretera, mientras recorría el puente de la bahía de Chesapeake de camino a la península de Delmarva. Delaware, Maryland, Virginia. Había tenido que atravesar varios estados solo para encontrar a Camille Adams.

—Eso es porque no lo estoy —le dijo a su hermana—. Se

suponía que los negativos tenían que estar listos hoy, y la empresa de mensajería ni siquiera ha podido localizar a la mujer que tenía que revelarlos. Nos ha dejado colgados. No responde al teléfono ni a los mensajes, ni mira el correo electrónico.

—Puede que le haya ocurrido algo —dijo Margaret Ann, razonablemente. En la familia Finnemore, ella era la hermana razonable.

—Sí, que me ha timado. Eso es lo que le ha pasado.

—Billy Church, el de los Archivos Nacionales, la recomendó fervientemente. ¿No dijo que ella ha trabajado para el Smithsonian y el FBI?

—Sí, eso dijo. Pero no dijo que íbamos a necesitar al FBI para encontrarla. Tenía que haber pedido referencias, en vez de fijarme solo en su página web.

La página web de los Servicios fotográficos Adams mostraba elocuentes ejemplos de las fotografías que ella había restaurado. También mostraba una fotografía de la experta, Camille Adams, que le había llamado la atención por su belleza. Tenía el pelo oscuro y rizado, y los ojos con una mirada profunda. Sin embargo, no parecía que tuviera sentido de la responsabilidad.

—Seguro que hay alguna explicación.

—No necesito explicaciones, sino ver lo que había en ese carrete, y antes de la ceremonia.

—¿No podías haber mandado a alguien allí?

—El mensajero se largó después de estar esperando una hora. Todos los demás de nuestra familia tenían algo que hacer, así que decidí venir a buscarla en persona.

—¿A que sería maravilloso que fueran fotografías de papá? —preguntó Margaret Ann, en un tono melancólico.

Al ser la mayor de los hermanos, tenía los recuerdos más nítidos de su padre. Finn no tenía ninguno, por eso, seguramente, cada fotografía que hallaban era tan valiosa para él.

—Si hay alguna foto suya, sería las últimas que le sacaron. Podríamos añadirlas a la exposición de la Casa Blanca.

Finn contuvo sus expectativas.

—Hizo ese carrete mucho antes de que existieran los selfis.

—Puede que alguno de sus compañeros le sacara alguna foto.

Finn tenía una docena de cosas mejores que hacer que estar yendo al fin del mundo en coche, pero quería recuperar aquel carrete y las fotografías. Detestaba la idea de decepcionar a su familia. Era un clan muy unido que giraba en torno a su madre, una fuente inagotable de amor y fuerza.

Al día siguiente, su padre habría cumplido setenta años. La noche anterior a que tuviera que marcharse a una misión a Camboya, les había dado un beso de buenas noches a sus hijos y había hecho el amor con su mujer por última vez. Nueve meses después nacía él, Finn, de una mujer a la que habían informado recientemente de que su marido había desaparecido en combate. El sargento mayor Richard Arthur Finnemore había llevado a cabo un acto de heroísmo al rendirse al enemigo para proteger a un grupo de hombres que participaban en una misión encubierta.

Y nunca habían vuelto a verlo.

Tavia Finnemore había conseguido rehacer su vida. Con el tiempo, se había enamorado de un hombre a quien no le importaba que tuviera ya tres hijos. De hecho, él tenía dos. Después, el nuevo matrimonio había tenido otros dos niños. Era una tribu llena de ruido y de caos, de risas y, sobre todo, de amor. Sin embargo, él había sentido durante toda su vida la ausencia de su padre, un hombre que había muerto antes de que él respirara por primera vez. Era posible echar de menos a alguien a quien nunca se había conocido: él era la prueba fehaciente.

—Pronto lo sabremos —dijo—, suponiendo que la experta no se haya fugado con los negativos.

—Pues claro que no. ¿Por qué se iba a marchar con un carrete viejo?

—Eso espero.

Él no tenía paciencia con la gente que no cumplía sus compromisos. Si encontraba a aquella mujer, y pensaba encontrarla, aunque tuviera que conducir durante dos horas desde Annapolis, iba a decirle cuatro cosas.

—Prométeme que vas a llamarme en cuanto sepas si ha podido recuperar alguna de las fotografías. Oh, Dios, Finn, no puedo creer que esté pasando esto. Una ceremonia para concederle la Medalla al Honor en la Casa Blanca. A nuestro padre —dijo Margaret Ann, con emoción.

—Bastante surrealista —dijo Finn.

Toda la familia Finnemore Stephens iba a acudir al acto. Más de cuatro décadas después de que el horrible telegrama hubiera llegado a manos de una mujer joven con dos niñas y un bebé, su madre iba a poder dejar descansar a su padre.

Entonces, se le ocurrió algo.

—Mierda. Tengo que recoger mi uniforme de gala de la tintorería esta tarde, y aquí estoy, atravesando Chesapeake.

—Si volvieras a casarte, tu mujer podría ayudarte en momentos como este.

A él se le escapó una risotada.

—¿De verdad? ¿Te parece que ese es un motivo racional para que vuelva a casarme? Acabas de retroceder cincuenta años en el movimiento para la igualdad de la mujer.

—Todo el mundo necesita un compañero, solo quiero decir eso. Eras muy feliz cuando estabas con Emily.

—Hasta que dejé de serlo.

—Finn…

—Todavía estás molesta porque no me gustara la última mujer con la que quisisteis emparejarme.

—Angie Latella era perfecta para ti.

Él se estremeció al acordarse de la embarazosa cita que le habían organizado sus hermanas.

—No entiendo por qué Shannon Rose, mamá y tú queréis volver a casarme. ¿Es porque la última vez me salió tan bien?

Las mujeres de su familia siempre estaban preocupadas por su vida amorosa. Tenían la convicción de que su vida no iba a ser completa hasta que no encontrara el amor verdadero, sentara la cabeza y formara una familia. A él no le importaba hablar de aquel tema. Tenía miedo porque, posiblemente, ellas estaban en lo cierto.

Él quería tener el mismo tipo de amor que habían encontrado sus hermanas. Quería tener hijos. Sin embargo, no tenía ninguna gana de comprobar si su suerte iba a cambiar por segunda vez. Últimamente, ni siquiera sabía cómo ocurría el amor, ni cómo era aquel sentimiento.

—Hace tres años. Ya estás preparado para intentarlo de nuevo. Y Angie...

—Llegó media hora tarde y tiene una risa muy molesta.

—Vamos, hombre. Traducido, eso quiere decir que no tiene las tetas grandes ni está obsesionada por los deportes extremos.

—Vamos, yo no soy tan frívolo –dijo él.

Dios, eso esperaba. Su hermana lo quería, pero, cuando trataba de mangonearlo, él siempre rechazaba sus intentos.

—Y, entonces, ¿qué pasa con Carla? Ella sí que tiene tetas, y le encanta la bicicleta de montaña.

—Tiene un trauma con su padre. Y tú eres la que me dijo que una mujer con una mala historia con su padre solo puede dar problemas. Además, ahora yo vivo al otro lado del charco, ¿no te acuerdas? No me interesa tener ninguna relación a distancia.

—Eso es algo temporal. Vas a volver muy pronto a casa.

Él pensó que aquel no era el mejor momento para decirle que le habían prorrogado el contrato en Aix-en-Provence.

—¿No podría ir uno de tus hijos a recogerme el uniforme a la tintorería? Es la que está en Annapolis Road.

—Le diré a Rory que lo recoja cuando vuelva a casa del trabajo. Ella pasa por allí.

—Gracias. Dile también que le voy a regalar una buena botella de vino.

—Vas a convertir a tu sobrina en una esnob del vino, como tú. Dime otra vez cuándo te marchas a Francia.

—Cuenta una semana a partir del sábado. El trimestre de verano empieza el lunes.

—Te vas a pasar el verano dando clases en la Provenza. Eres un tipo con suerte. ¿Qué asignaturas?

—Estudios avanzados de Investigación Histórica, y es increíble, no aburrido.

—¿Y vas a trabajar en tu próximo libro?

—Siempre —dijo él.

Estaba haciendo una investigación sobre los partisanos de la resistencia durante la Segunda Guerra Mundial. Y siempre estaba buscando a aquellos soldados perdidos, explorando por los lugares donde había habido accidentes o se había estrellado un avión, o por los campos de batalla, para encontrar los restos y devolvérselos a sus familias.

Ella suspiró.

—Qué vida tan dura.

—Deberías venir a verme para comprobar lo duro que es.

—Claro. Y me llevo de los pelos a mis tres adolescentes y a mi marido adicto al trabajo. Seguro que tu novia, la archivista… ¿Cómo se llama?

—Vivi —dijo Finn—, y no es mi novia. Eh, estoy llegando al peaje —dijo él, que, de repente, se había cansado de la conversación—. Tengo que colgar. Te llamo para decirte si hay alguna novedad sobre las fotos.

Entonces, colgó el teléfono y dejó atrás el peaje, que no existía.

El puente le trasladó a un mundo nuevo. Volvió a concentrarse en encontrar a la experta en revelado fotográfico y comenzó a atravesar la península. Nunca había estado en aquella zona, lo cual era extraño, puesto que se había pasado la mayor parte de su vida recorriendo Annapolis y sus alrededores. Había estudiado en la Academia de Marina de los Estados Unidos y, después de cinco años de servicio, había conseguido su título de doctor y se había convertido en profesor de la academia. Sin embargo, aquella zona siempre había sido un misterio para él.

Aquellas tierras bajas estaban entre dos brazos de agua, y las vibraciones eran totalmente distintas a las que se experimentaban en los barrios caros del lado oeste de Chesapeake. La carretera y los idiomas de los nombres de los pueblos, nativo americano, holandés e inglés, reflejaban la variada herencia colonial de la región: Choptank, Accomack, Swanniken, Claverack, Newcastle, Sussex.

Una serie de carreteras serpenteantes y estrechas lo llevó a través de pueblos pesqueros y marismas llenas de pájaros. Finalmente, cruzó un istmo que separaba el océano de la bahía y llegó a la localidad de Bethany Bay.

Era un pueblo colonial de casas pintadas y edificios pasados de moda. El paisaje y las estructuras mostraban el desgaste del viento y el clima. En casi todos los patios y jardines había un barco, un montón de macetas y una red secándose y esperando ser reparada. La calle principal estaba llena de tiendas y cafeterías con encanto.

Pasó por un canal llamado Canal del Este y por un puerto deportivo lleno de yates y de barcos de pesca. Después, siguió una carretera que discurría en paralelo a una playa de unos cuatro kilómetros y medio, situada en la costa atlántica.

De no estar tan irritado, le habría gustado mucho la arena de color casi blanco y la espuma del mar, la suave expansión de la playa y los pájaros que paseaban por ella. Había algunos surfistas esperando a que llegara alguna ola. A lo lejos se veía un faro con la cúpula de color rojo, que marcaba el final de la playa como si fuera un signo de exclamación.

Él no estaba de humor para disfrutar del encanto de aquel pueblecito remoto. Tenía otras cosas en la cabeza. Buscó la dirección de la empresa en su teléfono móvil y llegó a una casa de campo de listones de madera que estaba a poca distancia del faro. Era de color gris, con ventanas recercadas en blanco, dos porches, uno delantero y otro trasero, y una chimenea en uno de los extremos. Estaba rodeada por una valla blanca de madera llena de rosales trepadores.

Salió del coche y se encaminó a la puerta principal. Al instante, se golpeó la puntera del zapato con una piedra en la que estaban grabadas las palabras *J.A. Siempre en mi corazón*. Se hizo daño en el dedo gordo y se agarró el zapato mientras soltaba unas cuantas palabrotas.

Después de un momento, recuperó la compostura y siguió hacia la casa. Bajo el buzón de latón había un logotipo igual al que aparecía en la página web de la experta en revelado fotográfico, el dibujo de una cámara antigua y el nombre de su empresa: *Servicios fotográficos Adams*.

No había ningún coche aparcado a la vista. Tal vez estuviera en el garaje, una construcción antigua que tenía una puerta corredera de metal. Finn subió al porche delantero y llamó con energía a la puerta. El aire olía a rosas y a mar, y se oía el sonido de las olas y el graznido de las aves marinas. Había un par de botas de jardinería en el felpudo.

Llamó al timbre. Volvió a tocar la puerta con los nudillos. Llamó al número por cuarta vez, pero no obtuvo respuesta. Se inclinó hacia la puerta y le pareció oír un teléfono dentro.

—No me haga esto —dijo, hablando con el buzón de voz—. Soy Malcolm Finnemore. Llámeme en cuanto oiga este mensaje.

Se pasó una mano por el pelo con desesperación. Tal vez pudiera encontrar a algún vecino que supiera cómo ponerse en contacto con ella.

Demonios...

Mientras conducía por la carretera de la playa hacia casa, Camille se sentía exhausta y tenía los nervios de punta por lo que había sucedido en urgencias. Julie miraba hacia el frente con una expresión vacía.

—Mamá —le dijo—. Deja de mirarme para ver si estoy bien. Los médicos han dicho que estoy bien.

—Sí, tienes razón, pero eso no va a hacer que deje de preocuparme. Tienes una contusión. Tú nunca habías tenido una contusión.

—Es un nombre enrevesado para decir «chichón», por Dios —dijo Julie, y señaló hacia la casa—. ¿Quién es ese señor?

—¿Qué señor? Oh.

Camille entró en el camino de su casa y aparcó. El señor al que se refería Julie estaba en el porche, con el teléfono pegado a la oreja, paseándose de un lado a otro. Era alto y llevaba coleta y gafas de aviador. Llevaba unos pantalones cortos y una camiseta oscura que revelaban una piel morena y unos músculos fuertes. Vaya, ¿era aquel el mensajero que había enviado el profesor Finnemore?

Salió del coche y cerró la puerta, y él se giró a mirar y se quitó las gafas. Entonces, ocurrió algo inesperado. Camille notó que se le salía el corazón del pecho, pero no supo por qué. Aquel hombre era un perfecto desconocido, pero ella no podía quitarle la vista de encima. Quizá fuera por su postura, o por su actitud... Tenía unos mechones de pelo rubio en las sienes y los ojos muy azules. Era muy guapo.

Cuando ella se acercaba a la casa, él entornó la mirada con hostilidad. Claramente, no había sentido la misma atracción que ella.

—¿Puedo ayudarle en algo? —preguntó, al tiempo que subía al porche.

—¿Es usted Camille Adams?

—Sí.

—Soy Finn —dijo él, y vaciló. Tenía una mirada fría, glacial—. Malcolm Finnemore.

Vaya. Camille no se había imaginado así a un profesor de Historia.

—Um... ah... Hola, profesor Finnemore.

—Llámeme Finn.

Ella supo al instante el motivo por el que estaba allí, y por el que parecía tan enfadado.

—No he podido atender al mensajero —dijo—. He tenido una emergencia personal y...

—¿Y no podía haberme llamado, o enviado un mensaje?

Julie subió los escalones con una expresión malhumorada.

—Hola —dijo.

—Es mi hija, Julie —dijo Camille, que se había puesto muy roja—. Julie, te presento al profesor Finnemore.

—Me alegro de conocerlo —dijo Julie, que no parecía que estuviera muy alegre—. Disculpe.

Pasó por delante de ellos, marcó el código de apertura de la puerta y entró.

—Es mi emergencia personal —dijo Camille. Tenía el estómago encogido, porque sabía que le debía unas cuantas explicaciones al profesor—. Por favor, pase.

Él la miró atentamente. Ella llevaba ropa de trabajo, una camisa manchada, unos pantalones vaqueros cortos, unas chanclas. Tenía una mancha de líquido de revelado en el tobillo. Sujetó la puerta con azoramiento. No solo había estropeado su carrete, sino que, además, su aspecto era completamente inadecuado para recibir a un cliente. Llevaba un moño mal hecho. No se había duchado.

Él asintió y entró por la puerta. Oh, Dios, qué guapo era. Olía a mar y a ropa limpia. Y tenía una elegancia innata que ella había observado en los tipos ricos que iban de turismo a la zona. Se paseaban por la península en sus coches extranjeros, llevaban a sus amigos de la ciudad a navegar o a comer alguna mariscada, o iban de crucero con los pescadores de ostras en sus barcos de vela.

Camille conocía a aquellos veraneantes: eran arrogantes, se creían superiores y trataban a la gente de la zona como si fueran sirvientes. Sospechó que aquel podía ser uno de ellos.

Su casa no estaba tampoco preparada para recibir visitas, y menos, la de un cliente cuyo carrete había destrozado.

Todo estaba como lo había dejado al sonar el teléfono. Había desorden matinal por todas partes: el correo del día anterior, los libros de la biblioteca, toallas que doblar, su biquini colgado del pomo de una puerta para secarse, la vajilla que debía estar en el lavaplatos... Su taza de café estaba olvidada en la encimera, junto al teléfono móvil.

—Bueno... ¿puedo ofrecerle algo de beber? —le preguntó.

—No, gracias, tengo prisa —dijo—. Me preguntaba qué ha salido del carrete.

Claro. Era lo más lógico.

Camille colgó las llaves del gancho que había junto a la puerta. Oía a Julie en el piso superior. Su hija pasaba mucho tiempo sola últimamente, con el teléfono y el ordenador. Su castigo por haber falsificado la firma de la autorización iba a ser una disminución del uso de las pantallas.

—Lo siento muchísimo —le dijo—. Siento muchísimo que haya tenido que venir hasta aquí.

—En la empresa de mensajería me dijeron que no había nadie aquí a la hora de la recogida.

—Me llamaron y tuve que irme —dijo. Y, con el estómago cada vez más dolorido, añadió—: El carrete está estropeado. Y siento mucho no haber tenido el teléfono móvil a mano y no haber podido ponerme en contacto con usted.

Él se quedó muy callado. Su cara adquirió una expresión pétrea, como si fuera una magnífica escultura.

—¿Quiere decir que la película no podía revelarse? ¿Ha estado demasiado tiempo en la lata?

A Camille se le secó la boca. Él le estaba ofreciendo una salida y, por una fracción de segundo, ella pensó en aprovecharla. Sería tan fácil: podría explicar que el paso del tiempo y los elementos habían destruido los negativos, y que no era posible revelarlos. Sin embargo, eso sería una mentira; ella había restaurado películas mucho más antiguas. Y no era una mentirosa. Nunca lo había sido, ni siquiera cuando mentir le habría resultado más favorable.

Se excusó y fue a su taller por el pasillo. Encontró la lata y el carrete que había dejado caer cuando la habían llamado del hospital. La película ya no era más que una cinta oscura con perforaciones en los lados. Se detuvo, miró hacia el pasillo y observó a su enojado visitante. Mientras él permanecía a lo lejos, de perfil, mirando por la ventana hacia la lejana playa, Camille volvió a sentir aquel poderoso latido de atracción pura. Era una sensación tan singular que casi no la reconoció. «No, no es nada», pensó. «Nada más que una sensación pasajera». Un tipo con ese aspecto podía emocionar incluso a alguien que tenía el corazón roto sin remedio.

Lástima que le hubiera estropeado el día. Con una sombría fatalidad, llevó la larga cinta negra a la cocina.

–Yo la estropeé –dijo, mientras se la mostraba al profesor–. Ha sido culpa mía.

–¿Lo dice en serio? –preguntó él, mientras apretaba la mandíbula con irritación–. No lo entiendo. ¿Es que la película...?

–Seguramente, podía salvarse, pero yo dejé que entrara la luz accidentalmente en un momento crucial, y esa luz estropeó los negativos.

–Maldita sea.

–Lo sé –dijo ella, en voz baja–. Lo siento muchísimo.

Él miró la película de nuevo y, después, a ella.

–Dios, necesitaba esas fotografías.

Ella asintió.

–Lo sé, y me siento fatal.

–Mierda. Mierda. Se supone que usted es una experta en esto. Yo confié en usted.

–Sí, es cierto, y lo lamento muchísimo –dijo ella. Dios, cuánto detestaba fallarle a la gente. Aquel hombre tenía todo el derecho a estar furioso.

–¿Qué demonios ha ocurrido? –le preguntó él, observando torvamente la película inservible–. ¿Acaso usted acepta los negativos únicos de la gente y los destruye? Eso podía haberlo hecho yo mismo.

–Estaba trabajando con ellos esta mañana y todo iba bien. Pero me llamaron y... –Camille se quedó callada.

No quería contarle a un desconocido que era una madre negligente–. Se me cayó todo de las manos, incluyendo su película. Me siento muy mal por ello, y yo... yo...

Algo de su voz, alguna emoción que no pudo controlar debió de llamarle la atención. La mirada glacial de sus ojos cambió. Empezó a mirarla lentamente, como quemándola. Como si pudiera prenderle fuego con su ira.

–La llamaron –dijo–. Por una puñetera llamada.

Ella tenía tal nudo en la garganta que no podía hablar, así que asintió. De repente, se derrumbó por dentro. Había tenido un día terrible; una llamada de urgencias era la peor pesadilla de una madre. Para ella había sido como revivir el trauma de perder a Jace, y, ahora, allí estaba, con aquel desconocido furioso. De repente, se sintió abrumada por la tensión de ser una madre viuda. Pasar por el trago de aquel día sin el apoyo, ni el amor ni la ayuda del padre de Julie era demasiado para ella.

De repente, empezó a temblar a medida que el miedo y el estrés se apoderaban de ella. Con las manos trémulas, puso la película y la lata en el fregadero, intentando ocultar sus emociones. Aquella reacción era horrible, y no quería que un desastre en el trabajo pudiera hundirla de aquel modo.

Se apoyó en el fregadero e intentó calmarse. Miró el teléfono. Tenía cuatro llamadas perdidas, seis mensajes de texto y cuatro correos electrónicos nuevos, todo ello, del señor Finnemore. Se giró hacia él.

–No sé cómo expresarlo. Siento muchísimo lo de los negativos. Ojalá no hubiera tenido que perder el tiempo viniendo hasta aquí. Y, por supuesto, no le voy a cobrar nada.

Entonces, comenzaron a caérsele las lágrimas. El hombre siguió allí; parecía que se había quedado paralizado por la ira. Entonces, vio una caja de pañuelos de papel sobre la encimera y se la dio.

—¿Necesita llamar a alguien? —le preguntó, señalándole el teléfono—. ¿A su marido?

—No tengo marido —dijo ella, con los dientes apretados, mientras se enjugaba las mejillas con enfado.

Él la atravesó con la mirada, como si, inexplicablemente, el hecho de que no tuviera marido empeorara la ofensa.

—Gracias por nada, señora.

Camille se quedó mirándolo mientras él se alejaba hacia su coche. Era un hombre muy arrogante. Abrió la puerta del conductor y, por un momento, miró hacia la casa. Parecía que su ira se había suavizado y se había convertido en pesar, tal vez. Quizá se hubiera dado cuenta de que estaba siendo muy arrogante. Entonces, se frotó la nuca como si le hubiera picado un bicho y se sentó tras el volante.

Julie bajó de su habitación.

—¿Era tu cliente? —le preguntó, mientras él metía la marcha atrás y se alejaba.

—Sí, mi cliente —respondió Camille—. Mi cliente, que se ha ido extremadamente decepcionado —añadió, mientras se secaba las mejillas con un pañuelo de papel.

—¿Por qué?

—Porque he estropeado sus negativos.

—Oh, vaya. Eso es una pena —dijo Julie, y frunció el ceño—. ¿Estás bien?

—Sí —dijo Camille, y respiró profundamente—. Dios, qué enfadado estaba.

—Sí, es lógico. ¿Está soltero?

—¿Qué? Jules...

—Solo es una pregunta. Sé que te gustan los tíos con coleta.

Camille se dio cuenta de que se estaba ruborizando,

porque ella se había hecho la misma pregunta. «¿Será soltero?».

—Yo ya he terminado con los hombres, con o sin coleta —dijo. Aunque tal vez estuviera interpretando mal lo que le había dicho su hija—. ¿Te sientes mal porque Drake y yo lo hayamos dejado?

Julie abrió unos ojos como platos.

—¿Lo dices en serio? No. Que mi madre saliera con el director del instituto era lo peor.

Camille observó la cara de su hija. Julie era tan preciosa... Tenía el pelo oscuro y rizado, los ojos marrones, muy grandes, y la nariz llena de pecas. Algunas veces, veía a Jace en su hija, y eso le derretía el corazón. «Todavía estás aquí», pensó.

—¿Qué pasa? —le preguntó Julie, mientras se frotaba la mejilla—. ¿Tengo algo en la cara?

Camille sonrió.

—No. ¿Qué tal la cabeza? —le preguntó, e inspeccionó el chichón. Ya casi no se notaba.

—Muy bien. De verdad, mamá —dijo Julie, y se metió el teléfono móvil en el bolsillo—. Voy a dar un paseo.

—Se supone que tienes que descansar.

—He leído los papeles del alta. Dicen que puedo retomar todas las actividades normales. Solo voy hasta el faro y vuelta.

—No quiero perderte de vista.

—Mira, mamá —dijo Julie, mientras se le formaba una tormenta en los ojos—, solo es un paseo.

Camille vaciló. Julie pasaba mucho tiempo a solas en su habitación, mirando la pantalla del teléfono. Cualquier cosa que la sacara de casa era una buena distracción.

—Está bien —dijo Camille, que no tenía la energía necesaria para enfrentarse a una discusión—. Pero ten...

—Cuidado, sí, ya lo sé —dijo Julie, y salió por la puerta—. No tardo.

Camille la vio caminando por la carretera, hacia el faro. En aquel momento le pareció que su hija estaba muy sola y aislada, con aquella ropa que le quedaba tan grande. Camille se sintió molesta porque ninguna de las amigas de su hija hubiera llamado ni se hubiera acercado para ver si estaba bien. Los chicos de noveno curso no eran conocidos por su empatía, pero, cuando uno de los suyos tenía que ir a urgencias, lo lógico era que al menos alguno hubiera preguntado. Aunque, pensándolo bien, hacía una temporada que no veía a ninguna de las amigas de Julie.

Capítulo 3

Julie salió a la cornisa del faro de Bethany. El faro todavía estaba en funcionamiento, aunque automatizado. El rayo de luz se dirigía cada pocos segundos a la entrada de la bahía. La mayoría de la gente pensaba que el interior del edificio estaba cerrado con llave, pero Julie sabía cómo subir a lo más alto. Sus amigas y ella, cuando tenía amigas, habían encontrado un panel de acceso debajo de las escaleras, en la base de la torre.

Una vez dentro, solo había que subir las escaleras hasta la cornisa que rodeaba las antiguas lentes Fresnel. A muchos niños les daba miedo subir aquellos peldaños infectados de arañas, pero Julie había limpiado las escaleras con una escoba. Aquel era su refugio, su lugar especial. Iba allí a estar sola, a pensar, a soñar.

Que ella supiera, era la única que seguía yendo allí. Todas sus amigas la habían dado de lado para salir con gente más *cool*. Con las chicas más guais. Con las chicas delgadas. Con las chicas cuyas madres no salían con el director.

Agarrándose con una mano a la barandilla que tenía a la espalda, se inclinó y observó las rocas que había treinta metros más abajo. ¿Cómo sería caer desde tan alto? ¿Tendría tiempo para sentirse asustada, o sucedería todo en un abrir y cerrar de ojos?

Desde aquella atalaya veía la playa donde había ocurrido el drama por la mañana. Con la luz y los colores del atardecer, veía las ondulaciones de la corriente de resaca, la que había estado a punto de llevársela a ver a su padre.

Aunque no era nada más que una fantasía, ella tenía una visión de dónde estaba su padre. Vivía en un lugar paralelo al mundo que ella conocía. Estaba en la puerta de al lado, aunque sería invisible hasta que ella cruzara el umbral de aquel nuevo sitio.

Allí, sería perfecta. Tendría amigos, en vez de estar rodeada de niñas malas que se burlaban de ella. Tendría pechos, no michelines. Sería la favorita de todo el mundo, no una perdedora gorda.

Por lo menos, así era en su cabeza. Seguramente, estaba equivocada, pero podía soñar. Algunas veces, tenía ganas de hablar sobre aquello con su madre, pero no lo hacía. Su madre se preocupaba de todo, hasta del detalle más insignificante, y encontraría la forma de preocuparse también por su paraíso soñado.

Además, empezaría a investigar, y averiguaría el motivo por el que su hija no dejaba de meterse en peleas con las otras chicas, y ella no podía permitir que su madre supiera que los otros chicos decían que había provocado la muerte de su padre.

Exhaló un suspiro y observó los colores cambiantes que se reflejaban en el agua a medida que se ponía el sol detrás del faro. Los colores eran tan ricos, que le dolía el corazón de mirarlos. Tal vez su padre viviera allí, en un mundo tan bello que los mortales no podían soportarlo.

Se encorvó y tomó una pluma de pájaro. La inspeccionó. Parecía de un pájaro de costa, un frailecillo silbador. Al criarse en un pueblo marinero, al final una acababa aprendiendo aquellas cosas. Abrió los dedos y dejó que la pluma cayera hacia abajo, danzando al viento.

Antes, ella era ligera como una pluma. Al mirar fotografías antiguas de sí misma, y tenía cientos, porque su madre era fotógrafa, se quedaba asombrada de lo mona que era, como un pequeño duende. Ya no. Se había convertido en una gorda. En una gorda con la que nadie quería hablar, salvo para decirle cosas malas sobre ella y sobre su madre.

Tomó un ladrillo suelto del borde de la estructura y lo dejó caer hacia la tierra. Después, hizo lo mismo con otro, y esperó a que se estrellara en las rocas de abajo.

—¡Eh!

Aquel grito la asustó tanto que estuvo a punto de soltarse de la barandilla. Con el corazón en la garganta, saltó por encima de la barandilla para estar más segura.

—¿Qué demonios haces? —gritó alguien, con un acento raro—. Has estado a punto de darme.

Oh, Dios. Casi le había golpeado a alguien con un ladrillo. Si eso hubiera sucedido, también la llamarían «asesina».

Se quedó tan horrorizada que abrió la puerta de par en par y bajó rápidamente por las escaleras. A lo mejor podía escapar antes de que la viran. Si corría mucho, a lo mejor la víctima de su lanzamiento de ladrillos no la veía.

Empujó la puerta de salida del faro y corrió al exterior. Ya casi había oscurecido. Echó a correr hacia la rotura que había en la valla y se tiró al suelo para salir arrastrándose del recinto. Antes de conseguirlo, se encontró cara a cara con una zapatilla deportiva desgastada.

—Has estado a punto de darme —repitió el chico.

Ella retrocedió y se puso de pie.

—No era mi intención. No sabía que estabas ahí —dijo, y se sacudió los pantalones vaqueros. Entonces, reconoció a su interlocutor—. Eres Tarek —dijo.

El chico había empezado a ir al colegio hacía poco, junto a varios de sus hermanos y hermanas. Eran una familia de refugiados a quienes habían acogido gente del pueblo.

Tarek estaba en noveno curso, y tenía aún menos aceptación que ella. Algunos de los niños decían cosas muy malas de él, como que era un terrorista, y cosas por el estilo. No parecía que a él le molestaran los insultos, tal vez, porque no los entendía.

O, tal vez, porque las cosas que había visto en su país eran un millón de veces peor que el hecho de que le insultaran un puñado de chicos.

–Y tú eres Julie Adams –dijo él.
–Sí. No quería tirarte nada.
–No te preocupes.
–Hay una señal de «Prohibido el paso».
–Y, sin embargo, tú estás aquí.
–Yo llevo viniendo aquí toda mi vida.
–¿Y eso te da legitimidad?
–Bueno, soy de aquí.
–Pero sigues siendo una intrusa.
Julie se encogió de hombros.
–Pero no me van a pillar.

Agarró la valla y pasó por debajo de ella. Después, se puso de pie y se giró a mirarlo. Sintió vergüenza; seguramente, él le estaba mirando el enorme trasero.

Sin embargo, Tarek no le estaba prestando atención. Abrió la puerta y salió.

–¡Eh! –exclamó ella–. ¿Cómo has conseguido abrir la cerradura?

Él se giró y volvió a colocar el candado.
–Es muy fácil. Es una combinación de cuatro números. La saqué.
–¿Cómo?

Él señaló el faro. Sobre la entrada había unos números, mil ochocientos veinticuatro, el año de su construcción.

—Algunas veces, lo mejor es empezar por lo más obvio.

Tarek era muy guay. Le caía muy bien. Y le sorprendía que le cayera bien, porque, últimamente, odiaba a todo el mundo. Y todo el mundo la odiaba a ella.

—La primera vez que subí al faro tenía nueve años —le dijo—. Una de las amigas de mi madre me dijo que mi padre estaba en el cielo, así que pensé que, si subía tan alto, quizá podría verlo.

Después de contarle aquello, se sintió un poco boba.

Sin embargo, no pareció que él la considerara una ridícula. Se quedó pensativo un momento y, después, dijo:

—Mi padre tampoco está con nosotros. Lo detuvieron. Se lo llevaron en mitad de una clase que estaba dando, y no volvimos a verlo.

—Eso es horrible.

Él asintió.

—Entonces, tu padre era profesor.

—Enseñaba inglés.

Se sentaron en una roca muy grande, mirando al mar. Los colores del atardecer teñían el agua y se confundían con los del cielo. Tarek observó a una gaviota que emprendía el vuelo.

—Vi lo que pasó en la clase de salvamento de surf.

A ella se le encogió el estómago.

—Fue un accidente.

—No, no es verdad. A menos que pienses que es un accidente que Vanessa Larson te haya perseguido.

—Era un juego durante los ejercicios —insistió ella.

Sin embargo, se encogió al recordar lo ocurrido. Cuando el padre de Vanessa había empezado a salir con su madre, Vanessa había puesto a todo el mundo en contra de ella. Al principio, las bromas eran sutiles: comentarios sobre su peso, su aparato de ortodoncia, sus gafas. Después, había ido en aumento y, enseguida, se habían unido otros chicos. Al final, después de que su madre rompiera con el padre de Vanessa, se había convertido en una campaña a gran escala contra ella.

—Tú nadas muy bien —le dijo a Tarek, para intentar cambiar de tema—. ¿Dónde aprendiste?

Él se quedó callado un momento.

—De camino a Turquía. O nadabas, o te hundías.

Ella sospechó que había mucho más en aquella historia.

—Tú también nadas muy bien —le dijo Tarek—. Por eso sé que no tuviste un accidente.

—Déjalo, ¿vale? —dijo ella—. Bueno, y ¿vas a quedarte en Bethany Bay durante el verano?

Tal vez, solo tal vez, pudieran hacer cosas juntos.

—No. Nos vamos en cuanto acabe el curso. Vamos a Canadá a ver a mis abuelos. Su familia de acogida está en Toronto.

Así que no iba a tener oportunidad de hacerse su amiga.

—¿Y tú?

Ella se encogió de hombros. Los veranos solían estar llenos de días de playa, paseos en bici con sus amigas, de hogueras y acampadas. No sabía lo que iba a hacer aquel verano, aparte de navegar por Internet y desear una vida diferente.

—Tengo que irme —dijo Tarek, de repente—. Nos vemos mañana en el colegio, ¿de acuerdo?

—Claro —dijo Julie—. Hasta mañana.

Volvió despacio por la carretera. No había nadie en casa, pero su madre le había dejado una nota en la encimera: *He ido a buscar a Billy al ferry. Vamos a ir al Primer Jueves. ¿Quieres venir?*

No, no quería ir a la fiesta del pueblo. Cabía la posibilidad de que se encontrara con las chicas a las que quería evitar. Se sintió frustrada. Abrió la despensa para comer algo.

Su madre ya nunca compraba patatas fritas ni galletas, y Julie sabía que era porque ella estaba gorda. Antes no era así. Se sirvió un cuenco de cereales integrales y sin azúcar y le añadió leche y azúcar. Subió a su habitación a mirar el teléfono mientras comía. Buscó a las chicas de su colegio. Vanessa Larson era la que más seguidores tenía. Ella atraía inmediatamente la atención de todo el mundo porque era la hija del director de la escuela y, además, porque era guapísima y tenía mucho pecho.

Julie pensó que, si no tuviera que ir al colegio, su vida no sería tan odiosa. El año anterior habían expulsado a un chico por llevar un Colt.45 a clase. Lo echaron en cuestión de minutos.

Julie no tenía armas de fuego que llevar al colegio y, aunque las tuviera, no se le ocurriría hacerlo. Pero, si pudiera encontrar la manera de no tener que volver, lo haría sin pensarlo.

Tenía deberes. Abrió el cuaderno y, al ver la primera página, se estremeció. Alguien le había hecho una caricatura, dibujándola como si fuera un hipopótamo con un tutú. El título era *Julie la tragaldabas*.

Julie arrancó la página del cuaderno y la arrugó.

—Al cuerno los deberes —murmuró—. A la mierda todo.

Tenía que librarse de aquel colegio y del infierno que vivía todos los días. Odiaba el colegio, y el colegio la odiaba a ella. Tenía que hacer algo.

—Lo he echado todo a perder —le dijo Camille a Billy Church, mientras se detenía en el porche para recoger las cartas. Sujetó la puerta para que pasara. Los negativos estropeados del profesor Finnemore estaban en la encimera. A ella todavía le daba vueltas la cabeza al pensar en su visita.

—A que lo adivino –dijo Bill, que estaba a punto de sonreír–. Me has hecho un suflé para cenar y se ha desinflado.

—Ojalá fuera tan sencillo.

Sirvió dos copas de vino, un rosado que era perfecto para una noche de verano y para terminar aquel penoso día.

—No. Los negativos que tenía que revelar están estropeados –le explicó a Billy–. Lo siento.

—A veces pasa –respondió él–. Le dije al cliente que no esperara milagros.

—No, no. No lo entiendes. Yo fui quien los estropeó. La película podía recuperarse. Pero, cuando me llamaron del hospital, lo dejé caer todo. Ni siquiera lo pensé.

—Nadie va a culparte por dejarlo caer todo cuando te llaman diciendo que tu hija está en urgencias.

Ella sonrió. Era la primera sonrisa del día, y ya era por la noche.

—No parecía que le interesara mucho mi explicación.

—Ah. Así que era un idiota.

—Pues, sí, bastante. Pero yo me siento fatal –dijo ella.

Billy tomó una funda hecha a mano que contenía unas gafas de sol.

—¿Has empezado a hacer manualidades?

—No. El tipo se las dejó aquí.

Se había dado cuenta después de que él se fuera, y estaba pensando qué hacer con ellas. Seguramente, debía ofrecerse a enviarlas por correo, lo cual quería decir que tenía que volver a ponerse en contacto con él. Magnífico.

Billy miró la etiqueta de la funda.

—Dice *Hecho a mano por mamá*. Qué mono. Su madre todavía le hace los regalos.

—No seas malo.

—Anda, ven aquí –le dijo Billy, y la abrazó.

—Gracias –dijo ella, con la cara apoyada en su hombro–. Lo necesitaba.

—Necesitas algo más que un abrazo, amiga mía —dijo Billy.

—¿Le estás tirando los tejos a mi madre otra vez? —preguntó Julie, que acababa de entrar en la cocina. Metió en el lavaplatos un cuenco y una cucharilla.

Billy dio un paso atrás con las manos en alto.

—Me declaro culpable. Lleva diciéndome que no desde que me rechazó para el baile de octavo.

—No es cierto —dijo Camille—. Tú estabas demasiado asustado como para preguntármelo.

—Porque sabía que me ibas a dar calabazas. Y te lo pedí en noveno, en décimo y en undécimo. Me parece que tardo en aprender.

—Seguro que tenía mis razones —dijo ella, y él le guiñó un ojo.

Camille sabía lo que estaba haciendo. Billy tenía el don de saber animar a los demás, no solo a ella, sino a Julie también. Después del día tan malo que habían tenido, él era como un rayo de sol. El mejor de los amigos, incluso cuando le estaba tomando el pelo.

—Sí. Eran Aaron Twisp, Mike Hurley y Cat Palumbo.

—¿Saliste con un chico que se llamaba Cat?

—Sí —dijo Camille—. Y era muy *cool*. Tan *cool*, que no podía tener un nombre normal. Tenía el pelo largo y llevaba pantalones vaqueros ajustados, botas de combate... Tocaba el bajo como un dios del rock. ¿Y qué fue de él?

—Es fácil averiguarlo —respondió Billy, y lo buscó en su teléfono móvil—. Aquí está ahora tu dios del rock —le dijo, y le mostró la pantalla. En ella aparecía la foto de un tipo pálido, un poco gordo, que llevaba una camisa que le quedaba mal y una corbata—. Trabaja en Washington D.C. para el *lobby* del pan. Y su verdadero nombre es Caspar.

Julie se echó a reír.

—¿Lo ves? —dijo Billy—. Le gusto a alguien de esta familia.

—Si vale de algo —respondió Julie—, me parece que es una locura rechazarte. Eres divertido, listo y te sabes de memoria *Bohemian Rhapsody*.

—Sigue, sigue.

—Eres totalmente Hemsworth.

Billy frunció el ceño.

—¿Qué es eso?

—Que te pareces a los hermanos Hemsworth. Sí, es bueno.

Él dio un sorbo a su vino.

—Genial. Bueno, ¿y tú qué tal hoy? Me han dicho que has tenido problemas con la corriente.

Ella se encogió de hombros.

—Son cosas que pasan.

—Bueno, pues que no vuelva a pasar. Le has dado un buen susto a todo el mundo —dijo Billy, y señaló la fotografía que había sobre la repisa de la chimenea. Era de Jace y Julie. La habían sacado en la playa, hacía unos cinco años, y ambos estaban posando con las tablas de surf, entrecerrando los ojos a causa del sol y riéndose—. Ese chico de ahí... Seguro que te castigaría de por vida si supiera que te has dejado llevar por la resaca mar adentro.

—Puede que así consiga volver a verlo —dijo Julie.

A Camille se le heló la sangre.

—No vuelvas a decir eso, Julie. Oh, Dios mío, ¿has oído lo que has dicho?

Julie alzó la barbilla.

—Según tú, él es lo mejor que ha habido en el mundo. Pero, para mí, está muy lejos. Es como si no hubiera llegado a conocerlo.

Aquel comentario preocupó a Camille. ¿Cómo podía conseguir mantener vivo el recuerdo que Julie tenía de su padre? Julie era muy pequeña cuando había perdido a Jace.

–Bueno, pues yo sí que lo conocí –dijo Billy. Se acercó al carrito de las bebidas y sacó una botella de Don Julio–. Y, aunque le rogué a tu madre que me esperara durante la universidad, ¿crees que me hizo caso? No. Tenía que conocer a don Perfecto y... ¡Bum! Nadie más tuvo la más mínima oportunidad.

–Eso es porque era el amor de su vida y, cuando lo perdió, el mundo se acabó para ella –recitó Julie, que había oído muchas veces la historia.

Billy sirvió dos vasos generosos.

–Yo tenía muchos celos de él, pero nunca pude odiarlo, porque te engendró a ti, Jules.

A Camille le dolía el alma, como le sucedía siempre que alguien hablaba de Jace. Se habían conocido en urgencias, adonde ella había tenido que ir porque se había dislocado el hombro en un accidente de escalada. Pocos meses después, se había casado con el médico que la había atendido aquel día. Siempre había pensado que tenía por delante una larga vida llena de aventuras con él. A nadie se le había ocurrido pensar en que iba a morir, ni en las consecuencias de su muerte. Desde el accidente, ella ya no quería saber nada de las aventuras. Quería y necesitaba una vida segura y predecible.

–¿Ha acabado ya el sermón? –preguntó Julie.

–Sí, ¿por qué no? –dijo Billy–. ¿Con quién está saliendo tu madre últimamente?

Camille estaba a punto de beberse el tequila y casi se atragantó con él.

–Eh –protestó.

–Mi madre nunca habla de los hombres con los que sale –respondió Julie.

–Eso es porque ha roto demasiados corazones –dijo Billy–. Incluido el mío.

—Ya está bien —dijo Camille, y le dio un empujoncito—. He salido con tres o cuatro tíos desde Jace. No es que no lo haya intentado. Pero nunca funciona.

—Ahora no está saliendo con nadie —dijo Julie—. Rompió con el director de mi colegio, gracias a Dios.

—¿Por qué dices «gracias a Dios»?

—Porque era un corte. Me desconcertaba mucho, ¿entiendes?

—No, pero me lo creo. ¿Y qué pasó con el tal Duane?

—Solo salimos una vez. Resultó que no era muy de fiar.

—¿Y el de antes de Duane? ¿Peter? Ese que era tan guapo.

—Se puso muy raro y trató de evangelizarme. Era un católico un poco fanático.

—¿De veras?

—Sí, se tomaba la doctrina al pie de la letra.

En realidad, ella pensaba que no le gustaba utilizar el preservativo. Motivo suficiente para enseñarle la puerta.

—¿Y ese al que conociste por Tinder?

—Mamá, por favor, dime que no estás en Tinder —le rogó Julie.

—No estoy en Tinder.

—La apuntó tu abuela —dijo Billy.

—Tu abuela todavía me está oyendo por haber hecho eso —dijo Camille, y miró a Billy—. Pero, por favor, vamos a hablar de otra cosa. Cuéntanos qué tal va tu semana. ¿Has puesto a punto tu departamento del Archivo Nacional?

—Ni por asomo. Reducen el presupuesto constantemente. Parece que no merece la pena destinar fondos a la conservación de los tesoros históricos —dijo él—. He acabado con un rumor desagradable sobre Rutherford B. Hayes. Y envié la tesis universitaria y el casco de fútbol americano de Gerald Ford a Michigan, su estado natal.

—¿Cuál era el rumor desagradable sobre el presidente Hayes? —preguntó Julie.

—Que tuvo un lío con una chica de salón, Mary Chestnut. Se lo inventaron sus enemigos políticos —dijo Billy—. ¿Os apetece que vayamos al pueblo a comer algo y a dar un paseo?

—A mí, no mucho —dijo Julie—, pero gracias.

—Yo debería quedarme en casa con Camille.

—No. Las dos deberíais venir conmigo.

—No, gracias —repitió Julie—. Prefiero quedarme en casa.

—Antes te encantaba el Primer Jueves. Puedes ver a tus amigas y decirles que estás bien.

—Mamá —dijo Julie—, ya he dicho que no me apetece.

Camille dio un paso atrás. La vehemencia de su hija la había dejado asombrada.

—Ah. La reina ha hablado —dijo, y se volvió hacia Billy—. Vamos a quedarnos en casa.

—No —dijo él—. Ven conmigo. Y Julie puede quedarse en casa viendo Snapchat, o Instagram, o lo que haga con sus amigas.

—Buen plan —dijo Julie, con una mirada de agradecimiento.

Camille estaba indecisa. Quería salir un rato. Quería tomarse un cóctel en la Skipjack Tavern.

—¿Seguro que estás bien?

—Seguro. Y estaré mejor cuando dejes de preocuparte.

—Nunca dejaré de preocuparme.

—Nos vamos —dijo Billy. Le dio el bolso a Camille y se la llevó hacia la puerta—. Vamos a dar un paseo hasta el pueblo —sugirió—. Hace una temperatura fantástica.

El verano se notaba en el aire nocturno. Las aceras de ladrillo irradiaban el calor que habían acumulado durante el día, y los colores del anochecer se reflejaban en el canal y en la bahía. El aire olía a madreselva, a hierba recién cortada y a mar. El cielo estaba despejado y se oían risas y conversaciones desde el pueblo, que estaba lleno de gente.

Bethany Bay había sido fundado por los colonos holandeses e ingleses hacía tres siglos, y tenía un encanto antiguo que era mezcla de ambas culturas. Las casas coloniales y los tejados a dos aguas se mezclaban con el paisaje marino que rodeaba al pueblo. El tiempo había tratado bien a Bethany Bay y le había permitido retener el carácter del pasado.

El Primer Jueves era una fiesta muy concurrida. Los habitantes del pueblo salían a relacionarse con sus vecinos y los veraneantes tomaban las calles. Los visitantes de la ciudad, Washington D.C., Dover, Bethesda, incluso de Nueva York y Nueva Jersey, se habían escapado pronto para ir a pasar allí el fin de semana. Bethany Bay no gozaba de tanta popularidad como Rehoboth y Annacock, que eran pueblos preciosos, pero aquellos que hacían el esfuerzo de llegar hasta aquel lugar remoto obtenían muchas recompensas. La urbanización del suelo estaba muy limitada porque todo el municipio estaba rodeado por una reserva natural, y el centro histórico del pueblo tenía los inmuebles registrados y protegidos.

La música de un conjunto que tocaba en el quiosco del parque del pueblo le añadía un toque festivo a la noche. El quiosco estaba rodeado de pequeñas lucecitas que colgaban de los cerezos y los liquidámbares, y el ambiente era irresistible.

Aquel pueblo era el escenario de su infancia, un refugio donde se sentía segura. El lugar donde había construido su vida antes de que ocurriera una tragedia de la que no podía hablar.

Y, sin embargo, a veces se sentía como si fuera un espacio amurallado del que no podía escapar.

Aquel paseo hizo que se distrajera durante un rato. Olvidó a Julie, y Billy y ella entraron en varias tiendas y galerías de la calle principal. Las obras expuestas iban desde el límite de lo *kitsch* a la sofisticación y a la magia. En la galería Beholder, que era de Queenie, la mejor amiga de su madre, comieron caramelos de tofe y observaron las últimas propuestas, escenas de la naturaleza impresas en cobre o aluminio. La galería estaba en el edificio de las antiguas aduanas, que databa del siglo XVIII. El espacio inundado de luz, con su gran chimenea, era el escenario perfecto para exponer obras de arte.

—Son hipnóticas —le dijo Camille a Queenie. Miró hacia atrás y vio que la joven ayudante de Queenie estaba coqueteando descaradamente con Billy, lo cual no era ninguna sorpresa. Billy era muy guapo, de los que conseguían que una pajarita y unas gafas de pasta resultaran sexis, y las mujeres se volvían locas por él—. No soy la única que está hipnotizada.

—Es un buen partido —respondió Queenie—. Tu madre y yo nos hemos preguntado muchas veces por qué vosotros dos no...

—Me encantaría conocer al artista —dijo Camille.

—Claro. Esperaba que pasaras hoy por aquí. Gaston y tú tenéis algo en común.

—¿Gaston? ¿Es francés?

—De Saint-Malo. Te va a encantar —dijo Queenie, y la llevó de la mano, por entre la multitud, hasta un tipo delgado de pelo rubio claro, que llevaba una camiseta de rayas y una bufanda muy finita—. Gaston, te presento a Camille, la hija de mi mejor amiga.

Él alzó la vista y, cuando la vio, se le iluminaron los ojos. Ella se alegró de haberse dado una ducha y haberse maquillado antes de salir.

—Hola —dijo Gaston, tendiéndole la mano—. Me alegro mucho de conocerte.

Camille se dio cuenta de que le costaba hablar en inglés, así que le respondió en francés.

—Tus fotografías son bellísimas —le dijo—. Enhorabuena por esta increíble exposición.

Él sonrió.

—¿Tú también eres francesa?

—Mi padre. Él me enseñó su idioma materno.

—Debe de ser del sur —dijo Gaston—. ¿De la Provenza? Me parece oír el acento.

En el sur de Francia se hablaba un dialecto que tenía una cadencia propia, comparable al sonido único de la gente de la región de Chesapeake, que era una mezcla de acentos y términos arcaicos.

—Bueno, vosotros dos, ya está bien de ser tan extranjeros y exclusivos —dijo Queenie.

—Somos extranjeros —respondió Gaston con un guiño.

—Camille también trabaja en el campo de la fotografía —dijo Queenie—. ¿Te lo ha dicho?

Camille veía venir los intentos de emparejarla desde kilómetros de distancia. Su madre, sus amigas y sus hermanastras detestaban que estuviese soltera. Algunas veces, tenía la sensación de que su madre había reclutado a todo el pueblo para encontrarle novio. Sin motivo alguno, se le pasó por la cabeza la imagen de Malcolm Finnemore.

—Lo siento —le dijo a Gaston en francés—. Ella siempre intenta emparejarme con hombres al azar.

—No te preocupes —respondió él—. Soy artista. Todo el mundo sabe que es peligroso emparejarse con un artista —añadió. Con una sonrisa, volvió a hablar en inglés—. Bueno, entonces, ¿eres fotógrafa?

—Sí.

—Está especializada en el revelado de material antiguo, películas y negativos —dijo Queenie—. Yo siempre estoy intentando que haga una exposición aquí, en Beholder.

En aquel momento, se les acercó una de las ayudantes de Queenie.

—Siento interrumpir —dijo—. Tenemos un comprador para el paisaje grande.

Queenie se puso rápidamente en acción. Tomó a Gaston por el codo y se lo llevó hacia la gran pieza que estaba colgada sobre la repisa de la chimenea.

Camille aprovechó la oportunidad para alejar a Billy de la ayudante de la galería y, juntos, salieron a la calle.

—Eh —dijo Billy—. Era muy mona.

—Todas las veinteañeras son monas.

Él le lanzó una mirada de resentimiento fingido.

—¿Desde cuándo las veinteañeras son demasiado jóvenes para mí?

—Tenemos treinta y seis años —le recordó ella.

—Pues entonces, acepta mi propuesta de matrimonio. Yo haría de ti una mujer decente.

—¿Adónde vamos ahora? —respondió ella, ignorando sus bromas—. ¿A Ooh-La-La?

—Sí, vamos —dijo él—. Hace tiempo que no veo a tu madre. Además, Rhonda siempre da esas croquetitas de cangrejo tan ricas. Saben como si un ángel se tirara un pedo en tu boca.

—No sé cómo te extraña que no me case contigo. Eres demasiado escandaloso.

—Vamos, vamos antes de que se acaben los pedos de ángel.

La tienda estaba alegremente iluminada y resultaba muy acogedora, como siempre. El local estaba en un edificio de ladrillo revestido de parra que, hacía un siglo, era una tienda de sombreros. Tenía dos ventanales gemelos que daban a la calle. Como siempre, los escaparates eran preciosos, una elegante mezcla de estilos. A pesar de que la tienda tuviera un nombre cursi, la madre de Camille tenía un gusto exquisito, y su hermanastra, Britt, tenía muy buen ojo para el diseño.

Cherisse había llenado el local de cosas interesantes:

artículos para el hogar únicos, útiles para la degustación del vino, rodillos de cristal, cortinas de baño estampadas, papel de escribir Clairefontaine y bolígrafos que se adaptaban perfectamente a la mano. Camille había crecido en la tienda, escuchando a Edith Piaf y a Serge Gainsbourg mientras ayudaba a su madre a colocar en el escaparate un juego de posacubiertos de cristal para cuchillos o una edición de coleccionista de Mille Bornes, o el juego de mesa holandés *Stap op*.

En la década de 1990, la primera dama fue fotografiada en la tienda comprando un fabuloso juego de cubiertos Laguiole. Aquello significó un fuerte impulso para el negocio. Figuras conocidas de la sociedad de Washington D.C., e incluso un par de famosos, se convirtieron en clientes habituales. Publicaron reportajes sobre la tienda en revistas nacionales y fue mencionada en artículos de viaje y en blogs de compras como un lugar especial, lleno de tesoros y de visita obligada.

Camille le debía su misma existencia a la tienda. Aunque ella no se diera cuenta mientras crecía, sus padres se habían casado por conveniencia. Su padre, Henry, quería obtener la nacionalidad por medio del matrimonio con una estadounidense. Por su parte, Cherisse, que era quince años más joven, necesitaba un respaldo para abrir la tienda que siempre había soñado. Los dos querían tener un hijo con todas sus fuerzas. Su deseo compartido de tener un hogar y una familia era tan fuerte, que creyeron que era una especie de amor. Al final, tuvieron que admitir, ante sí mismos y ante Camille, que no importaba lo mucho que quisieran a su hija, porque el matrimonio no estaba funcionando para ellos.

Un día, cuando Camille tenía ocho años, la sentaron y se lo dijeron.

Tal y como dijo el mediador, su divorcio fue asombrosamente civilizado. Después de un par de años, Camille se adaptó a dividir su tiempo entre dos hogares. Unos años después del divorcio, Cherisse conoció a Bart, y entonces fue cuando Camille se enteró de cómo era el amor verdadero. Era la luz que aparecía en los ojos de su madre cuando Bart entraba en una habitación. Era el toque firme de la mano de su padrastro en la parte baja de la espalda de su madre. Había un millón de detalles que ella nunca había visto entre su padre y su madre.

Estaba agradecida de que sus padres se llevaran bien. Bart y su padre eran cordiales el uno con el otro cada vez que se veían. Sin embargo, a pesar de los esfuerzos de todo el mundo, y a pesar del tiempo que había pasado, la ruptura de su familia era como una vieja herida que a veces aún le dolía. Cuando pensaba en Julie, se preguntaba qué era más difícil: deshacer una familia por un divorcio o perder a un padre.

Al menos, a Cherisse le iba muy bien en su nueva vida. Bart y ella habían tenido dos hijas, Britt y Hilda. Su hermana había abierto la mejor cafetería del pueblo, Brew-La-La, en el edificio contiguo a la tienda de su madre. Durante sus años de instituto, Camille había estado ayudando en la tienda mientras sus dos hermanastras pequeñas jugaban en el jardín del patio.

Aquellos días, Camille trabajaba en la oficina con el contable, Wendell, un surfista y patinador insaciable que financiaba su pasión por el deporte llevando los libros. A pesar de su pelo revuelto y su ropa de surfista, era inteligente, intuitivo y meticuloso. Las dependientas eran Rhonda, que también era una buenísima cocinera, y Daphne, que provenía del norte de Nueva York y que tenía un pasado misterioso.

Britt era la promotora de ventas y escaparatista. Cherisse se encargaba de viajar y comprar. Iba a Europa dos veces al año a buscar las encantadoras ofertas que habían hecho famosa a la tienda. Antes de la muerte de Jace, Camille solía acompañarla en aquellos viajes a París, Amsterdam, Londres y Praga. Eran días inolvidables en los que madre e hija se dedicaban a la búsqueda del tesoro.

Después de la tragedia, Cherisse seguía pidiéndole a Camille que la acompañara en los viajes, pero Camille se negaba. La mera idea de poner un pie en un avión le daba pánico. No volvió a subir a una montaña ni a recorrer un sendero, ni a navegar, ni a hacer surf. Aparte de los viajes cotidianos a Washington D.C. por motivos de trabajo, no iba a ninguna parte. Consideraba que el mundo era un lugar peligroso, y su misión era conseguir que Julie estuviera a salvo.

Aquel día había fallado estrepitosamente, y se juró a sí misma que no volvería a cometer ese error.

Al entrar en la tienda, Rhonda los saludó con una bandeja de sus legendarias croquetas de cangrejo.

—No te voy a abandonar nunca —dijo Billy, mientras tomaba tres.

—Promesas, promesas —respondió Rhonda—. Venid. Está siendo una gran noche. Está empezando la temporada alta.

La madre de Camille estaba en su elemento, saludando a propios y extraños. Billy fue directamente hacia ella.

—Hola, guapa —le dijo, y le dio un abrazo.

—Hola, hola —dijo ella, con el semblante iluminado. Entonces, vio a Camille—. Hola, nena. Me alegro de que hayas podido venir. ¿Cómo está Julie?

—Nos ha echado a los dos de la casa —respondió Camille—. Está bien, mamá. Gracias por ir a vernos al hospital. Yo no daba pie con bola.

—Eso no es cierto. ¿O es que me he perdido algo?

«Bueno, te has perdido que yo me haya echado a llorar delante de Malcolm Finnemore», pensó Camille. Sin embargo, dijo:

—No, no. Ya estoy bien.

Billy observó una mesa antigua en la que se exponía un enorme cuenco de cóctel en forma de pulpo.

—La tienda está maravillosa, como siempre.

—Gracias. ¿Has visto las nuevas fotos de Camille? Ya he vendido cuatro —dijo, y señaló las otras tres fotografías, enmarcadas y colgadas sobre el cabecero de una cama.

La imagen central era una fotografía que ella había revelado de un antiguo daguerrotipo de Edgar Allan Poe. Había utilizado papel de archivo y el retrato era evocador, inasible e inquietante, tanto como sus poemas. Junto a ella había fotografías propias de Camille. Ya casi nunca hacía fotografías, así que aquellas eran de hacía varios años. Las había tomado con una cámara Hasselblad de gran formato, y había capturado imágenes locales con una precisión hiperrealista.

Cuando Jace aún vivía, Camille había ido de acompañante en un viaje del colegio de Julie a la Casa Blanca. Había captado a una libélula sobrevolando el estanque de Kennedy Garden y a dos niñas tomadas de la mano corriendo por la columnata del este, enmarcadas entre dos de las columnas.

—Estas me encantan —dijo una turista—. Esta de la rosaleda de la Casa Blanca es preciosa.

—Aquí está la artista —dijo Billy, empujando a Camille suavemente hacia delante.

—Son muy misteriosas —comentó la mujer—. Parecen un poco antiguas.

—Son de hace seis años —dijo Camille—. Ese día estaba haciendo fotografías con una cámara antigua.

—Mi hija tiene una magnífica colección de cámaras antiguas —dijo Cherisse—. Ella misma revela e imprime las fotografías.

—Vaya. Pues son fantásticas. Voy a llevarme esta para

una amiga mía que también adora la fotografía antigua –dijo la mujer y, con una sonrisa, tomó la imagen de la rosaleda.

Camille se sintió halagada. Se sintió orgullosa de sí misma. Ojalá Jace estuviera vivo para ver aquello. «Puede que esta afición tuya se convierta en algo algún día», le decía.

–...en el reverso –estaba diciendo la compradora.

–Disculpe, ¿qué me decía?

–Quisiera saber si podría escribir una dedicatoria en el reverso –dijo la mujer–. Para Tavia.

–Por supuesto –respondió Camille. Encontró un bolígrafo y escribió una pequeña dedicatoria con su firma en el reverso de la fotografía.

–Bueno, vamos a tomar algo –dijo Billy, después de que terminara–. Así podré ver cómo te tiran los tejos en el Skipjack.

–Buen plan –dijo ella, e hizo un mohín. A ella no le tiraba los tejos nadie, y él lo sabía.

Billy y ella se fueron caminando hacia la taberna, que estaba en un edificio del siglo XIX cercano al muelle. La gente era muy simpática y alegre, y estaban dentro y fuera del local, en la terraza que daba al mar.

–Es cosa mía –dijo Billy, mirando a la multitud–, ¿o conocemos a la mitad de la gente que hay aquí?

–Ventajas de criarse en un pueblo pequeño.

–O desventajas. Aquí hay como mínimo dos mujeres con las que me he acostado. ¿Les digo «hola» o hago como si no las hubiera visto?

–Lo que tienes que hacer es invitarme a una copa, porque he tenido muy mal día –dijo ella, y se acercó a la barra–. Por favor, un *dark and stormy* –le dijo al camarero.

–Hola, Camille –dijo una mujer a su espalda.

Camille trató de no encogerse. Conocía aquella voz, con acento pijo y falsamente amigable.

—Hola, Courtney —respondió.

Era la exmujer de Drake Larson, que llevaba un vestido de neopreno ajustado y sonreía forzadamente. Hacía años, era una de las veraneantes, de las que conseguían que Camille se sintiera inferior. Ella nunca había sido tan *cool*, tan sofisticada como los chicos de la ciudad. Uno de los motivos por los que se había esforzado tanto en destacar en los deportes era poder competir con los veraneantes.

—No me esperaba verte por aquí esta noche —dijo Courtney—. Vanessa me ha contado que Julie tuvo un accidente esta mañana.

—Ya está bien —dijo Camille.

—Pues me alegro. A mí ni se me ocurriría dejar sola a Vanessa si se hubiera dado un golpe en la cabeza.

—¿Y cómo sabes que se ha dado un golpe en la cabeza?

Courtney se aturulló.

—Bueno, eso es lo que ha oído decir Vanessa. Me imagino que sí, que Julie ya está bien, si tú estás aquí tomando una copa con un hombre —dijo, mirando a Billy, que estaba pagando las copas.

—Julie está bien, y Vanessa puede llamarla para preguntarle qué tal está —dijo Camille.

—Se lo diré —respondió Courtney—. Pero esta noche está ocupada. Sus amigas y ella están en el quiosco, en el concierto de la banda. A lo mejor puedes enviarle un mensaje a Julie para que venga con ellas.

—Julie ha preferido quedarse en casa.

—Hola —dijo Billy—. Sí, ha preferido quedarse en casa relajándose.

—Ah, entiendo. Bueno, supongo que habrá llegado ya a esa edad tan difícil —dijo Courtney, y dio un sorbito a su Martini.

Billy la miró de forma elocuente.

—Hay gente que nunca la deja atrás.

Courtney hizo caso omiso de la pulla.

–Niños. Cambian muy rápido a estas edades. Vanessa y Julie eran muy amigas, pero, últimamente, no tienen muchas cosas en común.

–¿De verdad? –preguntó Billy.

–Vanessa está muy ocupada con los ensayos de las animadoras. ¿Va a entrar también Julie en el grupo?

Camille pensó que, seguramente, Julie preferiría que le hicieran una endodoncia.

–No, a Julie no le gusta estar en la banda –dijo Billy.

–Debería probar la animación –dijo Courtney–. Tiene una cara muy guapa, y los ensayos son un buen ejercicio. Son muy buenos para mantenerse en forma.

Camille notaba que Billy estaba empezando a echar humo, y le dio un suave codazo.

–Ya nos están sirviendo las copas –dijo.

Mientras salían con los vasos a la terraza, Camille oyó que Courtney estaba alardeando de los últimos éxitos de Vanessa. Sabía que no tenía que permitir que los comentarios de aquella mujer la fastidiaran lo más mínimo, pero no podía evitarlo, y menos al mirar hacia el pueblo y ver a un grupo de chicos bailando y riéndose. La rubia y guapísima Vanessa era el alma de la fiesta. Ya no parecía que Julie pudiera encajar. Y ella no tenía ni idea de cómo arreglarlo.

Capítulo 4

Camille volvió a casa andando. Después de pasar un rato hablando con gente y de haberse tomado un par de cócteles, se sentía mejor. La luz de la habitación de Julie estaba encendida, y ella la vio por la ventana, mirando la pantalla del ordenador. Esperaba que el aislamiento de su hija fuera solo una fase. Tenía pensado restringir el tiempo que pasaba Julie con el ordenador, pero en aquel momento no se sentía con fuerzas para pelearse con su hija.

Cuando entró en casa, encontró los negativos en la encimera de la cocina, con los vasos de los chupitos de tequila que se había tomado con Billy. Lo recogió todo. Había perdido un cliente, sí, pero eso podía suceder, y el mundo no se iba a acabar por ello.

«Gracias por nada». Finnemore era un idiota. Por mucho que ella le hubiera fallado, no tenía derecho a ponerse así con ella. Los tipos guapos pensaban que tenían permiso para ser malos. Ella estaba enfadada consigo misma por sentirse atraída por él, y por sentirse molesta por su airada reacción.

Un coche se acercó a la casa, y ella vio la luz de los faros al tiempo que oía el ruido del motor. Miró el reloj. Eran las nueve de la noche. Salió al porche y encendió la luz. Al ver que era el profesor, se le encogió el corazón.

—¿Se le ha olvidado algo? —le preguntó, cuando él salió del coche.

—Mis buenos modales —dijo él.

—¿Disculpe?

—¿Tomas vino? —preguntó el profesor.

—Copiosamente. ¿Por qué lo pregunta?

Él le mostró una botella de rosado.

—Es una ofrenda de paz. Está helado.

Ella miró la etiqueta. Un Domaine de Terrebrune, de Bandol.

—Es un buen vino.

—La compré en una pequeña tienda del pueblo.

Ella asintió.

—Grand Crew. Mi padre era uno de sus proveedores. Ahora está jubilado.

—Entonces, se dedicaba al negocio de los vinos.

—Tenía una conocida importadora y distribuidora en Rehoboth. Y ¿por qué estamos manteniendo esta conversación?

—He venido a disculparme. Cuando llegué a mitad del puente, empecé a sentirme muy mal por haberle gritado, así que me di la vuelta y vine para acá.

—Ah —dijo. Ella se quedó boquiabierta. Pasó un segundo embarazoso. Después, le preguntó—: ¿Quiere pasar?

—Pensé que nunca iba a preguntármelo.

Camille fue a la cocina y tomó unos vasos y un sacacorchos. ¿Qué hacía aquel hombre allí?

—En realidad, sí que se ha olvidado algo: las gafas —le dijo, y se las entregó.

—Ah, gracias —dijo él. Abrió la botella de vino y sirvió dos vasos. Fueron al salón y se sentaron en el sofá. Él inclinó su vaso—. Entonces, ¿acepta mis disculpas?

Ella le dio un sorbito al vino.

—Sí, las acepto. Pero me siento muy mal por lo de sus negativos.

—Sí, lo sé. Cometió un error, y yo debería haber sido más comprensivo —dijo él, y le tocó brevemente el brazo.

De acuerdo, así que, tal vez, aquel tipo no era tan idiota. Camille se miró el brazo. ¿Por qué la estaba cuidando aquel extraño a quien le había destruido unos negativos?

—Nunca había echado a perder un proyecto como este —dijo—. Todo iba perfectamente hasta que me llamaron del hospital diciéndome que mi hija estaba en urgencias, que habían tenido que llevarla allí en ambulancia. Lo dejé caer todo y salí corriendo.

—¿La niña a la que conocí antes? Oh, Dios mío, ¿está bien?

—Sí, sí, está bien. Ahora está arriba, en su habitación, navegando por internet.

—Entonces, ¿por qué fue a urgencias?

—Estaba en una clase de salvamento de surf. La mayoría de los niños de esta zona hacen ese curso en noveno. Se golpeó la cabeza y se la llevó la corriente de resaca.

Al narrarlo, Camille sintió de nuevo un pánico horrible. No quería imaginarse lo que podía haber pasado.

—Gracias a Dios que está bien.

Camille asintió.

—Me asusté mucho. Conseguí mantener la compostura hasta que... bueno, hasta que apareció usted. Lo siento. Llegó justo en el momento en que me desmoroné.

—Tenía que habérmelo dicho antes. De haber sabido todo esto, no habría sido tan idiota —le dijo él, y sonrió ligeramente. A ella se le aceleró un poco el corazón.

—Bueno, gracias, profesor Finnemore.

—Llámame Finn.

Ella le dio otro sorbito a su vino y miró al hombre por encima del borde del vaso.

—Tienes pinta de Finn.

—¿Pero no de Malcolm?

—Exacto. Malcolm es completamente diferente.

Él sonrió de un modo encantador.

—¿Y eso?

—Bueno, Malcolm es mucho más formal. Académico. Me recuerda a una pajarita y a unos mocasines marrones.

Él se echó a reír.

—Entonces, me has dejado reducido a un cliché.

—Sí, me declaro culpable.

—¿Quieres saber cómo te imaginaba yo? —preguntó él—. Pelo oscuro y largo. Ojos marrones, grandes. Guapísima, con una camisa roja de rayas —dijo, y se echó a reír—. Entré en tu página web.

Ah. En el apartado de «Sobre nosotros» de su página web había una fotografía de Billy y suya. Pero... ¿guapísima? ¿De verdad había dicho que estaba guapísima? Seguramente, se sentía decepcionado, porque aquella noche en concreto no se parecía en absoluto a la mujer de aquella foto.

—Estás exactamente igual que en la foto —dijo él.

Un momento... ¿Se le estaba insinuando? No. No era posible. Ella debería haber mirado su página web. ¿Tenían los profesores de Historia página web?

—Adelante —dijo él, como si le estuviera leyendo el pensamiento—. Puedes buscarme en internet en tu teléfono. Sabes que quieres hacerlo.

Ella se ruborizó, pero lo hizo. Escribió su nombre en la pantalla y encontró una información que le sorprendió en una página web.

—Aquí dice que eres un graduado de la Academia de Marina de Estados Unidos y que fuiste oficial de inteligencia. Que ahora eres profesor de Historia en Annapolis y que tienes renombre porque te dedicas a buscar el rastro de soldados perdidos para devolverles los restos a sus familias. Eres un experto en el análisis de fotografías antiguas.

—Entonces, tenemos algo en común. Si alguna vez te

encuentras con alguien misterioso en alguna foto, puedo echarle un vistazo.

Ella no sabía si su seguridad en sí mismo resultaba sexy o fastidiosa. En la parte de «Datos personales» de la página web figuraba que había estado casado con la premiada periodista Emily Cutler durante diez años, pero que, en aquel momento, estaba divorciado. Aquella parte no la leyó en voz alta.

—¿Soy renombrado? No me digas —dijo. Se movió hacia ella y miró la pantalla.

—Yo no lo digo. Lo dice la Wikipedia. ¿Es cierto?

—Más o menos —dijo él con una sonrisa—. No sé si alguna vez he hecho algo para ser renombrado. Tal vez elegir este vino excepcional. Chin chin —le dijo a Camille, y entrechocó sus vasos. Después, tomó un sorbito—. Entonces, tu padre estaba en el negocio del vino.

—Es un experto. Se crio en el sur de Francia.

—Entonces, tenemos otra cosa en común. Yo he estado trabajando en Francia. Dando clases en la Universidad de Aix-Marseille, en Aix-en-Provence.

—Mi padre nació en esa zona, en un pueblo que se llama Bellerive. Está en el Var. ¿lo conoces?

—No, pero he recorrido en coche parte del curso del río Var, hasta la costa. Es precioso y apenas hay turistas —dijo él—. Viñedos, lavanda y sol. ¿Vas allí a menudo?

—Nunca he estado.

—¿En serio? Pues tienes que ir. Nadie tiene una vida completa hasta que ha conocido el sur de Francia.

Ella no quería hablar de aquel tema con él.

—Entonces, procuraré vivir mucho tiempo.

—Brindo por ello —dijo él. Entonces, miró la vitrina que había al otro lado del salón—. ¿Coleccionas cámaras?

—Sí. Empecé a hacer fotos en cuanto supe lo que era una cámara y, una vez, encontré una Hasselblad en un rastrillo. Resultó ser una joya. Aprendí fotografía con ella. Por eso me interesan las antiguas.

Camille siempre había sentido pasión por la fotografía, pero esa pasión había muerto con Jace. Desde entonces, no había vuelto a hacer fotos.

—Aprendí a restaurar una cámara por el método de prueba-error. Muchos errores. Muchas noches encorvada delante de una lupa, pero me encanta. El padre de Billy trabajaba en la industria del cine, revelando películas a diario y, cuando éramos niños, él nos enseñó las viejas técnicas y las herramientas y materiales que hacían falta para procesar películas dañadas.

—Entonces, ¿esas fotografías son tuyas? —le preguntó, señalándole dos imágenes del faro de Bethany.

—Una de ellas, sí. Encontré unos negativos antiguos en una cámara y los revelé. Esa foto se hizo durante la tormenta de 1924, y me pareció tan alucinante que yo la repetí —le explicó. Y, de repente, añadió—: Pero ya no hago fotos. Ahora ya solo revelo las fotografías de otras personas.

Se le fue la mirada hacia la cámara Leica que había sobre la repisa de la chimenea. Llevaba allí cinco años, y la última vez que la había usado había sido para sacarle una foto a su marido unos minutos antes de que muriera. Había puesto allí la cámara y no había vuelto a tocarla. La película todavía seguía dentro; no había sido capaz de revelarla.

Hubo unos segundos de silencio. No sabía por qué le había confesado eso a aquel desconocido. Tal vez, porque echaba de menos hacer fotografías. Antes, podía pasar horas con la cámara colgada del cuello durante sus viajes. Desaparecía en el acto de capturar una imagen, de exponer sus secretos y de congelar un instante. Pero todo eso había quedado en el pasado. Ahora ya no iba a ninguna parte.

—Por lo que veo, tienes mucho talento —dijo él—. ¿Por qué no haces más fotos?

—Supongo que estoy muy ocupada con otras cosas. Sobre todo, tengo muchas contrataciones de servicios de digitalización.

—Entonces, trabajas con Billy Church, que es el hombre que me dio tu referencia.

—Sí, somos socios —dijo ella—. Los dos somos de aquí, de Bethany Bay, y somos amigos desde pequeños. No ganamos mucho dinero con esto, así que ambos tenemos otros trabajos. Billy está en el Archivo Nacional, y yo soy socia de una tienda del pueblo.

—¿Tienes una tienda?

Camille asintió.

—Mi madre puso una boutique hace varios años y, ahora, somos socias —dijo, y exhaló un suspiro—. Ojalá hubiera podido ayudarte hoy —añadió.

—De todos modos, era una posibilidad un poco remota.

—Soy especialista en las posibilidades remotas. ¿Tienes alguna idea de lo que podía haber en la película? —le preguntó. Suponía que se trataba de algo relacionado con su trabajo de profesor.

Él se quedó callado un momento, y ella empezó a sentirse azorada de nuevo. ¿Acaso no debería habérselo preguntado?

Él tomó un sorbo de vino.

—Pensamos que podía ser el último carrete de fotos que hizo mi padre, Richard Arthur Finnemore, antes de desaparecer en acto de servicio en Camboya.

Ella tardó unos instantes en asimilarlo.

—¿Desaparecido...? ¿Quieres decir que estaba luchando en la guerra de Vietnam?

—No estaba luchando, pero estaba allí porque era oficial de inteligencia y especialista en comunicaciones.

—Pero... la guerra terminó en 1973, ¿no?

—Sí, la guerra de Vietnam terminó ese año con la paz de París. Pero el alto el fuego no se aplicó en Camboya ni en Laos, así que las bajas no terminaron. Mi padre no volvió a casa, yo no lo conocí. Mi madre estaba embarazada de mí cuando él se marchó.

Ella dejó el vaso y se giró ligeramente hacia él. Estaba viendo a un hombre diferente al desconocido furioso que había llegado a su vida aquella tarde. Qué horrible la ironía de que un soldado llegara al final de una guerra y desapareciera en combate mientras otros volvían a casa.

Se dio cuenta de que, posiblemente, no era ninguna coincidencia que Finn se dedicara a buscar soldados desaparecidos. Y, sin embargo, nunca había encontrado a su propio padre.

—Debió de ser una pesadilla para tu familia. Es muy triste. Finn, lo siento mucho. Lo siento aún más ahora que me has contado lo que había en ese carrete. Si tienes otras películas sin revelar, aunque no te he dado ningún motivo para que te fíes de mí, estaré encantada de ayudarte.

Él negó con la cabeza.

—Solo tenía ese. Mi hermana mayor lo encontró en una caja llena de cosas de mi padre que llevaba cuarenta años guardada.

—Por favor, dile a tu hermana, y a toda tu familia, que lo lamento muchísimo.

En la pantalla de su teléfono móvil apareció un mensaje de texto, y él lo miró.

—Hablando de mi familia. Es mi madre, que me dice que me corte el pelo mañana.

—¿Por qué? ¿Tenéis alguna ceremonia especial?

—Van a conceder a mi padre la Medalla del Honor.

—¡Vaya! Esa medalla la concede la presidenta.

Él asintió.

—Sí. Es una ceremonia que se celebra en la Casa Blanca.
—Es increíble. Qué honor para tu familia. Y me da muchísima rabia haberte decepcionado. Ojalá pudiera decirte que voy a arreglarlo, pero las fotos están estropeadas.

Él se encogió de hombros.

—Bueno, supongo que, si te llaman de urgencias diciéndote que tu hija está allí, lo más lógico es que todo se te caiga de las manos —dijo él—. Bueno, Camille, tengo que irme. Mañana es un gran día para mi familia.

Ella lo acompañó al coche.

—Muchas gracias por el vino —le dijo.
—Te llamaré —le dijo él, cuando llegaron al coche.
—¿Eh?
—Ya sabes. Por teléfono.
—¿Por qué?
—Para que podamos hacer algún plan.
—¿Un plan? —preguntó ella, como si se hubiera vuelto boba.
—Podríamos ir a cenar, o algo así. Todavía voy a estar por aquí unos cuantos días...
—¿Te refieres a que salgamos juntos? ¿Algo como una cita?
—No como una cita. Una cita.

A ella se le detuvo el corazón.

—No creo que sea buena idea.
—¿Estás saliendo con alguien?
—No, pero...
—Entonces, ¿te asusto?

Ella sonrió.

—Sí, claro.
—Bueno. Soy mucho más agradable de lo que he sido hoy. Te llamaré —dijo él, y le tocó el brazo. No tuvo nada de sexual. Fue solo un gesto breve y espontáneo, pero, para ella, fue como un despertar de algo muy sexual, y eso la tomó por sorpresa.

–Finn, no me llames, por favor. No me pidas una cita. Yo... no sería buena compañía.
–¿Y si me dejas que sea yo el que juzgue eso?
–No me llames –repitió ella–. Siento mucho lo de los negativos. Ten cuidado en la carretera.

Capítulo 5

Desde que los padres de Camille se habían divorciado, ella cenaba con su padre todos los viernes por la noche, a no ser que él estuviera fuera por trabajo. Lo que había comenzado como un modo de mantener su relación se había convertido en una tradición que ella adoraba. Todos los viernes, después del colegio, iba a casa de su padre y juntos hacían la cena.

Su padre y ella hablaban en francés. Henry y Cherisse habían acordado que su hija debía aprender ambos idiomas, y ella había crecido siendo bilingüe. El resto de los fines de semana que pasaban juntos trabajaban en el jardín, iban a la costa cuando hacía buen tiempo o hacían excursiones a Washington, D.C. Habían visto todos los Smithsonians, el zoológico nacional, los monumentos, los parques y las fuentes. Él se la llevaba a París durante dos semanas todos los veranos, y se quedaban en una pequeña pensión, muy acogedora, de la calle Bachaumont. Durante la semana, su padre se reunía con los vendedores de vino, y Camille iba a explorar la ciudad con la familia que regentaba la pensión.

Después de que naciera Julie, la diversión había aumentado. La niña y el abuelo tenían un vínculo especial. Se iluminaban el uno al otro, siempre había sido así. Gracias a Henry, Julie hablaba perfectamente en francés. Él le leía los mismos libros infantiles que le había leído a ella y le ponía películas cómicas francesas que compraba durante sus viajes. Era la figura paterna que había perdido Julie, y él se deleitaba con aquel papel.

En las cenas de los viernes había dos reglas inviolables: la primera, que tenían que hablar francés y escuchar la selección musical de su padre. Y, la segunda, que tenían que hacer la cena en casa. Nada de pedir pizza ni comida preparada.

En aquella ocasión, cuando llegaron a casa de Henry, Camille y Julie lo encontraron en el huerto, recogiendo judías verdes para la ensalada. Llevaba un sombrero de paja y unos zuecos especiales para trabajar en el jardín.

—Ah –dijo, mientras dejaba la cesta en el suelo–. Aquí estáis, preciosas.

Les dio un abrazo y tres besos a cada una, al estilo francés.

—Como hace una noche tan buena, he pensado que podíamos tomar el aperitivo en el patio. Podemos hacer una *socca* a la parrilla.

—Me parece perfecto –respondió Camille.

La *socca* era una comida deliciosa, una crepe de harina de garbanzo con cebolla caramelizada.

—Seguro que eres el único señor del pueblo que tiene una sartén para hacer *socca* –dijo Julie, mientras su abuelo encendía la parrilla del patio.

—Y seguro que tú eres la única jovencita del pueblo que sabe lo que es la *socca* –dijo él–. Aprendí a hacerla viendo a los vendedores callejeros por Niza, cuando tenía tu edad. Necesito un poco de romero.

Julie fue a la zona de hierbas aromáticas a buscarlo.

—¿Qué puedo hacer yo?

—Llévate las judías verdes a la cocina y lávalas. Y trae

el vino cuando vuelvas. Hay una botella de Apollinaris para Julie.

Ella tomó la cesta y entró en la cocina. Olía maravillosamente bien. Había algo con vino hirviendo lentamente al fuego. Su padre había comprado aquella casa colonial el mismo año en que se había casado con su madre. El edificio tenía una placa histórica, era un clásico de la arquitectura típica de la costa, descrita como «una casa grande, casita, columnata y cocina». La vivienda original tenía varios siglos y era un hogar sencillo, una casita. A medida que la familia y la fortuna crecían, se añadieron la columnata y la cocina y, finalmente, se levantó la casa grande, de dos pisos, con tres preciosas habitaciones en la planta de arriba. Había un porche orientado al este-oeste para que lo atravesara la brisa de la orilla.

Henry y Cherisse habían rehabilitado la casa respetando el estilo tradicional. Sin embargo, después de Camille, la familia no creció, y la mayoría de las habitaciones de la casa quedaron vacías. Tras el divorcio, Camille pasó la mayor parte de su infancia con su madre, su padrastro y sus dos hermanastras y, los viernes, con su padre.

Su madre había declarado que estaba harta de las habitaciones con corrientes de aire, de los crujidos del suelo de madera y de cosas por el estilo, y Bart y ella se habían mudado a una casa moderna cerca de la playa. Camille había tenido una infancia poco común, yendo y viniendo a casa de mamá y papá, pero siempre se había sentido querida y apoyada. Cuando nacieron sus hermanas, nunca se había sentido rara. Era algo normal. Todo había sido normal y bueno en su vida, hasta que había perdido a Jace. Después de su muerte, para ella había sido imposible encontrar de nuevo la normalidad.

Así pues, hizo lo que era posible. Cuidó a Julie, estuvo con sus amigos y sus familiares, trabajó en la tienda y rescató fotografías de otras personas. No era la vida que había imaginado, pero era la única que tenía sentido para ella.

Puso las judías verdes en el fregadero y abrió el grifo. La tubería se estremeció y gimió. En una casa tan antigua había que hacer reparaciones constantemente. Ella le había preguntado a su padre, más de una vez, por qué necesitaba un lugar tan grande.

–La casa es demasiado grande para mí solo, es verdad –le había dicho él–, pero me encantan las cosas antiguas.

A Camille, también, y, en el fondo, se alegraba de que no la vendiera. Sin embargo, algunas veces le preocupaba que su mantenimiento fuera demasiado trabajoso para él. No le gustaba pensar que su padre estaba solo en aquella enorme casa, cuidando del jardín y haciendo maravillosas cenas para sus amigos. Aunque estuviera jubilado, a menudo organizaba catas en la Grand Crew Tastin Room las noches de verano. La gente lo adoraba, porque tenía un profundo conocimiento del vino.

A Camille le gustaba saber que salía de vez en cuando, sobre todo, ahora que el cáncer había remitido. Sin embargo, le preocupaba mucho pensar en cómo se las iba a arreglar su padre cuando fuera demasiado mayor como para llevar aquella enorme casa.

Cuando era joven, se imaginaba que su padre conocía a una mujer y la llevaba a su casa. Tenía un poco de miedo al pensar en cómo sería tener una madrastra. Sin embargo, a medida que se hacía más adulta, quería que su padre conociera a alguien, igual que su madre había encontrado a Bart y, con él, la felicidad.

Henry era muy guapo incluso ahora, que ya tenía setenta y dos años. Era estiloso e interesante, y muy francés. Era un gran jardinero y un maravilloso cocinero. Era creativo, estaba seguro de sí mismo y tenía muchos recursos para todo. Algunas veces, cuando trabajaban en la cocina codo con codo, él le guiñaba el ojo y le decía:

—Convertiría a una mujer en una espléndida esposa, ¿eh?

Y, de vez en cuando, ella le preguntaba:

—Papá, ¿por qué no has vuelto a casarte?

Después de que muriera Jace, él le había respondido con la misma pregunta:

—¿Por qué no has vuelto a casarte tú?

Y, con aquello, la dejaba completamente callada. Después de esa conversación, no había vuelto a preguntarle a su padre por qué vivía su vida a solas, porque ya lo entendía. Después de que Jace muriera, todo el mundo, incluso ella, esperaba que su vida siguiera adelante, pero eso no había ocurrido. Habían pasado cinco años, pero en su corazón no había sitio para otra cosa que no fuera el dolor. Y, en realidad, no quería perder aquel dolor, porque le parecía que era como perder a Jace por completo. El hecho de aferrarse a la tristeza evitaba que él se desvaneciera para siempre. Ella sabía que aquel no era el modo más saludable de pasar el luto. Había estado durante meses acudiendo a terapia para llegar a esa conclusión. Sin embargo, no la había ayudado a seguir adelante. No había vuelto a casarse porque estaba convencida de que ningún amor merecía la pena sufrir tanto por la pérdida.

Cuando se había recuperado un poco del horror, había conseguido organizar una vida para su hija y para ella, una vida que tenía sentido la mayor parte del tiempo, salvo en los momentos en que se sentía absolutamente sola.

Su vida sentimental era ridícula. Siempre había tenido relaciones muy cortas, hasta que había conocido a Drake Larson. Con él había estado durante seis meses antes de admitir la derrota.

La gente decía que era atractiva. Había heredado el pelo y los ojos oscuros de su padre, y los pómulos altos y labios carnosos de su madre. Sin embargo, cuando se miraba al espejo, no veía a una mujer bella, sino a una mujer constantemente preocupada y triste, e irremediablemente arrepentida de lo inconsciente que había sido hacía unos años.

Tal vez, en los asuntos del corazón, era igual que su padre. Tal vez su destino fuera tener solo un matrimonio corto en toda la vida.

Lavó bien las judías verdes en el fregadero e intentó sacudirse la melancolía que le había provocado aquella semana: el accidente de Julie y el destrozo de los negativos del profesor Finnemore. Tomó la botella de vino y el agua con gas, lo puso todo en una bandeja y salió al patio.

—El jardín está maravilloso este año —dijo, observando la parcela que recorría un lateral de la casa.

—Esta semana he plantado dos filas nuevas de tomateras —dijo él—. Brandywine y Belgian Giant. Nunca se tienen suficientes tomates de huerto propio, ¿eh?

—Exacto, y los tuyos son los mejores, papá.

—Vamos a sentarnos —dijo él, señalando la mesita del patio.

La *socca* ya estaba lista, y Henry sirvió vino rosado de la Provenza, muy frío, la bebida tradicional para acompañar la crepe con hierbas aromáticas y cebolla. Después, le sirvió el agua con gas a Julie.

—*Santé* —dijeron los tres a la vez, elevando los vasos.

—Cualquier día sobre tierra es un buen día —declaró su padre.

—Nunca me ha gustado ese dicho —comentó Camille—. Es muy lúgubre.

—Después de pasar un año en el infierno —respondió él—, nunca me ha parecido más cierto. Ahora que he terminado el tratamiento, pienso vivir la vida lo mejor posible.

Su diagnóstico de cáncer había sido un terrible golpe, y el tratamiento posterior, muy penoso y duro. Camille había querido que Julie y ella se mudaran a su casa para estar con él, pero su padre no había accedido. Valoraba demasiado su privacidad e independencia.

Sin embargo, Henry se había empeñado en que mantuvieran la cita semanal de los viernes. En muchas ocasiones, Julie y ella preparaban la cena mientras Henry permanecía temblando, tapado con una manta. Por Julie, ella siempre había intentado disimular lo mucho que le aterraba poder perder a su padre. Habían pasado por aquel trago con mucha determinación y, también, con la ayuda de Lamont Jeffries. Lamont se había quedado con Henry mientras estaba enfermo y lo había cuidado. Y seguía yendo a la casa una vez a la semana para ayudar en la casa y en el jardín.

Después de la quimioterapia, Henry había perdido su aspecto joven, y el pelo se le había puesto completamente blanco. Ya no era el hombre robusto que ella recordaba, y tenía algo de fragilidad, aunque seguía siendo tan guapo como siempre.

—¿Cómo te sientes? —le preguntó Camille.

—Estoy bien —respondió él, con una sonrisa de satisfacción—. Me siento bien. No tengo síntomas, y parece que el cáncer ha desaparecido.

—Me alegro muchísimo, abuelo —dijo Julie—. Me alegro muchísimo de que te sientas bien otra vez.

—Siempre que estoy contigo me siento muy bien, *choupette* —le dijo él—. Vosotras sois lo mejor de mi semana.

Julie le sonrió de una manera especial. Aquella sonrisa era solo para su abuelo.

—Qué noche más fantástica —dijo él—. Julie, echo de menos a tus amigas. ¿Dónde se han metido últimamente? Tú siempre traías a una o dos de ellas a cenar.

La niña miró hacia abajo y arrastró los pies por el solado de ladrillo.

—Supongo que están ocupadas.

—Tienes que decirles que vengan más a menudo, ahora que ya llega el verano.

A ella se le encorvaron los hombros ligeramente.

—Sí, de acuerdo.

—Los patitos de Madeline van a romper el cascarón la semana que viene —le dijo él, señalando un pequeño recinto que había en un rincón del jardín—. Trae a tus amigas para que los vean.

—Está bien. Quizá. Vamos a cenar dentro —dijo Julie. Tomó la bandeja, y los tres entraron en la casa.

—Estoy segura de que lo que huele tan bien es una bullabesa —dijo Camille.

—Exactamente. En el muelle tenían muy buen pescado esta semana.

—¿Y cuál es la ocasión especial que celebramos?

—Cada vez que me siento a cenar con vosotras es una ocasión especial.

Julie se dejó caer en el sofá y se puso a mirar el teléfono móvil.

—¿Qué es lo que miras con tanto interés? —le preguntó su abuelo.

Ella se encogió de hombros sin alzar la vista.

—Aquí dentro hay un mundo entero. Es la red de redes, abuelo.

—No. El mundo está ahí fuera —dijo él, señalando hacia la ventana—. Aunque sea un viejo, reconozco la diferencia.

—Yo conozco ese mundo de fuera desde que era pequeña y me he aburrido de él.

—Guarda el teléfono —le dijo Camille—. Ya sabes que, a las horas de las comidas, nada de pantallas.

—Sí, sí, ya lo sé.

Camille también se preguntó por qué su hija observaba con tanta atención la pantalla de su móvil. Cada día aparecían juegos y aplicaciones nuevos, y su hija era un genio de la tecnología. No era de extrañar que la vida real le pareciera aburrida. En el mundo virtual, la gente solo tenía que mirar, y participaba solo si quería. Uno podía observar las cosas a una distancia prudencial. Ya no era necesario tener que lidiar con el mundo real.

—¿Puedo ayudarte? —le preguntó Camille a su padre.

—Sí, por favor, pon la mesa. Yo voy a enseñarle a Julie a hacer la *rouille*.

Entre el abuelo y la nieta prepararon la *rouille*, una salsa de aceite de oliva, ajo, azafrán, cayena y especias, y la untaron en tostadas pequeñas. Después, él sirvió la sopa de pescado en los platos y puso las tostadas sobre el caldo.

Camille suspiró de placer. El caldo estaba hecho con tomates, aceite de oliva, hinojo, cebolla y azafrán.

—Papá, eres el mejor. Esto está delicioso.

—El secreto está en lavar el pescado con agua de mar —les explicó—. Cuando llegué a Estados Unidos, trabajé en un restaurante de Cape May y, todos los viernes por la noche, tenía que lavar el pescado. Era un buen restaurante, aunque la carta de vinos era patética.

—¿Fue entonces cuando decidiste hacerte importador de vinos? —le preguntó Julie.

—Sí, pero tardé bastante. Era muy joven y bastante ignorante. Pero estudié mucho y trabajé duro, y pude fundar mi pequeña empresa.

—¿Y siempre te gustó el vino? Porque yo no consigo que me guste.

—Ah, pero, al final, te gustará. Eres nieta de un francés. No te queda más remedio.

Ella sonrió.

—Entendido.

Cuando terminaron de cenar la sopa y la ensalada, Henry posó las palmas de las manos sobre la mesa, y dijo:

—Esta noche me alegro especialmente de que estemos los tres juntos. Tenemos que hablar de una cosa.

A Camille se le encogió el estómago al pensar en que podía tratarse de una mala noticia sobre su estado de salud.

—¿Va todo bien? —le preguntó.

—Sí. Deja de preocuparte. Te preocupas demasiado por todo. Tengo que enseñaros una cosa. Hoy me ha llegado un envío especial.

Las llevó al salón, con su gran chimenea y una enorme ventana saliente que tenía debajo un seto de laurel. La decoración era escueta y chic, y encajaba perfectamente con la arquitectura rústica de la casa. En medio de la habitación había una enorme caja de cartón llena de sellos de aduanas.

—¿Qué es esto? —le preguntó Camille a su padre.

—Me ha llegado esta misma tarde de Francia. *Madame* Olivier me lo envió.

—¿Quién es *madame* Olivier? ¿Y por qué te manda algo?

—Vive en Sauveterre, la casa de mi familia, que está en Bellerive. Es una casa muy antigua, y una parte del techo se ha hundido. Cuando estaban limpiando la buhardilla para hacer la reparación, se encontró con un baúl lleno de cosas de mi madre, y pensó que me gustaría tenerlo.

A Julie se le iluminó el semblante.

—¿De tu madre Lisette?

—Efectivamente —dijo él—. Lisette Galli Palomar. Yo no llegué a conocerla —añadió, con una sonrisa llena de gentileza.

—Es una pena que muriera cuando eras un bebé —dijo Julie.

—Sí. Me quedé huérfano a las pocas horas de nacer.

—¿Y tu padre? Nunca hablas de él —dijo Julie.

Camille contuvo la respiración. Hacía mucho tiempo

que su padre le había dicho, con una explicación vaga, que su propio padre había muerto antes de que él naciera, pero, cuando ella le había pedido más detalles, él se había limitado a decirle que no sabía nada de la situación. Nunca contaba demasiadas cosas de su vida en el pequeño pueblo del sur de Francia. Se había marchado de allí a los dieciocho años para construirse una vida en Estados Unidos.

—A él tampoco llegué a conocerlo –le dijo a Julie–. Mi padre murió al final de la guerra de Europa.

—¿Era soldado?

—No, era el alcalde de Bellerive.

—No me habías contado que era el alcalde –le dijo Camille.

—Bueno, y ¿qué había en el baúl?

—Todavía no lo he abierto. Os estaba esperando a vosotras.

—¡Oh, Dios mío! No me puedo creer que hayas podido esperarnos. Vamos a abrirlo –dijo Julie, y se lanzó hacia la caja.

Entre Camille y ella, inclinaron la caja de cartón y dejaron que el baúl se deslizara al suelo. Era muy viejo y tenía muchos golpes. Era de aquellas cosas que la gente almacenaba en una buhardilla y olvidaba para siempre.

—¿Está cerrado con llave? ¿Cómo se abre?

Él les tendió una carta que había sido escrita con mano temblorosa.

—*Madame* Olivier dice que se perdió hace mucho. Vamos a tener que forzarlo, como si fuéramos ladrones.

—¡Guay! –exclamó Julie.

Camille se mantuvo un poco rezagada. Tenía la misma sensación que experimentaba en el cuarto de revelado: impaciencia, descubrimiento y una punzada de miedo.

Cortaron el candado oxidado y abrieron las pestañas de ambos lados del cierre. La tapa estaba atascada y tuvieron que echarle varias veces lubricante para que se abriera. Por fin, las bisagras cedieron.

Al levantar la tapa, del baúl salió un olor a polvo, a antigüedad y a lavanda seca. El papel del forro del interior estaba despegándose, y al suelo cayeron multitud de copos resecos. Había una bandeja en la parte superior, llena de sábanas plegadas que habían amarilleado, con ramitas de flores bordadas a mano y ribeteadas con tiras de encaje. También había un espejo de mano, un cepillo y un peine.

Julie sacó los tres objetos y los dejó a un lado.

—Abuelo, ¿habías visto esto alguna vez?

—No —dijo Henry, y cerró los ojos—. El olor a lavanda... Me lleva al pasado. Mi tía Rotrude salpicaba las sábanas con agua de lavanda cuando las estaba planchando.

—¿Rotrude? Qué nombre más raro —dijo Julie.

—Era la hermana de mi padre. Fue la que me crio en Sauveterre. Al final de la guerra solo quedábamos nosotros tres, Rotrude, su hija Petra y yo.

Él le había contado algunas cosas de su infancia, y Camille sabía que su tía no era una buena persona. Su prima le sacaba diez años, y habían perdido el contacto antes de que él se marchara de Francia. Las dos mujeres se habían ido hacía mucho tiempo.

Fueron inspeccionando las cosas que había en el baúl, una por una. Ropa vieja, libros, mapas, unas cuantas herramientas, revistas francesas de los años cuarenta, un cuchillo hecho a mano de Opinel... Camille tomó una especie de insignia de tela y la observó. Era una antorcha con alas, descosida por los lados, que había estado cosida a otra prenda. También había tres antiguos libros de novelas de Sherlock Holmes en inglés.

—¿Alguien hablaba inglés en la casa cuando tú eras pequeño? —le preguntó Julie.

—No —respondió Henry.

Abrió uno de los libros, y en el frontispicio encontró la inscripción: *De la biblioteca de Cyprian Toselli.*

—No conozco ese nombre —dijo él, y dejó los libros a un lado. Sacó un calendario amarillento del año 1945 y observó la fotografía de la parte superior. Parecía que era una foto coloreada—. Este es el pueblo en el que me crie. Bellerive.

Camille y Julie se acercaron. Era un pueblo muy bonito, situado en una montaña, con una apariencia medieval. Sobre el pico de la colina estaba la iglesia y, desde ella, partían infinidad de callejuelas que descendían por la ladera hasta la orilla de un río que desembocaba en el mar. El coloreado de la foto le confería un aire romántico al paisaje y al cielo.

Mientras Camille y su padre observaban la imagen del calendario, Julie buscó fotografías actuales en internet. El pueblo apareció en la pantalla de su teléfono móvil, tan bucólico y encantador como en el pasado.

—Está casi igual —dijo Julie—. ¿Cuándo te marchaste tú de allí, abuelo?

—En 1963.

—Y no has vuelto nunca —dijo Camille—. Vaya. ¿Y nunca te ha apetecido ir de visita?

—No. Algunas veces, echo de menos el campo, la comida y la paz de la vida. Es posible que, a mi edad, me esté volviendo nostálgico.

—Mirad —dijo Julie, mostrándoles un sobre grande en el que aparecía escrito *Fotos, Henri Palomar*—. ¿Así te llamabas antes?

Él asintió.

—Prefiero la versión estadounidense, Henry Palmer —dijo. Entonces, miró el sobre y frunció el ceño—. Esa es la letra de Rotrude.

Julie sacó las fotografías y, al verlas, se le iluminó la mirada.

—¡Son fotos tuyas, abuelo!

Camille se inclinó hacia delante, tan fascinada como Julie. Su padre había llegado a Estados Unidos casi con las manos vacías y, por supuesto, no había llevado recuerdos ni fotografías. La más antigua de aquellas databa del año 1948, y en ella aparecía un niño de enormes ojos con el pelo rizado y oscuro, con una cara alargada, los pómulos marcados, una nariz adorable y una expresión seria. Estaba junto a una adolescente con uniforme de colegio con dos trenzas.

–Esa es mi prima Petra –dijo él.

–Mira qué mono eras –dijo Julie.

–Pero qué serio –añadió Camille, observando atentamente la imagen. Su padre tenía una mirada de vergüenza, como si acabaran de sorprenderlo haciendo algo malo. Estaba ligeramente encorvado, con las manos en los bolsillos, y había un pequeño espacio entre la niña y él, como si no quisieran tocarse el uno al otro.

–Veo a Julie en este niñito –dijo Camille.

Ambos tenían un aire de vulnerabilidad, tal vez, porque los dos habían sufrido un duro golpe a una edad temprana. Estudió el fondo de la fotografía. Había una pared de piedra, algunas plantas, una puerta rota y un edificio grande. Se preguntó qué sacaría Finn de aquella foto. Entonces, se reprendió a sí misma por pensar en él.

Solo había tres fotos más. Ojalá no fueran las únicas. ¿Acaso nadie se había ocupado de hacerle fotos a aquel precioso niño?

En otra de las imágenes, aparecía Henry sonriendo. Le faltaba uno de los dientes delanteros, así que, probablemente, tenía seis o siete años. Había otra fotografía en la que aparecía con una túnica larga, caminando en fila con otros niños que llevaban un atuendo similar.

–¿La graduación? –preguntó Julie.

–La confirmación –dijo él–. En aquellos años era algo muy importante.

Camille se dio cuenta de que tenía una sombra bajo un ojo y el párpado hinchado.

—Parece que te habías peleado con alguien —comentó.

—¿De verdad? —preguntó él, y se encogió de hombros—. No lo recuerdo.

Frunció ligeramente los labios y pasó un dedo por la cara sombría del muchacho. Camille se preguntó qué recuerdos tendría su padre de aquel momento.

—Hay otra —dijo Julie, que estaba mirando la foto de un muchacho corpulento delante del mismo muro de piedra—. ¿Eres tú, abuelo? No se parece a ti.

Él miró la imagen.

—Sí, soy yo. Debía de tener tu edad, o uno o dos años más.

Parecía un niño diferente. La ropa le quedaba muy mal, tenía un corte de pelo horrible y su mirada era distante. Estaba muy incómodo, y gordo. Camille siempre había conocido a su padre esbelto y asombrosamente guapo.

Él le sonrió a Julie como si le estuviera leyendo el pensamiento.

—Yo también pasé por la fase regordeta. Entonces, me llamaban Bouboule.

—¿Qué significa?

—Rechoncho. Bola de mantequilla.

Julie observó al muchacho.

—He oído cosas peores —dijo.

Entonces, tomó una carpeta de cartón grueso que estaba atada con una cinta. Tenía escrito *Lisette* en la portada.

—¿Qué es esto? —preguntó Julie. Desató la cinta y miró en el interior—. ¡Más fotos! Puede que sean de tu madre.

Sacó la colección de fotos. Eran de un pueblo pequeño, y del campo. Había primeros planos de objetos al azar, y paisajes con granjas, colinas y un río que llegaba al mar, de barcos de pesca, caras, mercadillos al aire libre, cobertizos de piedra, cabañas, escenas de la vida cotidiana.

Camille se quedó asombrada por la calidad de aquellas fotos. Eran composiciones sofisticadas, imágenes claras que habían sido reveladas por un experto.

–Son buenísimas –dijo–. ¿Sabes quién las hizo?

Él volvió a cabecear.

–No recuerdo que nadie sacara fotos. Tal vez Lisette las coleccionara.

–Son maravillosas. Alguien tenía muy buen ojo y una cámara estupenda. Me gustaría estudiarlas más.

–Claro, por supuesto –dijo su padre, y Camille las metió de nuevo en la carpeta para llevárselas.

Siguieron revisando el contenido del baúl y se encontraron con un cuaderno de bocetos en el que había dibujos a tinta. Los dibujos eran sencillos, pero demostraban madurez y control; seguramente, no eran obra de un niño. Se trataba de escenas campestres, en una granja, en campos y praderas, con vallas de piedra y campos pedregosos.

–¿Son tuyos? –preguntó Camille.

–No. No recuerdo estos dibujos. Mira lo viejo que es el papel –dijo su padre–. Se está deshaciendo, prácticamente. Y, aquí... más fotos.

Sacó un taco de fotografías de una solapa que había en la parte trasera del cuaderno. Eran las imágenes que se habían reproducido en los dibujos.

–Creo que estas las hizo el mismo fotógrafo que las de la carpeta de Lisette –dijo Camille–. Tienen el mismo estilo.

–¿Tú crees que son fotos de un sitio real? –preguntó Julie.

–Por supuesto. Esto es Sauveterre, nuestra granja, que está cerca de Bellerive. Sauveterre significa «refugio» en inglés. Es un tipo de granja llamada «masía», muy común en esa zona. Fue mi casa hasta que me vine a Estados Unidos.

—Es preciosa —dijo Camille, mientras colocaba las fotografías sobre la mesa de centro, en fila.

—Una masía es casi una comunidad en sí misma. Es prácticamente autosuficiente. Todo lo que necesitaba una familia se producía allí: cereales, leche, carne, uvas, aceitunas... También había una prensa de uvas para que hiciéramos nuestro propio vino.

—Eso es genial —dijo Julie—. ¿Y crees que sigue allí?

—Sé que sí, aunque parece que la casa principal necesita con urgencia algunos arreglos. Los Olivier llevan ocupándola desde que yo me marché.

Camille frunció el ceño.

—¿Se la tienen alquilada a alguien de tu familia?

—No, a mí.

Ella oyó las palabras, pero no le parecieron reales.

—Un momento... ¿Estás diciendo que tienes una granja en Francia?

—Tengo las escrituras en la caja fuerte de un banco.

Ella miró las fotos.

—Todavía tienes esta casa. ¿Por qué no me lo habías contado nunca?

—Casi nunca pienso en ello. Sauveterre solo me pertenece en teoría, porque, en la práctica, los Olivier tienen un alquiler de noventa y nueve años. El alquiler solo me proporciona un ingreso muy modesto que me sirve para pagar los impuestos y el mantenimiento. Aunque, con el hundimiento del techo, supongo que voy a tener algunos gastos.

—Pero es tuya —dijo Camille con asombro.

—Esa granja lleva siendo de la familia Palomar muchas generaciones y, a la muerte de mi padre, la heredé. Sauveterre será tuya algún día.

—Vaya —dijo Julie—. Es increíble. Una granja en Francia. Abuelo, y ¿por qué tú no quieres vivir allí? ¿Por qué viniste a Estados Unidos? ¿Y por qué ni siquiera vas de visita?

—Cuántas preguntas. Como si, de repente, yo tuviera mucha importancia —dijo él, en tono de broma.

Julie lo tomó de la mano.

—Tú siempre has tenido mucha importancia. Y creo que eres increíble. Todo este baúl es increíble. Es como hacer un rompecabezas sobre ti, abuelo.

Era la primera vez que Camille veía a Julie entusiasmada por algo desde hacía mucho tiempo. A Julie le encantaban las cosas antiguas, incluso los objetos cotidianos, como unas tijeras de bordar, o una pluma y un tintero...

Camille vio algo que sobresalía de entre las páginas de uno de los libros de Sherlock Holmes. Era una estampita con la cabeza de Jesucristo. Ella había visto aquella imagen anteriormente, sabía que la había visto en alguna parte. Le dio la vuelta y se sorprendió al ver que la oración del reverso estaba en inglés, no en francés. Tenía el sello de la imprenta, Chicago Offset Printing Company, muy pequeño, al fondo de la tarjetita, y junto a ella, Distribuido por la USO, la Organización de Servicios Unidos. La USO apoyaba a los militares en servicio manteniéndolos en contacto con sus familias, su hogar y su país. En uno de los bordes de la estampita había una frase escrita a mano, pero la tinta estaba tan descolorida que no era legible. Ella apartó la tarjeta para investigar más tarde.

Entonces, hubo algo más que le llamó la atención en el baúl. Se inclinó y apartó un tapete de lino doblado y un par de zapatos de mujer. Debajo había una caja del tamaño de una caja de zapatos, de cuero falso con arrugas de polvo. En la tapa de la caja figuraba una letra e mayúscula estilizada con una floritura, y el dibujo de un rayo. ¿Dónde había visto ella eso?

Sintió una emoción inexplicable. Era como cuando trabajaba con una vieja fotografía y estaba a punto de hacer un descubrimiento importante.

—Papá —le dijo, susurrando, mientras tomaba la caja—. ¿Reconoces esto?

Él se encogió de hombros.

—Ábrelo.

Ella se posó la caja en las rodillas y pasó la mano por la tapa. Tenía una pequeña placa de latón con las letras CT grabadas.

—¿Son las iniciales de alguien? —preguntó ella.

—No, que yo sepa —dijo él. Y, entonces, añadió—: Ah. Ese nombre está en estos libros —dijo, señalando las novelas de Sherlock Holmes—. Cyprian Toselli. No tengo ni idea de quién puede ser.

—Mamá, ¿qué hay en la caja? —preguntó Julie, pegando saltitos de impaciencia, como si fuera una niña.

—Vamos a averiguarlo —dijo Camille. Abrió la tapa y apartó un paño de algodón.

—Es una cámara —dijo Julie—. Es preciosa. Parece muy antigua.

Camille se quedó boquiabierta.

—Es una Exakta. Nunca había visto una tan antigua —dijo ella. La sacó de la caja y la giró para verla por ambos lados. Después, miró a su padre.

Él alzó las manos con las palmas hacia fuera.

—¿*Monsieur* C.T.? —preguntó. Después, se frotó el mentón mientras observaba la cámara—. O, tal vez, mi madre era aficionada a la fotografía —dijo, y sonrió con melancolía—. Puede que tú hayas heredado de ella tu talento. Mi madre siempre ha sido un gran misterio para mí. Ojalá la hubiera conocido.

Camille dejó la cámara y le tomó de la mano.

—Ojalá la hubieras conocido, papá. Ojalá la hubiéramos conocido todos. Es muy triste.

—Vaya, tú sí que eres aguafiestas, mamá —dijo Julie—. Todos estábamos muy emocionados por la cámara.

—Sí, es verdad —dijo Camille, y volvió a tomarla—. Tenemos un misterio delante de las narices. Lo que sé de las cámaras Exakta es que se fabricaban en Alemania y que son muy buenas. Son las primeras cámaras réflex monoculares. Creo que este modelo es de los años treinta del siglo pasado. Lo sé por este enchufe, que es para el flash sincronizado —dijo, e inspeccionó la cámara—. Vaya. Esto puede ser una pieza de museo. Es única.

—Bueno. Tengo que escribir a *madame* Olivier y darle las gracias por enviarme este baúl lleno de maravillas —dijo su padre.

—*Ça alors* —dijo Camille, y tocó el rebobinador de la película con el dedo pulgar. Notó algo de resistencia.

—¿Qué pasa? —le preguntó Julie, inclinándose para ver mejor.

—Creo que hay negativos en esta cámara.

Capítulo 6

Finn había asistido a muchas ceremonias durante su vida. Después de que su padre desapareciera en Camboya, su madre se había convertido en una activista en favor de las familias de los soldados desaparecidos, y Finn tenía muchos recuerdos de actos de homenaje muy tristes a aquellos pobres tipos cuya muerte se había esclarecido.

Más tarde, cuando su madre había ido ascendiendo en el cuerpo diplomático y, finalmente, había llegado a ser embajadora, había habido muchas ceremonias para conmemorar, decorar, y designar, todas revestidas de pompa y circunstancia. Y, cuando él estudiaba en el instituto, hubo muchos más actos: su nombramiento como Modelo de las Naciones Unidas, su ingreso en el programa Boys State y en la sociedad de honor, su designación como Águila en los Boys Scouts...

Después, cuando sus dos hermanas y él habían entrado a cursar estudios en la Academia de Marina. Y, al final, las ceremonias de nombramientos, cuando habían terminado la carrera. Y su ceremonia de ascenso a oficial de marina.

Y, por último, la ceremonia de su boda. Se suponía que era el comienzo de un matrimonio en el que iban a ser felices para siempre. Durante unos años, él fue muy feliz. Sin embargo, con respecto a que su matrimonio fuera para siempre, Emily tenía otras ideas.

—Estoy embarazada —le dijo el día de su décimo aniversario. Se lo dijo entre sollozos. Antes de que él tuviera la oportunidad de emocionarse de pura alegría, ella le soltó la bomba rápidamente—: No es tuyo.

—Perfecto —dijo una mujer a su espalda, y Finn volvió de sus dolorosos recuerdos al presente.

Se giró y vio a una guapísima pelirroja que llevaba un vestido azul marino con una identificación de prensa de la Casa Blanca prendida del escote.

—¿Qué parte te parece tan perfecta? ¿La parte en que saludo a la presidenta porque mi padre desapareció en una misión?

—No seas desagradable —respondió ella—. Me refiero a tu uniforme de gala. Estás absolutamente perfecto. Me imagino que no te lo habías puesto desde hace unos años. ¿Cómo estás?

—Estoy bien. ¿Y tú, Emily?

—También. Ocupada. Aunque me encanta. Aquí no hay días tranquilos, sin noticias.

Su exmujer era una periodista con muchos premios. De hecho, su mayor galardón había sido el Premio Richard Arthur Finnemore por la corresponsalía de guerra. El premio se otorgaba en conmemoración de su padre y, cada año, se concedía al mejor reportaje de un conflicto global. Aquel año, ellos todavía estaban casados, y él le decía a la gente: «Emily se ha llevado el galardón, pero yo me he llevado el verdadero premio».

Y, después de todo, resultó que no era un premio en absoluto.

En aquel momento, al mirarla, no sintió nada, salvo familiaridad. Era extraño que un amor tan grande como el que había sentido por ella pudiera desaparecer como si fuera una nube a la que dispersaba el viento. ¿Adónde iban esos sentimientos? Tal vez se convertían en algo diferente: en sabiduría. En experiencia de la vida. En la determinación de no volver a comprometer su corazón nunca más.

Sabía que evitar los sentimientos y las emociones no eran la mejor forma de sanar el daño que ella le había hecho. Sin embargo, saberlo y hacer algo al respecto eran dos cosas distintas.

—Vaya —dijo Emily—. No, no estás tan perfecto —le dijo ella, y rozó la parte posterior de su cuello—. Te has cortado el pelo.

—Pues sí. Hace una hora todavía tenía la coleta.

Ella sonrió con melancolía.

—Nuestras vidas son tan diferentes ahora... ¿Qué tal en Francia?

Podría haberle contado muchas cosas sobre el sol, la comida, la historia, la gente, el paisaje. El vino. Pero no lo hizo.

—Muy bien —dijo—. Y enhorabuena por conseguir este puesto. Sé que has trabajado mucho para llegar aquí —añadió, sin rastro de ironía.

Cuando se había enterado de que Emily había tenido una aventura, le habían entrado ganas de arrancarle la cabeza al tipo. Sin embargo, ahora se lo tomaba con filosofía. La aventura de Emily le había enseñado exactamente cuáles eran las prioridades de su esposa. Y le había enseñado a él lo que tenía que evitar si era lo suficientemente tonto como para volver a enamorarse.

Observó la Sala Este de la Casa Blanca, donde iba a celebrarse la ceremonia. Toda su familia estaba allí, además de sus amigos y colegas que conocían a su padre, incluidos los cuatro supervivientes a los que Richard Finnemore había salvado la vida entregándose al enemigo. Junto al estrado había un caballete con el retrato de su padre, también vestido de uniforme. Un desconocido para Finn.

—Es increíble lo mucho que te pareces a él —dijo Emily.

Finn estudió el retrato y vio el parecido, sobre todo, en los ojos. «Ojalá te hubiera conocido», pensó. En las fotografías y en las películas antiguas de Super 8 que se conservaban de él, siempre estaba sonriendo. La gente decía que amaba a su mujer, a su familia y a su país. Finn siempre había intentado mantener aquellos valores. Sin embargo, cuando su matrimonio se había roto, se había dado cuenta de que no iba a conseguir las mismas cosas que su padre.

Se oyó un murmullo entre los asistentes, y todos fueron a ocupar sus sitios. A Finn y a sus hermanas los acompañaron a la parte delantera, con su madre. Ella le dio una palmadita en la rodilla cuando se sentó a su lado. Finn sabía que, aquel día, se iba a emocionar mucho. Todos se iban a emocionar.

La llegada de la presidenta provocó una oleada de energía. Todo el mundo se levantó unos instantes, y volvió a sentarse. La presidenta saludó a los asistentes y a las familias de los tres hombres homenajeados. Finn apenas reconoció su nombre cuando ella se dirigió a él como sargento mayor Malcolm Arthur Finnemore. Hacía mucho tiempo que no respondía a aquel nombre. En otra vida, casi.

La presidenta hizo un resumen elocuente de los actos heroicos de los finados, hablando de su valor, de su entrega y de su sacrificio.

—En el peor día de su vida, tuvieron fuerzas para dar lo mejor de sí mismos. Cada uno de ellos encarna la esencia del coraje. No se trata de no sentir miedo, sino de la rara habilidad de saber enfrentarse al miedo. Estos héroes se apoyaron en su valor y su entrenamiento para salvar a sus compañeros. Nosotros somos libres por hombres como estos.

Su madre recibió la Medalla al Honor dentro de una caja de cristal. Después de la ceremonia, cuando se reunieron los supervivientes del equipo de Camboya, hubo lágrimas de emoción. Algunos de ellos recordaban a Richard Finnemore con nitidez fotográfica. En el momento de tomar una decisión que ningún hombre debería verse obligado a tomar, Richard hizo una fotografía final, dejó caer todo su equipamiento y se rindió. De ese modo, consiguió distraer a sus enemigos, y el resto de su equipo pudo huir. La vida de un hombre a cambio de la de cuatro.

Finn, con un enorme nudo en la garganta, se acercó a la exposición de fotografías de su padre, junto al estrado. La habían preparado para la ceremonia, y era un *collage* de soldados valientes en el mejor momento de la vida. Algunas de las fotografías eran una crónica de la carrera de su padre, desde la Academia de Marina a los puestos de estratega de combate y especialista de inteligencia, desde los que había informado sobre los conflictos de Vietnam, Laos y Camboya.

Finn se preguntó qué habría en el carrete que le había entregado a Camille Adams. ¿Fotografías de aldeas arrasadas por la guerra? ¿Imágenes de reconocimiento, o de sus compañeros de misión? Ojalá hubiera podido verlas.

Sin embargo, no podía estar enfadado con ella, teniendo en cuenta los motivos de su error y, también, que nunca había conocido a nadie como ella. Después de empezar con mal pie, se había sentido relajado hablando con Camille. Sentía atracción por ella, no incertidumbre, como con otras mujeres.

Tenía ganas de conocerla, lo cual era extraño, porque, después de la amarga y humillante experiencia con Emily, se había dedicado a relacionarse con mujeres sin complicaciones, que no hicieran exigencias emocionales y solo quisieran relaciones físicas. Sin embargo, sabía por instinto que eso no iba a funcionar con Camille Adams.

Aunque, en realidad, tampoco tenía importancia. Él iba a volver a Francia, a su trabajo, y ella seguiría con su vida en Estados Unidos.

Pese a que sus caminos no iban a cruzarse de nuevo, pensó brevemente en llamarla de nuevo, aunque ella hubiera insistido en que no lo hiciese. Él era lo suficientemente arrogante como para creer que podía convencerla para tomar algo juntos. Pero... ¿de qué serviría? Solo iba a conseguir que su partida fuera más frustrante.

Y, sin embargo, ella despertaba algo en él. No podía quitársela de la cabeza, porque le recordaba que en la vida había algo más que ligar y acostarse con una mujer. Nunca había sentido nada así, ni siquiera con Emily.

Desde su divorcio, él se había protegido de aquel tipo de sentimientos, pero sus ojos y sus labios, su forma de iluminarse cuando hablaba de su hija y de su trabajo... aquello abría grietas en sus barreras de defensa. No, no. Tenía que tapar aquellas grietas. No estaba dispuesto a mantener una relación a distancia.

Aquella experta en fotografía y revelado bella y triste iba a quedarse donde la había dejado: en el apartado de relaciones perdidas.

Por todo aquello, cuando notó que su teléfono móvil vibraba contra su corazón para avisarle de que tenía un mensaje, se quedó asombrado al ver quién se lo enviaba: Camille Adams.

–Me pregunto si he hecho bien –le dijo Camille a su madre y a su hermana Britt–. No sé si he debido mandarle ese mensaje sobre las fotos que encontré en la cámara antigua de papá.

Las tres estaban sentadas en una mesa de Brew-La-La. Se reunían todos los lunes por la mañana para tomar café, para hablar de la tienda y de la vida en general.

Algunas veces, también se les unía Hilda, la hija pequeña de Cherisse y Bart. Hilda todavía estaba en la universidad y, en aquel momento, estaba cursando un semestre en el extranjero, en Ciudad del Cabo.

–¿Por qué te lo preguntas? –inquirió Britt–. ¿Crees que puede seguir enfadado porque se estropeara su carrete? ¿O porque está soltero y está buenísimo? –añadió, y movió el ordenador portátil para mostrarles la pantalla–. Es que... Miradlo.

Las fotografías eran de la página web del *Washington Post*, y pertenecían a un artículo sobre la ceremonia de la Medalla al Honor.

Camille abrió una pantalla nueva en su ordenador, y todas observaron las antiguas fotografías, que tenían más de setenta años. Había ocho, en total.

Las estudiaron todas: un pueblo, un puente roto, las ruinas de un edificio, un claro junto a un riachuelo, un hombre demacrado que no miraba a la cámara y tenía los hombros encorvados por la desesperación. Una mujer increíblemente bella y con un embarazo muy avanzado. Ella estaba delante de un espejo alto, con la cámara sujeta contra el vientre.

Era un autorretrato de Lisette. Tenía un aspecto etéreo, como si fuera un hada. Aunque la foto era en blanco y negro, se veía claramente que era una mujer rubia.

–Tengo muchísimas preguntas –dijo Camille–. Mi padre no pudo contarme muchas cosas, porque las fotos están hechas antes de que él naciera. Obviamente. Pensé que, si se las enseñaba a Finn, él podría decirme cuál es el procedimiento para conseguir más información.

–Entonces, está claro que tienes que enseñárselas –dijo Britt–. Pero sé sincera, Camille. Podrías ponerte en contacto con muchos expertos, y has pensado en él.

—Bueno, es el único experto en la posguerra en Francia que yo conozco —protestó ella. Después, cambió de tema—: Mamá, ¿papá nunca te habló de Sauveterre?

Cherisse negó con la cabeza.

—No mucho. Sé que era una propiedad de su familia, y que había unos inquilinos con un contrato de arrendamiento muy largo. Nunca hablamos más de ese tema.

—¿Cómo se puede no hablar de un tema así con tu marido? —preguntó Britt—. Si Wylie me ocultara algo así, yo me preguntaría qué más cosas me está ocultando.

Cherisse suspiró.

—Henry no me lo ocultó. Es que tenía muy poco que contar. Durante uno de nuestros viajes de negocios a Francia, le sugerí que fuéramos a Bellerive, pero me miró como si me hubiera vuelto loca. Me dijo que sería una pérdida de tiempo ir a una aldea diminuta junto al río Var. Dijo que nos aburriríamos mucho —explicó, y volvió a suspirar—. Tu padre es un hombre muy singular, muy reservado. Su corazón siempre fue un misterio para mí. Yo era joven e ingenua y creía que, con el tiempo, nos uniríamos más y más. Sin embargo, no fue así. Fuimos alejándonos el uno del otro. Creo que nunca llegué a conocerlo de verdad.

—No es ningún misterio. Es solo... papá —dijo Camille, y miró la fotografía de Lisette—. Y no pudo conocer a su madre. Ella tiene una cara tan triste en esta foto... Y a mí me pone muy triste pensar que no pudo ver crecer a su hijo.

—Es horrible que naciera y se quedara huérfano —dijo Britt—. ¿Le afectó mucho que lo criara su tía?

—Nos dijo a Julie y a mí que su tía Rotrude no era una mujer buena —respondió Camille—. No le quería, porque ella era una viuda de la guerra que ya tenía una hija, y él, su sobrino, que no era más que un bebé, era el dueño legal de Sauveterre. Cuando él cumplió dieciocho años, ya no podían permitirse pagar los impuestos, así que él le alquiló la granja a una familia de apellido Olivier, y Rotrude tuvo que mudarse. Papá se vino a Estados Unidos y no volvió jamás.

Cherisse le hizo una seña al camarero para que les sirviera otro café.

—Bueno, señoritas. Vamos a hablar de la tienda. El verano está a la vuelta de la esquina, y el horario nuevo empieza la semana que viene. Va a ser nuestra mejor temporada.

Su madre no estaba exagerando. Ooh-La-La iba viento en popa gracias a los turistas y los veraneantes ricos que habían construido sus casas de vacaciones por toda la península. Los comerciantes y restauradores de Bethany Bay estaban muy contentos de atender las caras necesidades de la gente de Filadelfia y Nueva York, ofreciéndoles paseos en barco, mariscadas, jornadas de pesca y artículos de lujo para el hogar, como en su caso.

—Nos han mencionado otra vez en *Time Out* —dijo Britt, mostrándoles el artículo en la pantalla de la tableta—. A pesar de que el nombre sea estrafalario, la tienda tiene algo mágico, con esa mezcla de encanto campestre francés, diseño moderno y oferta de artículos locales.

—Yo cambiaría el nombre si pudiera —dijo su madre—, pero la tienda ya es muy conocida, y nos lo tenemos que quedar. Se lo puse cuando era una niña boba.

—Todavía eres una niña boba —le dijo Britt—. Tú siempre serás una niña boba.

—Eso me mantiene joven. Bueno, vamos a concentrarnos. Hay que cerciorarse de que tenemos suficientes artículos para la compra instantánea; la gente que entre a echar un vistazo debe tener un flechazo con ellos, pensar que no pueden vivir sin ellos. La cuestión es: ¿cuáles son esos artículos?

—Me parece que van a ser esas jarras que gorgotean —dijo Britt—. Sé que no son nada nuevo, pero tienen esos colores tan vivos y apetecibles.

Las jarras, en forma de cisnes y peces estilizados, hacían un sonido de gorgoteo cuando se servía el agua. El año anterior habían sido un objeto superventas.

—¿Hemos pedido suficientes? —preguntó Cherisse—. Y me estoy preguntando lo mismo acerca de los sacacorchos Laguiole y los sables para el champán. Desde que salió aquel artículo diciendo que los verdaderos Laguiole franceses son mucho mejores que las imitaciones, se venden muy bien.

—Y, también, las cuberterías —dijo Camille—. Y la cerámica de Lena Fretto. Nadie más la tiene. Buen trabajo, mamá.

Tener una tienda de artículos para el hogar era una cuestión de negocios y artística a la vez. Por un lado, había que equilibrar bien los costes y el precio de venta al público y, por otro, había que tener en cuenta aquello de lo que la gente quería rodearse, lo que querían llevar a su hogar y apreciar cada día.

Elegir correctamente se traducía en emoción y beneficios. Los clientes se marchaban felices y les hablaban a sus amigos sobre la preciosa tienda de Bethany Bay. También les facilitaba mejores tratos con los proveedores. Las mujeres Adams y Vandermeer contribuían al mantenimiento de sus familias y pagaban los impuestos.

Hacer malas elecciones, por ejemplo, llevarse aquel artículo que iba a ser un éxito seguro pero que, finalmente, no lo era, obligaba a organizar mercadillos de saldos y vender al coste. Ellas intentaban no dejarse llevar por el entusiasmo en las ferias a las que acudía Cherisse, pero aquel comercio no era una ciencia exacta. De vez en cuando, se dejaban enamorar por adornos cuestionables para sus clientes. Todavía tenían rebajas, desde la temporada anterior, de sartenes para tortitas danesas, cucharas para absenta, pinzas especiales para espárragos y sacapuntas para zanahorias que habían pensado que iban a ser irresistibles para todo el mundo.

Tomaron algunas decisiones sobre las compras para el otoño y el invierno y terminaron la reunión haciendo un calendario de eventos para el verano.

—Deberías preparar una pequeña exposición con las fotos de Lisette —le sugirió Britt a Camille—. Quién sabe, a lo mejor conocías a algún fotógrafo interesante.

—¿Qué parte de «no quiero volver a salir con un hombre» no entendéis? —les preguntó Camille, con un suspiro—. Bueno, voy a mirar mi agenda y os pondré al corriente.

Salieron de la cafetería y se encaminaron hacia Marina Park, donde estaba Wylie, el marido de Britt, cuidando de sus dos niños, Zoe y Van.

—¡Mamá!

Los niños vieron a Britt y salieron corriendo hacia ella para que los tomara en brazos.

—Eh, ¿y nosotras? —les preguntó la madre de Camille—. Nos toca.

—¡Abuela! ¡Tía Camille!

Camille tomó a su sobrina en brazos y se ganó un achuchón.

—Me encanta que siempre habléis con exclamaciones. Hueles como un cucurucho de helado —le dijo.

—¡Papá nos ha comprado un helado!

—¡Justo antes de comer! —añadió Van.

Entonces, ella tomó al niño en brazos.

—Tú hueles a hámster.

—¿De verdad? ¡Guay!

—¿Cómo ha ido la reunión de estrategia? —preguntó Wylie.

—Ya lo tenemos todo organizado para este verano —

dijo Britt. Se puso de puntillas y le dio un beso a su marido–. Gracias por cuidar de los monstruitos.

–Vamos a hacer algo este fin de semana –sugirió Camille–. Si no estáis ocupados.

Britt hizo un mohín.

–Nos encantaría, pero ya tenemos reuniones para jugar y partidos de fútbol. Quedamos en otra ocasión, ¿de acuerdo? Te envío un correo electrónico.

–Bueno, me parece bien.

Todos caminaron juntos por el paseo marítimo, tomados de la mano como si fueran una guirnalda de muñecos de papel.

–Qué precioso. Me encanta ser abuela.

–Y a mí me encanta ser tía. Es más fácil que ser madre, ¿eh?

–Tú fuiste muy fácil –dijo su madre–. ¿Cómo está Julie?

A Camille se le encogió el estómago. En muy poco tiempo, su hija divertida y luminosa, que nunca le había dado la más mínima preocupación, se había convertido en una niña problemática.

–No tan fácil. Se pasa sola todo el tiempo y no quiere hablar de nada. Y está muy acomplejada. Le dije que fuéramos a comprar ropa de verano y me dijo que odia ir de compras porque odia cómo está.

Cherisse bajó la voz.

–Ha engordado muchísimo.

–¿Y crees que no me he dado cuenta, mamá? ¿Y que ella no se ha dado cuenta?

–Me siento mal por ella. Es tan guapa…

–¿Y cuánto te crees que ayuda eso? –le preguntó Camille. Se sentía impotente y exasperada–. He estado intentando que se mantenga activa y que coma bien, sin abordar el problema directamente. Es un tema muy sensible.

No le había dicho una palabra a Julie, pero había dejado de comprar comida insana, galletas y carbohidratos. Ella misma había perdido tres kilos con aquella nueva dieta.

–Julie está pasando una mala época, y es lista como para saberlo. Acaba de empezar con la pubertad, mientras que las otras chicas parecen modelos de lencería. Y, aunque sé que lo más importante no es el físico, Julie quiere encajar. Y yo quiero que esté segura de sí misma.

–Lo entiendo –le dijo su madre–. Estás haciéndolo lo mejor que puedes. Yo también quiero que se sienta bien consigo misma. Está en una edad difícil.

Camille asintió. Tenía un nudo en el estómago. Cuando las cosas no iban bien con su hija, no iban bien en absoluto.

–Espero que tenga una semana mejor. Ha cambiado mucho estos seis últimos meses. No solo en el peso, sino en la actitud. No soporta ir al colegio. Sus amigas ya no vienen por casa. Algunas veces, me parece que no me soporta ni a mí.

–Es una adolescente, y las cosas son así. ¿Y si me la mandas a la tienda mañana, después del colegio? Pasaré la tarde con ella y te la llevaré a casa a cenar.

–Me parece muy bien, mamá. Gracias –dijo Camille. Se sentía muy agradecida, pero eso significaba que iba a pasar la tarde y la noche sola–. De vez en cuando, pienso en cómo será mi vida cuando Julie empiece a vivir la suya de adulta. ¿Quién me hará compañía entonces?

–Ya sabes cuál es mi respuesta. Camille, siento que las cosas no funcionaran con Drake, pero...

–Sí, ya lo sé, ya lo sé –dijo. Ya habían tenido aquella conversación muchas veces.

–Tal vez debieras dejar de esperar a que aparezca el hombre perfecto, y dejar de esconderte en el cuarto de revelado –le sugirió su madre.

—A mí me gusta estar en el cuarto de revelado.

—Y a mí me gusta que todas mis hijas tengan relaciones maravillosas y gratificantes —le dijo su madre, y le apartó el pelo de la cara como cuando era niña—. Lo siento, hija, ya dejo el tema. ¿No es aquel Stan Fenwick? —preguntó.

Se puso la mano sobre los ojos para protegerse del sol y miró hacia la zona de picnic. Había una familia de cinco miembros sentados en una de las mesas, merendando al sol. Se oían sus risas y su charla.

—Sí, es él. Dios, mira qué grandes se han hecho sus niños —comentó Camille.

Stan era el primer hombre con el que había salido después de la muerte de Jace. Era un tipo estupendo, bondadoso y respetuoso, y deseaba verdaderamente tener una relación estable. Quería casarse con ella y ser un buen padre para Julie, y que formaran una familia juntos. Sin embargo, ella no estaba preparada. Ni por asomo. En aquel momento, mirando a Stan, sintió una punzada de envidia por la vida que había encontrado con otra persona. Envidia... pero no arrepentimiento.

Su teléfono vibró, y ella miró la pantalla.

—Oh, Dios mío —dijo.

De repente, notó una opresión en el pecho, como unos extraños aleteos.

—¿Qué pasa? —le preguntó su madre.

—El profesor Finnemore quiere verme.

Capítulo 7

Finn no sabía qué esperar después de haber recibido el críptico mensaje de Camille Adams. Ella le decía que había revelado unas fotografías que había encontrado en una cámara antigua, y que quería verlo para mostrárselas. Las fotografías eran de la posguerra, en Francia, lo cual avivó inmediatamente su interés. Cuando ella salió del taxi delante del restaurante de Georgetown en el que habían quedado, a él se le cortó la respiración.

−Te has quedado mirándome fijamente −dijo ella.

−Es que estás muy guapa −respondió él.

Qué piernas. Iba a estar pensando en aquellas piernas durante todo el vuelo de vuelta a París. Sin embargo, eran sus ojos oscuros y grandes lo que más le gustaban de ella, y eso le causó cierta inquietud. Se había acostumbrado a hacer cosas sencillas, y ya sabía por instinto que Camille Adams era complicada.

−Me alegro −dijo ella−, teniendo en cuenta cómo iba vestida cuando nos conocimos.

Él no recordaba lo que llevaba puesto aquel día, pero no eran una falda ajustada y unas sandalias de tacón alto.

−Gracias por venir hasta aquí para reunirte conmigo.

−Bueno, como esta vez la clienta soy yo, pues era la que tenía que venir a verte.

—Tú no eres una clienta —dijo él—. Yo no tengo clientes. Soy profesor, así que tengo estudiantes.

—¿No cobras por tus servicios? —preguntó ella. El viento levantó su pelo sedoso y oscuro de la curva de su cuello.

Él quiso enterrar la nariz en aquella curva e inhalar profundamente. Quería...

—No. Mi asesoramiento es gratis.

—Entonces, tendrás que dejarme que te invite a cenar.

—Ni lo sueñes.

Ella abrió la boca para protestar, y él alzó una mano.

—Esto no es una cita. Es una comida, y voy a pagar yo. Punto. Vamos, Camille, permíteme que sea agradable contigo.

A ella se le relajaron los hombros, y sonrió. Cuando sonreía, era incluso más guapa.

—Me encantaría permitirte que seas agradable conmigo —dijo Camille. Miró a ambos lados de la elegante y lujosa calle—. Siempre me ha gustado este barrio. El ambiente tiene algo especial.

—Es cierto. Me recuerda a mis bulevares favoritos de París. ¿Cuándo fuiste tú por última vez a París?

—No he vuelto desde que estaba en la universidad —dijo ella, y desvió la mirada—. Ya no viajo mucho, así que... —dijo ella, y no terminó la frase. Se quedó pensativa y, después, lo miró—. ¿Por qué se te ha ocurrido que quedáramos en Arnaud Loves Patsy?

—Está de moda, sí, ya lo sé, pero es que esta es una de mis modas favoritas.

—¿Cuál?

—Es muy tranquilo. Aquí se puede mantener una conversación, así que me pareció que era un buen sitio para que habláramos de las fotografías que has encontrado. Además, está más cerca del aeropuerto que Annapolis, y tengo que tomar un vuelo a las nueve de la noche.

—Ah. ¿Adónde vas?
—A Marsella. Vuelvo al trabajo.
Ella titubeó, y lo miró con una expresión que él no supo interpretar. No era decepción. ¿Alivio?
—Entonces, deberíamos empezar.
Entraron en el restaurante, y él le preguntó:
—¿Cómo está tu hija? ¿Julie?
—Está muy bien, gracias por preguntarme. Nos conociste a las dos en uno de nuestros peores días.
—Todavía me siento mal por mi comportamiento. Estoy acostumbrado a repatriar a soldados perdidos, así que, normalmente, me encuentro con muchas personas que están viviendo uno de los peores días de su vida.
—Esos negativos eran muy importantes para ti. Yo también me siento muy mal.
—Profesor Finnemore —dijo el *maître*, que acababa de acercarse, y lo saludó con una inclinación de cabeza—. Acompáñenme a su mesa, por favor.
Ella sonrió ligeramente, y él pensó que nunca se cansaría de ver aquella sonrisa.
—¿Es amigo tuyo? —le preguntó, al ver la mesa que les había dado, con los ojos entrecerrados—. Es obvio.
La suya era una mesa íntima, enfrente de una ventana saliente, con un banco curvo y tapizado. Un lugar muy privado, reservado para los mejores clientes.
—Mi madre viene mucho aquí —respondió él—. Y ella es del cuerpo diplomático.
—Debe de parecerles una mujer increíble.
—Sí, todo el mundo piensa que es increíble.
—Incluyendo el *Washington Post*. Leí la crónica de la ceremonia de tu padre. Qué momento más increíble para tu madre, y para toda la familia.
—Sí. Ver a los que sobrevivieron, los hombres del equipo de mi padre... Todos tenían la edad que tendría ahora mi padre, y estaban rodeados de sus hijos y nietos.

Fue emocionante. Después de la ceremonia, le entregaron a mi madre una colección de cartas que le habían escrito.

—Debió de ser agradable, pero duro, también, para tu familia.

—Sí, tienes razón. Fue ambas cosas. Después de que terminara, fuimos todos a casa de mi madre y mi padrastro, nos emborrachamos y leímos las cartas —dijo él—. Aunque parezca algo irrespetuoso, fue... Bueno, hicimos un brindis tras otro por mi padre, hubo lágrimas, y nos hicimos amigos.

—Me alegro de que hayas pasado ese tiempo con tu familia —dijo ella, y posó las manos encima de la mesa mientras le sostenía la mirada—. Cuéntame cosas de ellos.

Demonios, pensó Finn, al darse cuenta de que le gustaba mucho. No solo porque fuera guapa, sino porque era interesante, y *cool*. No seguía el mismo patrón de las mujeres con las que él solía quedar. Ella conseguía que él quisiera conocerla. Y, lo que era aún peor, conseguía que quisiera que lo conociera a él.

—Pues, en resumen, cuando mi padre desapareció, mi madre ya tenía tres hijos: mis hermanas Margaret Ann y Shannon Rose, y estaba embarazada de mí. Conoció a mi padrastro cuando ambos estaban destinados en Bélgica. Rudy tenía dos hijos de su primer matrimonio, Joey y Roxy. Después, en su matrimonio, tuvieron otros dos hijos, Devon y Rafe.

—Vaya clan.

—Sí. Y, ahora, somos aún más, porque todos somos adultos y hay niños.

—¿Tú tienes hijos?

—No, pero todos mis hermanos los tienen. Yo soy un tío profesional.

—¿Y tu padrastro también pertenece al Cuerpo Diplomático?

—No, es periodista. Ha sido corresponsal de los departamentos gubernamentales más importantes. Y toca muy bien la guitarra. Cuando vivíamos en Frankfurt, tenía un grupo de garaje que se llamaba Trailing Spouses.

—Un nombre interesante...

—Es la designación oficial para los cónyuges de la gente que ocupa puestos gubernamentales. En el Cuerpo Diplomático, casi todo el mundo tiene marido o mujer —dijo Finn. Se acercó un camarero y les sirvió el agua de una jarra de cristal—. Bueno, esa es mi familia. ¿Y la tuya? —preguntó, y se sorprendió al darse cuenta de que tenía un interés real por saberlo todo acerca de ella.

—Mis padres se divorciaron cuando yo tenía ocho años, así que siempre he pasado los fines de semana con mi padre, y el resto de la semana, con mi madre y mi padrastro, Bart. Tengo dos hermanastras. Britt está casada y trabaja con nosotras en la tienda, y Hilda está en la universidad. Mi padre no volvió a casarse. Cuando yo era más joven, me parecía bien, porque me daba miedo tener una madrastra. Supongo que había leído demasiados cuentos de hadas.

—Los cuentos de hadas son increíbles. Yo di una vez unas clases sobre el contexto histórico de los cuentos, y creo que los padrastros y madrastras tienen una mala prensa que es infundada.

—Sí, eso es cierto. Bart, mi padrastro, es buenísimo. Es pescador de ostras.

—Y tú padre es experto en vinos. En vuestra casa debéis de comer como reyes.

—La verdad es que sí. Mi padre y yo hacemos la cena juntos todos los viernes por la noche. Es una tradición. Y hablamos en francés, porque yo quería que mi hija lo hablara como si fuera francesa. En realidad, una francesa del Languedoc, no con el acento más extendido...

—Así que tiene acento del sur —dijo Finn, en occitano,

un dialecto que había aprendido en su último puesto de profesor.

Camille abrió unos ojos como platos.

—Vaya, estás alardeando.

Sí. Era cierto.

—Deberías venir a Aix-en-Provence.

La idea de estar con ella en Francia le resultaba increíblemente apetecible.

Ella bajó la vista.

—Bueno, yo no viajo mucho.

—¿Por qué?

Ella hizo una pausa. Después, exhaló un suspiro.

—Tienes que tomar un avión esta noche.

—¿Es una larga historia? —preguntó él. Quería oír todas sus historias. Preferiblemente, haciendo el perezoso en la cama, después de una noche de...

El camarero se acercó a tomarles nota de las bebidas. Ella pidió un vaso de té dulce con limón.

—Vamos a echarle un vistazo a la carta —sugirió Camille, abriendo la suya—. Oh, Dios mío. De verdad, no tenías por qué hacer esto.

La cocina de aquel restaurante era una fusión entre la comida sureña y la francesa.

—Los dos tenemos que cenar. Es mi último día en Estados Unidos para una buena temporada. Así que, me apetece que sea algo muy agradable —dijo, y puso la carta sobre la mesa—. ¿Tienes algún restaurante favorito en la ciudad?

—No, no me gustan mucho el *foie grass* y el queso de Reblochon. En Bethany Bay nos conformamos con el pescado y el marisco de la zona, y con rodajas de pepino en agua helada.

—Entonces, he elegido mal.

—En absoluto, las gambas con crema de maíz me parecen algo delicioso.

Finn pidió pastelillos de cangrejo con guarnición de pepinos frescos.

—Lo comparto contigo —dijo él, mientras se deleitaba con la sonrisa tímida de Camille.

Sin embargo, su deleite se acabó al ver que había una mesa llena de brokers de Washington D.C. al otro lado de la sala. Entre ellos había una mujer con la que él se había acostado poco después de divorciarse. No estaba en su mejor momento. Se giró ligeramente hacia Camille.

—¿Qué pasa? —le preguntó, y se limpió los labios con la servilleta—. ¿Tengo algo en la cara?

—No, me estaba preguntando una cosa.

—¿El qué?

—¿Por qué estás soltera?

—¿Disculpa?

—La mayoría de las mujeres como tú tienen pareja.

—¿Las mujeres como yo? —preguntó ella, con desconfianza.

—Inteligentes, interesantes, *cool*... Se me ha pasado por la cabeza la pregunta de por qué sigues soltera. ¿Te divorciaste hace poco?

—No estoy divorciada. Mi marido murió —respondió ella, y apretó los labios.

—¿Qué? —exclamó él. Aquello no se lo esperaba—. Es que... oí lo que me dijiste, pero...

—Siempre que lo digo se crea un momento embarazoso —dijo ella.

Mierda, mierda, mierda.

—Siento haber sacado este tema. Pensé que... ¿Hace mucho que...? ¿Cuándo murió?

—Hace cinco años.

Bueno, eso era un poco menos angustioso. Cinco años parecía bastante tiempo.

—Lo siento mucho. ¿Estaba de servicio? —preguntó Finn, y pensó en las interminables filas de lápidas de alabastro. Todos los hombres que él sabía que habían muerto jóvenes habían caído en acto de servicio.

—No —dijo ella—. Fue un accidente.

—Siento que lo perdieras. Y siento también todo lo que Julie no va a vivir con él. Seguro que llevas cinco años oyendo esto, pero lo digo con el corazón, Camille —le aseguró él.

—Gracias. Supongo que... tú puedes identificarte con la situación de Julie. Por lo de que has crecido sin tu padre.

—Sí y no. Yo tuve un padrastro a los dos años. Mis hermanas, sobre todo Margaret Ann, echaban muchísimo de menos a mi padre, pero se adaptaron. Espero que tu hija también se adapte.

—Parece bastante fuerte —dijo Camille—. Eso espero. Espero que no sienta esa tristeza todos los días de su vida.

—Yo espero que tú tampoco —dijo él—. Sé que perder a tu marido debió de ser una pesadilla, y siento mucho lo que te ocurrió, pero él seguirá muerto para siempre, y no tiene nada de malo que tú continúes con tu vida.

—Es una forma muy directa de decirlo.

—Disculpa. Me aturullo con las mujeres deslumbrantes. Y con las mujeres deslumbrantes y trágicas... Eso es aún más...

—¿Más qué?

—Desconcertante.

Ella aligeró aquel momento con una sonrisa.

—¿Acabas de decir que soy deslumbrante?

—Sí. Y trágica. Y lista, e interesante. Podría seguir...

—Prefiero que no lo hagas.

—De acuerdo.

—Bueno, a decir verdad, siempre he pensado que encontraría a alguien. Quería hacerlo. Después de un tiempo, salí con algunos hombres. Julie todavía es pequeña, y a mí me encantaba que fuéramos una familia. Quería tener más hijos, una familia más grande para Julie. Y me sentía un poco sola –dijo Camille. Tomó un sorbo de agua, y añadió–: Además, quería mantener relaciones sexuales.

–Estás haciendo que desee no marcharme.

–No es eso lo que quiero decir. Estoy intentando explicar que... He dejado de tener citas. Tenía muchas esperanzas con mi última relación. Los dos lo intentamos de veras, pero no salió bien, y yo me di cuenta de que nunca me iba a salir bien. Sencillamente, no me apetece salir con nadie. No me va bien –dijo, y tamborileó con los dedos en la mesa–. Así que me voy a retirar del juego.

–¿Cómo puede ser eso? Si acabamos de conocernos.

–Qué gracioso –dijo ella, asumiendo que él estaba de broma–. Vamos a terminar de comer y te enseño las fotografías.

Bien. Finn decidió no presionarla. Si lo hacía, lo más seguro era que ella saliera corriendo. Lo sabía porque, cuando una mujer lo presionaba a él, era él quien salía corriendo.

Así pues, se contuvo y disfrutó de la excelente cena, observando a Camille y disimulando. Sentía una atracción absoluta por ella, pero no era solo eso. Le resultaba fascinante con aquellos ojos oscuros y grandes y su piel delicada. Le gustaba que se mordiera el labio, sin darse cuenta, mientras escuchaba.

–Bueno, esto es lo que tengo –dijo ella, después de cenar–. A mí se me da bastante bien analizar fotografías, pero me vendría bien la opinión de un experto. ¿Sabes mucho sobre cámaras?

–Un poco, pero, seguramente, no tanto como tú.

Ella le explicó la procedencia de las fotografías. Después, abrió su bolso sobre el banco, entre los dos, y le entregó una cámara que parecía muy antigua.

—Es una Exakta de los años treinta. Y tenía la película dentro, con ocho fotos. Mi padre dice que las fotos son de Bellerive, el pueblo donde nació, y de una granja llamada Sauveterre, en la que se crio. Dice que la playa está en Calanques, pero no reconoce a esta pareja.

La costa era muy bella. Había unos acantilados muy altos y, en medio de ellos, una zona de arena blanca. En esa playa, alguien había acercado una camilla improvisada hasta la orilla, y una mujer y un hombre estaban en el agua, frente a frente, tomados de las manos y sonrientes.

—Supongo que uno de ellos no podía caminar y lo llevaron hasta la orilla en camilla —dijo ella—. Lo que me parece increíble es la calidad de estas fotografías. Esta cámara es muy buena, y las fotos son muy profesionales. Hemos pensado que puede que las hiciera alguien llamado Cyprian Toselli —le explicó a Finn, y señaló las iniciales que había en la funda de la cámara—. En el baúl también había algunos libros marcados con su nombre. Sin embargo, al ver la última foto, me pareció que tal vez las fotos las hizo otra persona.

Abrió otra imagen en su tableta. Era la de la joven embarazada ante el espejo. Tras ella, una ventana oval repetía la forma del cristal, la curva de su vientre y la curva de su pómulo. El juego de luces y sombras le confería dramatismo y misterio a la escena.

—Esta es la última del carrete, y la que me resulta más fascinante. Es un autorretrato de la madre de mi padre. Me quedé muy sorprendida al verla, y me emocioné mucho. Creo que estas fotografías las hizo una abuela a la que no pude conocer. Y eso, creo que me hace sentirme más unida a ella.

—Es… Vaya. Se parece a ti. Es una versión en rubio de ti.

—Bueno, eso es muy halagador, porque ella tiene veinte años en esta foto. Y es muy guapa.

—Sí, exacto, se parece a ti. O, más bien, tú te pareces a ella.

—Se llamaba Lisette Galli Palomar —dijo Camille—. En esta foto parece muy triste.

Finn se fijó en sus ojos, y vio la tristeza en ellos.

—¿Y sabes por qué?

—La guerra acababa de terminar, y ella ya se había quedado viuda. Además, murió de parto poco después de hacer esta fotografía. Aparte de eso, no sé nada más de ella. Ni mi padre. Pero sí sé, por experiencia, que quedarse viuda es muy doloroso.

Él alzó la vista y miró a Camille. Al compararla con el autorretrato de su abuela, se dio cuenta de que tenía la misma aura de tristeza.

Ella le mostró otras fotos en la tableta.

—Me gustaría entender qué estoy viendo en estas imágenes. Pensé que tú, como sabes tanto de la Francia de la guerra, podrías ayudarme a ponerlas en contexto.

—Me alegro de que me llamaras —dijo él. Descubrir secretos del pasado era su pasión. Volvió a mirar las fotos—. ¿Ves esta cabaña de piedra? Se llama *capitelle* o *borie*, y es muy corriente en la zona. Se usan en los campos más alejados; son refugios para pastores o almacenes de útiles de labranza. Este de aquí lo han destrozado. Debió de ser una bomba.

—Me pregunto por qué hizo esa foto. Es una composición muy buena, con los árboles achaparrados y ese riachuelo al fondo.

—Sí. Y... —él se quedó mirando otra fotografía que le llamó la atención—. Vaya.

—¿Qué?

Finn agrandó la imagen con los dedos para ver mejor un montón de escombros.

—¿Ves este puente?

—Sí, también está derruido. ¿Por la guerra?

—Seguramente. Voy a tener que investigar un poco, pero estoy bastante seguro de que hubo una operación de los aliados en esta zona en 1944.

—¿En el pueblo de Lisette? ¿En Bellerive?

—Sí, creo que sí, pero tengo que cerciorarme —dijo él, y consultó los datos en su teléfono móvil—. Este pueblo está cerca de la zona de una invasión aliada por aire llamada Operación Dragón, cuando fue liberada de los alemanes. Fue una operación muy grande, pero no se le dio tanta importancia porque el Día D había tenido lugar un par de meses antes. Estas fotos son todo un hallazgo.

Ella sonrió ligeramente.

—Algunas veces, me encanta mi trabajo.

El camarero se acercó para llevarles la carta de postres, pero Camille solo pidió otro vaso de té dulce. Después, le mostró a Finn la estampita y la insignia de tela.

—Esto también estaba en el baúl, con la cámara. ¿Alguna pista?

—Esta es la Cabeza de Cristo de Sallman —dijo él, al reconocer inmediatamente la imagen de la estampita—. La USO imprimió millones de tarjetas para repartirlas entre los soldados durante la guerra.

—Me pregunto cómo terminó entre las cosas de mi abuela francesa.

—Tal vez la explicación esté en esta insignia —dijo él—. La antorcha con alas podía estar en la chaqueta de salto de un paracaidista estadounidense.

—Eso es increíble…

—Sí —dijo él, y se le ocurrió algo más. Tocó la pantalla para aumentar una zona del autorretrato de la joven—. Mira el alfiler que lleva en la hombrera del vestido.

—Creía que era un broche, o algo así.

—Míralo desde más cerca —dijo él, y volvió a aumentar la imagen.

—Es la insignia del paracaidista —dijo él, y se inclinó hacia delante, mirando alternativamente la insignia y el retrato de su abuela.

—Creo que estoy en medio de un misterio familiar.

—Yo también. Es muy interesante, Camille.

—Ojala no tuvieras que irte —dijo ella, y se tapó la boca con los dedos—. Quiero decir, que...

—Yo pienso lo mismo —respondió él.

Entonces, experimentó un impulso irrefrenable. Se inclinó hacia ella y, con delicadeza, posó la mano en su mejilla. Sintió su piel suave y el olor a flores de su pelo. Ella no se apartó, sino que lo miró con calma. Entonces, él la besó suavemente. Sus labios eran cálidos y tenían un delicioso sabor a té dulce. Ella no se movió, pero, por su ligero jadeo, él supo que se había quedado sorprendida y que, si estaba interpretando bien su reacción, también estaba complacida.

—Después de esto —susurró él contra sus labios—, ya no necesito postre.

—Escucha —susurró ella—, no es buena idea empezar nada.

—¿Por qué?

—Porque tú te vas. Y yo...

—Tú eres deliciosa. Eso es lo que eres.

—Vamos, corta el rollo —le dijo ella, con una sonrisa, y se alejó de él por el banco—. Ya te he dicho que no quiero salir con nadie.

Aquel beso había sido ligero y muy breve, pero, al mismo tiempo, tan íntimo que resultaba peligroso. Finn se dijo que todo aquello era una mala idea. No debía enredarse con aquella mujer. De nuevo, erigió la armadura de protección alrededor de su corazón y recuperó su vieja identidad.

—Entonces, podríamos tener una aventura. Puedo cambiar el billete y quedarme unos días más.

Ella lo miró y se tocó el labio superior, por un instante, con la punta de la lengua. Lo justo para hipnotizarlo.

–¿Sabes una cosa? –le preguntó, en un tono sexy, en voz baja–. Yo también me he preguntado por qué tú eres soltero.

Ajá. En aquel momento, la tenía comiendo de la palma de su mano.

–¿Sí?

Ella sonrió. Tenía una mirada soñadora y los labios húmedos.

–Pero ya lo sé.

–¿De verdad?

–Eres un mujeriego. Y a las mujeres no les gustan nada los mujeriegos.

Demonios. Finn sintió una punzada aguda al oír sus palabras. Disimuló su decepción con una sonrisa lacónica.

–Entonces, vamos a mantener una relación sin citas. Te va a encantar no tener citas conmigo.

–¿Por qué?

–Porque te voy a tratar muy bien. Te haré el amor con dulzura, y no tendremos por qué ir muy en serio, pero será increíble.

Camille se ruborizó.

–Qué gracioso. Bueno, ahora me marcho. Gracias por la invitación.

Después de una semana de haber quedado con Finn, Camille no podía dejar de pensar en él, ni en el roce de sus manos, ni en su sonrisa lenta y sexy, ni en el timbre de su voz cuando se inclinaba hacia ella para decirle algo. Ni en la luz de sus ojos al mirar las fotografías antiguas. Ni en su beso.

Cuando Finn la había besado, ella no quería que terminara. Quería que el beso fuera más profundo, poder explorar la situación y ver adónde los llevaba, porque era un beso diferente a los demás. Era una pena que estuvieran en un lugar público y hubieran tenido que guardar las formas.

Aunque, en realidad, era una suerte que estuvieran en un lugar público, porque eso la había salvado de cometer una estupidez. Por mucho que le hubiera dicho que no quería empezar una relación, pensaba en él constantemente.

Buscó su nombre en Internet y, aunque Finn no aparecía mucho en las redes sociales, sí encontró varios artículos escritos por él, y los leyó como si contuvieran el secreto de la vida. Uno de los artículos era especialmente conmovedor, porque, trabajando en colaboración con un laboratorio criminalístico francés, había conseguido recuperar e identificar los restos de tres soldados estadounidenses que habían desaparecido en la Segunda Guerra Mundial.

Estaba sentada en el escritorio de su pequeño despacho en la trastienda de Ooh-La-La y oía los sonidos de la cafetería contigua. Brew-La-La llevaba abierta desde el amanecer, sirviendo sus cafés especiales para los madrugadores, los trabajadores que iban a otros pueblos y ciudades para su jornada laboral y los pescadores que salían a la bahía. Los ruidos de la máquina de expreso italiana le recordaban que necesitaba unas reparaciones. Tenía marcada en la agenda una reunión con el representante de la marca.

Sin embargo, por mucho que tratara de concentrarse en el trabajo, no pudo evitar seguir buscando información sobre el profesor Malcolm Finnemore en internet. Claramente, él era una mala influencia. Ya la había tentado a buscarlo en Google, cosa que jamás hacía con nadie. ¿Qué más la empujaría a hacer?

Sentía algo fuerte y nuevo, pero no estaba preparada todavía para admitirlo, ni ante los demás, ni ante sí misma. Recordó lo último que él le había dicho: «Porque te voy a tratar muy bien. Te haré el amor con dulzura, y no tendremos por qué ir muy en serio, pero será increíble».

Pero no tan increíble como enamorarse. Nada era tan increíble como eso.

Sin embargo, era lo último que ella quería hacer. Su matrimonio había sido maravilloso. Demasiado maravilloso, quizá. Por eso, no quería volver a estar tan cerca de un hombre, porque el dolor de perderlo era un precio demasiado alto.

Sonó el teléfono, y Camille se sobresaltó.

En la pantalla apareció el nombre del Instituto de Bethany Bay, y Camille respondió al instante.

–Hola, soy Helen Gibbons, la secretaria del señor Larson –dijo la señora.

Camille se puso muy tensa y se preparó para el golpe.

–¿Está bien Julie?

–Sí, señora Adams, no es una emergencia. Pero el señor Larson quisiera reunirse con usted lo antes posible.

Camille miró la lista de tareas que tenía pegada en la pared, junto al ordenador. Era una larga lista e iba a necesitar todo el día para acabarla. Rhonda había abierto las puertas de la tienda hacía cinco minutos y estaba colocando algunas piezas en la acera para atraer a los viandantes, y Camille le había prometido que iba a ayudarla.

–Puedo estar allí dentro de un cuarto de hora –le dijo a la señora Gibbons.

Antes, las llamadas de teléfono del instituto de Julie no eran motivo de preocupación. Al contrario, eran mensajes alegres de algún profesor o entrenador, para decirle a Camille que Julie había ganado un estatus de estudiante de honor, o un lazo azul en una carrera, o que iba a conseguir un premio por ayudar a los demás compañeros.

Últimamente, las llamadas eran para preguntar qué ocurría con Julie. Para decirle que Julie tenía algún problema. Que se había metido en un lío, que había faltado a clase, que sus notas iban empeorando.

Además, Drake Larson era el motivo por el que había decidido dejar de salir con hombres. Porque, incluso con un hombre tan maravilloso como él, sus emociones no habían despertado. Los sentimientos no surgían del aire ni podían confeccionarse con un trozo de tela. Si no se desarrollaban lentamente, como una fotografía iba apareciendo en el líquido de revelado, o si no la golpeaban con la fuerza de un tsunami, no iban a nacer, y ella no podía crearlos a la fuerza.

Tal vez esa fuera la razón por la que no dejaba de pensar en Finn. Él era un tsunami. Lo que ella tenía que recordar era que, después del paso de la ola, solo quedaba destrucción y desolación, y una pérdida irremplazable.

La secretaria del instituto acompañó a Camille al despacho del director. La estancia estaba tan ordenada y organizada como el propio Drake. Él era lo contrario a un tsunami. Su escritorio era un paisaje ordenado, y no había ni rastro de la fuerza del mar en la escena. En la pared de detrás de su escritorio había colgado varios de sus diplomas y tres escenas icónicas de la vida escolar: una chaqueta con la letra de una hermandad en una taquilla, una campana antigua con la que se convocaba a los niños a clase todos los días, y un equipo de salvamento de surf en acción.

Drake estaba sentado en su butaca, con una ropa impecable y una expresión profesional y algo sombría.

—Gracias por venir tan rápidamente —le dijo.

—Por supuesto. Me alegro de que me hayas llamado. Últimamente estoy muy preocupada por Julie.

Él le indicó que se sentara frente al escritorio. El día

en que habían roto, él le había prometido que no iba a guardarle rencor, pero ella sabía que le había hecho daño, y se sentía muy mal por ello. Las pequeñas heridas que unas personas infligían a otras no podían ignorarse, pensó Camille.

—Julie y la señora Marshall estarán aquí enseguida.

La señora Marshall. La psicóloga del colegio.

—Después de ese día en urgencias, creía que ya no me iba a asustar más —dijo ella—. ¿Qué ocurre?

—Ah, aquí están —dijo Drake, mirando hacia la puerta—. Tenemos que mantener una conversación y encontrar una solución entre todos.

Camille se puso de pie y se apartó cuando la señora Marshall entraba en el despacho con Julie. Su hija tenía cara de resignación.

—¿Qué te pasa? —le preguntó—. Dímelo, Jules.

—Dicen que le he hecho algo a Jana Jacobs.

—¿Qué significa eso? —le preguntó Camille—. Explícamelo mejor.

—Esta mañana, en el partido de fútbol de todos los días, he tirado su bolso al barro.

—¿A propósito, o sin querer? Y ¿por qué había un bolso en medio de un partido de fútbol?

—Jana y sus padres ya han venido a hablar conmigo —dijo Drake.

Troy y Trudy Jacobs nunca le habían caído muy bien a Camille. Eran abogados y tenían complejo de superioridad, además de sentir desagrado por todo lo que a ellos les parecía diferente. Una vez, Trudy le había dicho a Camille que no podía comprar más en Ooh-La-La porque en la pequeña sección de librería de la tienda se vendían libros censurados. A ella no le había importado.

—Le dije a Jana que lo sentía —dijo Julie.

—Los Jacobs dicen que no la demandarán si se mantiene alejada de Jana.

—¿Denunciarla? ¿Por qué? —preguntó Camille.
—El bolso se ha estropeado.
—Es un acto susceptible de demanda —le explicó la señora Marshall.
—Y también que Julie estuviera a punto de ahogarse en clase de gimnasia —replicó Camille, con irritación—, pero yo no voy a ir a la policía.
Drake enrojeció.
—Estamos aquí para hablar de lo ocurrido hoy.
—Me encargaré de que Jana reciba un bolso nuevo.
—Ese bolso costaba quinientos dólares —dijo Julie.
—Entonces, no deberías haberlo estropeado.
—Yo no...
—Vamos a mirarlo desde una perspectiva general —sugirió la señora Marshall—. Julie no se lleva bien con los otros estudiantes. Ha faltado a clase y sus notas están bajando. Hemos pasado mucho tiempo intentando mejorar la situación, pero va de mal en peor —dijo la psicóloga, y se volvió hacia Julie—. ¿Puedes decirnos por qué siguen sucediendo estas cosas?

Julie la miró con una expresión completamente neutral.
—No, señora, no puedo decírselo.
—Vamos, Jules —dijo Camille, que se sintió muy frustrada al ver que su hija resultaba intratable—. Se nos están acabando las opciones.
—Con respecto a las opciones —dijo Drake—, ¿habéis pensado en otros colegios?
—¿Qué otros colegios? —preguntó Camille—. En Bethany Bay solo hay un instituto, y es este. Si no funciona, ¿qué me sugieres tú?

La señora Marshall le entregó un folleto brillante con una tarjeta grapada.
—A todos nos gustaría encontrar la manera de que progreses en el colegio. Podrías empezar a estudiar otras opciones.

Camille frunció el ceño al ver el folleto, en cuya portada aparecían un grupo de niñas con uniforme.

–¿Un internado? ¿Me está diciendo que tiene que vivir en otro sitio, alejada de su casa y de su familia?

–Me parece muy bien –dijo Julie–. ¿Dónde tengo que firmar?

–¿Un internado? –preguntó el padre de Camille, mientras sacudía la tierra de los rábanos que acababa de recoger del huerto para la cena semanal del viernes–. ¿Y tú no les has dicho que eso no lo vas a considerar?

–No les he dicho nada –respondió Camille–. Todavía estoy intentando asimilar que mi hija está fallando en el instituto.

–¿Y de dónde ha salido esa estúpida idea?

–Que te lo explique Julie –sugirió Camille.

Julie llegó un poco después y dejó la bicicleta delante de la casa de su abuelo.

–Abuelo –dijo, alegremente. Después, vio la cara de Camille, y añadió–. Vaya. Entonces ya te ha contado lo del horrible día de hoy.

–De hecho, le he dicho a tu abuelo que prefería que se lo contaras tú. Porque yo no sé explicarlo.

Julie suspiró.

–Fue durante el partido de fútbol de por las mañanas. Jana Jacobs fue muy grosera conmigo, así que le di una patada a su bolso. No pensé que se fuera a estropear. Seguramente, no le ha pasado nada, pero ella quería que yo me metiera en un lío.

–¿Sabes cómo me he sentido cuando me han llamado del colegio y me han dicho que mi hija ha tenido un comportamiento vandálico? –preguntó Camille, con frustración.

–Pues no –dijo Camille, malhumoradamente–. Lo siento. También le dije a Jana que lo sentía. Voy a trabajar en la tienda de la abuela para conseguir el dinero y pagárselo. No sé qué otra cosa puedo hacer.

–*Mon Dieu*, ¿por qué hiciste eso? –le preguntó Henry.

Ella vaciló.

–No lo entenderías.

–Vamos, inténtalo. Haz que lo entienda.

–Soy una perdedora –dijo Julie, con los ojos entrecerrados de ira–. Una gorda cuatro-ojos con aparato dental. Eso es lo que ve todo el mundo cuando me mira.

–¿Cuánto tiempo te llevan acosando? –le preguntó su abuelo, mirándola fijamente.

Julie se quedó callada.

–Pero ¿quién ha dicho nada de acoso? –inquirió Camille.

–Nadie –respondió su padre–, pero yo sé lo que es el acoso, y veo que a Julie le está ocurriendo.

–¿Es eso cierto? –le preguntó Camille a su hija.

Julie nunca se había quejado, nunca había mencionado que nadie la estuviera acosando. De ser así, ella debería habérselo contado. ¿O no?

Camille empezó a dudar.

–¿Cómo puede ser cierto?

–No, no es cierto –respondió Julie, desviando la mirada–. Abuelo, eso es una bobada –dijo, pero las mejillas se le pusieron muy rojas.

Camille sintió miedo. Sintió la punzada en el estómago que sentía cuando sabía que su hija no se lo estaba contando todo.

–Julie…

–No quiero hablar de esto, ¿de acuerdo? –le espetó Julie.

Camille se angustió. ¿Por qué se había convertido Julie, de repente, en una paria? Aunque Julie no había ido bien durante aquel curso, ella lo había atribuido al comienzo de la adolescencia. Antes, Julie tenía muchas amigas. La invitaban a los cumpleaños, a jugar, a montar en bicicleta. Últimamente, las invitaciones habían dejado de llegar. Cuando Camille le sugería que llamara a alguien para que fueran a dormir a casa, o que saliera a dar un paseo, Julie se negaba rápidamente. Camille se dio cuenta de que eran síntomas del acoso. Dios Santo, ¿cómo era posible que no se hubiera dado cuenta? Pensaba que lo sabía todo sobre su hija, pero parecía que había un enorme punto ciego.

–Está ocurriendo algo –dijo Camille–. Julie, por favor, necesito que me lo cuentes.

–Ya te lo he contado. Fue una tontería que pasó durante un partido de fútbol.

–No me refiero a lo de hoy, sino a lo que está ocurriendo, en general, en el colegio. Antes te encantaba ir, y sacabas buenas notas. Me lo contabas todo.

–Te lo he contado todo.

Camille miró a su padre. Él estaba observando a Julie con una expresión muy peculiar que ella no sabía descifrar. Ellos dos se miraron a los ojos y, automáticamente, la niña se echó a llorar. Derramó lágrimas de frustración y de ira.

–No he dicho nada porque tú estabas saliendo con Drake Larson y, cuando salió mal, Vanessa volvió a todo el mundo contra mí, incluida a la idiota de Lana Jacobs.

–No.

Camille se había quedado horrorizada.

–¿Crees que me estoy inventando todo esto? –preguntó Julie, enjugándose los ojos.

–Creía que eras amiga de Vanessa.

–Ella solo era simpática conmigo porque su padre la obligaba.

Camille se sintió muy culpable. Vanessa era guapa y lista, y tenía éxito social. También era muy influyente en el instituto. Ella debería haberse dado cuenta de lo que estaba ocurriendo.

—Entonces, ¿son Vanessa y Jana? Jules, cuéntamelo. Necesito saber lo que ha pasado.

—Olvídalo. Si te pones a acusar a gente, todo será mucho peor para mí.

—Necesito saberlo todo si voy a ayudarte.

—¿Te he pedido ayuda? No puedes ayudarme. Todo el colegio me odia, y yo les odio a ellos —dijo Julie, y volvieron a llenársele los ojos de lágrimas. Se metió los dedos bajo las gafas para volver a secárselos—. ¿No puedo ir al internado, como ha dicho la señora Marshall?

—No te vas a marchar. De ningún modo.

—Tu respuesta para todo es «no» —dijo Julie, y se dejó caer sobre una de las sillas del patio—. ¿No podemos dejarlo y hablar de otra cosa?

—No, por supuesto que no —dijo Camille, y sacó su teléfono móvil.

Henry la tomó de la mano y apartó suavemente el teléfono.

—Julie tiene razón. Cuanto más intervengas, peor serán las cosas para ella. Así funciona el acoso.

—¿Cómo sabes tú eso? —le preguntó ella, con una mirada de enfado.

Él dejó la cesta en el suelo y se sentó al lado de Julie. Le hizo un gesto a Camille para que se acercara. Entonces, le tomó la mano a Julie y se la sujetó. Ella intentó esconderla, pero él la extendió suavemente sobre su rodilla. Camille se sintió enferma al ver que su hija se había mordido todas las uñas. Nunca lo había hecho. ¿Cuándo había empezado aquello? ¿Y por qué ella no se había dado cuenta?

—¿Ves esta mano?

Julie intentó apartarla nuevamente. Estaba muy ruborizada.

—Abuelo...

—Mi mano era igual que la tuya, probablemente, cuando tenía tu edad.

Julie dejó de resistirse y lo miró.

—Yo también fui víctima del acoso cuando era pequeño. Ocurrió durante toda mi infancia, pero, especialmente, cuando era adolescente.

—Eso nunca me lo habías contado —dijo Camille.

—No es algo agradable, pero os lo estoy contando ahora porque quiero que Julie y tú sepáis que podéis confiar en lo que voy a deciros.

—¿Por qué te acosaban a ti? —le preguntó Julie.

—Un acosador no necesita ningún motivo en concreto. Hay cosas que no cambiarán nunca, y una de esas cosas es la crueldad que puede apoderarse de un grupo de adolescentes.

Julie asintió.

—Siento que te ocurriera eso, abuelo. Tú no te lo mereces.

—Y yo sé que tú tampoco —dijo él, y le acarició suavemente la mejilla—. Tú eres tan bonita, mi niña.

Camille tragó saliva al verlos. El amor entre el abuelo y la nieta siempre había sido fuerte y puro. Él la había cuidado cuando Camille tenía que trabajar, le había enseñado francés, le había enseñado cocina. Él era quien la había enseñado a jugar al fútbol y a cantar sus canciones favoritas.

—Cuéntanos lo que pasó, papá —dijo Camille, en voz baja.

Él se inclinó hacia delante, apoyó los codos en las rodillas y miró al suelo. Después de un momento, alzó la vista y dijo:

—A mí me acosaron durante toda mi juventud, incluso cuando era demasiado pequeño como para entender lo que estaba pasando.

—¿Y por qué a ti, abuelo? —preguntó Julie.

—Por quién era yo. Por quién era mi padre.

—El alcalde de tu pueblo, ¿no? –preguntó Julie–. ¿Murió luchando? ¿Fue un héroe de guerra?

—No, hija. Mi padre no fue ningún héroe. Al final de la guerra, lo fusilaron por colaboracionista.

—Oh, Dios mío –musitó Camille–. No me lo habías contado nunca.

—No es algo de lo que sentirse orgulloso. Y no quería contarle a nadie que soy hijo de un colaboracionista. Yo crecí en un pueblo en el que mi padre era considerado un monstruo.

A Camille se le encogió el estómago.

—Papá... ¿de verdad?

Él asintió.

—Es un secreto que he guardado durante toda mi vida. Esa es la vergüenza que nuestra familia ha soportado durante décadas. No os lo conté nunca porque no quería que ni Julie ni tú os vierais manchadas por ella.

Camille intentó asimilar aquella revelación.

—Entonces, tu padre era colaboracionista, lo que significa que se puso del lado de los nazis durante la guerra.

—Sí. Según todo aquel que lo conoció, fue muy tiránico. Cuando llegaron los nazis, él se congració con ellos. Persiguió a los judíos y traicionó a los miembros de la resistencia. Permitió que los alemanes convirtieran a todos los del pueblo en esclavos. Casi todas las familias de Bellerive sufrieron, y mucha gente murió, por culpa de Didier Palomar. Cuando los aliados liberaron Francia, tuvo lugar la *épuration sauvage*, un periodo de venganzas salvajes. A Palomar lo ataron a un poste y lo fusilaron delante de su mujer embarazada.

—¿Lo ejecutaron?

—No. No tuvo juicio. Fue un asesinato, aunque me imagino que, si lo hubieran juzgado, el resultado habría sido el mismo.

—Y Lisette vio el fusilamiento —dijo Camille.

—¿Ella también era colaboracionista? —preguntó Julie—. ¿Y tu tía Rotrude?

—Eso no lo sé. Prefiero pensar que se opusieron a los nazis, como cualquier francés de bien. Yo tuve que crecer soportando la vergüenza y la culpa de lo que había hecho mi padre. Y por eso me acosaban. Los niños del colegio me odiaban, porque decían que mi padre era el culpable de las dificultades, del tormento y de la muerte que sufrieron sus familias durante la guerra.

Camille se acercó a él y lo tomó de la mano.

—No puedo creer que nunca me hayas contado esto.

—A nadie le gusta hablar de las cosas que le causan vergüenza.

—No es culpa tuya —dijo Camille—. Fue Didier.

—Mamá tiene razón —dijo Julie—. Tú ni siquiera habías nacido cuando sucedió todo eso. No tuviste nada que ver con la ocupación de los nazis.

—Entiendo que no tenga ningún sentido para vosotras, pero tenéis que entender cómo eran las cosas en Bellerive. Es un pueblo muy pequeño, y todo el mundo se conoce. Los recuerdos de la guerra estaban a flor de piel, y quedaban señales por todas partes: edificios reducidos a escombros, agujeros de balas en los muros, los socavones de las bombas... Yo me apellidaba Palomar, y era el heredero de las propiedades de mi padre. Era el recordatorio vivo de las tragedias que había provocado mi padre. Imaginadme en el colegio, sentado al lado de un niño a cuyo padre habían asesinado en plena calle por orden de mi padre. Yo no sé si me habría comportado de una forma distinta.

—¿En serio? —preguntó Julie, con los ojos muy abiertos a causa del miedo—. ¿Tu padre ordenó que mataran a la gente?

—Eso me dijeron. Seguramente, algunas de las historias son falsas, pero los nazis ocuparon el pueblo y Didier Palomar era su marioneta. Denunciaba a los vecinos para demostrarles su apoyo. Y, aunque él lo pagó con su vida, yo era su carne y su sangre, y les recordaba a todos lo que había hecho.

—¿De verdad ocurrió todo esto? —preguntó Camille, con espanto—. Papá, es increíble.

Él entrelazó los dedos y miró hacia abajo.

—Palomar era un monstruo para todo el mundo. Parece que la mitad de las familias del pueblo sufrieron sus traiciones.

—Pero, de todos modos, eso no justifica que los niños se vengaran contigo —dijo Julie.

Él puso una mano sobre la de su nieta.

—Ya hemos dicho que el acoso puede suceder por la más nimia de las razones. Ahora, cariño, ve a ver a los patitos. Han roto el cascarón esta mañana. Tu madre y yo vamos a cocinar. Ve. Durante la cena hablaremos de cosas más agradables.

Por algún motivo, Camille pensó rápidamente en Finn. Quería contarle lo de Didier Palomar y saber si podían averiguar más cosas sobre el alcalde de Bellerive. Finn le había prometido que iba a visitar el pueblo para conseguir información sobre las fotografías de Lisette. Ahora quería saber más sobre Didier. Su abuelo, pensó con revulsión.

—Lamento que hayas sufrido tanto —le dijo a su padre. Ya no le extrañaba que se hubiera marchado de su pueblo, hubiera anglicanizado su nombre y hubiera empezado una nueva vida—. Y siento que, después de tantos años, siga haciéndote daño.

—Intento no pensar en ello, pero no hay forma de escapar de ciertos recuerdos. Ese baúl que envió *madame* Oliver me ha traído tantos...

—Ojalá me lo hubieras contado.

—Era muy tétrico.

—Pero... si me hubieras dicho algo, tal vez te hubieras desahogado un poco, tal vez tu dolor se hubiera mitigado. Ocultar las cosas puede ser tóxico, papá. ¿Nunca has pensado en hablar de todo esto con alguien? Me refiero al psicólogo al que fui yo después de que Jace...

A él se le cortó la respiración.

—Escucha, hija, la terapia que tú soportaste después de que muriera Jace tampoco funcionó. Aún no has conseguido salir de nuestro mundo pequeño y seguro.

A ella le ardieron las mejillas al oír aquella realidad.

—Porque es nuestro mundo. Porque es seguro.

—Ya no puedes decir que es un mundo seguro, y menos en este momento —le dijo él, mirando en dirección al jardín.

—Sí, tienes razón —dijo Camille—. ¿Qué voy a hacer con Julie? Me siento tan mal por ella... Tengo ganas de ir a cortarle la cabeza a alguien.

—Eso no serviría de nada. Solo conseguirías empeorar la situación. Cuando yo tenía la edad de Julie, murió el cura del pueblo, y vino uno más joven a ocupar su puesto. Observó lo que estaba sucediendo e intentó castigar a los niños que me atormentaban. Puedes imaginarte lo que pasó, ¿no?

—Que las cosas fueron a peor —respondió Camille—. Entonces, ¿qué hago? ¿La obligo a que pase por ello sin hacer nada? ¿La mando al internado? Ni hablar.

—Son preciosos, abuelo —dijo Julie, que entró en la casa con los ojos muy brillantes—. Me encantan los patitos —añadió. Se acercó al fregadero y se lavó las manos—. Siento que los niños del pueblo fueran tan malos contigo.

Él sirvió el vino y le dio a Julie un vaso de agua con gas.

—Fue hace mucho tiempo. Tal vez... demasiado. *Santé* —dijo.

Camille se alarmó. ¿Demasiado tiempo para qué?

—¿Qué quieres decir, papá?

—El doctor Ackland me ha dicho que puedo viajar.

—Eso es genial, abuelo —dijo Julie—. ¿Vas a organizar un viaje?

—No. No vas a viajar, papá —dijo Camille.

—Pues, en realidad, sí, *choupette* —le dijo él—. He decidido pasar el verano en Bellerive.

No, pensó Camille. No podía dejar que su padre hiciera un viaje trasatlántico. Su salud era frágil, y Francia estaba demasiado lejos.

—¿Por qué quieres volver a un lugar con tan malos recuerdos para ti?

—La casa está muy deteriorada, y tengo que ir a ocuparme de mi propiedad.

—Antes no lo has hecho nunca —dijo Camille—. Dijiste que los Olivier se ocupaban de su mantenimiento.

—Es verdad, pero ya ha llegado la hora de que yo asuma mi responsabilidad sobre ese lugar. Es un desastre que se haya hundido un techo de lajas de pizarra. Y, al ver las cosas que envió *madame* Olivier... me siento obligado a volver a Bellerive, tal vez para enfrentarme a esos recuerdos tan infelices de una vez.

—Está demasiado lejos —dijo Camille—. No estás para hacer un viaje como ese. ¿Y si pasa algo?

—Tengo responsabilidades. Y debo ir este verano.

No añadió «antes de morir», pero quedaba implícito. El cáncer estaba paralizado, pero Camille y su padre sabían que había muchas posibilidades de que tuviera una recaída. El equipo médico se lo había advertido.

Ella intentó dominar el pánico.

—Por supuesto, deberías hacer lo que quieras hacer. Pero ¿estás seguro de que el médico te ha dado luz verde?

Él apartó la mirada.

—Papá.

—Seguro que no se lo has dicho —dijo Julie.

—Es demasiado pronto —protestó Camille—. No puedes irte solo.

—Por eso, cariño, quiero que Julie y tú vengáis conmigo a Francia este verano.

—¡Guay! —exclamó Julie.

Camille reaccionó rápida y visceralmente.

—Ni hablar.

—¿Y por qué? —preguntó Julie.

—Está muy lejos, y no podemos irnos durante tanto tiempo.

Camille notó una punzada de miedo en las entrañas. Hacía siglos que no iba a ninguna parte. Sabía que era irracional, pero solo con pensar en subirse a un avión, se le helaba la sangre en las venas.

—Mamá, tenemos que hacerlo —dijo Julie.

—Nunca nos hemos perdido un verano en Bethany Bay. Es la mejor época del año.

Julie se echó a reír.

—Lo dirás en broma, ¿no? Yo daría cualquier cosa por salir de aquí.

—Jules, la respuesta es no. Papá, espero que lo entiendas.

—Si no venís conmigo, voy a tener que ir solo.

—No puede ser. Encontraremos a alguien para que te acompañe. Lamont estaría encantado.

—No —dijo él—. Lamont, no. Él se va a quedar aquí cuidando de la casa durante mi ausencia.

—Mamá, tenemos que ir.

—Sí, por supuesto —dijo su abuelo.

—¿Y cuándo podemos marcharnos? —preguntó Julie, que estaba prácticamente botando en la silla.

—Papá —dijo Camille—, no puedes decir así como así que nos vamos a Francia sin consultarme.

—Considera que esto ha sido la consulta.

—Gracias. Por desgracia, no puede ser, papá. Yo tengo que trabajar...

—Ya he pensado en eso —dijo Henry, alzando una mano—. Tu madre está de acuerdo en que te tomes el verano libre. Entre los empleados y ella te sustituirán durante toda la temporada.

—Un momento. ¿Has hablado con mamá?

—Sí, y ella está de acuerdo conmigo. Ya es hora de que salgas. También he hablado con Billy. Él se ocupará de los proyectos fotográficos que surjan. Ha contratado a un becario.

—Me dijo lo del becario, pero no me dijo por qué. El muy gusano. Yo creía que estaba de broma. Además, está loco si piensa que un becario va a poder ponerse a revelar películas así como así.

—¿No empezaste tú también así?

Camille no respondió.

—Ya he comprado los billetes. Todo está organizado.

—No, papá. No podemos ir.

—Oh, Dios mío, mamá —dijo Julie, con exasperación—. Eso es lo que dices siempre: «No podemos».

—Es arriesgado e irresponsable —dijo Camille. Se sentía muy tensa y estaba irritada. La expectativa de un viaje, aunque fuera algo que su padre deseara, le causaba terror—. Además, seguramente tenemos caducados los pasaportes.

—No, no es verdad —dijo Julie—. El mío está vigente. Lo he mirado.

—Entonces, sabrás que el mío va a expirar el mes que viene —dijo Camille.

—Pues lo renovamos —replicó Julie—. No puede ser tan difícil.

Capítulo 8

Camille fue a la biblioteca y sacó varios libros. Dejó la pila sobre una de las largas mesas de madera. La librería del pueblo siempre había sido como un segundo hogar para ella, un lugar seguro lleno de paz y tranquilidad. Estaba cerca del centro, en un edificio de ladrillo de la época federal, y la comunidad se encargaba de mantenerla con generosidad y orgullo.

Después de que sus padres se divorciaran, solía ir a perderse entre las páginas de los libros que la transportaban a lugares alejados de su mundo nuevo y extraño con dos casas separadas. Después de la muerte de Jace, cuando no encontraba consuelo, iba a la biblioteca buscando desesperadamente algún tipo de vida aparte de la que estaba llena de dolor. Después de que le diagnosticaran el cáncer a su padre, había encontrado libros que le habían enseñado a ayudar a un ser querido durante una enfermedad.

Aquel día, necesitaba algo distinto: encontrar la forma de pasar la difícil etapa de la adolescencia.

Estaba intentando decidir qué libro iba a empezar primero cuando entró un grupo de estudiantes parloteando. La bibliotecaria les chistó para que guardaran silencio. La mayoría obedecieron. Dejaron las mochilas y se sentaron a estudiar, o en los ordenadores. Camille vio a Vanessa Larson y a Jana Jacobs entre los recién llegados. Estupendo; dos de las acosadoras de Julie. Intentó ignorar su presencia, pero, un momento más tarde, oyó un susurro y vio un movimiento por el rabillo del ojo. Las chicas estaban sentándose en una mesa al otro lado de la estantería que estaba junto a su puesto.

—Nos están fichando —dijo Vanessa, en un susurro.
—¿Quiénes?
—Travis Mundy y Dylan Olsen. ¡No, no mires!
—Son mayores. No nos están mirando —dijo Jana.
—Claro que sí. Y me apuesto lo que quieras a que puedo conseguir que nos lleven en coche a Shake Shack.

Las cosas del instituto no cambiaban nunca, pensó Camille. Las dos eran niñas guapas y populares, esbeltas, elegantes. Estaban empezando a conocer el poder de su belleza.

—Mis padres me matan si se enteran de que me he metido en el coche de un chico —dijo Jana.
—Entonces, que no se enteren.
—Se supone que estamos estudiando, ¿no te acuerdas? Nos pueden prohibir venir a la biblioteca a estudiar si lo echamos todo a perder.

Vanessa suspiró.
—Está bien, lo que tú digas. No sé qué voy a hacer si suspendo álgebra.
—Pues te obligarán a ir a clases de verano. Eso es lo que vas a hacer —le dijo Jana.
—Eso va a ser un rollazo que ni te imaginas.
—Entonces, no suspendas.
—¿Y cómo voy a aprobar? El señor Bristol es un nazi. Da cuatro versiones de cada examen para que no podamos copiarnos. Oh, Dios, ¿por qué se me dan tan mal las matemáticas?

Las chicas más guapas eran a menudo las más inseguras, pensó Camille.

—¿Y no da tutorías después de clase? —preguntó Jana.

—Sí, pero no va nadie. Son un rollo. Pero yo tengo que hacer algo, porque no voy a perderme ni un segundo del verano por culpa del álgebra. Mi madre está organizando una fiesta en la playa para celebrar el final de curso.

Camille se puso de mal humor. Vanessa estaba deseando que comenzara el verano mágico de Bethany Bay, mientras que Julie solo quería escapar. Detestaba pensar que Vanessa hubiera puesto a todo el mundo en contra de Julie y que ella no se hubiera enterado de nada.

Mientras salía con Drake, había llegado a conocer un poco a Vanessa. Podía ser una niña muy manipuladora. Cuando quería algo de su padre, lo extorsionaba recordándole lo triste que había sido su divorcio para ella. Y, aunque un divorcio era triste, ella sospechaba que Vanessa sabía cuándo debía sacarse de la manga el as de la familia rota.

Se concentró en los libros que tenía sobre la mesa: *La vida secreta de los adolescentes*, *Pubertad tardía*, *El acoso escolar*. Mientras leía algunos capítulos, se dio cuenta de que Julie había mostrado los síntomas clásicos de la víctima del acoso: sus notas habían empeorado, tenía problemas de comportamiento y se había aislado de su grupo habitual de amigos. Camille no entendía cómo no se había dado cuenta, y se sentía muy culpable.

Decidió llevarse a casa cuatro libros y, además, un quinto sobre los pueblos de la región del Var, ya que su padre se había negado a renunciar a pasar el verano en su hogar de infancia.

De camino al mostrador, se detuvo en la mesa de Vanessa y Jana.

—Hola, Vanessa —dijo, en voz baja—. Jana.

—Ah, hola, Camille —respondió Vanessa. Se irguió y la miró con una expresión desafiante.

—Hola, señora Adams —dijo Jana.

—Quería decirte que siento lo que ocurrió con tu bolso el otro día —le dijo Camille—. Supongo que Camille te dio el cheque para que pudieras comprarte uno nuevo.

—Sí, señora —dijo la chica, y miró un bolso de color morado que había sobre la mesa. Parecía nuevo.

—Era único —intervino Vanessa—. Un Tonya Hawkes original.

Camille no se alteró.

—Este nuevo es muy bonito, Jana.

—Pero no es el mismo —dijo Vanessa.

—No, no lo es —dijo Camille. Dejó los libros, posó las palmas de las manos en la mesa y se inclinó hacia delante. Habló en voz muy baja—. Julie no quería que os dijera nada, porque piensa que vosotras os portaréis aún peor con ella, pero yo estoy segura de que no vais a hacer tal cosa. Quiero que sepáis que vuestra campaña contra ella va a terminar.

—No sé lo que te ha contado, pero no hay ninguna campaña —dijo Vanessa, cuyas mejillas se habían teñido de rojo.

—Me alegro de saberlo —dijo ella—. En ese caso, no tengo que preocuparme de que toméis represalias contra Julie, ¿verdad?

Sin esperar su respuesta, recogió los libros y los llevó al mostrador. Mientras sacaba la tarjeta de la biblioteca del bolso, se dio cuenta de que la voluntaria que estaba atendiendo en el mostrador era Trudy Jacobs.

—Hola, Trudy.

—Hola, Camille.

—Acabo de ver a Jana, y le he dicho que Julie y yo sentimos mucho lo que pasó con su bolso.

Trudy pasó la tarjeta por el lector y se la devolvió.

—Jana se disgustó mucho. No está acostumbrada a que se metan con ella.

¿Con ella? Ah, sí, claro.

—Julie se ha disculpado —dijo Camille—. Estoy segura de que se sentirán mejor cuando hayan dejado todo esto atrás.

Trudy frunció los labios al escanear el código de cada uno de los libros. Camille se dio cuenta de que, al leer los títulos, apretaba los labios aún más. «No se te ocurra decir nada», pensó Camille.

Trudy no dijo nada. Los voluntarios de la biblioteca no tenían permitido hacer comentarios sobre las elecciones de sus lectores. Sin embargo, al entregarle los libros, tenía una expresión glacial en el semblante.

—Buena suerte con todo eso —le dijo.

—Entonces, ¿qué hice yo? —les preguntó Camille a su hermana y a su madre en la siguiente reunión de lunes por la mañana. Estaban desayunando en la terraza de la cafetería para disfrutar de aquella deliciosa mañana de verano—. Exactamente lo que Julie me pidió que no hiciera: decirles a esas chicas que no se metieran más con ella.

—Bueno, es lo lógico —dijo Cherisse, mientras partía una magdalena en dos—. Estás llevando a cabo tu labor de madre.

—Pero ¿y si me sale el tiro por la culata? ¿Y si se vuelven todavía peores con Julie por mi intervención?

—Yo les patearé el trasero —dijo Britt—. Algunas veces, es lo único que entienden los acosadores.

—Ojalá fuera tan fácil —respondió Camille, y le dio un sorbito a su café—. Lo último que pensaba era que Julie iba a ser víctima del acoso escolar. Ojalá supiera cómo ayudarla. ¿Cómo es posible que no me diera cuenta de lo que estaba sucediendo?

—Porque tu hija está en el instituto —dijo Cherisse—. A esta edad es lógico que te oculte las cosas.

—¿De verdad? ¿Nosotras también lo hacíamos?

—Por supuesto que sí.

—Pero, si un grupo de chicas me hubiera acosado, yo te lo habría dicho.

—No estés tan segura.

Camille hizo girar su reloj alrededor de la muñeca.

—Yo quiero arreglar esta situación, por Julie.

Su madre le cubrió la mano y detuvo aquel gesto nervioso.

—Puede que tengas que mantenerte al margen y permitir que Julie resuelva las cosas por sí misma.

—Eso no es justo. Es como dejarla a merced de una manada de lobos. Dios, las chicas adolescentes pueden ser tan horribles, que…

—Y tan fuertes. Míranos a nosotras tres. Hemos capeado muchas tormentas en nuestra vida.

—Si le preguntaras a Julie qué quiere hacer, ¿qué te diría ella? —inquirió Britt.

Le diría que debían ir a Francia en verano. Desde que su padre había planteado la idea, Julie no dejaba de hablar de ello. En cuanto a ella, por las noches no podía dormir, porque no podía dejar de preguntarse si debía ir o no. ¿Debía acompañar a su padre en aquel viaje de vuelta al hogar de su infancia, o aferrarse a la vida que había construido con tanto cuidado para sí misma?

—Julie está deseando ir a visitar el pueblo donde creció papá —les dijo—. Ya sé que lo sabéis, porque él os lo ha contado.

—Sí —dijo su madre—. Me parece una idea maravillosa.

—Es absurdo. No los voy a arrastrar a Julie y a él a Francia a pasar el verano.

—Si hay que arrastrar a alguien, es a ti —dijo Britt—. Además, Francia no pega con la palabra «arrastrar».

Cherisse le acarició la mano a Camille.

—Tu padre debería hacer lo que quiere hacer.

A Camille se le llenaron los ojos de lágrimas. Sabía exactamente lo que estaba pensando su madre.

—Me da miedo que le pase algo.

—Si le pasa algo, se enfrentará a ello. Os tendrá a Julie y a ti para ayudarlo.

—Yo no podré ayudarlo si está en Francia.

—Pues, entonces, ve, por el amor de Dios –insistió Britt–. Ve. Si están acosando a Julie, me parece muy buena idea que te la lleves a pasar el verano fuera. De verdad, Cam, parece un sueño hecho realidad. Si alguien me dijera que tengo que pasar un verano en Francia, no lo discutiría.

«Porque tú te despiertas todas las mañanas con un tipo estupendo y dos niños», pensó Camille. Su hermana no tenía pesadillas con el hecho de perder a su marido.

—Y, de paso, puedes salir por ahí con ese profesor de ensueño –añadió Britt.

—No quiero salir con nadie, ¿o es que no te acuerdas? –replicó Camille con el ceño fruncido.

—Pues limítate a acostarte con él. Está buenísimo –dijo Britt.

—Mamá, ¿no ves lo que me está diciendo? –preguntó Camille.

—Lo que te diría cualquier hermana. No creo que debas cerrarte a la idea de salir con un hombre, Camille. Y menos, ahora, que cuando te tomamos el pelo con ese hombre al que acabas de conocer, te ruborizas.

—No me estoy ruborizando –respondió Camille, pero notaba que le ardían las mejillas–. Ni siquiera pienso en él en esos términos. No pienso en él en absoluto.

—Pues claro que sí. Además, vive en Aix-en-Provence, ¿no? ¿No está eso bastante cerca de Bellerive?

—Ni idea –replicó Camille.

Sin embargo, lo había mirado varias veces en el mapa y sabía que ambos pueblos estaban a una distancia de cuarenta y siete kilómetros, exactamente.

—Si tuviera que salir por ahí, sería con papá. Y todavía no he decidido nada con respecto al viaje.

Su madre se limpió los labios con la servilleta.

—Tu padre acaba de terminar el tratamiento del cáncer. Esto es lo que quiere. No creo que tengas elección.

—¿Seguro que este es el formulario? —le preguntó Julie a Tarek. Los dos chicos estaban sentados en el bordillo de la acera, delante de la oficina de correos.

—Sí —dijo él, y le dio la vuelta a la hoja para que ella pudiera verla—. Tienes que rellenarlo, conseguir que tu madre lo firme, pagar la tasa por la solicitud de renovación urgente, y tendrás su pasaporte renovado dentro de dos semanas.

Ella miró el formulario.

—¿De verdad? Entonces, lo mejor será que empecemos ahora mismo —dijo ella.

El plural de la frase se le escapó sin querer. Desde el suceso en el partido de fútbol, habían estado quedando para salir, más o menos, como dos supervivientes de un naufragio que se aferraban a una balsa.

Ella aún se encogía al pensar en el partido que había provocado el estúpido incidente del bolso. Era bastante común que la gente jugara en el césped de la parte delantera del colegio. En su escuela eran muy aficionados al fútbol, y todo el mundo jugaba.

Pero no todo el mundo jugaba como Tarek. Él tenía unos movimientos y una velocidad increíbles, y era bueno en todas las posiciones del equipo. Lo lógico sería que un chico así fuera muy apreciado por todos, pero, no. Tarek era distinto. Era extranjero. Era tan bueno en el fútbol que casi era imposible dejar de mirarlo. Aquella mañana, cuando le había metido un gol al idiota del novio de Jana Jacobs, Rolfe, Jana había llamado «terrorista» a Tarek y le había dicho que se volviera a su país.

Julie había oído el comentario desde su posición de

medio campo. Había visto la cara de Tarek mientras el chico se marchaba del partido. Y, al ver el bolso de diseñador de Jana en el banco, junto a un hermoso charco de barro, no había podido evitar la tentación de tirarlo, sin darse cuenta de que Jana iba a convertirlo en un caso judicial.

—Necesitas una foto de carné y el pasaporte antiguo de tu madre. ¿Lo tienes?

—No le he dicho lo que estoy haciendo.

—¿Se va a enfadar?

—Dice que no podemos ir, pero yo creo que al final podremos convencerla. Y tengo una foto que puedo utilizar. Mi madre y Billy también hacían fotos para pasaportes y carnés. Esta la encontré en su ordenador.

—Tiene que tener un tamaño determinado. Debe ser un cuadrado de dos centímetros y medio de lado, y la cabeza debe ocupar el centro.

—Seguro que está bien —dijo ella—. ¿Cómo es que sabes tanto de esto?

A él se le ensombreció la expresión.

—Tuvimos que dejarlo todo en nuestra casa. Todas nuestras cosas, y los documentos importantes, también. Por suerte, mis padres habían hecho copias digitales y las tenían almacenadas en internet.

Julie intentó imaginarse cómo habría sido todo aquello para Tarek. Tener que dejarlo todo, su casa, su barrio, su pueblo... a su padre.

—Siento que os pasara esto a tu familia y a ti. Debió de ser horrible.

—Lo peor de todo es que mi padre siga preso. Mi madre y nuestra familia de acogida están intentando que lo liberen.

—¿Cómo es tu padre?

Los enormes ojos de Tarek se volvieron suaves y bellos.

—Es mi mejor amigo. Y el mejor futbolista que conozco. Yo aprendí de él.

—Anda, mira, si son Julie la gorda y Lawrence de Arabia —dijo alguien.

Julie alzó la vista y vio a Vanessa Larson, a Jana y a otras tres chicas, que se acercaban. Como de costumbre, iban en grupo, con sus pantalones ajustados, su pelo sedoso y su actitud desagradable.

—No les hagas ni caso —le dijo Tarek.

Julie asintió.

—Hacéis una pareja monísima —continuó Vanessa.

Julie quería que se la tragara la tierra, pero no había escapatoria. Se sintió humillada al oír las risitas de las chicas.

—Lawrence de Arabia era inglés —dijo Tarek—. Yo no soy inglés.

—No, tú eres un terrorista, eso es lo que dicen —dijo Vanessa, imitando el acento de Tarek. Después, sacó el teléfono móvil y les hizo una fotografía—. Voy a publicar esto en internet para que todo el mundo vea la pareja tan mona que hacéis.

Julie todavía tenía el chichón que le había hecho Vanessa durante la clase de salvamento de surf. El chichón se puso a latir a medida que Julie se enfadaba más y más.

—¿Y por qué vas a hacer eso? —le preguntó, con la voz temblorosa—. ¿Es que no puedes ocuparte de tus asuntos?

—Ah, mira quién habló —le dijo Vanessa—. Tú eres la que le ha contado a su madre un montón de mentiras sobre nosotras. Nos vio en la biblioteca y nos dijo que dejáramos de meternos contigo. Como si nos fuéramos a molestar en hacerlo.

Julie se quedó helada. ¿De verdad su madre había hablado con Vanessa después de que ella le rogara que no lo hiciera? Aquello iba a empeorar. Y mucho.

Se sintió mortificada. Se levantó y recogió las hojas del formulario del pasaporte.

—¿Qué es eso? —le preguntó Jana, y le arrebató una de las hojas.

—Eh...

—Ah, una solicitud de pasaporte. ¿Es que te vas a marchar?

—Oh, Dios, ojalá —dijo Vanessa. Entonces, tomó la hoja de manos de Jana y la rompió en cuatro pedazos mientras miraba fijamente a Julie—. Por desgracia, no le dan pasaportes a la gente que sale con terroristas. Y, seguramente, a tu madre tampoco se lo darán, porque no les dan pasaportes a los asesinos.

—¿Qué has dicho? —preguntó Julie, con incredulidad.

Las otras chicas se quedaron escandalizadas, y Vanessa se giró hacia ellas.

—¿Es que no lo sabíais? ¿No os habéis preguntado nunca dónde está el padre de Julie? Su madre lo mató mientras estaban de vacaciones. Por eso no encuentra marido.

Julie vio que Tarek se ponía de pie.

—Vámonos —le dijo él, en voz baja.

Demasiado tarde. Julie dejó caer todo lo que tenía entre las manos. Las hojas del formulario quedaron sobre el asfalto. Ella dejó de ver todo lo que la rodeaba, salvo la cara de provocación de la chica que tenía enfrente. Julie se lanzó hacia delante y empujó a Vanessa con tanta fuerza como pudo.

Camille oyó el sonido del teléfono, avisándola de que tenía un mensaje de Julie: Estoy terminando los deberes en la biblioteca. Voy a llegar tarde a cenar a casa del abuelo.

¿Deberes el último día de colegio? A Camille le pareció raro. Tal vez Julie estuviera haciendo algún trabajo para subir nota en alguna asignatura. En pocos meses, había pasado de sacar sobresalientes a aprobados. Ella esperaba que todavía no fuera demasiado tarde para mejorar las notas. Tuvo la tentación de llamar a Julie, pero no lo hizo. No quería presionarla.

Ella llevaba todo el día muy ocupada en el trabajo, y estaba impaciente por entrar en su cuenta de correo personal. Había estado intercambiando correos electrónicos con Finn para colaborar en la investigación sobre las fotografías de Lisette. Y a ella le gustaba escribirse con él. Era divertido y entretenido, y se le daba muy bien flirtear. Además, le agradaba que estuviera tan lejos, porque no tenía que preocuparse por el hecho de tener una verdadera relación. Un flirteo solo era una diversión inofensiva.

El mensaje que tenía en la bandeja de entrada era un buen ejemplo: Asunto: Estás presente en mis pensamientos de las tres de la mañana.

La idea de que él estuviera pensando en ella a las tres de la mañana le resultaba tan atractiva que era absurdo. No dejaba de recordarse que lo único que quería era saber más cosas sobre Lisette y su mundo en tiempos de guerra. Tal vez, de ese modo, a su padre se le quitaría de la cabeza el descabellado plan de ir a Bellerive. Y, tal vez, de ese modo, Julie y ella pudieran quedarse sanas y salvas en Bethany Bay, como todos los veranos.

Salvo que, en el caso de Julie, ya no le parecía que Bethany Bay fuera un sitio seguro.

Algunas veces, Camille no podía conciliar el sueño por la preocupación. Esperaba que Julie solo estuviera pasando por una fase, que pudiera empezar de cero ahora que ya habían llegado las vacaciones de verano. Iban a quitarle el aparato de ortodoncia y a sustituirlo por otro solamente para la noche. También iba a quitarse las gafas y empezar a utilizar lentillas. Camille sabía que aquellos pequeños pasos no eran el remedio definitivo, pero esperaba que le dieran a Julie más seguridad en sí misma.

Se sirvió un vaso de vino y se sentó ante el ordenador.

Para: cadams@oohlala.com
De: mfinnemore@usna.mil.gov
Asunto: Estás presente en mis pensamientos de las tres de la mañana.

Hola, Camille:

Resulta que Bellerive estaba dentro de la zona de salto de la Operación Dragón. Ayer me acerqué en coche para echar un vistazo. Encontré la granja de tu padre y le hice algunas fotografías. Es un lugar precioso, situado entre las montañas y el mar. Te enviaré las fotos más tarde. Deberías verlo: tiene mucho encanto y es muy soleado. Lo único que falta es una copa de vino... y tú. ¿O debería decir «vos»? Como sea. Ya sabes a qué me refiero.

Un saludo,
Finn

[Este correo está sin clasificar]

—Has ido a Bellerive —le dijo ella a la pantalla—. Vaya, has ido al pueblo de mi padre.

Le hacía terriblemente feliz que Finn se hubiera tomado la molestia de ir hasta allí. Otra cosa que le hacía feliz era el Asunto del mensaje.

—Es usted un ligón, eso es lo que es, profesor Finnemore —le dijo de nuevo a la pantalla.

Para: mfinnemore@usna.mil.gov
De: cadams@oohlala.com

Asunto: RE: Estás presente en mis pensamientos de las tres de la mañana.

Hola, Finn:

Gracias por el informe. No sabía que ibas a hacer tanto por la investigación, y me siento culpable por no pagarte por tus servicios. Estoy deseando ver las fotos.

Saludos,
Camille

Vaciló antes de enviar el mensaje. Quería estar segura de que era una correspondencia informal, pero nada más. Cambió las palabras «tus servicios» por «tu tiempo» y envió el correo.

Un momento después, apareció una ventana en la parte inferior de la pantalla.

HAGOPESTO: Hola, Camille.

Otra ventana. Camille la miró con cara de pocos amigos.

HAGOPESTO: Soy Finn.

A ella se le aceleró el corazón. Le dio un sorbito al vino. Después, hizo clic en la ventana de respuesta y comenzó a teclear.

AZAFATA: Ah, hola. No conocía tu alias. ¿Hagopesto?
HAGOPESTO: Sí.
AZAFATA: ¿Por qué?
HAGOPESTO: Porque «Multimillonario» ya estaba ocupado.
AZAFATA: Pero... ¿Pesto?
HAGOPESTO: En realidad, yo sí sé hacer pesto. Deberías probarlo, está delicioso. ¿Azafata?
AZAFATA: Se puede escribir con una sola mano. Así tengo la otra libre para sujetar la copa de vino.

HAGOPESTO: Ah, qué práctico.
AZAFATA: ¿De verdad son las tres de la mañana allí?
HAGOPESTO: No, ya no. ¿Has recibido mi correo?
AZAFATA: Sí. Eres un encanto por haber ido hasta Bellerive.
HAGOPESTO: No te creas, no ha sido ningún esfuerzo. Es un pueblecito precioso, parece salido de un cuento. Encontramos un restaurante magnífico en el centro.
AZAFATA: ¿Encontramos? ¿Con quién fuiste?

Camille se sintió azorada al pensar en que, quizá, parecía que quería saber detalles de su vida personal.

HAGOPESTO: Fui con mi ayudante de investigación, Roz.

Ella se preguntó cómo era Roz. Después, se reprendió a sí misma por preguntárselo.

AZAFATA: Es estupendo que tengas una ayudante.
HAGOPESTO: Tomamos una ensalada niçoise *deliciosa, con atún fresco y, de postre, helado de miel con un cucurucho hecho de* croissant *azucarado.*
AZAFATA: Suena letal.
HAGOPESTO: Te lo estás perdiendo. Tienes que conocer este sitio.
AZAFATA: Pareces mi padre.
HAGOPESTO: Eso es mala señal. No quiero parecer tu padre.

«Oooh», pensó Camille. Aquello sonaba mal.

AZAFATA: Me refiero a que él está empeñado en que quiere volver a visitarlo.
HAGOPESTO: Debería hacerlo. ¿Por qué no?

«Por mí», pensó ella. Sin embargo, no quería decírselo.

AZAFATA: Acaba de terminar un tratamiento contra el cáncer. El médico le ha dado permiso para viajar, pero a mí me preocupa...
HAGOPESTO: Pues, entonces, ven con él. Trae a tu hija también.

AZAFATA: Ahora sí que pareces mi padre. No deja de decir que tenemos que ir con él.

HAGOPESTO: Es que tienes que venir con él. Estoy seguro de que le encantaría enseñarte esta parte del mundo. A mí también me encantaría.

«Rápido, rápido, cambia de tema», pensó Camille.

AZAFATA: Eh, ¿has enviado las fotografías que hiciste?

HAGOPESTO: Acabo de mandártelas.

Camille oyó el sonido de entrada de un correo electrónico.

AZAFATA: ¡Qué emoción! ¡Tengo que mirarlas ahora mismo! Además, no debería tenerte despierto a estas horas.

HAGOPESTO: Me gusta estar despierto hasta tarde contigo. Sería incluso mejor que pudiéramos mantener esta conversación en persona.

AZAFATA: Estoy viendo ahora mismo las fotos...

Finn tenía razón. El pueblo era precioso. Las casas eran de piedra, las callejuelas eran estrechas y tenía una gran iglesia gótica. Parecía que el tiempo era maravilloso: el cielo estaba muy azul y el sol lo iluminaba todo. Había viñas y malvarrosas por todas partes.

En algunas de las fotografías aparecía una mujer joven. Tenía el pelo liso y sedoso, llevaba unas gafas muy grandes e iba vestida con estilo, con una camiseta y unos pantalones Capri. Parecía una modelo. ¿La ayudante?

—Vamos, Camille —murmuró—. Mira las fotos.

HAGOPESTO: Cuando llegues aquí, recuérdame que te lleve al museo de Vaucluse. Hay una gran colección de los años de la guerra.

—¿Cómo que cuando llegue allí? —preguntó ella, en medio de la habitación vacía—. ¿Quieres decir, nunca? ¿Por qué piensas que voy a ir a Francia?

Camille volvió a prestar atención a las fotografías que

le había mandado Finn. La imagen más fascinante era el retrato antiguo de un hombre, coloreado, con el pelo rubio pálido y los ojos azules, de mirada dura.

HAGOPESTO: ¿Reconoces a este hombre?
AZAFATA: No, ¿por qué?
HAGOPESTO: Lo he encontrado en el archivo del pueblo. Es Didier Palomar, alcalde desde 1937 hasta 1945.
AZAFATA: Un momento... ¿cómo?
HAGOPESTO: Estoy bastante seguro de que es el marido de Lisette. Entonces, es tu abuelo, ¿no?
AZAFATA: Nunca he visto una fotografía suya.
HAGOPESTO: Pues dile «hola» a tu abuelo.

Ella tuvo un escalofrío mientras miraba la foto. El hombre estaba perfectamente peinado. Sus ojos, sus labios delgados, su cara huesuda, la barbilla alzada en un ángulo altivo...

AZAFATA: Ay. Según mi padre, era un colaboracionista. El hombre más odiado del pueblo. ¿Has averiguado algo sobre si fue fusilado de verdad en 1945?
HAGOPESTO: No. Puedo investigar sobre eso cuando volvamos a Bellerive.

«Volvamos». ¿Se refería a que iba a ir con la supermodelo otra vez?

Puso la fotografía de Lisette junto a la pantalla y estudió las dos imágenes. Sus abuelos la estaban mirando con varias décadas de distancia en el tiempo. Eran dos extraños a los que estaba inevitablemente unida. Lisette era una belleza. Claramente, era mucho más joven que Didier. Los rasgos delicados y el pelo liso y rubio de la muchacha eran hipnóticos. Los de Didier, no tanto. Aunque su retrato había sido tomado para que resultara halagador, él tenía los ojos muy pálidos y el pelo escaso, rubio...

A Camille se le cortó la respiración. Lisette y Didier eran rubios como vikingos, y tenían los ojos muy claros...

Entonces, Camille tomó una fotografía de su padre, una imagen tomada poco después de su llegada a Estados Unidos en la que debía de tener unos dieciocho o diecinueve años. Camille comparó sus rasgos con los de Lisette. Como su madre, Henry tenía los labios carnosos, los pómulos prominentes, los ojos muy separados y el mentón fuerte. Sin embargo, no era rubio; tenía el pelo negro y rizado, los ojos de color marrón oscuro y la piel cetrina.

Camille no encontró ningún parecido entre Didier y Henry.

Lo más inquietante era la piel, los ojos y el pelo de Henry, que también habían heredado Julie y ella, fueran tan diferentes de los de sus padres.

¿Cómo era posible que dos personas tan blancas hubieran tenido un hijo como Henry? ¿Había heredado Henry sus rasgos de otra rama de la familia?

Dejó la copa de vino en la mesa y tomó la vieja cámara. Entonces, miró a Lisette.

—¿Quién eras? —le preguntó en francés—. ¿Qué estabas pensando en ese momento? ¿Y por qué estabas tan triste?

Camille intentó imaginarse lo que Lisette tenía en la cabeza mientras apretaba el botón de la máquina y capturaba aquel momento. Camille había pasado mucho tiempo analizando todos los detalles de la imagen. Teniendo en cuenta lo avanzado de su embarazo, era muy posible que las fotografías que había en el carrete fueran las últimas que había hecho en su vida.

HAGOPESTO: ¿Hola? ¿Sigues ahí?

Camille estaba tan absorta en las fotografías que no respondió. Miró por el visor de la cámara.

—Ojalá te hubiera conocido —le dijo a Lisette—. ¿Qué me habrías contado? ¿Qué secretos estabas ocultando?

SEGUNDA PARTE

El Var

«Lo que hace que la fotografía sea un invento extraño es que sus principales materiales son la luz y el tiempo».

JOHN BERGER, CRÍTICO DE ARTE INGLÉS

Capítulo 9

Bellerive, the Var, Francia
1941

Lisette Galli tenía la maravillosa cámara del doctor Toselli en las manos.

—¿Me la va a regalar? No va a separarse de ella.

El anciano Cyprian Toselly, su jefe, alzó una mano.

—Es un regalo especial por tu décimo sexto cumpleaños.

Ella sonrió.

—Cumplí dieciséis años hace tres meses.

—Ya sabes que soy olvidadizo. Es mi cámara favorita, y sería una pena que se quedara en la caja, sin utilizar. Lamentablemente, yo ya no puedo usarla más.

El doctor Toselli, un gran fotógrafo con muchos años de experiencia, se estaba quedando ciego. Era veterinario de profesión, y siempre había pensado que se pasaría la jubilación haciendo fotos y revelándolas en su taller. Por desgracia, iba a pasar aquellos años en la oscuridad.

—Es demasiado buena —dijo ella—. No puedo aceptarla.

Ah, pero lo deseaba. Llevaba dos años limpiando la casa y cuidando del jardín por un pequeño sueldo. Cuando él se había dado cuenta de que tenía interés por la fotografía, le había dado clases, y ella había absorbido los conocimientos como una esponja de mar.

—Lisette, me complacería mucho saber que mi cámara preferida está en tus manos llenas de talento y que tú estás capturando imágenes como yo te he enseñado. Los momentos de la vida son efímeros e impredecibles. Debemos atrapar los mejores y atesorarlos en el corazón. Aunque no hayas aprendido nada más de mí, debes aprender esto.

Al oír aquellas palabras, se le llenaron los ojos de lágrimas. Sus dos hermanos mayores habían muerto en la Batalla de Francia. Étienne era *chasseur alpin* y pertenecía a un regimiento de infantería de montaña. Le había alcanzado un disparo mientras defendía una posición estratégica en la Línea Maginot, en el noreste del país. El destino de Roland había sido incluso más trágico, puesto que había muerto en una pelea a puñetazos con soldados de su unidad que lo habían acusado de un vicio que ella no entendía. Les había hecho unas cuantas fotografías antes de que partieran a la guerra, y ahora atesoraba aquellas imágenes con toda su alma.

Se mordió el labio.

—Es usted demasiado bueno.

—No, al contrario. Soy un viejo egoísta. Me produce un gran placer ayudarte a aprender algo que he amado durante toda mi vida. Por otro lado, no me fío de los soldados italianos. Desde que tomaron el pueblo, han desaparecido ciertas cosas. Y sé que tú tendrás mi cámara bien segura.

Ella se estremeció al recordar cómo habían arrasado las calles los italianos, cobrándose la venganza por los camaradas que habían muerto durante la invasión. Los soldados habían saqueado las villas de los ricos aristócratas ingleses y parisinos, pero no les importaba robar también a la gente normal. Poco a poco se había reinstaurado cierto orden, gracias a una tregua entre la Comisión italiana para el Armisticio y los oficiales locales. Sin embargo, en Bellerive nadie se fiaba de los soldados.

La invasión italiana había sido un duro golpe para Francia, que ya había perdido su región norte a manos de los alemanes. El mes de junio pasado, París había sido bombardeada a plena luz del día y, después, declarada «ciudad abierta» para los alemanes. El nuevo gobernante, el mariscal Pétain, había firmado un armisticio. Mientras le leía las noticias al doctor Toselli, se había enterado de que el mundo condenaba aquellos actos. El presidente de Estados Unidos, Monsieur Roosevelt, había declarado que «la mano que sujetaba la daga la ha hundido en la espalda de su vecino». Francia había quedado dividida en dos: el norte ocupado y el sur, que, supuestamente, era zona libre. Sin embargo, allí no había libertad. Tan solo había unas autoridades extranjeras diferentes.

Ella puso la cámara en su caja y la cerró. Miró las iniciales CT que estaban grabadas en la tapa.

—En ese caso, haré exactamente lo que me ha dicho. Tomaré fotos maravillosas con su cámara y la mantendré a salvo para siempre.

Él extendió el brazo para darle una palmadita en la mano, pero falló el primer intento. Ella movió discretamente la mano para que él pudiera tocarla. Aquel delicado gesto la conmovió. Durante aquellos últimos años, él había perdido la visión gradualmente por la degeneración macular. Le había contado que la ceguera iba cerrando el ojo como se cerraba la abertura de la lente de una cámara, e iba limitando la visión. Él se sentía como si estuviera viendo a través de un túnel cada vez más estrecho.

—Tus fotografías son excelentes. Tienes un ojo muy bueno para los detalles de la vida cotidiana. Prométeme que seguirás practicando. Puedes usar el cuarto de revelado, como siempre.

El cuarto de revelado estaba instalado en la despensa,

y era un laboratorio perfecto, con una ampliadora fotográfica, papel especial y los químicos necesarios, y agua fresca que entraba desde el exterior.

El doctor Toselli era un hombre maravilloso, y ella le hubiera ayudado gratis. Sin embargo, él estaba empeñado en pagarle un sueldo. Entendía que su familia pasaba penalidades, y entendía cuál era la dignidad del trabajo.

—No sé cómo darle las gracias, *monsieur*. Es usted muy generoso.

—Muy bien, entonces —dijo él—. Todo arreglado, y yo me quedo contento. ¿Qué hora es?

Ella miró por la ventana al reloj de la estación de tren.

—Las cinco y media.

—Perfecto. Me gustaría tomar el aperitivo, entonces, y tal vez pudieras leerme un capítulo de nuestro libro antes de irte.

—Claro que sí. Un minuto —dijo ella.

Metió la cámara en su cesta de paja y fue a servir dos dedos de Ricard en un esbelto vaso. Después, le añadió un hielo de la heladera. Debido a las penurias de la guerra, era difícil disponer de refrigeración, pero Toselli la necesitaba de manera especial: en secreto, estaba produciendo una medicina maravillosa, la penicilina, para los soldados. Con sus conocimientos médicos y científicos, y con los instrumentos de la práctica de la medicina veterinaria, sabía exactamente lo que tenía que hacer, y Lisette estaba ansiosa por ayudarlo a preparar la medicina y esconderla.

Si los invasores lo averiguaban, le requisarían la producción y lo detendrían. Lisette pensaba que era maravilloso que un hombre mayor pudiera contribuir a la causa francesa. Ella le había guardado el secreto desde el principio. Los soldados lo consideraban un viejo inofensivo y no sabían lo que estaba haciendo delante de sus narices.

—Vamos a la terraza —dijo él—. Me encanta sentir el sol en la cara.

—Claro. Voy detrás de usted.

Él tomó el libro que estaban leyendo y lo sujetó bajo el brazo. Después, empezó a caminar hacia el pequeño gabinete que daba al jardín de la parte trasera de la casa. Tocaba los muebles al pasar; el respaldo de una silla, el lateral de un armario, el perchero del recibidor, donde estaban su sombrero, su bastón y su paraguas. Lisette era muy meticulosa a la hora de dejar cada cosa en su sitio. Se había puesto como objetivo ayudarlo a organizar su casa para que pudiera encontrar lo que necesitaba.

Siempre había sido una buena estudiante, pero, bajo su tutela, había aprendido muchísimas más cosas que las que enseñaban las monjas en la escuela del pueblo. A menudo, él le decía que acortara el tiempo de limpieza y de jardinería para leer más. A los dos les encantaba leer todo tipo de libros: novelas, historias clásicas de héroes y villanos, poesía y los periódicos, para saber cuál era el estado del mundo en medio de aquellas terribles cosas que estaban sucediendo. Aunque Bellerive se había rendido pacíficamente al ejército italiano que había cruzado el puente y ocupado la alcaldía y los juzgados, aquellos eran tiempos muy difíciles. Las verdaderas noticias se difundían en periódicos clandestinos que se distribuían misteriosamente por la región. En ellos, los patriotas habían podido leer la espantosa verdad: que los nazis habían ocupado París. Había detenciones, redadas y deportaciones de judíos y extranjeros y, según el doctor Toselli, lo único que mantenía a los nazis a raya en el departamento de Var era la presencia de los italianos.

—Es triste tener que elegir entre un conquistador u otro —le decía él—. Hoy no quiero que leamos las noticias. De todos modos, todo está censurado. Prefiero pasar el rato con el señor Holmes.

Toselli tenía un proyecto especial con Lisette. Quería compartir con ella su lujo favorito: una serie de novelas cuyo protagonista era Sherlock Holmes, un brillante detective inglés que resolvía crímenes misteriosos. Los libros estaban en inglés. Cuando empezaron a leer *El estudio en escarlata*, ella tenía que luchar con todas sus fuerzas contra aquellas palabras extranjeras y la dificilísima pronunciación, pero Toselli fue muy paciente y le dio muchos ánimos. Y se deleitaba con sus avances. Ahora estaban leyendo el tercer volumen de la serie, una historia llamada *El perro de los Baskerville*.

Ella leyó una escena en la que Sherlock Holmes estaba en el vestíbulo de la mansión, estudiando a los antepasados de los Baskerville, fijándose en el parecido familiar y haciéndose preguntas sobre un primo recién llegado.

—¿Existe de verdad el parecido familiar —preguntó, cuando terminó de leer—, o la gente ve lo que quiere ver?

Monsieur sonrió.

—Eso es parte del rompecabezas, ¿no? De todos modos, no hay ningún misterio en cuanto a tu origen. Eres tan rubia y tan blanca como tu querida madre. Que, seguramente, te estará esperando en casa para cenar. Deberías irte ya.

Ella dejó el libro en la mesa, junto a su lupa. Él todavía podía ver las palabras con una buena lámpara y una lupa, y quizá quisiera seguir leyendo más tarde. Se despidió, recogió sus cosas y salió a la calle.

Antes de ir a la pequeña casita de sus padres, que estaba al sur del pueblo, junto al puente, tenía que parar en la iglesia para hacer su confesión semanal de los sábados.

Dentro del templo reinaba la penumbra y hacía fresco. El suelo y las paredes eran de losas de piedra y amplificaban el sonido de los pasos. Ella caminó por un pasillo lateral hasta el confesionario de madera. Había unas cuantas monjas y personas mayores, algunas de ellas, sentadas en los bancos, y otras, arrodilladas ante el altar mayor. Ella se inclinó para ver si el confesionario estaba ocupado.

Lo encontró libre, así que se metió detrás de la cortina, se arrodilló y se persignó.

—Perdóneme, padre, porque he pecado...

Esperó a que el padre Rinaldo respondiera. Debía de ser tedioso para el sacerdote escuchar sus pequeñas ofensas. Ella no era lo suficientemente interesante como para tener nada sustancioso que confesar. Y, si alguna vez hiciera algo interesante, no lo confesaría.

Tal vez debería contarle que se sentía muy culpable por no poder ayudar más a sus padres. Su padre era un experto cantero, pero había sufrido un accidente el año anterior y había quedado impedido, en silla de ruedas. La familia dependía de la caridad de los vecinos y de la Iglesia. Algunas veces, ella oía susurros ansiosos de noche. Pronto iban a echarlos de su casita porque no podían pagar los impuestos. Su madre temía que se vieran reducidos a la mendicidad, o peor aún: la amenaza de ir a la cárcel pendía sobre sus cabezas. También hablaban de ir a un refugio de caridad de Marsella, una perspectiva horrible para su orgulloso padre.

O, tal vez, debería confesar un pecado del corazón. Había permitido que Jean-Luc d'Estérel la besara varias veces y, seguramente, iba a enamorarse de él. Era increíblemente guapo; tenía los ojos grandes y oscuros, las pestañas espesas y la mandíbula fuerte, y una preciosa nariz aguileña. Jean-Luc era judío, lo cual significaba que, posiblemente, la Iglesia consideraría que su relación era pecaminosa.

—¿Monseñor? —susurró ella, después de unos minutos.

El sacerdote no respondió. Un momento más tarde, Lisette oyó un suave ronquido, y suspiró.

—Muy bien. Mis pecados son muy aburridos —dijo.

Rezó el acto de contrición en latín y salió del confesionario. Aquel día no tenía penitencia.

Salió de la iglesia y se encaminó hacia su casa, que estaba junto al puente. El vecino de al lado siempre había controlado las esclusas, pero lo habían desahuciado los soldados, porque el puente era un punto estratégico muy importante. En aquel momento, había un muro hecho de sacos terreros para proteger la construcción en caso de bombardeo. El puente era el modo de llegar de un lado del río al otro, y era blanco de las bombas.

Cometió el error de tomar un atajo por la calle del Bar Zinc, lugar de reunión de los soldados. No hacía mucho, su pueblo era un lugar seguro, lleno de caras conocidas y amigables, donde había abundancia de comida y de vino de las granjas y los viñedos. Sin embargo, Bellerive se había convertido en un hervidero de rumores, de tejemanejes en el mercado negro, de extranjeros que recorrían las calles con las armas en la mano. Había un grupo de hombres sentados en una mesa en la acera. Era inevitable que la vieran. Todos comenzaron a llamarla en italiano.

Ella fingió que no oía los gritos groseros y los sonidos de besos, pero uno de ellos le cortó el paso.

—¿Adónde vas, guapa? —le preguntó, en un francés muy precario—. ¿Y qué llevas en la cesta?

La cámara. Ella agarró la cesta contra su cuerpo, con la esperanza de que los puerros y las judías verdes del señor Toselli escondieran la preciosa caja.

—Por favor, solo son unas cuantas verduras para mis padres.

—Bueno, bueno, está bien. Pero tienes que sentarte a tomar un vaso de vino con nosotros.

El soldado era gordo y paticorto, y olía a sudor. Le puso una mano en el brazo.

Ella se retiró como si quemara, intentando controlar el pánico que sentía.

—No me toque, *Monsieur* —le pidió.

—Estamos aquí para proteger el pueblo. Esta no es forma de mostrar gratitud —dijo él, y la tomó del brazo.

Ella miró angustiada a su alrededor, buscando a algún transeúnte, o al camarero, para que la ayudara.

—Déjeme en paz —dijo en voz alta.

—¿Qué ocurre? —preguntó alguien en francés.

Ella se giró y vio a Didier Palomar, el alcalde del pueblo. *Monsieur* Palomar era el dueño de una preciosa masía llamada Sauveterre. Era la granja de su familia, y estaba rodeada de campos, viñedos, prados y riachuelos que bajaban al mar. En la misa del domingo, la suya era una presencia altiva. Llevaba ropa de buena calidad, tenía el pelo muy rubio, los ojos azules y una mirada férrea que exigía atención. Sin embargo, era francés y tenía autoridad, así que era un aliado más fiable que los soldados extranjeros que bebían en la calle.

—*Monsieur le maire*, solo quiero volver a casa con mis padres. No quiero crear problemas.

—Muy bien. Yo mismo te acompaño —dijo. Después, se dirigió a los soldados en italiano. Un par de ellos le hicieron gestos groseros, pero volvieron a sentarse a beber.

—Tú eres la hija de Albert Galli, ¿no? —le preguntó Didier, mientras caminaban por el pueblo.

—Sí, señor —dijo ella. Todavía le temblaban las piernas por el incidente, y respondió con un hilo de voz.

Monsieur Palomar la tomó del codo.

—Te llamas Lisette.

—Sí, señor —dijo ella de nuevo.

—Te has convertido en una señorita muy guapa. Es mejor que te mantengas alejada de los soldados.

—Sí, lo haré —respondió Lisette.

La invadió un profundo resentimiento. ¿Qué derecho tenían aquellos hombres a instalarse en su pacífico pueblo, que no había cometido ningún crimen, salvo estar en el camino de las ambiciones de Hitler y Mussolini?

Cuando llegaron a la casita, ella vaciló en la puerta. Se debatió entre los buenos modales y el orgullo. Era una Galli, así que ganaron los buenos modales.

—¿Quiere pasar a tomar un aperitivo? —le preguntó.

—Qué amable por tu parte —dijo él, y sujetó la puerta.

—Mamá, papá, tenemos un invitado —dijo.

Al entrar, los vio en el pequeño jardín que había detrás de la casa, un oasis que había creado su padre con un muro de piedra y un estanque.

—Es *monsieur* Palomar.

El alcalde entró al jardín y les estrechó la mano a sus padres.

—Por favor, siéntese —le dijo su padre.

—Voy a traer algo de beber —añadió su madre.

—Son muy amables, pero no es necesario —dijo Palomar—. Solo he venido a acompañar a la joven para que llegara a casa sana y salva.

Lisette permaneció en el interior de la casa y sacó las verduras de la cesta. Escondió la cámara debajo del cubo de las hortalizas. Últimamente, no había ningún sitio seguro. Todas las casas eran vulnerables.

—Por favor, permítanos que le sirvamos un aperitivo —insistió su madre—. Sé que las autoridades centrales lo han prohibido, pero yo preparo mi propio vino con melocotón y hierbas aromáticas.

Monsieur Palomar se quedó callado un instante y, después, asintió.

—Entonces, por supuesto. Ya veo de dónde sale la amabilidad de su hija.

La madre de Lisette fue a la cocina mientras los dos hombres hablaban.

—Saca la jarra buena, Lisette —le dijo su madre—. Y que no tenga ni una mancha.

Mientras Lisette inspeccionaba la jarra, su madre sacó el vino especiado de la heladera. No podían ofrecerle otra cosa que unas cuantas rebanadas de pan y unas olivas, cuya provisión iba disminuyendo. Su padre adoraba las olivas. La madre de Lisette debió de captar la expresión de su hija.

–Palomar es un hombre muy importante. Sabe cómo tratar con los italianos. He oído decir que en su granja todavía hay vacas lecheras y cerdos.

Las granjas del pueblo habían recibido la orden de alojar y dar de comer a los soldados. Había racionamiento y la comida escaseaba. Las acciones militares habían destruido gran parte de los transportes por mar, las barcazas de los ríos y las vías del tren. Los labriegos habían tenido que ir a la guerra o esconderse, así que no había suficientes manos para atender los cultivos, ni tampoco había combustible para las máquinas de las granjas. Aunque estuvieran en el campo, la caza, la recolección y la producción local de verduras también estaba regulada; en realidad, había que entregárselo todo a las autoridades para que lo redistribuyeran. Se habían prohibido, incluso, los aperitivos, aunque en el interior de los hogares era difícil imponer las normas.

Lisette sacó los vasos. En el interior de las puertas del armario estaban pegadas las fotografías que ella les había sacado a sus hermanos antes de que marcharan a la guerra. Las fotografías estaban escondidas porque los habitantes del pueblo estaban advertidos en contra de las exhibiciones de patriotismo. Los soldados estaban paranoicos y sospechaban que todo el mundo era del maquis, la guerrilla que se había convertido en un feroz enemigo con sus tácticas y sus comunicaciones secretas.

Ella miró a *monsieur* Palomar. Su figura ocupaba el vano de la puerta, y él tenía una actitud relajada y segura. Estaba inclinado hacia delante, con los codos apoyados en las rodillas, mientras hablaba con su padre.

—Palomar es muy guapo, ¿eh? —le preguntó su madre.
Lisette se ruborizó.
—Si tú lo dices. Es guapo para ser un hombre mayor.
—No es muy mayor. Tal vez tenga unos treinta años. Y es viudo.
—¿Su mujer murió?
—Sí. El año pasado. *Madame* Picoche me ha dicho que se ahogó en el Calanques. Nadar allí es muy peligroso. Seamos muy amables con *monsieur* Palomar.

Lisette tomó la bandeja y siguió a su madre al jardín.

—*Voilà* —dijo su padre, con una sonrisa cordial—. Un vasito para empezar bien la noche.

Su madre sirvió el vino, y todos alzaron los vasos para brindar. A Lisette siempre le había parecido que aquellos momentos del atardecer tenían algo de mágico. Antes del accidente de su padre, la puesta de sol marcaba la transición entre la jornada de trabajo y las horas de descanso. Él se quitaba la ropa de labor y se lavaba en el lavabo del exterior mientras cantaba canciones antiguas. Cuando sus hermanos y ella eran pequeños, su madre les daba limonada y toda la familia se sentaba a disfrutar de aquellos momentos especiales.

Lisette se sintió orgullosa de su padre en aquel momento. Mientras hablaba con el alcalde del pueblo, mantenía su dignidad pese a todo lo que había perdido: a sus hijos, su trabajo, el movimiento de las piernas... Hablaron de las cosas que angustiaban a todo el mundo aquellos días, la invasión de los italianos, la guerra con Alemania en el norte, la carestía de alimentos, los ataques aéreos.

Lisette tomó el vino lentamente, saboreando las hierbas aromáticas. No comió aceitunas para no apresurar el gasto de las provisiones. *Monsieur* Palomar era afable, pero tenía algo extraño que ella no conseguía identificar. Entonces, él la sorprendió mirándolo, sonrió y levantó suavemente el vaso para saludarla. Ella se reprendió a sí misma. Después de todo, aquel hombre la había protegido de los soldados italianos.

—¿Y cómo es que ha conseguido usted salir tan bien parado en todo esto? —le preguntó su padre al alcalde.

—Albert —dijo su madre—. Es un invitado. No seas grosero.

—No pretendía ofender a nadie.

—No, no me ha ofendido en absoluto —dijo *monsieur* Palomar—. Mi objetivo es proteger al pueblo y, algunas veces, esto supone tener que tomar decisiones terribles. Capitular y evitar el derramamiento de sangre, o resistirse y causar muertes. A mí no me gusta la idea de que el pueblo esté sometido, pero ¿qué otra cosa podemos hacer? Puede que nuestro orgullo nacional esté herido, pero no sangra como los ciudadanos.

—Tenemos suerte de que nuestro alcalde comprenda todo eso —dijo su madre.

La luz fue apagándose, y sonaron las campanas del toque de queda.

—Tengo que irme —dijo el alcalde—. Mi hermana Rotrude me va a regañar si llego tarde a cenar —explicó, con una expresión que parecía de tristeza—. Su marido murió en el frente tan solo un mes después de que yo perdiera a mi mujer, así que ha vuelto a Sauveterre con su hija pequeña. La granja sería un lugar silencioso y solitario de no ser por los italianos que están allí alojados.

—¿Tiene soldados bajo su techo?

Él asintió.

—No me quedó más remedio. Rotrude se queja de sus modales, y se beben nuestro vino como si fuera agua. Ya se han terminado toda la garnacha de mi mujer. A mí me consolaba beber el vino que ella había hecho.

—Sentimos mucho la pérdida de su esposa —dijo su padre.

—Y yo también siento mucho su desgracia —dijo él—. Mi mujer no me dio hijos, así que me imagino qué dolor han sentido ustedes al perder a los suyos.

Irguió los hombros y miró a Lisette. La recorrió de pies a cabeza con la mirada.

—Bueno, he conseguido que todos nos pongamos tristes. Vamos a tener esperanza en que vuelvan los buenos tiempos, ¿eh?

—¿El señor Palomar nos ha mandado más mantequilla? —preguntó Lisette, mientras se sentaba a la mesa para cenar.

Durante todo el año, el alcalde les había estado enviando mantequilla, queso, panceta, café y vino para completar las exiguas raciones que les proporcionaba el sistema de racionamiento. El alcalde y su padre se habían hecho amigos, y Palomar decía a menudo que ayudaría a su familia si necesitaban algo.

—Ha sido muy generoso —dijo su madre, mientras servía tres platos de sopa y una rebanada de pan untada con mantequilla.

Su padre bendijo brevemente la mesa, y los tres alzaron los vasos. Solo podían beber agua, puesto que el vino estaba racionado, era muy escaso y muy malo. La gente se estaba comiendo a los caballos de trabajo, porque no los podían alimentar. Cada día era más difícil llenar los estómagos con la caza o la pesca; si un pescador hacía buenas capturas, se las requisaban para alimentar a los soldados, en vez de distribuirlas entre la población.

Lisette se obligó a sí misma a comer despacio, aunque le dolía el estómago de hambre. Le asustaba ver a sus padres tan demacrados, con las mejillas hundidas y cada vez con menos pelo. El doctor Toselli, que era tan jovial y robusto cuando ella había comenzado a trabajar en su casa, estaba enfermo, y su vista estaba peor que nunca. Ella había dejado de aceptar el pequeño sueldo, aunque seguía visitándolo diariamente para mantener su casa, sentarse y hablar con él, y leerle libros. Le decía que las lecciones de inglés eran pago más que suficiente por su ayuda.

Además de darle clases de inglés, él seguía enseñándole el arte del revelado, y su obsesión por la fotografía aumentó. También ayudaba a Toselli a preparar la penicilina, aunque él le había advertido de lo que le ocurriría si la atrapaban. A ella no le importaba. Si con su esfuerzo podía ayudar a ganar la guerra contra Alemania e Italia, estaba dispuesta a arriesgarse. Incluso había convencido a su madre para que cultivaran melones cantalupo, aunque no le había dicho por qué. Eran los mejores para criar el moho que producía el antibiótico.

–Delicioso –dijo su padre. Echó en el plato las migas que habían caído en su servilleta para no desperdiciar nada.

–Esta noche tenemos postre. Otro regalo del señor alcalde –dijo su madre, y levantó la tapa de porcelana del plato de mantequilla.

–¡Chocolate! –exclamó Lisette–. Mamá, ¿eso es chocolate?

Su madre asintió.

Su padre partió tres porciones, y dijo:

–*Bon appétit*, queridas mías.

Lisette mordió su pedazo y cerró los ojos para saborearlo.

–Quiere cortejarte –dijo su padre–. Me ha pedido permiso.

Lisette abrió los ojos.

–¿Qué? ¿Quién?

–*Monsieur* Palomar quiere cortejarte –repitió su padre–. Tu madre y yo hemos dado nuestra aprobación.

El sabor del chocolate se volvió amargo.

—Eso es absurdo —dijo ella—. Palomar es demasiado mayor para mí. No lo conozco en absoluto, ni lo deseo.

—Ha sido muy bueno con nuestra familia —dijo su madre.

—Y yo se lo agradezco. Pero ya tengo novio. Jean-Luc d'Estérel.

—Eso es una tontería de niños —dijo su madre—. Ahora ya eres una mujer. Además, es judío.

—Como la amante de Mussolini.

—¿Cómo sabes tú eso?

—Yo oigo cosas. Sé cosas.

—Entonces, deberías oír también que vienen los alemanes. Van a sustituir a los italianos y van a hacer redadas de judíos. Si Jean-Luc sabe lo que le conviene, se marchará de aquí.

—Su madre está enferma —dijo Lisette—. No puede dejarla sola. Y el mariscal Graziani le ha ordenado que trabaje para él, porque Jean-Luc es el único de todo Bellerive que sabe manejar las agujas de las vías de tren y las esclusas del río. Yo no quiero tener nada con Didier Palomar.

Su madre la tomó de las manos.

—No tenemos más dinero para pagar el alquiler. Tenemos que dejar la casa a finales de mes.

—¿Qué? ¿Cuándo lo habéis sabido? —preguntó Lisette, mirando a su padre y a su madre. Su padre permaneció en silencio, con una expresión estoica.

—Nos llegó una notificación hace unas semanas.

—Entonces, voy a encontrar la forma de ganar algo de dinero —dijo Lisette, con desesperación—. Sé hablar, leer y escribir en inglés. Sé cocinar, limpiar y coser. Estoy segura de que puedo encontrar un trabajo en Aix o en Marsella.

—Ni lo sueñes. A las chicas jóvenes que van a la ciudad les ocurren cosas horribles.

—¿Más horribles que ser cortejada por un hombre que no conozco?

Lisette se levantó de la mesa y salió corriendo por la puerta, haciendo caso omiso del toque de queda. Corrió hasta que notó un pinchazo agudo en el costado. Tenía que decírselo a Jean-Luc. Entre los dos pensarían alguna solución.

Llegó a su pequeño apartamento con la respiración entrecortada, y se arrojó a él. Jean-Luc estaba solo, inclinado sobre algo que había en la mesa. Estuvo a punto de caerse del taburete de la sorpresa.

—Lisette —le dijo, poniéndose en pie de golpe—. No te esperaba.

—Tenía que verte —dijo ella—. Mis padres quieren que me case con Didier Palomar.

—¿Con el alcalde?

—Nos ha estado enviando comida. Yo pensaba que era un gesto bondadoso, pero lo que quería era ganar la aprobación de mi padre. Ahora nos van a echar de la casa porque no tenemos dinero. Si rechazo a Palomar, nos veremos pidiendo en la calle.

—Cálmate —dijo Jean-Luc. La agarró por los antebrazos y la miró fijamente—. No te dejes dominar por el pánico.

—No puedo evitarlo. Tenemos solo hasta final de mes —dijo ella, y respiró profundamente. El histerismo no iba a ayudarla a resolver la situación—. Lo siento —dijo, mirando a su alrededor por el pequeño apartamento—. ¿Cómo está tu madre?

—Está descansando —dijo él, señalando la habitación contigua con un gesto de la cabeza. Después, bajó la voz—. El médico me ha dicho que no se puede hacer nada, salvo procurar que esté cómoda.

De repente, todos sus problemas pasaron a un segundo plano.

—Jean-Luc, lo siento muchísimo. ¿Cómo puedo ayudarte?

—Siendo tú. Con tu mera presencia —respondió él, y le acarició la mejilla con delicadeza.

Jean-Luc era el primer chico, el único, al que había besado. Algún día, incluso, llegaría a enamorarse de él como la gente se enamoraba en las películas, con una pasión cegadora.

Oyó un chisporroteo, como el crepitar del fuego. Entonces, miró a la mesa donde él estaba sentado cuando ella había llegado a su casa y, por primera vez, vio una caja grande llena de tubos, botones e interruptores. Era una radio casera.

Lisette miró a Jean-Luc mientras palidecía.

—Dios mío. Trabajas para los partisanos.

Lisette oyó el suave silbido de su padre. Era la indicación de que se había quedado dormido, así que se levantó de la cama y, rápidamente, se puso una blusa y un peto y se acercó descalza a la puerta. Se detuvo a escuchar a sus padres: el suave silbido de su padre, que no llegaba a ser un ronquido, y un ligero suspiro de su madre.

Entonces, salió. La calle estaba muy oscura, y lo único que alteraba el silencio era el canto de un chotacabras y el murmullo del riachuelo que discurría bajo el viejo puente de piedra. Olía a magnolia y a ciprés. Estaba totalmente prohibido encender cualquier luz, así que se mantuvo inmóvil un momento, esperando a acostumbrarse a la oscuridad. Distinguió la enorme silueta de la iglesia, que se recortaba contra el cielo en la parte más alta del pueblo, y la forma del puente cercano. Tomó la cesta del mercado y las botas y cruzó el puente.

—Por aquí —susurró alguien. Jean-Luc d'Estérel estaba esperándola con su bicicleta junto a la torre del puente—. ¿Te ha visto alguien?

—Creo que no.

Él la agarró de los brazos y le dio un beso firme en los labios. A ella se le aceleró el corazón al percibir su sabor y su olor.

—¿Estás segura de que quieres hacer esto? —le preguntó Jean-Luc.

—Sí, estoy segura. Ojalá me hubieras dejado ayudarte mucho antes —dijo ella, y se puso las botas.

—Este trabajo es muy peligroso, Lisette. La semana pasada detuvieron a un partisano en Marsella, y Louis dice que lo torturaron de un modo que ni siquiera voy a describirte. Los propios franceses.

Parecía que Louis Picoche, el amigo de Jean-Luc, lo sabía todo. Ellos dos formaban parte de un grupo pequeño y muy unido que sabía guardar secretos.

—Los que están de parte del régimen de Vichy y de Pétain no son franceses —respondió ella con desprecio—. No nos van a detener. Estamos en medio de ninguna parte, lejos de la ciudad.

Fueron hasta la salida del pueblo, hablando en susurros. Jean-Luc llevaba la bicicleta a pie, con cuidado de que no traqueteara a causa del empedrado de la calle. Cuando llegaron a la carretera de la costa, subieron a la bici; Jean-Luc pedaleaba, y Lisette iba sentada en la parte de atrás. Ella se agarró a su cintura, y sintió euforia al notar el viento en la cara y el cuerpo musculoso de Jean-Luc bajo la palma de las manos. La oscuridad aumentaba las emociones. Por fin, después de acumular resentimiento contra los soldados de la ocupación, tenía la oportunidad de hacer algo.

Se reunieron con Louis en un campo que había a pocos metros de las enormes calanques de granito que se adentraban en el mar. Cuando era pequeña, sus hermanos y ella iban allí después de terminar las tareas diarias, los días calurosos del verano, para disfrutar de las playas blancas que había escondidas entre los acantilados. Su padre la había enseñado a nadar en aquellas aguas azul turquesa.

Después del accidente, ella se había convertido en la profesora. Su padre había caído en una depresión, con episodios de melancolía terribles que se alteraban con la furia y la desesperación por lo que él llamaba «su cuerpo inútil». Ella había organizado a los amigos de su padre para que los ayudaran. Lo habían subido a un carro y lo habían llevado a la playa, hasta la orilla. Lisette le sujetaba las manos mientras él flotaba, y le animaba a nadar. Verlo redescubrir el placer de flotar en el agua la había llenado de alegría, y sus excursiones a la playa se habían convertido en una actividad regular. Mamá llevaba pan y algo del huerto para comer y, algunas veces, durante unas horas, olvidaban lo que les había ocurrido a sus hermanos, olvidaban el accidente de su padre y olvidaban que su pueblo estaba ocupado por tropas extranjeras. Lisette había hecho algunas fotografías de sus padres en la playa en aquellos momentos.

Aquella noche, sin embargo, todo era distinto. Louis no les había dicho lo que podían esperar. Jean-Luc le había explicado a Lisette que, cuanto menos supiera un partisano, mejor. Así no tendría nada que confesar bajo tortura si lo atrapaban.

–Lo que daría por fumar un cigarrillo en este momento –dijo Louis, mientras se paseaba de un lado a otro–. Pero no puedo arriesgarme ni a encender una cerilla –añadió. Miró hacia el cielo negro y vacío.

–Pero ¿tienes cigarrillos? –le preguntó Jean-Luc–. No me digas que compras en el mercado negro.

–No tengo cigarros –admitió Louis–. Solo estaba deseando tenerlo. Sabes que yo no voy a llenarles los bolsillos a los colaboracionistas. Los que se benefician de la guerra son tan malos como los nazis –dijo. Entonces, se detuvo y ladeó la cabeza–. Escuchad.

Lisette oyó el sonido de las olas, pero, entonces, percibió algo más.

–Es un motor.

–Un aeroplano –dijo Jean-Luc–. ¿Va a soltar algo en paracaídas?

–Sí. Provisiones. Ayudadme a mover estas piedras –dijo Louis. Se puso de rodillas y empezó a apartar algunas piedras grandes de un montón. Jean-Luc y Lisette lo imitaron. Bajo las piedras había una lona cuadrada. Louis la apartó y sacó una especie de caja.

–¿Qué es eso? –preguntó Lisette.

–Es un transpondedor –respondió Louis–. Esto les indica dónde está la zona de lanzamiento.

Abrió la tapa de la caja y apretó algunos interruptores, y el equipo empezó a emitir un sonido que parecía un chisporroteo.

–Creo que ya funciona. Ahora tenemos que esperar.

Se tumbaron en la hierba y miraron al cielo, que estaba muy despejado y lleno de estrellas. Mientras pasaba lentamente el tiempo, Jean-Luc la tomó de la mano y se la apretó. Ella sonrió, pero sintió una profunda tristeza. Cuando había empezado a salir con él, todo era muy sencillo. Ahora, en vez de ir a las fiestas del pueblo o a la playa, se veían obligados a actuar en la clandestinidad.

–Allí –susurró Louis–. Veo algo.

Divisaron una sombra en el cielo. Se hizo más grande, se movió, y ellos corrieron a recibirlo cuando caía al suelo. Era un paquete muy grande, atado con correas. Louis lo abrió mientras Lisette y Jean-Luc recogían el paracaídas. Cuando lo cargaron todo en el carro, ella ya tenía el corazón en un puño.

–Tenemos que darnos prisa –dijo Louis, al terminar de esconder la radio. Pusieron las piedras encima y empujaron el carro al interior de una choza de piedra. Allí, deshicieron el paquete, que contenía armas diversas y granadas. Otros partisanos, a quienes ella no conocía, las utilizarían para luchar contra el enemigo.

—Buen trabajo —murmuró Louis—. Dentro de muy poco, tendremos a los italianos huyendo hacia las montañas.

—Y, después, ¿qué? —preguntó Jean-Luc—. Vendrán los alemanes.

—Por eso estamos acumulando armas —dijo Louis—. Vamos. Tenemos que volver antes del amanecer —añadió.

Entonces, desapareció en la oscuridad, mientras que Jean-Luc y ella volvían al pueblo. La oscuridad era ya muy cerrada, y el ruido de la bicicleta alteraba el silencio. Lisette se agarró con fuerza a Jean-Luc. Cuando llegaron al pueblo, bajaron de la bicicleta.

Se oyó el ladrido de un perro, y ella se estremeció. Subieron por una calle, hacia el puente.

—Espero aquí hasta que estés a salvo, en casa —le dijo Jean-Luc.

El sonido de unos pasos los dejó paralizados. Dos soldados aparecieron de la nada.

—¿Qué estáis haciendo aquí a estas horas? —les preguntó uno de ellos—. El toque de queda no se ha levantado todavía.

A Lisette se le quedó la garganta seca.

—Nosotros… señor…

—Es mi novia —dijo Jean-Luc—. Queríamos estar juntos.

—Es muy guapa —respondió el soldado—. Podrías compartir.

Jean-Luc se puso delante de ella.

—No, nunca. No queremos problemas.

—Ya tienes un problema, amigo mío —dijo el otro soldado, y lo agarró del brazo—. ¿Cómo te llamas? Vamos a interrogarte.

—No ha hecho nada malo —dijo Lisette.

—Entonces, no tiene nada que temer, ¿no? Vamos, vete a tu casa, chica. No vuelvas a saltarte el toque de queda.

Los dos soldados se llevaron a Jean-Luc por el puente hacia el ayuntamiento. Jean-Luc giró la cabeza y le advirtió con la mirada que colaborase. Ella sentía terror por él, pero ¿qué podía hacer?

Lisette se quedó inmóvil. El corazón estaba a punto de estallarle en el pecho. ¿Qué iba a ser de Jean-Luc? ¿Y de su pobre madre, sola en su apartamento? Se imaginó a Jean-Luc sufriendo la tortura. La administración central se ocupaba de que todos los ciudadanos supieran lo que les esperaba a los partisanos: palizas, hambre, privación de sueño, amenazas a la familia y la deportación.

Montó en la bicicleta y pedaleó todo lo rápidamente que pudo hacia Sauveterre, la masía de Didier Palomar.

Capítulo 10

Lisette rodeó cuidadosamente un charco de cal que había en el patio de la escuela del pueblo. Su marido, Didier, había ordenado que pintaran el tejado de color blanco con una cruz roja, para que los bombarderos evitaran aquel objetivo. Se suponía que aquella señal debía emplearse solo para los hospitales, pero nadie puso objeciones. Lisette hubiera deseado que marcaran todos los edificios del pueblo con la cruz roja.

Entró en el edificio con una cesta cargada de manzanas de Sauveterre para ayudar a los niños del colegio. La hermana Marie-Noelle la recibió con una sonrisa y la llevó al refectorio. Ahora, la escuela era mixta, debido a la falta de profesores. Había un retrato del mariscal Pétain colgado en la pared y, todos los días, los niños tenían que cantar una canción que empezaba con los versos «*Maréchal, nous voilà*». Todo el mundo tenía que demostrar lealtad al gobierno de Vichy.

—Muchas gracias, *madame* Palomar —dijo la monja—. Los niños le agradecen su generosidad.

—Ojalá pudiera hacer más —dijo Lisette.

—Incluso el gesto más pequeño es una ayuda. ¿La han visto?

Lisette negó con la cabeza. Se suponía que había que

entregar a las autoridades hasta el último gramo de comida, pero la mayoría de la gente del pueblo se negaba a obedecer. Gracias a que ella era la mujer del alcalde, podía confiar en que los soldados miraran a otro lado. Dejó la cesta en una mesa donde había varios niños sentados para comer. Por la cara que pusieron, casi se alegró de haberse casado con Didier.

Casi.

No quería recordar mucho el último año, desde que se había casado con Palomar. Sin la ayuda de Didier, a Jean-Luc lo habrían torturado y asesinado, y sus padres habrían sufrido un desahucio. Lo único que le había pedido Didier era que se casara con él. Incluso el cura del pueblo había aprobado su plan, y le había dicho que poder proteger a sus seres queridos era una bendición, aunque tuviera que sacrificar sus propios sueños.

En la época que le había tocado vivir, el mundo no estaba hecho para el amor y el romanticismo. Había que ser práctico. A Jean-Luc lo habían puesto en libertad, y había vuelto a cuidar a su madre y a trabajar en el ferrocarril. Lisette y sus padres vivían seguros en la gran masía, donde siempre había qué comer. En cuanto a ella, había aprendido a callarse lo que pensaba y alejarse del escrutinio de los demás.

Su boda había sido una ceremonia civil, muy breve. No habría sido apropiado celebrar el matrimonio, a tenor de los tiempos que corrían. El lecho conyugal era tolerable, algo como un torpe ejercicio de movimientos corporales. La pasión ardiente que se describía en las novelas prohibidas nunca había ocurrido. Tal vez no estaba destinada a conocerla. Sin embargo, algunas veces, en mitad del silencio de la noche, cuando estaba en la cama de espaldas a Palomar, miraba las estrellas por la ventana, y soñaba.

—Tome esto también —le dijo a la monja, y le entregó una hoja de cupones de racionamiento—. Hemos tenido una buena cosecha este año, aunque no tuviéramos jornaleros.

Se metió las manos en los bolsillos del delantal. Le daba vergüenza que la monja viera que tenía la piel agrietada, que le habían salido callos y que se le habían roto las uñas. Didier era demasiado orgulloso como para trabajar en el campo. Le parecía que eso estaba por debajo de su estatus de alcalde del pueblo. Sin embargo, ella era demasiado práctica como para dejar que los campos siguieran yermos. Entre su madre, la hermana de Didier, Rotrude, su sobrina pequeña, Petra, y ella misma, habían sacado adelante el trabajo.

—Que Dios la bendiga, *madame* —dijo la hermana Marie-Noelle.

—Volveré mañana —le prometió Lisette.

Cuando iba a salir a la calle, un niño pequeño se le acercó corriendo y le rodeó la cintura con los brazos delgados.

—Gracias por las manzanas —le dijo—. Son mis favoritas.

Ella le sonrió y le apartó suavemente el pelo de la cara. Su abrazo le llegó al corazón, y le recordó que había algo en lo que Palomar y ella estaban de acuerdo: querían tener un hijo. A veces, pensaba que era una tontería querer traer un niño a un mundo tan lleno de peligro e incertidumbre, pero renunciar al sueño de formar una familia sería perder la esperanza por completo.

Se sintió un poco más animada mientras volvía a casa en la bicicleta. A la salida del pueblo había un repecho en el camino y, después, un camino de tierra que llevaba a la masía en la que ahora vivía con sus padres, con Didier, con Rotrude y con la pequeña Petra. En la finca también había una casa más pequeña para los empleados. Había media docena de soldados alojados en un ala alejada de la casa principal, pero, en general, estaban a solas mientras realizaban sus tareas.

Sauveterre era una granja antigua muy hermosa, especialmente en el otoño. La luz vespertina volvía dorados los muros de color ocre de la casona, y las sombras se alargaban en los campos. No era de extrañar que pintores como Cézanne, Van Gogh, Chagall y Deyrolle hubieran pasado tanto tiempo en aquella región, plasmando en sus lienzos sus colores brillantes y cambiantes y su accidentado paisaje.

Lisette se detuvo varias veces a lo largo del camino. Bajaba de la bicicleta, la apoyaba en un seto y sacaba la cámara de fotos de la cesta de mimbre que llevaba en la parte delantera de la bicicleta. Hacer fotografías con la maravillosa cámara del doctor Toselli hacía que se sintiera realizada de un modo que no podía describir. Era una especie de refugio, un momento en el que podía olvidarse de todo salvo de las imágenes que observaba a través del visor o que cobraban vida bajo la ampliadora, en el cuarto de revelado. Se perdía en sus imágenes de los campos de lavanda, de unas ruinas de piedra seca, en los primeros planos de una mata de tomillo silvestre, en el vuelo de unas mariposas o en los juegos de los niños. Al principio, Didier había fruncido el ceño por aquel pasatiempo, pero cuando ella le hizo un retrato favorecedor y lo pintó a mano para incluirlo en los archivos del pueblo, él cedió. Lisette estaba agradecida por ello, porque de su cuarto de revelado salían algo más que fotografías de la gente del pueblo y de sus paisajes. Se había convertido en toda una experta en producir fotos para las tarjetas de identidad falsas que utilizaban los partisanos.

Nunca le preocupó que Didier lo descubriera. Su marido no era un hombre complicado. Estaba hecho de avaricia y vanidad y tenía cierto encanto superficial que podía confundirse con la bondad. Pasaba los días pavoneándose por el pueblo, ocupándose de los asuntos municipales. Desde la ocupación, esos asuntos estaban en manos del mariscal, pero a Palomar le encantaba pensar que todavía tenía el control, hacer alarde del dinero de su familia y de su influencia política y atribuirse el mérito de mantener la paz.

Lisette se detuvo una vez más e hizo dos fotografías: una del roble esculpido por el viento, que parecía señalar el camino por carretera a Sauveterre, y otra de las gavillas de cereales colocadas en hileras ordenadas, ya preparadas para su almacenamiento en el establo o en los silos de piedra.

Guardó la cámara con cuidado y volvió a casa. Saludó a Rotrude con la mano mientras empujaba la bicicleta para guardarla en el cobertizo. Rotrude miró la cesta vacía que estaba amarrada detrás de la bicicleta, pero no dijo nada. Al igual que Lisette, estaba a favor de quedarse con la mayor parte posible de la cosecha sin llamar la atención.

Una voluta de humo y el sonido de un martilleo metálico le indicaron que su padre estaba trabajando en la fragua. Hacía todo lo que podía desde su silla de ruedas para ayudar en la granja, desde afilar cuchillos y tijeras, hasta cortar uvas y reparar herramientas. Estaba agradecido de tener un propósito.

Lisette se lavó en el pozo del exterior y saboreó el agua dulce, fría y limpia de la bomba. Su madre estaba en la cocina, hablando con Muriel, la sirvienta, y moliendo grano en el molino de mano para el pan del día siguiente. A su madre le encantaba la enorme cocina, llena de sol, con sus brillantes ollas de cobre, con el suelo y las encimeras de baldosas provenzales. El hecho de ver a su madre segura y contenta hacía feliz a Lisette. Incluso ahora, un año después de haber dejado la humilde cabaña del pueblo, le parecía un milagro levantarse por la mañana y poder servir a sus padres leche, todavía caliente de la vaca, o hacerles una tortilla de huevos recién puestos.

—¿En qué ayudo? —preguntó, atándose el delantal a la cintura.

—Muriel ha pescado dos peces hoy —dijo Petra, que acababa de entrar en la cocina—. A mí no me gusta el pescado.

—También hay conejo —dijo Rotrude—. Muriel es buen cazador —dijo.

Aunque estaba prohibido tener armas de fuego, las autoridades permitían, tácitamente, tener escopetas para cazar.

Petra se acercó a la mesa y dejó en ella un ramito de flores silvestres.

—Lisette, ¿me ayudas a hacer una corona?

Lisette sonrió.

—Claro. Mira: haces un círculo con un tallo y, después, enroscas el siguiente tallo en el círculo, y así, hasta el final —dijo mientras el aire se llenaba del perfume de la lavanda.

—No deberíamos gastar la lavanda —dijo Rotrude—. Es necesaria para hacer medicinas para los soldados.

Petra miró las flores.

—La medicina no le sirvió a papá, ¿no? —preguntó la niña. Su padre, como el hermano de Lisette, había caído en los primeros días de la guerra.

A Rotrude se le cortó la respiración.

—No, pero él querría que tuviéramos recursos, ¿no?

—Bueno, bueno —intervino Lisette, y sonrió dulcemente a su sobrina—. Como estas flores ya están cortadas, no vamos a malgastarlas.

Aquella noche, durante la cena, Didier anunció con gravedad:

—Ha llegado un mensaje por cable al ayuntamiento. Los aliados han invadido el norte de la África francesa.

—Los alemanes responderán —dijo su padre.

—Sí —respondió Didier con una expresión sombría—. Para nosotros, eso significa que los italianos van a marcharse, y que los alemanes seguirán con la ocupación. Eso es seguro.

—Los alemanes mataron a mi padre —dijo Petra en voz baja.
—¿Cuándo, Didier? —preguntó Rotrude con los ojos muy abiertos.
—Pronto. Tenemos que encontrar la manera de estar lo mejor posible —dijo Didier.

Lisette le dio un suave codazo al doctor Toselli para indicarle que se agarrara a su brazo mientras se alejaban de la reunión del pueblo. Era un triste día de febrero; el mistral barría el paisaje con fuerza. El pueblo y las casas solariegas que lo rodeaban estaban orientadas de modo que pudieran proteger a sus habitantes del omnipresente viento del norte, pero, algunos días, ni siquiera los muros de piedra orientados al sur eran suficiente.

Durante la reunión del pueblo, las autoridades alemanas se habían declarado formalmente dueños y señores de Bellerive. En aquel momento, los rumores corrían por todas partes. Los alemanes iban a detener a todos los judíos y a castigar a cualquiera que se les opusiera. Confiscarían sus propiedades y sus cultivos sin ninguna razón y sin autoridad legítima. En algunas ciudades, los nazis habían convertido las sinagogas en burdeles para servir a las tropas. Bellerive no tenía sinagoga, pero se decía que los soldados estaban al acecho de las mujeres.

Cualquier persona que ofendiera a los ocupantes alemanes pagaría un precio horrible. La mera posesión de un arma de fuego, incluso una escopeta vieja y oxidada en un cobertizo, suponía la pena de muerte. Los alemanes habían asesinado a aldeas enteras como represalia por los actos de la guerrilla.

—Deberías volver a Sauveterre con tu familia —le dijo el anciano—. Yo sé volver a casa.

—Le he dicho a Palomar que iba a acompañarlo a su casa —respondió Lisette.

—Tengo a d'Artagnan para que me guíe.

El doctor Toselli llevaba la correa de un precioso perro guía en la mano libre. Un amigo suyo, para quien él había trabajado de veterinario, le había donado generosamente al perro ya adiestrado.

—A d'Artagnan no le importa que vaya con usted —dijo Lisette—. Además, quiero pasar por casa de Jean-Luc para darle el pésame. Él quería muchísimo a su madre.

Toselli asintió.

—Entonces, deberíamos ir juntos, si te parece bien.

—Por supuesto. ¿Seguro que no tiene frío?

—Soy más fuerte de lo que parezco, *madame* —dijo él, con formalidad, y consiguió que ella sonriera.

Cuando llegaron a casa de Jean-Luc, su amigo los saludó con unos breves besos.

—Me van a reclutar —les dijo.

—¿Qué significa eso?

—Me ha llamado la STO, el Servicio de Trabajo Obligatorio. Trabajo forzado para los alemanes —dijo, y escupió al suelo—. Nunca trabajaré para ellos.

—Pero... ¿puedes evitarlo?

—Si me quedo aquí, no.

—Y, ahora que tu madre ya no está con nosotros... —dijo Toselli.

Jean-Luc asintió.

A Lisette se le formó un nudo en la garganta.

—Te vamos a echar de menos. Pero lo entendemos.

—¿Crees que Palomar podrá mantener la paz en el pueblo como ha hecho hasta ahora, con los italianos? —le preguntó Jean-Luc.

—Ha dicho que iba a encontrar la manera de llevarse bien con ellos —respondió Lisette.

Algunas veces, le molestaba que su marido obedeciera a los ocupantes, pero nunca decía nada. No quería que él empezara a vigilarla, porque no quería que averiguara que hacía fotografías para los partisanos ni que preparaba penicilina con Toselli.

Tal vez Didier también estuviera trabajando en secreto. Tal vez, aunque pareciera que colaboraba con los invasores, su marido estuviera ayudando a la resistencia. Una vez le había dicho que era partidario de mantener a sus amigos cerca, y a sus enemigos, más cerca aún. Tal vez esa fuera la verdadera razón por la que había sido tan agradable cuando el nuevo mandatario alemán le había ordenado que alojara en Sauveterre a un oficial y a tres tenientes.

Aquella noche, al llegar a casa, se encontró el jardín lleno de soldados alemanes, que se reían y bebían el vino de la granja como si fuera agua. Un par de soldados con camisas marrones estaban haciendo juegos malabares con granadas de mano.

Ella corrió hasta el centro del grupo.

—Paren esto ahora mismo. Son invitados en nuestra casa. Les prohíbo que se comporten así.

—Cálmese —le dijo el coronel von Drumpf, mientras hacía girar el vino en una copa—. Esto es una pequeña celebración en honor al ascenso de su marido.

El grupo de alemanes se separó y, en el centro, apareció Didier, vestido con el uniforme negro y tocado con una boina negra de la Milicia francesa, la odiada policía de Vichy: franceses persiguiendo a franceses para salvar su propio pellejo.

—No lo entiendo —dijo Lisette, aunque, en realidad, sí lo entendía. Se le encogió el estómago—. ¿Qué clase de ascenso?

—Ya has oído lo que ha dicho el coronel. Lo estamos celebrando —dijo Didier, y la rodeó con un brazo. Fue más un gesto posesivo que afectuoso.

—Es capitán de la Milicia —dijo von Drumpf—. Ha jurado defender la ley. Y qué buena pareja hacen ustedes —añadió—. Tienen un pelo y una piel preciosos. Espero que sean bendecidos con muchos hijos.

Era horrible oír hablar a los nazis del ser humano ideal, con el pelo rubio y los ojos azules. Estaban obsesionados con la pureza de la raza aria y consideraban que las personas eran ganado y podían ser seleccionadas según sus rasgos físicos.

Ella notó que Palomar la agarraba con más fuerza, aunque su expresión facial no cambió. Hasta aquel momento, no habían podido concebir un hijo, y no era por falta de intentos. Él se acostaba con ella prácticamente todas las noches, pero cada mes se llevaban una desilusión. No ponían alma ni afecto en sus encuentros. Tan solo era una cuestión de cumplir su objetivo.

—Ve a buscar la cámara, *chérie* —le dijo Didier. Tenía los labios y los dientes manchados de vino—. Saca unas fotografías para inmortalizar este momento.

Ella retrocedió con horror, aunque consiguió mantener la compostura.

—Será solo un momento —dijo, y entró corriendo en la casa.

Llegó al baño a tiempo para vomitar.

—No me encuentro bien —le dijo Lisette a Didier aquel domingo—. No voy a ir a la iglesia.

—¿Otra vez? —preguntó él, y la miró con irritación—. Van a pensar que vas por ahí sin confesarte.

—Puede que estén pensando cosas peores que esa —dijo ella, sin poder contenerse. Había estado fingiendo que se encontraba mal para no tener que encontrarse con la gente de Bellerive. En la iglesia, se estremecía bajo las miradas furiosas de todo el mundo.

—¿Qué significa eso? —preguntó él, mientras revisaba su ridículo uniforme en el espejo.

Ella no respondió. Lo cierto era que su marido se había vuelto el hombre más odiado y temido del pueblo. Ahora que él se había puesto abiertamente de parte de los nazis, ella ya no podía seguir intentando convencerse de que era leal a Francia. Era un colaboracionista de la peor calaña. Intercambiaba información sobre los miembros de la resistencia por favores económicos y políticos. Ella quería decirles a sus vecinos que no tenía nada que ver con la decisión de Didier de enrolarse en la Milicia, pero era su mujer, y todos asumían que ella pensaba lo mismo que él.

Al día siguiente, como de costumbre, fue a la escuela a llevar una cesta de fruta. Había recolectado racimos de uvas de unas viñas que ya nadie cultivaba. La hermana Marie-Noelle la recibió a las puertas del edificio.

—Gracias, *madame*, por su generosidad —dijo la monja. Tenía una expresión tensa, y no la miró a los ojos—. Me temo que no puedo invitarla a entrar.

—¿Qué ocurre? —preguntó Lisette—. ¿Va todo bien?

La monja miró al suelo.

—Han acusado al padre Rinaldo de pertenecer al maquis y se lo han llevado. Tememos por su vida.

Lisette se quedó sin respiración.

—¿Cómo? ¿Dónde está? ¿Está bien?

—Nadie lo sabe.

—¿Cómo puedo ayudar? —preguntó ella, pensando frenéticamente.

—Lo mejor será que se mantenga aparte —dijo la monja, susurrando—. Lo han hecho siguiendo órdenes de la Milicia. El padre Rinaldo fue acusado por su marido, el alcalde.

Lisette se sintió como si le hubieran dado un puñetazo en el estómago.

—Yo no lo sabía —murmuró—. Lo siento muchísimo...

—Lo mejor es que se vaya —le dijo la monja.

Lisette dejó allí las uvas y fue rápidamente hacia el ayuntamiento. Dejó caer la bicicleta en el patio y se dirigió al despacho de Didier. Él estaba sentado en su escritorio, rodeado de sobres y carpetas llenas de documentación nazi.

—Entonces, ¿a esto es a lo que te dedicas? —le preguntó ella, mientras tiraba todo al suelo con un movimiento del brazo—. ¿Espías a tus amigos y vecinos, a la gente que conocemos de toda la vida?

Él alzó la vista desde el escritorio.

—Ten cuidado con lo que dices.

—Hace demasiado tiempo que tengo cuidado con lo que digo. Intenté creer que estabas haciendo lo mejor para Bellerive, pero ahora sé que no es cierto. Eres tan malo como los nazis. Peor aún, porque esta es tu gente.

—No tienes ni idea de lo que es para mí intentar proteger a todo el pueblo —dijo él. Se puso en pie y se irguió. Y, fingiendo una rectitud moral que no tenía, rodeó la mesa y se plantó frente a ella.

—Pues, entonces, protege al pueblo de verdad —dijo Lisette—. Han detenido al padre Rinaldo porque lo has traicionado. *Madame* Fortin se desmayó de hambre ayer en la iglesia, mientras tú engullías vino con el coronel von Drumpf.

Él la abofeteó. Al principio, Lisette ni siquiera entendió lo que la había golpeado, ni siquiera que hubiese recibido un golpe. Se vio en el suelo, mareada, con la mano posada en la mejilla. Nunca la habían pegado. Fue como la primera vez que se tiró desde una calanque al mar: una sensación singular, terrorífica. Se puso de pie y respiró profundamente.

—¡Monstruo! No tienes derecho a...

—Yo voy a hacer lo que quiera.

—Te denunciaré —dijo ella, con ira.

—¿Ante quién? —le preguntó él—. ¿Ante las autoridades? Claro, claro, pero la autoridad soy yo.

Ella se quedó aturdida. ¿Dónde estaba la seguridad ahora?

Didier le leyó el pensamiento.

—No tienes ninguna protección. Tu padre está impedido y no puede ayudar. Podrías decírselo, pero se volvería loco, porque no puede hacer nada por ti.

Ella se apretó la mano contra la mejilla dolorida y retrocedió con espanto.

—Antes pensaba que tenías algunas buenas cualidades. Ahora...

—¿Ahora, qué? —le preguntó él—. Ahora ya deberías saber que cualquiera puede ser detenido. Cualquiera. Incluso tu padre.

—¿Cómo? —preguntó ella con un escalofrío—. Mi padre no tiene nada que ver con los partisanos. No se te ocurriría...

—Es amigo de toda la vida de Raoul Canale, un conocido elemento del FTP.

Los Francotiradores y Partisanos eran muy temidos por los nazis, porque conocían muy bien el terreno y eran expertos en sabotajes y asesinatos. Cualquiera podía ser fusilado si recaía sobre él la menor sospecha de pertenecer a sus filas.

—Mi padre y el señor Canale eran compañeros de petanca que jugaban en el parque, nada más que eso —dijo ella, tratando de disimular el pánico que sentía.

—Espero que no salga a la luz ninguna información nueva sobre tu padre —dijo Didier, con frialdad. Entonces, la tomó de la barbilla, hundiéndole los dedos en la carne—. Si no concibes pronto un hijo, serás tan inútil para mí como tu padre. Tan inútil como era mi primera mujer, y mira cómo terminó.

Lisette no quiso estremecerse.
—¿Me estás amenazando?
—¿Es necesario que lo haga?

En el silencio del cuarto de revelado del doctor Toselli, Lisette sacó del líquido una tira de negativos. Eran las fotografías que había tomado el día del ingreso de Didier en la Milicia. Al ver las caras sonrientes de los hombres uniformados que posaban en el jardín de Sauveterre, por fin lo entendió todo. Estaba inexorablemente atada a Palomar. Él tenía un poder absoluto sobre ella.

Conservó la cordura guardando un diario fotográfico secreto. Hacía fotos, sacaba los negativos y los revelaba. Ponía título a las fotografías y las guardaba en cajas de tabaco de madera, cuidadosamente etiquetadas con su fecha. Sus marchas solitarias por los viñedos, los prados, las playas y los ríos se convirtieron en una especie de consuelo.

Jean-Luc se había ido. Ella no sabía dónde. Probablemente estaba muerto, pero no quería pensarlo. Louis Picoche se había escondido. Ella había oído decir que se había convertido en una figura clave del maquis de la región del Var, una banda de guerrilleros que se habían propuesto liberar a Francia fuera como fuera.

Le producía cierta satisfacción organizar las fotografías. Al hacerlo, experimentaba una sensación de orden y control, aunque supiese que era falsa. Además, así tenía algo que hacer durante sus muchas noches de insomnio. Marcó cuidadosamente su última foto, del 17 de mayo de 1944, y la colocó en una caja. Las fotos eran un registro de sus días, buenos y malos. Si, finalmente, tenía un hijo, aquella sería una manera de mostrarle cómo era el mundo en unos tiempos aterradores. Se negaba a pensar que el niño pudiera parecerse a Didier.

Unos días más tarde recibió una orden secreta. Inmediatamente, quemó la nota codificada y se puso manos a la obra. Le pedían que hiciera una serie de fotografías de la costa desde el campanario de la iglesia.

Estaba a punto de suceder algo. Eso era lo único que sabía.

—¿Adónde vas? —le preguntó Didier, mientras ella amarraba la cesta del mercado a la bicicleta.

—A confesarme —respondió Lisette.

—¿Para qué? Si has dejado de ir a la iglesia.

—Porque todo el mundo nos odia por colaboracionistas. Pero necesito confesarme, ahora, más que nunca.

Hablaba en voz baja, para que solo pudiera oírlo él. Didier se quedó en silencio, con una expresión pétrea. Ella sabía que no iba a golpearla delante de los soldados.

Desde la torre de la iglesia, parecía que el paisaje estaba lleno de paz. Hizo las fotografías que le habían pedido y dejó el carrete en el lugar designado. No tenía prisa por llegar a casa, así que tomó el camino largo a Sauveterre, más allá de un hermoso bosque que bordeaba el río. La luz era demasiado tenue como para poder captar una buena imagen.

Oyó el sonido de un avión sobre su cabeza, pero apenas levantó la vista. Era muy común aquellos días: los alemanes estaban patrullando la región y los aliados buscaban objetivos clave, como puentes y depósitos de municiones, para bombardearlos. Algo le llamó la atención; en el suelo había un trozo de tela medio tapado por las hojas secas y la maleza. Lo recogió y descubrió que era un paquete de lona con unas cuerdas rasgadas. Se le aceleró el corazón al reconocer las palabras estampadas en inglés: *Primeros auxilios*. Dentro había una pequeña caja de cartón con la leyenda *Modelo Carlisle del Ejército de Estados Unidos*. Contenía vendajes y una pipeta etiquetada como *morfina*.

Dejó la bicicleta apoyada en un árbol y, lentamente, dio una vuelta. Había más artículos desperdigados por la zona: más restos de lona, una hebilla, una especie de alfiler de metal... En algunos lugares, la maleza estaba pisoteada. Ella se quedó inmóvil, escuchando. El viento frío silbaba entre los árboles y agitaba las hojas secas y la hierba. Vio una mancha oscura en el tronco de un árbol. ¿Sangre?

Se le puso el vello de punta, y empezó a respirar entrecortadamente a causa del nerviosismo. Distinguió un rastro que se adentraba en el bosque y llevaba hacia un arroyo. Siguiéndolo, llegó a un lugar hundido cerca del agua, oculto bajo unas ramas rotas y hojas.

Más sangre. Apartó una rama muerta y se quedó petrificada.

Un hombre yacía en el hueco. Estaba cubierto de polvo y llevaba un uniforme de paracaidista y un casco abollado en la cabeza. Temblaba tanto que se oía el castañeteo de sus dientes. Sostenía un arma firmemente, sobre una rodilla estirada, y la tenía encañonada.

—No te muevas –le dijo–. No hagas ni el más mínimo ruido. No me obligues a dispararte.

TERCERA PARTE

Bethany Bay

«En la fotografía hay una realidad tan sutil que se convierte en algo más real que la realidad».

ALFRED STIEGLITZ

Capítulo 11

—Estoy muy desconcertada con respecto a una cosa —le dijo Camille a su padre.

—Bienvenida a la realidad —dijo él, mientras iba de acá para allá en la cocina.

Aquella noche, su cena de los viernes iba a ser una ocasión especial. Era el final de curso e iban a preparar el plato favorito de Julie, una pizza hecha en la barbacoa del jardín. La masa estaba levando en un cuenco y, poco después, se convertiría en un pan crujiente bajo el ojo experto de su padre.

Camille había llevado la tableta con las fotografías y toda la información que había estado recopilando sobre Bellerive y Sauveterre.

—¿Reconoces esto? —le preguntó, y le mostró el retrato coloreado que le había enviado Finn—. Estaba en los archivos del pueblo, y parece que es una fotografía de Didier Palomar.

Su padre se sacudió la harina de las manos y se puso las gafas de lectura. Al ver la foto, se estremeció.

—No, no lo había visto nunca.

—Por eso estoy confusa. Si su color de piel, de ojos y de pelo son los verdaderos... Entonces era rubio con ojos azules.

—Puede ser. Su hermana Rotrude también era rubia y tenía los ojos claros, según recuerdo.

—Y tu madre, Lisette, también era muy rubia. Bueno, eso es lo que parece, por el autorretrato que se hizo —dijo Camille. Observó el rostro de su padre y volvió a mirar la fotografía de Didier—. Si su mujer y él eran tan rubios, ¿cómo es que tú tienes el pelo negro y rizado, y los ojos marrones?

Él frunció el ceño.

—No sé nada de mis abuelos por ninguna de las dos partes. Tal vez haya heredado el moreno de ellos.

—Bueno, yo no sé mucho de genética, pero los ojos oscuros son un rasgo dominante. Dos personas con los ojos azules no pueden tener un niño de ojos marrones, ¿no?

—¿Y qué significa eso?

—Pues... Supón que Didier no era tu padre.

—Sí, sí lo era. Por eso heredé Sauveterre. Yo era su único heredero.

—¿Y no es posible que tu padre biológico fuera otro hombre?

—Es posible. Todo ocurrió antes de que yo naciera, *chérie*. Los soldados extranjeros tenían ocupado el pueblo y tomaban lo que querían. Las mujeres se quedaban embarazadas y tenían hijos suyos.

—¿No quieres estar seguro?

En sus ojos se reflejó el anhelo.

—Si lo supiera con seguridad... Oh, Dios mío, eso lo cambiaría todo. Pero... ¿cómo se puede determinar algo así?

—Podríamos hacer una prueba de ADN. Hoy día es un procedimiento sencillo. ¿Crees que habría algo de Didier... un mechón de pelo, o algo así?

—Hace setenta y tres años que murió y, después de que lo ejecutaran, lo enterraron en una fosa sin marcar.

—Pero... si hay algo... Algún objeto personal como un cepillo, o algo de ropa suya...

Él negó con la cabeza.

—Me parece un poco imposible. ¿Cómo íbamos a encontrar una cosa así? Y ¿cómo íbamos a saber si era de Didier? Bueno, podríamos ir a Sauveterre y encontrar alguna cosa —sugirió él, mirándola con astucia.

Otra vez. Su padre seguía empeñado en hacer aquel viaje a Francia.

—Vamos a llamar a *madame* Olivier y pedirle que busque en la buhardilla en la que encontró el baúl —sugirió ella.

En aquel momento, oyó la bicicleta de Julie y salió a recibirla.

—¡Hola! —le dijo, alegremente—. ¿Has aprobado? ¿Estás ya en décimo curso? Oh... Dios mío...

Camille abrió la puerta de par en par, y Julie entró en casa.

—¿Qué te ha pasado? ¿Te has caído de la bicicleta?

—No ha pasado nada —dijo Julie, con la mirada baja.

—Dime lo que ha pasado —le exigió Camille. Tomó a su hija por los hombros—. Siéntate. Cuéntanos qué ha pasado.

Julie se sentó al borde del sofá. Tenía la mochila hecha jirones. La camisa tenía un desgarro en un lado, y los vaqueros estaban manchados de verdín y tierra.

Su abuelo se acercó y se sentó junto a ella.

—Cuéntanoslo —le dijo.

Julie se quedó inmóvil unos instantes.

—Dios mío, cómo tienes la cara —dijo Camille, horrorizada, y tomó a Julie de la barbilla—. ¿Cómo te has hecho ese moratón en la mejilla?

—Ha sido un accidente —murmuró Julie—. Estoy bien.

—No, no es verdad —dijo Camille, que cada vez estaba más encolerizada—. ¿Quién te ha hecho esto?

—Nadie. Olvídalo, mamá, por favor.

—No lo voy a olvidar, y tú vas a empezar a hablar —dijo

Camille, y miró a su padre. Él tenía una expresión de consternación–. Cariño, dínoslo. Si no nos lo cuentas, no podremos ayudarte.

–No hay nada que contar, ¿de acuerdo? –le espetó Julie–. ¿Quieres saber quién me lo ha hecho? Pues todo el mundo. Todos me odian. Y, si quieres ayudarme, mándame a un millón de kilómetros de distancia de aquí.

–¿Ha sido Vanessa? –le preguntó Camille–. ¿Jana? Voy a llamar a la policía.

–Buena idea –dijo Julie–. Vamos a meternos en una demanda judicial. Lo único que vas a conseguir es empeorar las cosas. Ya las has empeorado al gritarle a Vanessa en la biblioteca.

Su abuelo sacó una compresa de gel del congelador.

–Ponte esto en la mejilla, *choupette*.

Camille, presa del pánico, tomó el teléfono. Julie la agarró de la mano.

–¿Quieres saber lo que ha pasado? La gente dice cosas, y yo me enfadé y me metí en una pelea.

–¿Qué cosas dicen? ¿Y por qué?

–Tú ya sabes por qué. Todo el mundo piensa que dejaste en ridículo al señor Larson, y empezó el rumor de que...

–¿De qué?

–¡La gente dice que tú mataste a papá! –balbuceó Julie.

Se hizo el silencio. Camille se sintió como si le hubieran dado un puñetazo en el estómago. No podía respirar.

–Qué estupidez tan grande –comentó su padre–. ¿Quién ha dicho tal cosa?

–No importa quién. Yo sé que es mentira, pero es lo que dice la gente, y por eso me peleé.

Camille volvió a tomar el teléfono.

–Esto ha ido demasiado lejos. Voy a denunciarlo todo a la policía.

—Mamá, te lo ruego –dijo Julie, y le arrebató el teléfono–. A lo mejor, si no hicieras como que la forma en que murió mi padre es un secreto tan grande, la gente no cotillearía ni se inventaría nada.

—No es ningún secreto. Lo que pasa es que no me gusta hablar de ello porque es muy doloroso.

Julie la fulminó con la mirada. Después, hizo lo mismo con Henry.

—Sois iguales.

—¿A qué te refieres? –preguntó Camille.

—A los dos os han ocurrido cosas horribles en el pasado, pero no queréis hablar de ello.

—Buena observación. ¿Cuándo te has vuelto tan sabia? –le preguntó su abuelo.

—Tengo catorce años. Lo sé todo –dijo Julie entre lágrimas.

Camille los miró a los dos y vio su dolor y su frustración.

—Creía que os estaba protegiendo a vosotros, y a mí también, dejando el pasado en el pasado.

—No te estoy culpando a ti, mamá. Ni a ti, abuelo.

—Eso ya lo sabemos –dijo él–. Abrirse es un proceso arriesgado. Sin embargo, lo contrario puede crear un nuevo tipo de dolor. Tal vez esta chica tan sabia pueda hacerlo mejor que nosotros, ¿no? A lo mejor ella puede aprender a tener más equilibrio.

Camille volvió a tomar el teléfono.

—Julie, respeto lo que estás diciendo, y no quiero empeorar las cosas. Pero tienes que entender que yo no puedo pasar esto por alto. No puedo.

Entonces, fue su padre el que le quitó el teléfono y lo dejó a un lado.

—Ya hablaremos de esto y decidiremos lo que vamos a hacer. Pero esta noche, no. Vamos a cenar y a hablar de otra cosa.

Julie se apoyó en su hombro.

—Gracias, abuelo. Sí, vamos a hacer eso. Por favor.

Su padre la miró por encima de la cabeza de Julie. Ella estaba furiosa por lo que le habían hecho a su hija, pero no tenía sentido provocar un escándalo aquella noche.

Mientras se lavaba las manos, ella preparó un plato de verduras crudas y algunas bebidas. Unos minutos más tarde, oyó a su padre y a su hija hablando con tranquilidad. Su padre siempre había tenido un efecto calmante para la niña. Ahora que ella sabía que él también había sufrido el acoso, entendía por qué era tan sensible a la situación de Julie.

Ella había sido incapaz de conciliar el sueño aquellas últimas noches. No podía dejar de preguntarse por qué no lo había visto antes. Los síntomas eran más que evidentes, pero ella había estado ciega. El aislamiento, el aumento de peso, las malas notas. ¿Cómo era posible que no lo hubiera visto? ¿Acaso estaba tan alejada de su propia hija?

Sintió la familiar punzada del arrepentimiento, algo que la había obsesionado durante toda la vida de Julie. ¿Hasta qué punto habrían sido diferentes las cosas si hubiera vivido Jace? ¿Habría sido él tranquilo y comprensivo, como su padre? ¿Feroz, protector, cariñoso? Camille no sabía cómo habría tratado él con una adolescente, aunque tenía la certeza de que hubiera hecho un trabajo espectacular.

¿Podría haber protegido a Julie del acoso? ¿Qué hubiera podido hacer ella? Se sentía horriblemente mal sabiendo que su preciosa hija había salido de casa todos los días para meterse a la guarida del león en la escuela. En la faceta de madre o de padre de una persona había un millón de formas de equivocarse. A veces, ella se sentía como si estuviera conduciendo completamente a oscuras y solo pudiera ver hasta donde alcanzaba la luz de los faros. Nunca sabía lo que la esperaba hasta que se lo encontraba delante.

A la mañana siguiente, a las seis de la mañana, se reunió con Drake en el parque del pueblo. Quería verlo antes de que él fuera a hacer su carrera diaria. En aquel parque había carril para bicicletas, zonas de juego para niños, árboles de sombra, vistas al mar... Y tenían la oportunidad de mantener una conversación en privado. En un pueblo del tamaño de Bethany Bay eso podía ser difícil.

Él llegó con dos cafés de Brew-La-La y con una sonrisa en la cara.

Ella no le había dicho el motivo por el que quería verlo.

–Hola –le dijo Drake.

–Hola.

–No puedo creer que ya haya terminado otro curso. Los días pasan volando –comentó.

Se sentaron en un banco con vistas al puerto deportivo, y él le entregó su café aromatizado con vainilla, como a ella le gustaba.

Camille se preguntó si el curso había pasado también rápidamente para Julie. Lo más probable era que los días le hubieran parecido interminables.

–Gracias –dijo ella.

–Es el mejor café del pueblo.

Ella asintió.

–Gracias por venir a reunirte conmigo.

Él se giró hacia ella y la miró a los ojos.

–Te echo de menos.

–Drake...

–Ya lo sé, Camille. Solo quería que lo supieras.

Aquello la puso muy triste. Ella no lo echaba de menos. Tal vez echara de menos la esperanza y las posibilidades que tenían cuando habían empezado a salir.

—Drake, daría lo que fuera por no tener esta conversación. Julie está sufriendo acoso en el colegio, y el colegio no la ha protegido. Y parece que Vanessa es la inductora de ese acoso —dijo. Las palabras salieron rápidamente de sus labios, porque estaba ansiosa por terminar con aquello.

—¡Eh! —dijo él, echándose hacia atrás en el banco—. Un momento, un momento. ¿De dónde has sacado esa información?

—Tenías que haber visto cómo llegó Julie anoche a casa del colegio.

Él se quedó callado. Después, se sacó el teléfono del bolsillo y le mostró una fotografía.

—¿Algo parecido a esto?

Vanessa tenía el pelo enmarañado, la cara manchada y el cuello de la camisa roto y desbocado, como si alguien hubiera tirado con fuerza de él.

—Drake, ¿eso es…?

—Es de ayer. Vanessa me contó la misma historia que Julie a ti.

—Un momento… ¿ella te ha dicho que la están acosando?

Él asintió.

—Sí.

Camille se encorvó.

—Era mucho más sencillo cuando solo tenía una versión de la historia.

—Bienvenida a mi mundo.

—Y ahora, ¿qué?

—Ahora nos reunimos, nosotros, las chicas y un mediador. La psicóloga del colegio quiere ayudar. Intentaremos averiguar cuál es la verdadera historia, el verdadero problema, y cómo solucionarlo.

Ella se quedó callada, bebiendo café.

—Prefiero que me aspen.

—Yo estoy abierto a otras ideas.

—Es una locura que nuestras hijas se estén pegando por ningún motivo. Me avergüenzo de ellas.

—La adolescencia es un momento difícil de la vida y, cuando tienes una dificultad añadida, como un divorcio o la ausencia de uno de los progenitores, las cosas son aún más duras.

Camille suspiró.

—Digamos que tenemos esa reunión tan divertida con nuestras hijas. ¿Cuál sería el objetivo de la reunión?

—Obviamente, nos encantaría que pidieran disculpas la una a la otra y que se hicieran amigas de por vida.

—Obviamente.

—Siendo más realistas, podemos pedirles que se respeten la una a la otra y que se den espacio. Ojos que no ven, corazón que no siente. Esto suele ser cierto para los niños de su edad. Sé que es difícil poner distancia en un pueblo tan pequeño como este, porque es probable que se encuentren en la playa, en el cine o en el centro. Podemos establecer ciertas normas...

—Sí, como se les dan tan bien las normas... —comentó Camille.

¿Era su hija la víctima, o era parte del problema? Ninguna de las dos posibilidades era aceptable. Estaba enfadada con Julie por no contárselo todo. Al mismo tiempo, no se creía la versión de Vanessa.

—Está bien. Vamos a reunirnos cuanto antes —dijo Camille. Odiaba las confrontaciones, y prefería resolver la situación lo antes posible.

—¿Tiene Julie algo que hacer esta mañana?

Julie se miró los pechos en el espejo. Según las chicas que la abordaban en el vestuario cada vez que la sorprendían en un cambio de ropa, no tenía pechos en absoluto. Solo tenía grasa.

Se sacó la lengua en el espejo. Después, se puso un sujetador deportivo. Su madre le había comprado un sujetador normal con un poco de relleno, pero era incómodo y hacía que se sintiera más cohibida que de costumbre. El sujetador deportivo lo mantenía todo aplastado en su lugar. Se miró otra vez, se puso los viejos pantalones vaqueros y una camiseta. Para su sorpresa, los pantalones vaqueros le estaban un poco sueltos, y la camisa le quedaba un poco justa. Mamá seguía diciendo que su cuerpo había cambiado desde Navidad, cuando, por fin, había tenido el período por primera vez. Al menos, eso había sido un alivio, porque había dejado de ser la única estudiante de noveno curso de todo el mundo que todavía no tenía la menstruación.

Con un suspiro, se subió los pantalones, se puso las sandalias y bajó las escaleras para mirar su teléfono móvil. Mientras se vestía, había oído que le llegaba un mensaje de texto. Se había despertado demasiado tarde, y dormir demasiado siempre la dejaba embotada. Sin embargo, aquel era el primer día de libertad, de las vacaciones de verano, y se suponía que los niños podían dormir hasta tarde, ¿no? Para ella, la libertad era como una prisión. No tenía amigos. No podía ir a la playa ni pasear por el pueblo, porque no quería encontrarse con Vanessa, con Jana o con sus secuaces, entre los que estaban casi todos los demás en su curso.

Encontró el teléfono móvil y vio que tenía un mensaje de su madre: *Quedamos en Surf Shack a las 10:30 en punto.*

Tal vez su madre se hubiera dado cuenta de que nadar y surfear no eran el fin del mundo. Julie se subió a la bicicleta y pedaleó con todas sus fuerzas hacia la playa. Una de las mejores cosas del pueblo era su red de caminos pavimentados para andar y montar en bicicleta, parecida a una montaña rusa, que discurría entre las dunas. Cuando era más pequeña y aún no era una niña gorda y detestada por todos, sus amigas y ella solían montar en bici durante horas y terminaban sus aventuras en Surf Shack.

Aquel era el mejor lugar de reunión de todo Bethany Bay. Estaba a la entrada de la playa, y servían cucuruchos de patatas fritas y perritos calientes, bebidas heladas, café y cerveza, todo ello, en una barra al aire libre que tenía columpios en vez de taburetes. Había un anexo con mesas de picnic y una tienda de surf que ofrecía alquiler de tablas y clases.

Cuando entró en aquella parte del local y vio a su madre, a la señora Marshall, a Vanessa y a Drake Larson, se dio cuenta de que se la habían jugado.

—Vamos a sentarnos —dijo Drake, señalando una de las mesas.

Vanessa llevaba unos pantalones vaqueros ajustados y una camiseta corta. Tenía el pelo brillante y sedoso, como si acabara de salir de la peluquería. Tenía muchas tiritas en el brazo y se lo sujetaba como si le doliera. Tenía que admitir que sabía maquillarse muy bien, pero ningún maquillaje podía endulzar su sonrisa despreciativa ni la mirada fulminante que le lanzó en privado. Julie intentó devolverle aquella mirada para esconder el miedo que le tenía a Vanessa, la mejor manipuladora del mundo.

—Bueno, supongo que el motivo de esta reunión es obvio —dijo la señora Marshall.

—No os hemos educado para que os peleéis por la calle —dijo su madre—. Sois mejores que eso.

—Estoy de acuerdo —dijo Drake—. No vais a volver a comportaros como matonas. No vamos a permitir peleas, ni insultos ni acosos. No vamos a permitir que difundáis rumores.

Julie se quedó callada y se abstrajo de aquella conversación. Pensó en lo que había ocurrido el día de la clase de salvamento de surf. Lo único que ella quería era encajar, y Vanessa lo había echado todo a perder. No podía afirmar con certeza que hubiera sido Vanessa la que le había dado un golpe en la cabeza con una tabla, pero su cara de furia era lo último que había visto antes de que se la llevara la corriente. Después, estaba lo del bolso, pero eso no habría ocurrido si Jana hubiera tenido la boca cerrada. Y, después, el incidente de Tarek... Bueno, tal vez ella pudiera haberlo hecho mejor, pero, cuando le habían llamado «terrorista» al único amigo que tenía, había perdido el control.

—...no estamos aquí para debatir quién empezó, ni cómo, ni cuándo. Tiene que terminar ahora y aquí —estaba diciendo su madre.

—No soy solo yo —estalló Vanessa—. Yo no soy responsable de lo que hagan los otros chicos.

—Si hay otros chicos metidos en esto, hablaremos también con ellos —dijo Drake, con severidad.

—Tengo que preguntarte una cosa —le dijo Camille a Vanessa—. ¿De dónde has sacado la idea de que yo maté a mi marido?

«Bien dicho, mamá», pensó Julie.

Vanessa palideció.

—¿Cómo? ¿Por qué me preguntas eso?

—Porque has creado el rumor de que mi madre mató a mi padre —dijo Julie—. No lo niegues.

—No tengo que negarlo, porque no ha sucedido —dijo Vanessa, con cara de confusión e inocencia—. Julie, ¿por qué te has inventado algo semejante? Eres muy mala.

—No me lo he inventado. Yo no diría eso de mi propia madre.

—Bueno, Vanessa, no creo que te importe que examinemos tu teléfono móvil para estar seguros —dijo Julie.

Vanessa apretó los labios y, por un momento, ella pensó que la había acorralado. Sin embargo, al instante sonrió.

—De acuerdo. Si necesitáis fisgar en mi teléfono, adelante.

Vanessa era toda una maestra. Había borrado las pruebas. Bueno, pensó Julie; dejaría que Vanessa ganara aquella ronda. Aceptaría su responsabilidad por la pelea.

—Vanessa —continuó su madre—, cuando me encontré contigo y con Jana en la biblioteca el otro día, te pedí que me aseguraras que no iba a haber ninguna venganza contra Julie. Esto no será una venganza, ¿verdad?

—Oh, por Dios, no. No quiero que penséis que yo he empezado una pelea porque ella destrozara el bolso de Jana.

—Yo no lo habría destrozado si ella y tú no os hubierais metido con Tarek.

—¿Quién es Tarek? —preguntó su madre.

—Vaya —dijo Drake—. Vamos a dejar el «yo dije-tú dijiste» y a avanzar.

Julie captó la mirada petulante de Vanessa.

La señora Marshall carraspeó.

—De acuerdo. En vez de revisarlo todo, vamos a mirar hacia delante. Hablemos de este verano. Vanessa, ¿no has mencionado tú que vas a ser voluntaria en el Club de Niños y Niñas?

—Sí, señora. Me encanta trabajar con niños.

«Por favor, Dios», pensó Julie. «Que no me obliguen a trabajar con Vanessa este verano».

—¿Y tú, Julie? —preguntó la señora Marshall.

—Yo me voy fuera todo el verano —dijo Julie, rápidamente, antes de que pudiera responder su madre—. A Francia, con mi madre y mi abuelo.

No miró a su madre, pero notó que ella le clavaba una mirada de reprobación.

—Ah, mira qué bien —dijo Vanessa—. Ella me ataca y, como recompensa, se va de viaje a Francia.

Entonces, fue Julie la que miró a Vanessa con petulancia.

Su madre protestó.

—No es…

—Me parece una idea espléndida —dijo la señora Marshall, dando unas palmaditas—. Iba a sugerir que las niñas necesitan un poco de tiempo y espacio. Vamos a proponernos que este sea el mejor verano posible y, cuando llegue septiembre, no esperamos que seáis amigas, pero sí que os tratéis con respeto. A distancia, si es necesario…

Julie volvió a abstraerse del sermón. Solo quería que terminara la reunión. Y, por suerte, terminó.

Sabía que su madre estaba muy enfadada con ella por haber dicho que se iban a Francia, pero ella no se arrepentía de haberlo hecho.

—Nos vemos en casa —dijo, alegremente, y se subió a la bicicleta antes de que nadie pudiera impedírselo. Cuando subió a la parte superior de las dunas, vio que el coche de su madre ya estaba aparcado en casa. Estupendo. Ahora sí iba a empezar el sermón de verdad.

Su madre iba caminando hacia la fila de buzones que había al final de la calle. Aunque no quisiera admitirlo, ella odiaba decepcionarla. Algunas veces, cuando la veía caminar sola, como en aquel momento, sentía mucha tristeza. Sabía que su madre estaba sola, que quería tener un marido y una familia como todo el mundo. Sin embargo, nunca había conseguido aquello con ninguno de los hombres con los que había salido.

Julie había tenido esperanzas cuando su madre había conocido a Finn. Él había despertado algo en ella, algo que nunca había visto. Sin embargo, cuando Finn se había marchado, su madre se había quedado sola de nuevo. Julie se sentía muy mal por ella, porque su madre era increíble. Era guapísima, y no solo lo pensaba ella, sino que mucha gente se lo decía.

Cuando su madre volvió desde los buzones a casa, tenía cara de furia. Llevaba en la mano un taco de sobres e iba moviendo uno de color marrón, bastante grueso, lleno de sellos oficiales del Departamento de Estado de los Estados Unidos. Lo dejó sobre la encimera de la cocina.

—¿Qué demonios es esto?

—Ah, qué bien —comentó Billy Church, que estaba repantigado en el patio de Henry—. Por fin te has renovado el pasaporte.

—Yo no me he renovado nada —replicó Camille, fulminando con la mirada a su padre, a su hija y a su mejor amigo—. Vosotros lo habéis hecho a mis espaldas.

Julie dio una patadita en el suelo y apartó la mirada.

—Me declaro culpable —dijo su abuelo, encogiéndose de hombros.

—Lo habéis hecho sin mi permiso. Es un delito. Habéis enviado mis documentos y mi fotografía sin que yo lo supiera. Habéis falsificado mi firma.

—Porque tú no lo habrías firmado, y no tenemos mucho tiempo —respondió su padre.

—Tú cada vez falsificas mejor mi firma —dijo Camille, dirigiéndose a su hija—. Primero, en la autorización para la clase de salvamento de surf y, ahora, esto. Estás castigada para todo.

—Ya estaba castigada para todo —dijo Julie.

—Pues ahora estás más castigada aún.

—Tómate el vino, Camille —le dijo su padre—. No tiene nada de malo renovarse el pasaporte.

—¿Sin que yo lo supiera? Habéis cruzado el límite. Esta es mi vida, y Julie es mi hija.

—Ya está hecho —dijo Billy—. Tienes un pasaporte nuevo, y el mundo no se ha terminado.

—No se trata de eso.

—Entonces, ¿de qué se trata, mamá? —preguntó Julie—. El abuelo quiere ir a Francia. Yo, también. La señora Marshall dijo que deberíamos ir. La única que no quiere eres tú.

—Tengo mis motivos —respondió, y dejó el vaso de vino en la mesa. Su padre había preparado una cena deliciosa, pero ella no tenía hambre.

—Mamá, por favor. No me obligues a pasar todo el verano aquí. Lo odio.

—Claro que no lo odias. Bethany Bay es tu hogar. Es el sitio al que pertenecemos.

Su padre emitió un sonido muy francés, «pah», rodeó con un brazo a Julie y le dio un beso en la cabeza. Los dos se fueron al jardín, hablando con la intimidad que siempre habían tenido.

—Es solo el verano —dijo Billy—. Y es por tu padre. ¿No crees que se merece reconciliarse con el pasado?

—Claro que sí, pero eso no significa que nosotras tengamos que desubicarnos todo el verano.

—Pero... si va a ser increíble. Para Julie será muy bueno conocer mundo. Y despejarse, después del acoso que ha sufrido.

—Si me la llevo a la primera de cambio cuando hay un problema, ¿qué es lo que le estoy enseñando? ¿Que ganan los acosadores?

—Si la enviaras a un campamento a Badlands, puede que sí. Pero, Francia... Francia es una victoria para Julie, no para las chicas malas. Mira, Camille, te conozco, y sé que lo más importante para ti es el bienestar de Julie. Imagínate lo difícil que va a ser para ella quedarse aquí todo el verano.

—Quiero que adore estar aquí —dijo Camille, mirando por la ventana—. Como lo adorábamos nosotros.

—Entonces, llévatela una temporada. Volverá con fuerzas renovadas y con una apreciación distinta de su pueblo natal.

Al observar juntos a su padre y a su hija, Camille se dio cuenta de que se le estaban acabando las excusas.

Parecía que su padre estaba frágil, pero también estaba totalmente decidido a hacer aquel viaje. Y su miedo neurótico a salir de su zona de confort estaba empezando a afectar a Julie. Sabía que ellos tenían razón. Julie se merecía tener el tipo de infancia que había tenido ella, explorando y viajando, no constreñida por una madre a la que la tragedia había dañado irreparablemente.

Tal vez Billy tuviera razón, y necesitara un cambio radical. Tal vez, para salvar a su hija, tenía que dejar que extendiera las alas y echara a volar.

Capítulo 12

AZAFATA: Me están presionando.
HAGOPESTO: Lo dices como si fuera muy malo. ¿Qué pasa?

Camille miró la pantalla del ordenador. Finn y ella mantenían regularmente conversaciones por internet. Diariamente, de hecho. Y, aunque le avergonzara pensarlo, aquellas charlas digitales eran lo mejor del día. ¿Qué decía de ella el hecho de que la relación más emocionante de su vida fuera la que tenía con un tipo que estaba a miles de kilómetros de distancia?

AZAFATA: Mi padre y mi hija están empeñados en que pasemos el verano en Bellerive.
HAGOPESTO: De verdad, hay lugares mucho peores en los que veranear. Estoy deseando verte. Te va a encantar. ¿Por qué te sientes tan presionada?
AZAFATA: Porque me están obligando a ir a un sitio en contra de mi voluntad. A mí ya no me gusta viajar.

«Ridículo, Camille. Él va a pensar que eres idiota».

HAGOPESTO: Hablas igual que mi abuela...
AZAFATA: Ay.
HAGOPESTO: Pero pareces una azafata.
AZAFATA: Doble ay. ¿De qué década eres tú? ¿De los años sesenta?

HAGOPESTO: *Quieres cambiar de tema. ¿Qué tiene de malo venir a verme?*

AZAFATA: *No voy a ir a verte a ti.*

HAGOPESTO: *Ay.*

AZAFATA: *Voy a ayudar a mi padre a poner al día las cosas en su finca. Y, tal vez, a arreglar cuentas con el pasado.*

HAGOPESTO: *Bueno, y ¿cómo te han presionado? Por si necesito hacerlo algún día.*

AZAFATA: *Me han renovado el pasaporte sin permiso. Han falsificado mi firma. Eso es un delito federal.*

HAGOPESTO: *¿Y cómo han conseguido una foto de carné?*

AZAFATA: *Fácil. Tengo muchas. Mi amigo Billy y yo ofrecíamos fotos de carné al instante cuando estábamos empezando con la empresa. Julie la encontró en mi ordenador.*

HAGOPESTO: *Parece que Julie es muy lista. Como su madre.*

AZAFATA: *Después, mi padre ha comprado los billetes. Primera clase en Air France. Seguro que le ha costado una fortuna.*

HAGOPESTO: *Oh, qué tortura. Dile a tu padre que, por favor, me presione a mí también.*

AZAFATA: *Bueno, era mi manera de decirte que vamos a pasar el verano en Bellerive.*

HAGOPESTO: *No sabes lo feliz que me haces.*

AZAFATA: *¿De verdad? ¿Por qué?*

HAGOPESTO: *Porque te besé, y fue estupendo, y no puedo dejar de pensar en ti.*

AZAFATA: *Nunca sé cuándo hablas en serio o en broma.*

HAGOPESTO: *Entonces, tendrás que conocerme mejor y averiguarlo.*

AZAFATA: *O podrías decírmelo directamente.*

HAGOPESTO: ¿Y qué tiene eso de divertido? Bueno, mira, vamos a enseñarnos algo de nosotros mismos. Empiezo yo. Sé montar en bicicleta al revés. Muy bien.

AZAFATA: Me dejas impresionada. Me toca: hace cinco años que no me subo a un avión.

HAGOPESTO: ¡Vaya! ¿Por qué? ¿Tienes miedo a volar?

AZAFATA: Sí.

HAGOPESTO: Hay pastillas para eso.

AZAFATA: Ya tengo la receta. Julie está emocionadísima. Ahora me siento culpable por no haberla llevado antes de viaje.

HAGOPESTO: Le va a encantar esto. ¿Habla bien francés?

AZAFATA: Sí, es casi bilingüe. Ha tenido muy mal curso en el colegio, así que le va a venir muy bien salir de aquí durante una temporada.

HAGOPESTO: ¿Mal curso? ¿En qué sentido?

AZAFATA: Enfrentamientos con otros chicos. No tengo claro del todo si ha sido acosada o acosadora.

En aquel momento, Camille vaciló. Le estaba contando a aquel hombre demasiadas cosas de su vida. Se preguntó por qué sería tan fácil abrirse con él. La distancia, pensó. El escudo de la pantalla del ordenador.

AZAFATA: Hay algo más, pero no es sobre mí. Mi padre también sufrió el acoso de niño, en Bellerive. Lo denigraban por ser hijo de un colaboracionista.

HAGOPESTO: Vaya, lo siento. La guerra era un asunto muy personal en los pueblos pequeños, como Bellerive.

AZAFATA: No puedo dejar de pensar en las fotos que he visto hasta ahora. Mi padre tiene el pelo y los ojos oscuros. La piel cetrina. Sin embargo, sus padres eran muy rubios. He pensado, incluso, en hacer una prueba de ADN.

HAGOPESTO: Yo he pedido muchas pruebas de ADN relacionadas con mi trabajo.
AZAFATA: ¿De verdad? ¿Para qué?
HAGOPESTO: Para identificar restos. Es macabro, pero ha ayudado mucho en la repatriación de los soldados. En fin. Ahora tengo que irme a dar clase. ¿Hablamos más tarde online? ¿O, mejor aún, en persona?

Camille se emocionó. «Cálmate», se dijo. Aquello era por Julie y por su padre, no para que ella coqueteara con Finn.

AZAFATA: De acuerdo. Te avisaré cuando estemos de viaje. De Washington D.C. a París y, de allí, a Marsella.
HAGOPESTO: Estoy deseando verte.

Armada de calmantes para sobrevivir a sus neurosis, Camille llegó al Aeropuerto Dulles con su padre y su hija. Aunque se había preparado, no podía olvidar que, la última vez que había volado en avión era para volver a casa viuda y tener que decirle a su hija pequeña que no iba a volver a ver a su padre. Julie les había rogado que la llevaran de viaje, pero Jace le había dicho que iban a ser unas vacaciones románticas, como una segunda luna de miel. Aunque no se lo habían dicho a Julie, iban a intentar engendrar otro niño. Lo primero que dijo Julie al enterarse fue: «Eso no habría pasado si me hubiera dejado ir».

Camille se preguntaba si su hija se acordaba de haber dicho eso.

Julie y Henry, por su parte, no estaban ansiosos, sino eufóricos y excitados, mientras se instalaban en sus asientos de lujo para el largo vuelo hasta París. Aunque Camille apreciaba las comodidades de la primera clase, también estaba preocupada por si su padre era demasiado manirroto porque sabía que le quedaba poco tiempo de vida. Sin embargo, no habló con él sobre ese tema.

Julie estaba fascinada con todos los detalles del vuelo. Se parecía más a la Julie de antaño, a la chica que veía el mundo con ojos maravillados. Pese a sus miedos, Camille tuvo que admitir que aquella aventura era lo que necesitaban su padre y su hija. Y, tal vez, también podía ser lo que necesitaba ella: un cambio.

«Estoy deseando verte».

Había pasado demasiado tiempo intentando entender qué quería decir Finn. ¿Era porque estaba muy emocionado por la idea de investigar los secretos del pasado de su padre? ¿O por verla a ella? ¿O era una fórmula de amabilidad, algo que había dicho sin pensar?

Pensó en Finn y pensó en su beso. Había sido de la clase de besos que lo detenían todo, incluso el tiempo. Incluso el miedo.

Sin embargo, el tiempo había seguido su curso, y las preocupaciones habían vuelto, y, después del beso, se habían separado. Ahora iban a volver a verse. ¿Habría más besos? ¿Una aventura? A ella no se le daban bien las aventuras. Al final, siempre era ella la que salía corriendo.

El efecto de la música suave que sonaba en los auriculares, del somnífero que se había tomado y del suave zumbido del avión consiguió que se quedara medio dormida. Se dio cuenta, vagamente, de que su padre y su hija veían una comedia francesa en sus monitores. Ignoró los avisos apagados que salían por los altavoces y sus pensamientos negativos sobre la posibilidad de un accidente, o sobre el hecho de que iba a aterrizar en una enorme ciudad extranjera e iba a dirigirse hacia lo desconocido. Sin embargo, durante todo el vuelo, estuvo dándole vueltas a lo que iba a pasar con Finn.

En medio de un sueño sobre el beso, se despertó, porque las luces se encendieron y las persianas de las ventanillas subieron automáticamente. Se incorporó en el asiento y se frotó los ojos. Julie la estaba mirando fijamente.

—Ha sido muy divertido, ¿verdad, mamá?

—¿El qué?

—El vuelo, mamá.

Camille intentó despertarse por completo. Recordó, entonces, que Julie nunca había viajado en avión. Volar era otra de esas cosas que a ella le provocaban una gran ansiedad, así que todos los veranos planificaba un viaje tranquilo, predecible, relajante, a lugares a los que podía llegarse en coche o en tren, tales como Smoky Mountains, Gettysburg, Atlantic City o Savannah.

Ahora que habían llegado a Francia, se sintió nuevamente culpable por haber permitido que sus miedos constriñeran tanto a Julie.

—¿Qué crees tú? —le preguntó—. ¿Te ha gustado?

—¡Pues claro! ¡Ha sido la mejor noche de mi vida!

Su padre sonrió y le dio una palmadita en el brazo a Julie.

—No has dormido mucho.

—No, ya lo sé. Estaba demasiado emocionada.

Camille exhaló un suspiro de alivio cuando el avión tocó la pista del Aeropuerto Charles de Gaulle.

—Estamos en París —susurró Julie, con los ojos brillantes, mientras esperaba su turno en inmigración.

Entonces, sacó el teléfono móvil.

—Vaya, no tengo servicio —dijo.

—No necesitas el teléfono mientras estés aquí —le dijo Camille. Al ver que su hija iba a protestar, alzó una mano—. Cuando uno está pasando el verano en Francia, no puede quejarse de no tener teléfono móvil.

Julie frunció el ceño.

—Bueno, visto así...

—Exacto.

El vuelo de una hora hasta Marsella pasó muy rápidamente. El aeropuerto era pequeño y moderno, y su padre alquiló un Renault Twingo de color morado oscuro. A Camille le encantaba oír el francés hablado allí. Era el dialecto de su padre, el occitano. Y, comparado con el ajetreo del Charles de Gaulle, el ritmo allí, en el sur, era mucho más pausado, incluso en el aeropuerto y en la oficina de alquiler de coches.

Cuando estaban en la carretera, miró el paisaje espectacular y los pintorescos pueblecitos con sus placitas cuadradas y sus fuentes, enclavados en las empinadas laderas de las montañas. Pasaron junto a desfiladeros tapizados de pinos, robles, olivos y viñas, junto a huertos de cerezos y bosquecillos de nogales.

Julie siguió la ruta en un mapa y fue diciendo los nombres de los pueblecitos por los que pasaban. Les señaló un castillo, un acueducto, iglesias, campos de girasoles y lavandas a punto de florecer. El cielo tenía un maravilloso color azul. Su padre llamó a *madame* Olivier para decirle a qué hora iban a llegar.

–Nos está preparando un aperitivo especial –le dijo–. No he vuelto a verla desde que me marché de Bellerive. Entonces, ella era muy joven y todavía no se había casado. Ahora tiene una nieta, Martine, que tiene un año más que tú, Julie. Seguro que tiene muchas ganas de conocerte.

Por primera vez, Julie se mostró aprensiva.

–¿Qué? No me habías dicho que había otra niña. ¿Por qué no me lo habías dicho?

–Porque no lo supe hasta que me lo dijo *madame* Olivier, por eso. Es una buena noticia. Así no tendrás que estar siempre con adultos aburridos.

–Puede que lo prefiera.

–Vamos, Julie, no te pongas de mal genio –le dijo Camille–. Sé que el *jet lag* es duro, pero sé amable cuando lleguemos allí. Y acuérdate de que tú eras la que estabas rogando que viniéramos.

—¿Y si no le caigo bien a Martine?

—Tonterías —dijo Camille—. Tú le caes bien a todo el mundo.

—No. Ese es el motivo por el que quieren echarme del colegio.

—Nadie te va a echar del colegio.

—Eso es lo que me ha dicho Vanessa.

—Como si Vanessa siempre tuviera información fiable. Mira, ahora estamos a medio mundo de distancia de ella, así que vamos a disfrutar.

Llegaron a una rotonda, y Camille vio la señal de Aix-en-Provence, que era el pueblo en el que vivía Finn. Solo con leer el nombre, se puso nerviosa. Sin embargo, pasaron de largo y tomaron otra dirección.

Su padre se quedó muy callado. Al mirar el paisaje, ella se dio cuenta de por qué: había una señal que decía Bellerive, 3,5 km.

—¿Estás bien? —le preguntó, en voz baja.

—Sí. Es muy raro volver después de tanto tiempo.

—¿Extraño, pero bueno? ¿O...

—Me alegro de volver a casa.

Llevaba más de cinco décadas lejos de allí, pero seguía considerándolo «su casa». Encontraron otro letrero que les daba la bienvenida a uno de los pueblos más bellos de Francia.

Y era cierto. A Camille se le cortó la respiración. Bellerive era aún más bonito de lo que aparecía en las fotos que le había enviado Finn. Estaba rodeado de viñedos, olivos y almendros, y situado junto a un riachuelo. Al cruzarlo, su padre les dijo:

—Este es el Puente Nuevo. El antiguo fue destruido cuando los aliados vinieron a liberar el pueblo.

Las callejuelas ascendían serpenteando hasta la iglesia, y eran tan estrechas que el coche casi no podía pasar. Había plazas sombreadas llenas de preciosas cafeterías y tiendas. Él les señaló la escuela y el liceo a los que había asistido de pequeño.

Camille se dio cuenta de que tenía una expresión de angustia. Qué pena le dio imaginárselo de niño, sufriendo el tormento de unos matones por los crímenes que había cometido su padre.

—Tú también odiabas el colegio, ¿no? —le preguntó Julie. Él no respondió, y la niña continuó—: Sé lo que es. Y puede que fueran tan malos contigo sin ningún motivo. Mamá me enseñó en casa la foto de Didier Palomar, y tú no te pareces en nada a él.

Miró por la ventanilla, atentamente, la antigua escuela de piedra.

—¿No tenías ningún amigo?

—No. Bueno, tal vez uno —dijo, y su expresión se suavizó—. Se llamaba Michel Cabret.

—Me alegro de que tuvieras un amigo —dijo Julie—. ¿Cómo era?

—Era estupendo. Era inteligente y bueno, aunque, por ser mi amigo, los otros estudiantes también lo rechazaron. Yo me sentía orgulloso de que fuera mi amigo. Después... me marché a Estados Unidos y no volví a ponerme en contacto con él.

—¿Por qué no? —preguntó Julie.

—Nos peleamos por algo... no recuerdo por qué. ¿A que es patético? Una de las cosas de las que me arrepiento en esta vida es de que nos separáramos enfadados.

—¿Y vas a intentar encontrarlo ahora? —le preguntó Julie.

Él sonrió.

—Camille, tienes que intentar que Julie no siga creciendo. Se está volviendo demasiado lista para un viejo como yo.

—Deja de decir que eres viejo, abuelo. ¿Y tu amigo? ¿Crees que podrías encontrarlo?

—¿Que si lo creo? —preguntó él, y se echó a reír—. Sí, claro que puedo. Ya lo he hecho. Es una de las cosas que he aprendido de mi nieta. Lo encontré por Facebook.

—Guay —dijo Julie—. ¿Y te has puesto en contacto con él?

—No. Seguramente, me ha olvidado.

—¿Sigue viviendo aquí?

—Creo que sí.

Su padre paró en un cruce, pensó durante unos instantes y tomó una callecita soleada.

—Esta era la casa de Michel —dijo, señalando un edificio rodeado de árboles, con un pequeño jardín trasero. Junto a la casa había una sastrería que tenía un letrero de metal en forma de tijeras—. Era aprendiz de sastre y, con el tiempo, se quedó con el taller.

—Deberías visitarlo —sugirió Camille.

Su padre negó con la cabeza.

—Es una situación dolorosa. No creo que se ponga contento de verme.

—¿Cómo lo sabes?

Él no respondió. Camille se preguntó cuáles eran los recuerdos que estaba ocultando su padre. Cuando hubieran descansado, intentaría hablar con él.

Siguieron recorriendo las calles del pueblo. Las puertas de las casas estaban pintadas de colores alegres y tenían tachuelas de hierro, y junto a las ventanas crecían rosales trepadores y había tiestos de malvarrosas y geranios. La gente entraba y salía de las tiendas con cestas de paja. El ambiente era encantador, y resultaba difícil imaginarse que aquel pueblo hubiera estado invadido por los nazis.

Cuando dejaron atrás el pueblo, continuaron por una carretera rodeada de viñedos y huertos. En el campo había muchas chozas de piedra seca. La mayoría estaban en ruinas y cubiertas de maleza.

—Eso es Sauveterre —dijo su padre, y señaló una gran finca que se veía a lo lejos.

Los muros de piedra, que parecían dorados bajo el sol, encerraban jardines exuberantes. La casa solariega tenía un revoco ocre. Los campos de labor, que estaban organizados en terrazas, y el bosque circundante, sugerían un estilo de vida cálido y apacible, de otra época. Se notaba la edad del edificio principal. En un extremo de la casa, el tejado de pizarra gris estaba cubierto con una lona azul. Seguramente era allí por donde se había hundido, motivo por el que *madame* Olivier había encontrado el baúl con las pertenencias de Lisette y se lo había enviado a Henry.

La puerta de entrada era de hierro y de piedra. Cuando entraron a la finca, vieron una fila de colmenas en un prado, a lo largo de un seto alto, y numerosos cobertizos y graneros, un gallinero y un estanque. La casona estaba rodeada de lujosos jardines, paseos cubiertos de glicinas y clemátides, y un jardín soleado con muebles de hierro forjado y tumbonas.

—Está más o menos igual —dijo su padre—. Lo recuerdo como ahora. La casa, los caminos, los campos por donde podía correr y esconderme, y los graneros. Pasaba mucho tiempo en el jardín. Era un sitio mágico, un lugar especial para mí, porque allí encontraba paz y tranquilidad.

—Es increíble, papá —dijo Camille—. Es tan antigua y tan bella... No puedo creerme que esta finca sea tuya.

Sauveterre estaba inundada de sol, y era un mundo en sí misma, rodeada de viñedos y campos.

—No es tan grande como una *bastide* —dijo él—. Una *bastide* es una verdadera casa solariega, como un castillo pequeño. De todos modos, me han dicho que Palomar estaba muy orgulloso de su masía, porque es la más grande de Bellerive. ¿Veis que todo está orientado al sur? Eso es para que la casa y los huertos estén protegidos del viento mistral, que viene del norte en invierno y es muy frío.

Julie asintió. Sin querer, bostezó.

—Vaya, por aquí hay alguien que está agotada —comentó Camille.

—Seguro que *madame* Olivier tendrá una habitación preparada.

Su padre aparcó en lo que, seguramente, en otros tiempos fue un cobertizo para los carros. Cuando salieron, se les acercó una mujer con cara de alegría.

—*Alors, alors, bienvenue tout le monde!* —exclamó, con los brazos abiertos.

Era tan encantadora como la propia casa. Le dio un abrazo a su padre y le plantó dos sonoros besos, uno en cada mejilla.

—¿Es posible que este sea mi querido Henri? —le preguntó, pronunciando su nombre en francés, mientras retrocedía dos pasos para devorarlo con la mirada—. ¡Mírate! Tan viejo como las piedras, pero tan guapo como siempre.

—Y usted también ha envejecido, *madame*, pero está igual de bella. ¿Cómo se encuentra?

—Llámame Renée, por favor. Ya no eres un muchacho, como la última vez que te vi —sentenció la señora, y se volvió hacia Camille—. ¿Es tu maravillosa hija?

Camille recibió un firme abrazo. Renée olía a cebolla y a lavanda.

—Gracias por acogernos —dijo Camille—. Qué lugar tan maravilloso.

—Maravilloso, pero decrépito, como yo misma —dijo Renée—. Lo mantenemos lo mejor posible, pero las reparaciones de una casa como esta son interminables. Pero, bueno, en este caso, el hundimiento del techo ha conseguido que nos reuniéramos, ¿no? Ah, y esta es Julie, la nieta.

Julie estaba pálida y agotada del viaje, pero sonrió y se dejó abrazar y besar.

—Venid rápidamente a conocer a mi familia. Mi nieto Nico meterá en casa vuestro equipaje.

Las bisagras de la antigua puerta de madera chirriaron. Camille se sintió como si estuviera respirando el pasado. Percibió el ambiente de una granja tal y como era hacía cien años. La cocina tenía los azulejos de colores típicos de la Provenza, armarios llenos de piezas de loza, ollas y cacerolas de cobre colgadas de ganchos y una cocina de gas que, posiblemente, tenía más años que la propia *madame* Olivier. La luz entraba a raudales por las ventanas e iluminaba los frascos de hierbas aromáticas, las bandejas de *socca*, aceitunas y pescado en conserva y los cuencos de bayas frescas.

—Por aquí —dijo Renée—. Estábamos esperándoos. No tenéis que aprenderos todos los nombres a la primera — añadió, guiñándoles el ojo.

Para Camille, las presentaciones transcurrieron en la neblina del *jet lag*. *Madame* Olivier, la matriarca, había ido a Sauveterre de recién casada. Su marido, Jacques, y ella, habían tenido seis hijos, dos de los cuales todavía vivían y trabajaban en la masía. Su hija Anouk vivía allí con sus hijos pequeños mientras su marido estaba en una misión de paz en África, enviado por la ONU. Georges era un experto en viticultura y cultivaba uvas para un bodeguero del pueblo. Su mujer, Edithe, y él, tenían cuatro hijos, dos en la universidad de Aix-en-Provence y dos aún en casa: Martine, que tenía quince años, y su hermano mayor, Nico.

Camille observó atentamente cómo reaccionaba Julie al conocer a los dos adolescentes. Sonrió con timidez y mantuvo una postura cerrada, con los brazos cruzados en actitud defensiva. Sin embargo, Martine, que debía de haber heredado la personalidad efusiva de su abuela, no le hizo caso. Con una sonrisa resplandeciente, le dijo a Julie:

—Al principio todo es un corte, ¿verdad? Pero yo soy

muy buena amiga. No te voy a decepcionar. Nico, puede que sí. Pero yo, no.

Julie se puso muy roja.

—No me preocupa eso.

—Los franceses piensan que los estadounidenses son muy exigentes. He preparado nuestra habitación especialmente para ti.

—En ese caso, puede que nunca os libréis de mí —dijo Julie.

—Bueno, vamos a hacer un *tour* rápido por el resto de la casa —dijo Renée—. Para que sepáis dónde está todo.

Parecía que los muebles tenían más de cien años. Había armarios rústicos, grandes piezas de arte enmarcadas y espejos envejecidos. En el comedor formal había trofeos de caza, un zorro disecado y una familia de gallinas salvajes disecadas, todas ellas, polvorientas y raídas. Julie se estremeció al verlas.

—A mí siempre me daban miedo cuando era pequeño —le dijo su padre a Julie. Después, se giró hacia Renée—. Espero que no te hayas sentido obligada a conservarlas por mí.

Ella sonrió.

—¿Quieres decir que podemos tirarlas?

—Por favor. De hecho, en cuanto haya descansado, yo mismo te ayudo.

Ella aplaudió con alegría.

—Mi nuera Edithe siempre ha querido redecorar algunas cosas. Tiene mucho talento para esas cosas.

—Este es el piano en el que aprendí a tocar —dijo Henry—. Sigue en el mismo rincón de la sala de música.

—¿Todavía toca? —le preguntó Martine.

—El pobre Henri acaba de llegar —dijo Renée—. No le hagáis tocar como si fuera un mono.

Su padre sonrió y se sentó al piano. Tocó una melodía folclórica que también solía tocar en casa.

—¿Conoces esta? —le preguntó a Martine.

Al momento, todo el mundo estaba cantando *Dis-moi, Janette*. Camille se mantuvo rezagada, disfrutando de aquel extraordinario momento. Julie se encogió de hombros y cantó, también, porque conocía la canción desde pequeña. Al final, su padre hizo una reverencia exagerada.

—Nos ha encantado —dijo Renée—. Espero que nos des más conciertos cuando hayas descansado.

Después, fue mostrándoles una galería soleada y una biblioteca, y les invitó a que lo exploraran todo. Siguió hasta la gran escalera central y subió hasta el pasillo al que se abrían los dormitorios de la planta superior. Había una docena en total, con los techos muy altos y las ventanas de cristal ondulado. La fontanería y la electricidad eran antiguas. También había un dormitorio para los niños. Julie y Martine iban a compartir una habitación llena de sol con un balcón.

—¿Un balcón? —preguntó Julie—. ¿En serio?

Martine asintió. Se parecía mucho a su abuela.

—Aquí somos muy señoriales, ¿eh? —preguntó con una sonrisa.

—Bueno, pues decidido. No me voy a marchar nunca.

Camille suspiró de alivio. Era estupendo ver a Julie haciendo buenas migas con una chica de su edad. Estaba mucho más alegre y animada de lo que había estado en mucho tiempo. Se había despojado de sus problemas como si se hubiera quitado un pesado abrigo de invierno.

—¿Cuál era tu habitación cuando eras pequeño, abuelo? —le preguntó Julie.

—La del final del pasillo —dijo él, señalándosela.

Camille no entendió la mirada de tristeza de su padre hasta que Julie abrió la puerta de aquella habitación. Era pequeña y no tenía ventanas, y estaba llena de sábanas plegadas, toallas y ropa de la casa. Había ramos de lavanda seca colgados de las esquinas de las repisas.

—¡Es de Harry Potter! ¿Por qué tenías que dormir aquí? —preguntó Julie.

—Las otras habitaciones eran para mi tía y mi prima y los trabajadores de la granja.

Camille recordó lo que les había dicho su padre sobre la hermana de Palomar, Rotrude: que no era buena. Rotrude siempre había sentido rabia por el hecho de que el hijo de su hermano heredara la finca familiar. Debía de haber sido una persona muy miserable para tratar así a un niño pequeño.

—Pues ahora, tenemos una habitación al sur para que duermas —le dijo Renée, y abrió la puerta de un dormitorio limpio y luminoso, con una cama cómoda, flores frescas en los jarrones y una enorme chimenea.

Después, todo el mundo salió al precioso jardín, rodeado de buganvillas y de enormes árboles de sombra. Era el lugar perfecto para tomar el aperitivo. Jacques hizo un brindis muy gracioso y se sirvieron aceitunas, queso, tapenade y tostadas. Un niño pequeño, de unos ocho o nueve años, se acercó a su padre y lo miró de reojo.

—Usted es el dueño de Sauveterre —le dijo.

—Sí —respondió Henry.

—¿Y se va a quedar con la casa?

—No seas maleducado, Thomas —le advirtió su madre, Anouk.

—No, pequeño —dijo su padre—. Esta casa ha sido el hogar de tu familia durante muchos años, y no estaría bien que yo me quedara en ella después de tanto tiempo. Además, soy muy viejo como para mantener una granja tan grande. Solo quería venir a pasar el verano. ¿Te parece bien?

El niño lo pensó durante un momento, con una expresión solemne.

—¿Sabe jugar al fútbol?

—Sí. Cuando era pequeño, siempre era el más alto, así

que era un buen portero. A lo mejor podemos jugar un poco mientras estoy aquí. ¿Tú sabes jugar?

Thomas asintió.

–Entonces, vamos a ser buenos amigos –dijo su padre. Sonrió al niño pequeño de una manera tan especial, que a ella le dio mucha pena no haberle dado más nietos. A él le encantaban los niños, y era un abuelo fantástico.

Camille miró a Julie y, para su sorpresa y deleite, vio que Martine la tomaba del brazo y le decía:

–Tímida y cansada. No es una combinación perfecta.

–No –admitió Julie–. ¿Es tan obvio que soy tímida?

–Bueno, si estuviera en tu situación, yo también lo sería. Pero no te preocupes. Esta noche puedes acostarte pronto. Hablas maravillosamente francés.

–Gracias. El abuelo me enseñó desde que era pequeña.

–Vamos, ven –dijo Martine–. Vamos a mi habitación. Aspro, ven –añadió, y se dio unas palmaditas en la pierna. Entonces, un perrito terrier salió de debajo de la mesa y siguió alegremente a las chicas.

El delicioso aperitivo francés, preparado con productos frescos de la granja, hizo que Camille se sintiera como si no existiese el tiempo. En aquel mundo autosuficiente, ellos cultivaban su fruta y sus verduras, hacían vino, tenían carne, miel, e incluso, gusanos de seda. Después de un segundo vaso de vino, ella empezó a estar... cómoda. Casi relajada.

Hasta que miró de reojo el teléfono. Al contrario que el de Julie, su móvil funcionaba perfectamente, porque había contratado un servicio de uso internacional.

En la pantalla aparecía el aviso de que tenía un mensaje de Malcolm Finnemore.

Capítulo 13

Al ver a Finn salir de su coche, un viejísimo modelo de Citroën llamado «dos caballos» debido a su poca potencia, se puso muy nerviosa. Ya llevaban unos días en Sauveterre y, debido al *jet lag*, todo había sido como vivir una fantasía de ensueño. Aquel día llevaba despierta desde las cuatro de la mañana porque estaba impaciente por verlo. Finn era como la Navidad, el fin de curso y su cumpleaños, todo en uno.

–Vaya, así que él es el que va a investigar el pasado misterioso de tu padre –comentó Anouk. Ella tenía más o menos su misma edad y, como el resto de la familia, estaba intrigada por la historia de Lisette Palomar. Cuando no estaba cuidando de sus dos niños, Anouk era una ávida lectora–. Has elegido bien –añadió–. Es guapísimo.

«Sí, ya lo sé», pensó ella. Se encogió de hombros.

–Sabe mucho de los años de la guerra en este departamento.

Notó que se ruborizaba y, aunque intentó no sonreír, no pudo contenerse.

–El amor te sienta muy bien –dijo Anouk, mirándola.

–No sé de qué estás hablando –respondió Camille.

En aquel instante, se oyó una pelea de hermanos en el

jardín, y Anouk fue a ver qué ocurría. Camille atravesó rápidamente el patio para recibir a Finn.

—Bienvenido a Sauveterre —le dijo.

Él sonrió. Le dedicó aquella sonrisa devastadora con la que había estado soñando desde el día en que se habían despedido.

—Me alegro de verte en esta parte del mundo —dijo Finn, y la abrazó.

Olía increíblemente bien, a aire fresco y sudor masculino, algo que antes nunca le había parecido sexy, pero que, en aquel momento, le dio ideas muy poco decorosas. Tuvo ganas de posar la mejilla en la pechera de su camisa de algodón y quedarse así durante una semana.

—¿Qué tal el viaje? —le preguntó él, mientras la soltaba.

—Muy bien. A Julie le encantó.

—Me alegro. ¿Y a ti? Me dijiste que no te gusta volar —dijo Finn, y volvió a sonreír al ver su cara de asombro—. Conozco todos tus secretos, ¿no te acuerdas? Llevamos una buena temporada chateando por internet, y yo he estado estudiando nuestras conversaciones como si fuera mi trabajo.

—¿Y por qué?

Él la miró durante un largo instante, y ella se estremeció.

—Tú ya sabes por qué.

Camille decidió aligerar el ambiente con su respuesta.

—Vamos, ven a conocer a mi padre. Y, no, no da tanto miedo como parece.

—Bien, porque, normalmente, los padres me dan muchísimo miedo.

—Qué gracioso.

—Es cierto. Ningún hombre quiere que un desconocido ligue con su hija, ni siquiera cuando el desconocido soy yo, y eso que soy increíble.

—¿Es eso lo que estás haciendo? ¿Ligar conmigo?
—¿Es eso lo que quieres?
Sí. No.
—¿Necesitamos poner unas normas básicas?
—A mí nunca me han gustado las normas.
—Vamos a ver a mi padre. Creo que está en los viñedos con los Olivier.
—Me gusta mucho la casona —dijo él, mirando el jardín—. Es un sitio fantástico.
—A mí también me encanta, pero todavía no lo he visto todo. Creo que está construida sobre unas ruinas romanas, y que data del siglo XVIII. Y se le nota la edad —le explicó Camille, señalando la lona azul que cubría la parte dañada del tejado—. Nadie ha limpiado la buhardilla desde hace cien años. Te prometo que han encontrado una especie de murciélago que ya se ha extinguido. Es como viajar atrás en el tiempo.

El viñedo estaba en una ladera, a las afueras de la tapia de piedra. Al final de cada fila de viñas había un rosal. Los trabajadores, que se protegían del sol con sombreros de paja, estaban guiando los brotes de las plantas en los alambres de la espaldera, y su padre colaboraba con alegría.

Henry y Renée se acercaron a saludarlos.

—Es como si no me hubiera ido nunca —le dijo su padre, mientras se secaba las manos con un pañuelo rojo—. Me están haciendo trabajar como a una mula.

—Tú eres el que te has empeñado —le dijo Renée. Después, sonrió a Camille, y añadió—: Tu padre me tiene en el bolsillo con todo lo que sabe del huerto y de cocina.

Henry le tendió la mano a Finn.

—Vamos, preséntame a tu novio.

—No es...

—Está bien, está bien. No quiero parecer tu madre.

—Papá, te presento al profesor Finnemore. Finn, mi padre, Henry Palmer.

Finn sonrió y le estrechó la mano a su padre.

—Camille me mostró las fotografías de la cámara de su madre —dijo. Hablaba francés con suavidad y encanto, con un acento más formal que el de la zona—. Con su permiso, me gustaría averiguar más cosas sobre ella.

—Por supuesto. Yo también quiero saber más cosas.

—Todo empezó por una gotera —dijo Renée—. Cuando subimos a la buhardilla, nos encontramos cosas que no se habían tocado desde la guerra. Algunas, desde la Primera Guerra. Venid, os lo enseño.

Mientras iban hacia la casa, Camille miró a su padre.

—¿Cómo te encuentras? —le preguntó en voz baja.

—Hacía las mismas tareas de niño. Aunque la tía Rotrude nunca me obligó a limpiar la buhardilla. Pero hemos tenido que dejar la excavación arqueológica. Es más agradable estar al aire libre, al sol.

—Entonces, ¿te encuentras bien? —le preguntó Camille, que se había dado cuenta de que su padre no le había respondido a la pregunta, y de que estaba dando rodeos.

—Hoy es un buen día —dijo él—. Y, si me preocupo por el mañana, no será tan bueno.

Los cuatro entraron en casa y subieron las escaleras. Camille notó que Finn observaba todos los detalles de la antigua vivienda. El último tramo de escaleras, el que desembocaba en la buhardilla, terminaba en una pequeña puerta en forma de arco. Cuando Renée la abrió, salió un aire caliente con olor a polvo y a antigüedad.

—Está todo lleno de cachivaches viejos —les dijo—. Por desgracia, no hay ningún orden. Parece que Rotrude no era la mejor de las amas de casa, ni sus padres, ni los que hubo antes. Rotrude se limitó a meter las cosas aquí y no volvió a molestarse por nada.

—Rotrude era la hermana de Didier Palomar, la tía de papá —le dijo Camille a Finn—. Ella vivió aquí como tutora suya hasta que él cumplió dieciocho años y se fue a vivir a Estados Unidos.

—Si hubiera sabido el desbarajuste que dejó, habría ayudado —dijo Henry—. A mi tía siempre le amargó saber que iba a tener que dejar la masía para que la ocuparan unos arrendatarios. Se fue a vivir con su hija, mi prima Petra, que, para entonces, ya estaba casada.

—Pido perdón por el desorden.

—No es ningún desorden —dijo Finn, con los ojos muy brillantes—. Es El Dorado.

Los rayos de luz que entraban a través de las vigas iluminaban las motas de polvo del aire. Camille intentó no quedarse mirándolas fijamente.

—Me alegro de que pienses eso —respondió Renée—. Jacques y yo siempre pensamos que ella mandaría a buscar sus cosas en algún momento, pero no lo hizo. Después, se nos olvidó.

—Es comprensible —respondió Camille—. Empezaste a estar muy ocupada, teniendo seis hijos.

Ella asintió con una gran sonrisa.

—Cuando miro atrás, no sé cómo pudimos arreglárnoslas.

—Y, ahora, estáis recogiendo los beneficios —dijo Henry—. Estáis rodeados de una familia maravillosa. Yo siempre quise tener más hijos, pero...

—No me lo habías dicho nunca —dijo Camille.

Él sacó un pañuelo blanco y se enjugó la frente.

—Tú eras mi alegría —respondió—. Ojalá hubiera tenido diez como tú.

Finn era demasiado alto como para seguir en la buhardilla sin golpearse la cabeza.

—¿Te importaría que sacáramos algunas cosas y las dejáramos en otra parte? —le preguntó a Renée.

—¿Importarme? Sería una gran ayuda para la limpieza que hay que hacer antes de las obras —dijo ella, sacudiéndose el polvo de las manos–. Además, podemos pedirles a los niños que nos ayuden. Nico y Martine son muy buenos trabajadores, y me imagino que Julie, también.

–¿Qué os parece si echamos un vistazo –dijo Finn– y, después, hacemos un plan?

Camille paseó la mirada por toda la buhardilla.

–Hay tantísimo... No vamos a terminar nunca.

–Claro que sí –dijo Finn–. Esto es como una caja de bombones para mí. Es el motivo por el que he venido.

Claro. Camille se alejó de él, reprendiéndose a sí misma por haber creído otra cosa.

–No sé ni por dónde empezar.

–¿Tienes archivista?

–Sí. Es como una ayudante de investigación, pero más lista. No le digáis a mi ayudante de investigación que he dicho eso –añadió Finn, y sonrió.

–También tienes ayudante de investigación –dijo Camille, que recordaba aquello de sus conversaciones por correo electrónico.

–Roz. Es estupenda, pero es mejor delante de la pantalla del ordenador.

Henry ya había empezado a revolver entre las cajas de madera y cartón, con la frente fruncida. Levantó un trapo de lona que tapaba una pintura enmarcada, y estornudó a causa del polvo que se revolvió. Era un retrato formal de un hombre uniformado, erguido, muy rubio, con los ojos muy claros, de color azul o gris. En el marco había una pequeña placa de latón: *Didier Palomar. Milicia francesa. 1943*.

–Miradlo –dijo Henry–. Didier Palomar era engreído, ¿eh?

–Vaya. ¿Era de la Milicia? –preguntó Finn, con los ojos muy abiertos.

–No sé qué es eso –dijo Camille.

Renée se estremeció.

—Eran franceses que apoyaban y defendían el régimen de Vichy y a los nazis. Mucha gente los consideraba incluso peores que a los alemanes, porque traicionaban a sus compatriotas.

—Y Didier Palomar era uno de ellos —dijo Camille, que tuvo un escalofrío, a pesar del calor—. Papá, de verdad, no creo que sea tu padre biológico.

Él siguió mirando el retrato.

—Aunque me gustaría que fuera cierto, solo es una suposición, cariño —respondió él, enjugándose la cara de nuevo—. Lo cambiaría todo.

Camille se preguntó qué quería decir con eso. ¿Todo?

—Resolveríamos el enigma con una prueba de ADN, pero necesitamos encontrar una muestra —dijo ella. Miró a su alrededor, y preguntó—: ¿Tenemos alguna posibilidad de encontrarla entre todo esto?

—No necesitáis encontrar una muestra —dijo Finn—. ¿No habéis dicho que existe una prima que se llama Petra?

—Tu novio sabe escuchar —dijo Renée.

—No es mi novio —respondió Camille.

—Todavía no, pero, bueno, vamos a concentrarnos —dijo Finn.

Henry asintió.

—Mi prima tenía unos diez años más que yo, y le encantaba atormentarme cuando era niño. Supongo que ya habrá muerto.

—¿Y sus hijos? —preguntó Finn.

—Tu prima no tuvo hijos —dijo Renée—. Pero todavía vive. Pensaba que lo sabías.

—No tenía ni idea —dijo Henry. Volvió a tapar el retrato con el trapo y se giró hacia ella.

—Vive en Marsella —le dijo Renée.

—Tu prima vive, papá. Es una gran noticia —dijo Camille—. No tenemos que preocuparnos por encontrar una muestra del ADN de Didier.

—Camille tiene razón —intervino Finn—. La mitad del ADN de una persona proviene de su madre y, la otra mitad, de su padre. Y, como los padres tienen el ADN de sus padres, esa persona tiene algo de ADN de sus abuelos.

—Petra y yo tenemos los mismos abuelos, yo, por parte de padre, y ella, por parte de madre —dijo Henry, asintiendo lentamente.

—Por eso, deberíais tener un doce por ciento del mismo ADN —dijo Finn.

—Eres muy listo —le dijo Camille.

—Soy profesor, ¿no te acuerdas?

—¿De genética?

—Bueno, está bien. Lo que pasa es que soy un genio.

—Y muy humilde. ¿Podemos ponernos en contacto con ella? —le preguntó Camille a su padre.

—Me imagino que sí, pero no tengo ni idea de si querrá que le hagamos una visita y, mucho menos, de si querrá cedernos una muestra para hacer una prueba de ADN. Petra y yo nunca estuvimos muy unidos. Era muy guapa, y se casó con un hombre que tenía una gran casa en la ciudad. Creo que era abogado. Ninguno de los dos tuvo nada que ver conmigo mientras yo era niño.

—De eso hace mucho tiempo. Seguro que a tu prima le gustaría saber de ti —dijo Renée, y miró a Finn, que estaba sudando mientras apilaba cajas junto a la puerta—. Aquí hace demasiado calor —añadió.

—Es cierto —dijo Henry—. Si no os importa, voy a bajar a tomar agua fresca y a descansar un poco en el jardín para recuperarme del trabajo.

—Y yo bajo contigo —le dijo Renée—. Vamos a llamar a tu prima Petra por teléfono.

Después de que se marcharan, Camille y Finn se quedaron en silencio un instante.

—Es extraño e interesante averiguar todas estas cosas de gente que nos dejó hace tanto tiempo —dijo ella. Entonces, se dio cuenta de cómo debía de sonar eso para él, y añadió–: Finn, lo siento.

–No te preocupes. Tienes razón. Cuando yo pienso en mi padre, me pregunto si el hombre al que he visto en las fotografías, el hombre al que conocieron mi madre, mis hermanas y mis abuelos, se parece en algo al hombre que yo me imagino –dijo él. Miró por el ático, en medio de un remolino de motas de polvo iluminadas por el sol, con un aspecto de curiosa vulnerabilidad–. Y, entonces, me pregunto hasta qué punto tiene importancia.

Julie se estremeció al oír el canto del gallo. Sonaba como si estuviera cantando junto a su oído.

–¿Cómo sabe que estoy en medio de un sueño excelente? –murmuró, en inglés.

–¿Un sueño excelente, has dicho? –le preguntó Martine, levantándose de un salto–. ¿Lo he entendido bien?

–¿Bien? Son las seis de la mañana –dijo Julie–. Las seis de la mañana, nada está bien.

–Eres divertida. Vamos. Tenemos que hacer muchas tareas.

–Dios mío. Tareas. Más bien, tortura. Cuando mi abuelo dijo que íbamos a venir a Sauveterre, no me dijo que era un campamento de trabajo.

–Vístete –le dijo Martine con energía–. El trabajo irá más rápido si empezamos pronto. Nos vemos abajo.

Julie volvió a desplomarse sobre la cama y se tapó la cabeza con el edredón. Qué mala suerte, tener que compartir habitación con una madrugadora. El perro de Martine, Aspro, se subió de un salto sobre ella y comenzó a excavar furiosamente en las sábanas. Martine no lo llamó, así que, al final, Julie tuvo que rendirse.

A los niños pequeños se les asignó la tarea de recoger los huevos y dar de comer a las gallinas.

—Me dan miedo las gallinas —dijo Célie—. Son malas.

—Tú eres peor —le dijo Thomas—. Solo tienes que espantarlas.

Julie y Martine fueron a trabajar al huerto.

—Dos horas aquí, y tenemos todo el día libre —dijo Martine—. Además, mira, hay un bonus —añadió, señalando a tres chicos que ya estaban trabajando.

Julie entendió por qué a Martine no le importaba levantarse temprano. Los chicos se llamaban Yves, Robert y André. Eran tres hermanos tan guapos que, cuando Martine se los había presentado, ella había oído una música de película en su cabeza. Y resultó que ellos eran músicos. Estaban trabajando en verano para ganar dinero y ahorrarlo para su banda.

—Estamos empezando —le dijo Yves—. No nos pagan por tocar.

—Pero son muy buenos —dijo Martine.

—¿Cuándo os podemos oír tocar? —preguntó Julie.

—Vamos a tocar en el mercado del sábado en Cassis, que está en el puerto. Deberíais venir —les dijo André, el más pequeño de los tres, y el más mono. Era muy *cool*; llevaba unos pantalones cortos y desgastados y una camiseta, y tenía el pelo revuelto, de color castaño claro.

Había que guiar las tomateras en una espaldera hecha de sarmientos viejos. André estaba cerca de ella y, un par de veces, lo sorprendió mirándola.

—Trabajas muy bien —le dijo.

—Este no es mi primer rodeo —respondió ella, en inglés. Después, le explicó en francés lo que significaba.

—Este no es mi primer rodeo —repitió él, y su malísimo acento hizo que los dos se echaran a reír.

—Ayudo a mi abuelo en el huerto de su casa —dijo.

—Es muy *cool* que seas de Estados Unidos.

—¿De verdad? A mí no me lo parece.

—Aquí todo el mundo piensa que Estados Unidos es lo más.

—Ja. En Estados Unidos, todo el mundo piensa que ser francés es lo más.

A Julie le asombraba que él, o cualquiera, pensara que ella era *cool*.

—¿Vives cerca?

Él asintió.

—En el pueblo. Mis padres tienen una tienda de ropa, y vivimos en el apartamento que está encima de la sastrería de mi tío abuelo.

Ella recordaba que habían pasado por delante de la sastrería.

—¿Tu tío se llama Michel Cabret?

—Sí —respondió él con cara de sorpresa—. ¿Cómo lo sabes?

—Era amigo de mi abuelo cuando eran pequeños.

Martine y Robert estaban al otro extremo de la fila de tomateras, sonriéndose el uno al otro mientras trabajaban en el mismo espaldar.

—Creo que están... —Julie hizo una pausa—. No sé cómo se dice «flirtear» en francés. Como esto —le dijo a André, y lo abanicó con las pestañas mientras suspiraba de un modo romántico.

Él se echó a reír.

—Qué graciosa eres. Se dice «flirter», como en inglés.

—Suena mejor en francés. Todo suena mejor en francés —dijo Julie. Empezó a trabajar de nuevo, pero siguió hablando con él a través del espaldar—. Martine y yo vamos a llevar a los niños pequeños a la playa después —dijo—. ¿Cómo es?

—Fantástica. Espero que no te importe tener que caminar por encima de las calanques.

—¿Qué es eso?

—Um... Son unos acantilados muy escarpados que hay sobre el mar. Para llegar a las mejores calas, hay que subir y bajar por ellos. El agua y la arena están muy limpias y no hay apenas gente, porque es difícil de llegar. ¿Sabes nadar?

—Claro. En mi pueblo, todo el mundo sabe. Nuestra playa no tiene acantilados. Es baja y arenosa, perfecta para hacer surf.

—¿Tú sabes hacer surf?

—Más o menos.

Después de que su padre muriera, su madre no le había permitido volver a hacerlo. Demasiado peligroso. Pero sus amigas y ella, cuando tenía amigas, habían hecho surf de todos modos, practicando con tablas prestadas. Echaba de menos aquellos días con sus amigas. Echaba de menos tener amigas.

Miró a André a través del espaldar.

—Puede que nos veamos después en la playa.

—Claro. ¿Y el sábado, en el mercado?

—En Cassis. ¿Está lejos?

—Hay un autobús regional que podéis tomar. Martine sabe cuál es.

Al final de la mañana, Julie se sentía como si Martine y los chicos fueran sus amigos de verdad. No le importaba haber tenido que ir hasta Francia para encontrar niños con los que pasar el rato. Incluso trabajar en el huerto le parecía lo más divertido que había hecho desde hacía meses. Decidieron reunirse en la parada de autobús del pueblo e ir juntos a la playa. Anouk las llevó a la ciudad con una cesta de bocadillos, toallas y protector solar, y les hizo varias advertencias de que cuidaran a los más pequeños. Los tres muchachos aparecieron enseguida, y el autobús descendió pesadamente por la carretera hasta un pequeño pueblo costero con un puerto muy concurrido, con tiendas para turistas y carteles que señalaban los senderos de la playa.

Los acantilados de granito se alzaban sobre el mar Mediterráneo, y el agua era tan azul que a Julie le hacía daño mirarla. Tal y como le había explicado André, había una difícil caminata para llegar a los picos más alejados y las calas de agua más cristalina. Por fin, después de un descenso rocoso, llegaron a una playa de arena fina en la que solo había unos pocos grupos de turistas y gente de la zona, tumbados en toallas o comiendo a la sombra. Julie estaba demasiado emocionada como para comer. Martine y ella llevaron a los más pequeños al agua, y chillaron mientras jugaban en las olas. Los chicos treparon por los acantilados para saltar, gritar y chapotear en el agua fría.

—Vamos a probar —le dijo Julie a Martine.

—Está demasiado alto —dijo Martine, protegiéndose los ojos con la mano.

—Por eso es tan divertido —dijo Julie.

—Yo me quedo aquí con mis primos —respondió Martine—. Vamos a hacer un castillo de arena.

Julie subió por el camino de roca y se detuvo en una plataforma que sobresalía hacia el mar como un trampolín. A su madre le daría un ataque si supiera que estaba a punto de saltar desde un acantilado.

—¿Quieres tirarte? —le preguntó André.

Julie estaba totalmente eufórica.

—Claro —dijo. Entonces, miró hacia abajo—. Ay, qué miedo.

—Sí —dijo André, sonriendo.

—Está muy, muy alto.

—Son unos diez metros —le dijo Yves—. El fondo está muy profundo, así que no tienes que preocuparte.

—Ay —repitió Julie. Sin embargo, estaba disfrutando mucho de aquel día, y sabía que también iba a disfrutar del salto—. Yo voy primero.

Respiró profundamente y se acercó al borde del saliente. Aunque la distancia daba miedo, el agua era transparente, con varios tonos de turquesa, y brillaba bajo la luz del sol. Sintió una tensión en el estómago, pero dominó su temor. Después de vérselas con Vanessa Larson durante todo el año, un salto de diez metros era como dar un paseo por el parque.

Se giró y miró a los chicos. André asintió para mostrar su aprobación. Su madre siempre le estaba diciendo que no permitiera que otros niños la convencieran para hacer cosas peligrosas.

Lo que su madre no entendía era que nadie había tenido que convencerla de nada.

Capítulo 14

—Han llegado las chicas Bond —dijo Camille, mirando hacia el patio, mientras Finn y dos supermodelos salían del dos caballos.

—¿Las chicas Bond? —repitió Anouk, y se asomó por la ventana—. Ah, te refieres a las chicas que salen en las películas de James Bond.

—Sí. Esas tan guapas que se acuestan con él y luego intentan matarlo.

—Parece mi primer matrimonio.

—No sabía que hubieras estado casada antes.

—No lo he estado. Sigo en mi primer matrimonio —dijo Anouk con una sonrisa—. Ven, vamos. Salgamos a conocer a tus competidoras.

—No son mis competid...

Al verse sosa y apagada con su vestido de algodón blanco, se le encogió el corazón. Se ruborizó, porque se había puesto aquel vestido por Finn. Sin embargo, ya no importaba, pensó, mientras salía a la calle con Anouk. No podía competir con Vivi, una chica de origen somalí, alta y delgada, que le lanzó una sonrisa espléndida cuando Finn se la presentó. Roz era británica, y tenía una melena pelirroja y larga, el cuerpo atlético y tonificado y llevaba, por lo menos, una docena de lapiceros en el bolsillo de la camisa. Los tres hablaban en inglés mientras descargaban del coche cajas, ordenadores y equipo fotográfico.

Al ver que Camille se había quedado callada como una boba, Anouk se rio en voz baja y les ofreció algo de beber.

—Sí, por favor, yo quisiera agua mineral —dijo Vivi.

—A mí también me gustaría beber agua —dijo Roz.

—Agitada, no removida —murmuró Anouk, mientras se marchaba a la cocina.

—¿Es que tenéis alguna bromita privada vosotras dos? —le preguntó Finn.

—No, claro que no —dijo Camille, y se dirigió a las visitantes—. Bueno, ¿queréis que empecemos ya?

Vivi abordó el proyecto con pasión. Antes de empezar a desempolvar los artefactos, había que preparar el sitio. En poco tiempo quedó claro que habían dado con una gran fuente de información, no solo sobre la vida cotidiana en la granja y el pueblo, sino, también, sobre un misterio del pasado. Marcaron el espacio de la buhardilla en forma de cuadrícula, para no perder la ubicación de cada objeto que sacaban de allí.

A los cinco minutos de empezar el trabajo, Camille se dio cuenta de que ponerse un vestido blanco había sido un craso error. Se había imaginado sentada a la sombra con Finn, estudiando tranquilamente recuerdos y objetos mientras sorbían limonada y se miraban a los ojos. Sin embargo, lo que ocurrió fue que muy pronto tenía el vestido manchado de polvo y telarañas.

A pesar de todo, Camille disfrutó trabajando junto a las ayudantes de Finn. Eran dos mujeres muy interesantes. Vivi era hija del ministro de Cultura de Somalia y una gran corredora de maratones. Roz era de una ciudad industrial del oeste de Inglaterra, y había aprendido técnicas de investigación ayudando a su abuelo, un conocido corredor de apuestas.

—¿Cómo habéis terminado trabajando en Aix? —les preguntó Camille.

—Nadie termina trabajando en Aix —respondió Roz, riéndose—. Lo que se hace es concentrar absolutamente todos tus esfuerzos en Aix, y no parar hasta que encuentras la manera de vivir allí.

—¿Has estado ya en Aix-en-Provence? —le preguntó Vivi.

—No, todavía no.

—Pues, cuando lo conozcas, lo entenderás —le dijo Roz—. Es una localidad bellísima, el clima es perfecto, la comida y el vino son buenísimos, la música es fantástica, y hay muchos hombres —dijo la muchacha.

Tanto ella como Vivi miraron a Finn. Él se había quitado la camisa y estaba lavándose en la bomba del pozo. El agua se resbalaba por su piel y hacía brillar su físico.

—Oh, Dios mío —susurró Camille, al reconocer la expresión que tenían las dos muchachas—. Las dos os habéis acostado con Finn.

En cierto modo, fue un alivio darse cuenta. Camille no estaba cómoda con la atracción que sentía por él, y aquella era la excusa perfecta para superarla. Ella no iba a convertirse en su siguiente conquista.

—Por desgracia, no —dijo Vivi.

—Todo el mundo quiere acostarse con Finn —dijo Roz, sin dejar de mirarlo—. Es lógico. Pero, él tiene esa forma de ser.

—¿Qué forma de ser? —preguntó Camille.

—Sí. Es demasiado decente. Intenta disimularlo, pero es decente hasta el absurdo.

Vivi asintió.

—Es muy profesional, y mantiene las distancias tanto de colegas como de estudiantes. Incluso de las estudiantes más jóvenes y desvergonzadas.

—¿Profesional? —preguntó Camille, con escepticismo—. Es un ligón escandaloso.

—No, eso es solo una fachada —dijo Vivi—. Tiene un muro.

Roz asintió.

—Nadie consigue llegar nunca a su corazón, y eso, al final, resulta aburrido, por muy bien que esté cuando se quita la camisa.

—Y, para que lo sepas, tú le interesas mucho —dijo Vivi.

—¿Qué? —preguntó Camille, con las mejillas ardiendo—. ¿Por qué dices eso?

—Porque nos lo ha dicho de camino aquí.

—¿Qué? ¿Qué os ha dicho?

—Que se siente muy atraído por ti, y que quiere acostarse contigo.

—¿Ha dicho eso?

«Oh, Dios mío», pensó Camille. «Qué idiota más grande».

—No, no lo ha dicho —respondió Roz—. Pero yo estoy segura de que sí que quiere. Pero, acuérdate de que se niega a enamorarse.

Siguieron trabajando un rato en un silencio agradable. Al final, Camille no pudo resistir la curiosidad.

—¿Y por qué se niega a enamorarse?

Roz se encogió de hombros mientras escribía una nota en su cuaderno.

—Que tengas buena suerte para intentar sonsacarle la respuesta.

—Creo que tiene algo que ver con su primera mujer —le dijo Vivi.

—Emily Cutler —dijo Camille—. Él nunca me la ha mencionado, pero estaba en su página de Wikipedia. No sé por qué se separaron.

—Ooh, vais a tener mucho de lo que hablar entre las balas de paja —dijo Roz.

—Yo no quiero tener nada personal con él —replicó Camille—. No voy a hacer absolutamente nada entre las balas de paja. Nosotros no... lo nuestro no es así.

—Pues es una pena —dijo Vivi—. Yo nunca lo había visto tan emocionado con una mujer.

—No está...

—Hazme caso, está muy emocionado.

—Todo el mundo a comer. Henry ha hecho una deliciosa ensalada lionesa —dijo Renée, mientras ponía en la mesa del patio una bandeja—. Camille, ve a buscar a Finn. Está en el cobertizo.

Parecía que la familia Olivier estaba conspirando para que los dos tuvieran una aventura. Ella lo encontró inspeccionando las cosas que habían bajado de la buhardilla.

—Todos estos objetos que pertenecen a un pasado que nadie puede recordar —dijo.

—Vamos a reconstruirlo —dijo él—. La universidad de Aix-en-Provence tiene un archivo de narraciones personales de la guerra, y yo tengo una clase llena de estudiantes ávidos de conocimiento. Podemos ponerlos a trabajar para identificar a los supervivientes que todavía viven.

—Mi padre está un poco sorprendido por todo el revuelo.

—Es una oportunidad fantástica para la investigación histórica —dijo Finn—. Yo prefiero que mis estudiantes estén trabajando que sentados delante de un ordenador.

Estudió la cara de Camille atentamente, y ella se ruborizó al preguntarse si él sabía de qué había estado hablando con Roz y Vivi.

—¿Va todo bien? —le preguntó Finn.

Ella asintió.

—¿Y Julie? ¿Se lo está pasando bien?

Ella volvió a asentir.

—Es maravilloso verla salir otra vez con amigos. Algunas veces, me preocupo por si hacen cosas peligrosas, pero los chicos parecen muy majos. Ella dice que solo van a la playa y los mercados en el autobús, y que dan paseos por el pueblo.

—Yo le decía a mi madre que iba a la biblioteca.

—¿Y adónde ibas, en realidad?

—A la biblioteca, no.

Ella tomó el retrato de bodas de Lisette y Didier que habían encontrado en la buhardilla. Era una fotografía típica de la época: la novia y el novio posaban con rigidez mientras miraban fijamente a la cámara. Era imposible imaginar lo que estaba pasando por la cabeza de Lisette en aquel momento. ¿Estaba enamorada de Didier? Él parecía guapo y orgulloso. ¿Compartía ella sus ideas políticas, aprobaba su decisión de ponerse de parte de los alemanes?

—¿Te parece una pareja feliz? —le preguntó Finn.

Ella hizo un gesto negativo.

—Es difícil saberlo. Yo siempre miro las manos. Las manos pueden decirte mucho, porque, normalmente, la gente no piensa en qué hace con las manos. En esta foto, ella está sujetando el ramo de novia, y él tiene las manos a la espalda.

—Tal vez los dos tenían algo que ocultar.

—Yo diría que eso es algo seguro.

Se quedaron callados un momento. Ella pensó en la conversación que había tenido con Vivi y Roz.

—Estuviste casado —le dijo.

—Y tú.

—¿Quieres hablar de ello?

—Tanto como tú quieres hablar de tu primer matrimonio —dijo él.

—Es decir, nada en absoluto.

—Exacto. Pero tú tienes preguntas sobre el mío.

—Sí —dijo Camille—. Tengo preguntas.

Él extendió los brazos.

—Soy un libro abierto.

Sí, seguro, pensó ella.

—¿Cuánto tiempo estuviste casado?

—Diez años.

Aquello desmentía la teoría de que odiaba el compromiso.

—Y no funcionó.

—Supongo que tu siguiente pregunta es por qué.

—Escucha, si es demasiado personal para ti, podemos cambiar de tema.

—Me gusta entrar en lo personal contigo, Camille.

Ella no supo distinguir si lo decía en serio o con sarcasmo.

—Claro.

—Bueno, mira, voy a explicártelo. Mi matrimonio, en versión resumida. Era nuestro décimo aniversario, y organicé una cena sorpresa con champán, flores y comida gourmet. Con velas de las que no goteaban y chocolate de cien dólares el medio kilo. Cuando Emily llegó del trabajo y lo vio todo, se echó a llorar y me dijo que estaba embarazada.

—Oh, Dios mío, y tú no querías tener hijos y la dejaste.

—No, Camille. ¿Te importaría dejarme acabar?

—Lo siento. Continúa.

—Yo sí quería formar una familia. Era parte de mi sueño. Pero quería hijos míos, no de otro tipo.

—Oh, no, Finn. ¿De verdad?

—¿Crees que me iba a inventar algo así? No. Pedí el divorcio al día siguiente.

—¿Al día siguiente? ¿No pensaste que había manera de arreglarlo, de seguir juntos?

—La infidelidad no surge de la nada. Aunque fue ella la que me engañó, supongo que yo tuve parte de culpa, por no ver las grietas en nuestra relación. Hacía un tiempo que las cosas no iban bien del todo, y yo lo ignoré. Terminé mi periodo de oficial de la marina y me hice profesor. Surgió la oportunidad de dar clases en Aix, pero ella no quería venir, y yo, sí. Así que, no, no pensé que tuviera sentido que siguiéramos juntos. Emily se fue a vivir con Voldemort y tuvieron el niño juntos. Después, se separaron, y ahora ella es madre divorciada.

—Siento que pasaras por todo eso, Finn. Y siento haberte hecho hablar de ello.

—Bueno, pero ahora te toca a ti.

Camille se sintió arrinconada. Pero era Finn, y ella estaba descubriendo que podía hablar de casi todo con él, porque él la iba a escuchar.

—Yo también estuve casada diez años. Yo solo quería una vida normal.

—¿Existe eso? —le preguntó Finn—. ¿Para alguien?

—Para mí, sí —dijo ella—. Yo tenía una vida normal hasta que perdí a Jace. Yo pensaba que las cosas siempre iban a ir bien. ¿Está mal por mi parte?

—No. Es muy romántico.

Ella se estremeció. El escalofrío le salió del corazón.

—Tenemos que ir a comer.

—Pueden empezar sin nosotros.

Camille suspiró. Finn había sido sincero con ella, y se merecía lo mismo por su parte.

—Después de la muerte de Jace, ya nada me parecía normal. De no haber sido por Julie, seguramente me habría abandonado por completo. Hace unos dos años, cuando, por fin, conseguí dejar atrás lo peor, a mi padre le diagnosticaron un cáncer.

—Oh, Camille. Lo siento.

—Gracias. Ya ha terminado el tratamiento. Todavía tiene dos tumores, aunque está estable, y él dice que se encuentra bien. Así que... ya veremos. En este tipo de cáncer, la posibilidad de una recaída es alta. Su médico le ha aconsejado que se cuide y que disfrute de la vida.

—Es un buen consejo para cualquiera.

—Sí. Y tenemos que ir a comer. Mi padre ha hecho una ensalada lionesa —dijo Camille. Miró los objetos de la buhardilla, y volvió a observar el retrato de bodas.

—Después tenemos que hablar más.

—¿Por qué, señora Adams? ¿Me va a pedir una cita?

—¿Cómo? Eh... No.

—Bueno, pues acepto. ¿Adónde te gustaría ir? —le preguntó Finn con una sonrisa—. No me mires así. Estás en la Provenza, Camille. Las cosas se van a poner románticas, quieras o no.

¿Qué tenía de malo? Solo iba a pasar allí el verano, y él la estaba ayudando a encontrar una información muy importante para su padre.

—Está bien. Sorpréndeme —le dijo.

Llena de energía y algo nerviosa, terminó de comer y volvió al trabajo. Sacó una caja de cartón etiquetada como «Sábanas». La ropa de cama que había en su interior olía vagamente a cedro seco y a lavanda. La mayoría de las cosas estaban amarillentas y quebradizas por el paso del tiempo. Ella fue dejando cada pieza a un lado, etiquetándola como le había enseñado Vivi.

Se encontró con un viejo cojín bordado con un árbol de la vida. Lo alzó para mostrárselo a Finn.

—¿Es antiguo?

Él la observó.

—Es una maravilla. Pero, probablemente, es reciente. ¿Tiene alguna etiqueta?

Al girar el cojín, se dio cuenta de que el relleno era rígido. En uno de los lados, la costura estaba aflojada. Fue deshaciéndola hasta que vio una tela gruesa en el interior.

—No, no tiene etiqueta, pero mira esto —le dijo a Finn.

Del cojín sacó una bolsita de algodón de color marrón

desvaído. Tenía algunas letras y números estampados en la parte posterior, junto a las palabras *Sept. 1943 (24 FT DIA). AN 6513 1A Paracaidista.* Un panfleto desgastado cayó de la bolsa. Tenía sellos oficiales y el título de *Registro Diario Paracaídas*.

–Oh, Dios –dijo Camille, mirando a Finn. Seguramente, la expresión de su cara era un reflejo de la suya.

–Creo que hemos dado con algo –dijo él.

CUARTA PARTE

Bellerive

«Una fotografía es un secreto acerca de un secreto. Cuanto más te dice, menos sabes».

DIANE ARBUS, FOTÓGRAFA ESTADOUNIDENSE

Capítulo 15

Mayo de 1944

–*Ne tirez pas*.
«No dispare».

Hank Watkins oyó las palabras de la mujer mientras soportaba un terrible dolor. Estaba invirtiendo todas sus fuerzas en mantener el brazo firme y poder apuntar a su pecho con la Colt semiautomática. Casi había oscurecido, así que tendría que dispararla rápidamente, o se arriesgaba a que huyera. Oía sus jadeos cortos, como si fueran los de un animal acorralado. Se le tensó el dedo en el gatillo. El arma tenía silenciador y, con apretar una sola vez, volvería a estar solo en el bosque, aquel bosque tan diferente a los de su hogar, al norte de Vermont. Todo era diferente.

–*Je vous supplie, monsieur* –dijo ella. «Se lo ruego».

La suave súplica lo devolvió al presente. No distinguía a la mujer. No sabía si era vieja o joven, fea o guapa. No podía decir nada de ella; mejor. Era mejor no saber nada de alguien cuya vida estaba a punto de destruir.

–Por favor –dijo la mujer–. *Je ne suis pas armée* –añadió, y alzó los brazos–. No voy... armada.

Parecía que era muy joven, y que estaba muy asustada. Él no recordaba la última vez que había oído la voz de una mujer. Tal vez, el invierno anterior, cuando se había despedido de Mildred en la estación de Burlington. Había tenido la hombrera del uniforme húmeda de sus lágrimas durante todo el camino hasta Nueva York.

—Se lo ruego, amigo, no voy armada –repitió la joven. Llevaba un jersey o un chal colgando de los hombros, y parecía que iba a alzar el vuelo.

Él nunca había oído una voz como aquella. Su acento inglés era muy peculiar. Acento francés mezclado con acento británico. ¿Lo traicionaría en francés, entonces? ¿O en inglés?

Le ardía la pierna. Le ardía toda la parte inferior del cuerpo. Si ella decidía huir, no podría alcanzarla. Podía ser una simpatizante de los nazis, o una espía. Tenía que pegarle un tiro, o se arriesgaba a que lo capturaran.

Entonces, vio claramente que estaba pensando en matar a una mujer desarmada.

Eso no era lo que había ido a hacer allí.

Pensó en lo que le habían enseñado en los cursos de entrenamiento: un paracaidista de reconocimiento debía saltar del avión al territorio enemigo sin titubear. Debía arriesgarlo todo, cometer cualquier acto, sacrificar su propia vida por el éxito de su misión. Y, sin embargo, no podía disparar a la mujer.

Aunque, si bajaba el arma, cabía la posibilidad de que ella avisara a los alemanes. Eso sería más aceptable que matar a una persona desarmada.

¿Era amiga, o enemiga? Algunos franceses se habían alineado con los alemanes, pero otros se habían organizado en guerrillas para combatirlos. La mayoría quería que la maldita guerra terminara.

En cualquier caso, él tenía la vía de escape definitiva en un bolsillo oculto de la camisa: una píldora de cianuro.

Pero... la misión. Mierda, mierda, mierda.

—No se mueva –dijo él con la voz quebrada–. Quédese donde está.

Aquel era el salto más importante que había hecho hasta el momento. Se había ofrecido voluntario para explorar el territorio como avanzadilla de una operación secreta. Sí, era secreta, pero todo el mundo sabía que el objetivo era liberar el sur de Francia. Los norteamericanos y los franceses iban a realizar la operación conjuntamente, pero Churchill se había negado a participar. Él no entendía de política, pero sí entendía que su trabajo en aquella misión de reconocimiento era esencial. Para convencer a Churchill, tenían que presentarle un plan sólido. Por eso, la información que su unidad y él proporcionaran era de vital importancia.

Se había entrenado sin descanso para aquello, y había repasado una y otra vez el procedimiento de la operación. Cuando se había encendido la luz roja de la cabina del Douglas C-47, él había revisado el arnés de su paracaídas y había establecido contacto visual con los otros paracaidistas. La suerte estaba echada.

En aquellos momentos, todos se consideraban afortunados, porque no iban a hacer un salto de combate. Su trabajo era explorar la zona y situar una señalización crucial para la operación aliada.

Y, sin embargo, allí estaba. Herido, muriendo, tal vez, en un rincón remoto de la campiña francesa, acorralado por una chica que parecía tan asustada como él mismo. Después de arrastrarse hasta un escondite, había abierto la sulfanilamida y se había espolvoreado la herida de la pierna, conteniendo gritos de dolor. Tal vez hubiera conseguido frenar la infección, o tal vez, no. Ya no importaba.

Bajó el arma muy despacio.

—Puedes bajar las manos. ¿Lo entiendes? No te voy a disparar. Por lo menos, no ahora.

Ella bajó los brazos lentamente.
—Sí. Lo entiendo.
Parecía un ángel. Parecía un ángel.

Lisette se puso de rodillas y se acercó al soldado. Sabía que estaba enfermo o gravemente herido, o ambas cosas. También sabía que debía conducirse con mucha cautela, puesto que en su rostro había una gran determinación.
—Puedo ayudarte, pero tienes que dejar el arma.
Se sentía torpe y extraña hablando inglés. Solo lo había hablado cuando estaba con el doctor Toselli, leyéndole a Sherlock Holmes. No estaba segura de que sus palabras fueran correctas.
—De acuerdo —dijo el hombre—. Voy a bajarla.
Su voz era grave y suave.
—¿Dónde tienes la herida? ¿Puedes moverte?
—En la pierna. Y en las costillas.
—Eres americano.
No respondió. Seguramente, le preocupaba que ella les revelara su posición a los alemanes. Respiró profundamente y le dijo:
—Me llamo Lisette. Puedo ayudarte.
Afortunadamente para ella, Didier no tenía tiempo en absoluto para una esposa que no podía concebir un bebé. Si llegaba tarde a casa, no la echaría de menos. Se pasaba todo el tiempo codeándose con los oficiales alemanes que se pavoneaban por el pueblo, bebiéndose el vino y comiéndose la comida que la gente producía en sus casas, e incluso se enredaban con algunas de las jóvenes y de las viudas de guerra. Lisette había aprendido a mantenerse aparte. Según las apariencias, ella era una insignificante y abnegada esposa, muy discreta, que solo se dedicaba a trabajar en la granja y a ayudar a Rotrude a cuidar de

la pequeña Petra en Sauveterre. Sin embargo, Lisette se había convertido en una habilidosa maquis que prestaba sus servicios a las bandas de luchadores clandestinos para que pudieran cometer sabotajes, robos e incluso asesinatos, cualquier cosa que debilitara el esfuerzo bélico alemán.

—Soy Hank —dijo el soldado.

—Hank —repitió ella, intentando imitar la pronunciación—. No puedes quedarte aquí.

—Tienes razón. Pero no puedo moverme. Esta pierna...

—Deja que la vea.

—Está demasiado oscuro, y no podemos encender una cerilla. Delataría mi posición.

—Lo que va a delatar tu posición es el paracaídas y los demás objetos. Es una suerte que no te haya visto otra persona, alguien que estuviera dispuesto a denunciarte. Debo ocuparme de eso rápidamente.

—De acuerdo.

Le tocó la frente con la mano.

—Tienes fiebre.

—Sí.

—¿Tienes agua?

—Tenía, pero ya se me ha terminado. La cantimplora está vacía.

Ella no entendió la palabra «cantimplora» en inglés hasta que él se la enseñó.

—Voy a rellenártela. Solo será un momento —le dijo.

Tomó la cantimplora y la llevó al riachuelo. Después, se la devolvió llena de agua fresca.

Él dio unos tragos largos.

—Gracias.

—¿Cuánto tiempo llevas aquí?

—Desde anoche. Tuve un mal salto. Un mal aterrizaje. Hubo un problema con el equipo, y hacía viento.

—¿Te está buscando alguien? ¿Tus camaradas?
—No lo sé.

Él no iba a divulgar ninguna información, y ella no podía reprochárselo.

—Voy a buscar el paracaídas y a traerlo aquí para que no haya rastro de ti en el bosque.

—Gracias. Te lo agradezco mucho.

Lisette asintió y fue a buscar el paracaídas. La tela de seda se había enganchado en los arbustos, así que trató de recoger hasta el último jirón. Aquella no era la primera vez que ayudaba con un paracaídas. Desde que los alemanes habían ocupado la región, los aliados habían estado lanzando provisiones e información por todo el campo. Armas pequeñas y grandes, y explosivos de los británicos, para mantener armados a los maquis. Sin embargo, nunca se había encontrado con un paracaidista. Le llevó el paracaídas plegado y el kit médico que debía de habérsele caído de la bolsa.

Le entregó las medicinas y lo envolvió en la tela. Algunas veces, hacía mucho frío por la noche, sobre todo para alguien que estaba herido y febril.

—Vendré mañana, muy temprano —le prometió.
—Aquí estaré —dijo él.
—No te mueras, Hank.
—No tengo pensado hacerlo.

Hank se despertó al oír un chasquido. Le ardía la cabeza. Agarró el arma y esperó, vigilante y tenso. Desde su escondite bajo el árbol caído, solo veía un pedazo de cielo azul recortado entre las ramas y las hojas. A causa de la fiebre, tenía visión doble, así que le pareció que dos perros enormes de pelo largo se lanzaban contra su escondite y metían la cabeza en el hueco. Solo era un perro, que lo olisqueó mientras movía la cola.

—Quería que Dulcinea te conociese —le explicó— para que no te ladre después y te delate.

—Muy bien —dijo él con la voz quebrada—. No me he muerto.

—No, no te has muerto —respondió Lisette.

Le ayudó a beber de la cantimplora. Él empezó a ver con normalidad. A la luz matinal, la muchacha parecía tan bella que, al verla, se le formó un nudo en la garganta. Era rubia y llevaba dos trenzas prendidas sobre la cabeza, como un halo. Tenía los ojos azules como el cielo, y la piel, como la nata. Era un ángel, pensó Hank. Un ángel terrenal.

—Tienes que ir a un lugar seguro —le dijo—. He traído a Rocinante para ayudar.

Él miró el carro y al burro, que tenía aspecto de cansado. Incluso la idea de tener que moverse le resultaba insoportable. Sin embargo, ella tenía razón. No podía quedarse allí.

—Come algo primero —le dijo la chica, y le dio un pedazo de pan con un poco de jamón y un huevo cocido, además de un puñado de ciruelas secas. También le había llevado una cantimplora con leche caliente, recién ordeñada, según le explicó.

La comida era tan buena que él se mareó de nuevo. Tuvo miedo de vomitar, porque no estaba acostumbrado a la comida, y menos, a la comida fresca y deliciosa. Entonces, el momento pasó. La miró, y el corazón se le llenó de gratitud.

—Señorita… Lisette. Esta es la mejor comida de mi vida —le dijo.

—Estás en Francia. Aquí, la comida es rica, incluso en medio de una guerra. He oído decir que la escasez en las ciudades es horrible, pero yo vivo en una granja. Cultivamos lo que necesitamos y, si los alemanes no se lo llevan todo, nos las arreglamos.

Bien. No parecía que fuera muy amiga de los alemanes.

—Te estoy muy agradecido.

Sin previo aviso, ella agarró las placas que él llevaba colgadas al cuello.

—Henry Lee Watkins —leyó—. ¿Y este es tu número de serie?

—Sí. Hank es un diminutivo.

—Y el cero ¿es tu grupo sanguíneo?

—Sí.

—Y la última línea... Switchback, Vermont.

La forma tan graciosa de pronunciarlo le hizo sonreír, a pesar del dolor.

—Es mi pueblo —dijo.

Estaba tan mareado, que ya no recordaba ni la estación en la que estaban. Se había marchado de casa en febrero, cuando el bosque estaba cubierto de nieve. En lo más profundo de los arces azucareros comenzaría un despertar, pero la savia no empezaba a circular hasta marzo. Cuando comenzaba ese proceso, empezaba también la temporada del azúcar, y había que trabajar sin descanso para obtener la savia y hervirla noche y día para obtener el sirope de arce.

Ella metió las placas por el cuello de su camisa, cuidadosamente.

—Tienes que subir a este... *hotte en bois*. No sé la palabra en inglés. Es una caja especial que utilizan los vendimiadores en tiempos de recogida. La vendimia no va a empezar hasta octubre, así que no van a echarlo de menos.

La caja estaba montada en un carro estrecho que cabía perfectamente en el espacio que había entre las filas de viñas. Ella le mostró cómo se deslizaba hacia arriba uno de los laterales de la caja de madera, para que pudiera subir. Al pensar en que tenía que moverse, tuvo náuseas.

Durante la caída al bosque, algo se le había clavado profundamente en el muslo. También se había roto, o magullado, las costillas, y cada respiración era como una tortura. Además, debía de tener el tobillo roto, o un esguince, porque lo notaba hinchado y apretado dentro de la bota de combate.

—No puedo... moverme —murmuró.

Ella apretó los labios y no dijo nada. Le levantó el jersey y le desabotonó la camisa. Él tenía todo el costado lleno de hematomas negros y morados. Después, inspeccionó la herida de la pierna. Aunque su expresión no se alteró, en su mirada se reflejó algo. Tal vez, pena.

—Tengo que llevarte a un lugar seguro —dijo ella. Fue poniendo todo el equipo que encontró en el carro. Después, extendió el paracaídas a su lado y metió uno de los bordes por debajo de él. Finalmente, desenganchó al burro.

Mierda. ¿Iba a valerse del animal para arrastrarlo y subirlo al carro?

Sí. Eso era lo que iba a hacer. Y, para él, iba a ser algo atroz. La muchacha fue metiendo la seda por debajo de su cuerpo, centímetro a centímetro, mientras él apretaba los dientes de dolor.

Olía a flores y a aire fresco. Estar tan cerca de una mujer tan bella era como un sueño, aunque el dolor le recordaba que estaba despierto, en territorio enemigo, a merced de una preciosa granjera. Él se apoyó con una mano en el suelo e intentó ayudar, pero cualquier movimiento le causaba una agonía en las costillas. De entre los dientes apretados se le escapó un sonido que ni siquiera él había oído nunca.

La muchacha le hablaba en francés, cosa que él no entendía, pero su tono era tranquilizador y estaba lleno de comprensión. Sin embargo, eso no iba a librarle del infierno que llegó después. Ella utilizó la tela para formar una especie de eslinga que ató al arnés del burro, y puso dos tablones para hacer una rampa.

—Dios Santo —dijo Hank, y tomó una bocanada de aire. Al darse cuenta de cómo había pensado ella en subirlo al cajón de las uvas, soltó algunas palabrotas más.

Ella le dijo algo más en francés y, después, le dio una orden al burro. En aquel momento, él explotó de dolor. ¿Era eso lo que se sentía al morir? ¿Una explosión? Tal vez, para él la muerte fuera el hecho de ser arrastrado por un burro y por un ángel. Por lo menos, podía morir riendo.

—Has perdido el conocimiento —dijo alguien, con una voz suave y un fuerte acento francés.

Hank pestañeó. Solo veía sombras, y solo sentía dolor. Confusión. Pestañeó un poco más y trató de respirar. Estaba en una especie de cobertizo, o en una choza de piedra seca. La construcción tenía una abertura que enmarcaba un paisaje de viñedos y, a cierta distancia, se veía un bosque y un riachuelo.

Lisette había hecho un camastro con el paracaídas en el suelo. Había una jarra de loza con agua fresca, una cesta de comida, algunas bandas y un frasco de polvos amarillos. Ella le había quitado de la espalda el paracaídas de reserva y lo había puesto en una esquina, junto a su carabina M1A1. Y debajo del paracaídas estaba su bolsa de aviador.

La muchacha cortó con unas tijeras la pernera de su pantalón. La herida era profunda, y la carne estaba rasgada e hinchada en la abertura. La hemorragia había cesado. Ella se detuvo y lo miró a los ojos. Después, miró su cinturón, y él entendió lo que quería decir. Ojalá hubiera seguido inconsciente.

Con las manos temblorosas, se desabrochó la hebilla y se sacó el cinturón de las trabillas del pantalón. Mordió con todas sus fuerzas el grueso cuero. Percibió un olor fuerte.

—*Antiseptique* —dijo ella—. En inglés se dice igual, ¿no?
Él asintió.

Durante los entrenamientos, le habían dicho que debía enfrentarse a la expectativa del dolor, o de las heridas, o de la tortura. Hank no había hecho caso de la advertencia, porque estaba demasiado ocupado soñando con saltar desde un avión y volar por el cielo como una hoja al viento. Iba a ver lugares nuevos y a conocer a gente que vivía muy lejos de Vermont, tanto, que le iba a parecer que eran de otro planeta.

Para alistarse había tenido que conseguir un permiso especial, porque solo tenía diecisiete años, y le había contado a todo el mundo que lo hacía por Dios, por su país y por la libertad. Sin embargo, en privado había tenido que admitir que el verdadero motivo para irse a la guerra era escapar de Mildred Deacon.

Era muy guapa y muy dulce. Demasiado dulce para él. El oficio de su familia era digno: cortar piedras para hacer monumentos de todas clases. Sin embargo, él quería algo más. Quería ver el mundo. Y era osado. Se ofreció voluntario para las misiones más difíciles, fueran posibles o imposibles.

Claramente, había sido demasiado ambicioso, y aquel era su castigo.

Estuvo a punto de atravesar el cuero con los dientes. Se le cayeron las lágrimas sin que pudiera evitarlo, pero consiguió permanecer quieto mientras Lisette le sacaba astillas y quitaba los jirones de tela de los bordes de la herida con unas pinzas. Era un tipo de dolor que no había experimentado nunca. Intentó evadirse, seguir viajando mentalmente a otros lugares. A casa. A la Cantera de Luz de Luna, de donde extraían un maravilloso mármol para crear pilares para las bibliotecas, lápidas para los difuntos y estatuas para honrar a los héroes.

Llevaba menos de un año en la guerra, y ya sabía

que los verdaderos héroes no eran los comandantes ni los generales, sino los soldados y la gente que soportaba la guerra día tras día, que tenían que luchar por seguir vivos y enterrar a los suyos por el camino. Cuando se había alistado, le había parecido que sonaba muy heroico ser un soldado especializado en saltar detrás de las líneas enemigas para llevar a cabo misiones de reconocimiento.

A él nunca se le había dado demasiado bien la escuela, pero, en el entrenamiento especial, se convirtió en el erudito que sus padres nunca pensaron que sería. Aprendió a usar los instrumentos de navegación, a leer un mapa en la oscuridad, a sentir el viento y el clima con solo chuparse un dedo. Sabía usar brújulas, utilizar los paneles coloreados, los radares Eureka, incluso el humo de colores. Su unidad, que estaba formada por una docena de exploradores y por los soldados encargados de defenderlos en tierra, había realizado misiones con éxito en Sicilia y por toda la costa de Italia. Su trabajo consistía en aterrizar en la zona antes que el grupo principal y ubicar señales visuales y de radio, encontrar zonas de recogida y lugares de aterrizaje y, en suma, crear un campo de acción claro para las operaciones terrestres. Algunos compañeros no pensaban que su trabajo fuera tan importante como el combate, pero él se había ofrecido voluntario para la misión de reconocimiento. Llegado el momento de la verdad, realmente no quería matar a nadie.

Se sentía muy mal por haber fallado en su misión. No tenía idea de dónde estaban sus compañeros, ni de lo que pensaban que podía haberle sucedido. Y, aunque consiguiera poner en funcionamiento su equipo de comunicaciones, no podría correr el riesgo de usarlo.

Tal vez muriera allí mismo, en aquella cabaña. La gangrena se extendería por su cuerpo, o lo encontraría una patrulla de alemanes y le pegaría un tiro inmediatamente. Se preguntó por qué demonios estaba permitiendo que aquella chica lo torturara.

Sus cuidados le producían tanto dolor que se le formó espuma en la boca, como a un animal. Empezó a jadear, y cada uno de aquellos jadeos le clavaba las costillas rotas, como dagas, en la carne. Veía explosiones de estrellas ante sus ojos e, incluso cuando los cerró con fuerza, siguió viendo fogonazos, como si fueran pinchazos de diamantes que se le clavaban en la cabeza.

Una voz suave penetró en el estruendo de su agonía.

—Lo siento. Lo siento muchísimo. No quiero hacerte daño. Quiero que te pongas bien.

Él abrió los ojos, y las estrellas desaparecieron. Al pestañear, se le cayeron más lágrimas, pero pudo enfocar la vista, y la vio. Lisette. Su ángel rubio. Para su asombro, ella también estaba llorando mientras trabajaba, y sus lágrimas le dejaban un rastro plateado en la piel de las mejillas.

Era tan bella... Si aquello era lo último que veía antes de morir, era un tipo afortunado.

Lisette no le habló a nadie del hombre que había caído del cielo. No quería cargar a nadie con aquella información tan peligrosa. Y, sobre todo, no quería poner en peligro al desconocido. Sin embargo, si no le trataba adecuadamente la fiebre y las heridas, ella era quien iba a hacerle daño.

Con el pretexto de hacer fotografías, ella se iba al campo todos los días, por la mañana y al atardecer. Didier y sus invitados aprobaban su pasión por la fotografía, ya que les gustaba que los retrataran con sus elegantes uniformes. Para mantener su coartada, ella fingía que disfrutaba mucho con aquella faceta de su trabajo. De ese modo, además, tenía un suministro constante de materiales para el cuarto de revelado.

Para no levantar sospechas, tomaba un camino diferente en cada paseo. Cada vez que se acercaba a la remota cabaña de piedra, lo hacía con la respiración contenida y el corazón en un puño. ¿Habría sobrevivido el soldado a la noche? ¿Al día? ¿Estaría mejor o peor?

El tercer día, al amanecer, llegó con provisiones escondidas al fondo de su cesta de paja. Pasó a la cabaña y se encontró la carabina apoyada en su trípode, apuntando a la entrada. Verse encañonada por un arma le provocaba un sentimiento muy extraño, de vulnerabilidad, pero, aun así, no le tenía miedo. Él también era vulnerable, y lo sabía. Ella había visto la cápsula de cianuro que tenía guardada en un pequeño tubo de metal, en el bolsillo de su camisa. Tal vez tuviera otras cápsulas como esa escondidas en otros lugares. Debía de ser terrible para Hank tener esa decisión en sus manos. El cura del pueblo les había advertido de que el suicidio era un pecado mortal, pero, si servía para impedir que un hombre torturado les diera a los nazis una información que causaría más muertes, ¿era también un pecado?

—¿Estás despierto? —le susurró ella, apartándose de la línea de la carabina. No quería que él se despertara sobresaltado y le pegara un tiro antes de reconocerla.

—Sí —dijo él, débilmente.

—¿Has dormido algo?

—Un poco.

Ella sabía que se sentía avergonzado por el viejo orinal de metal que estaba utilizando, así que se limitó a tomarlo, llevarlo al riachuelo, lavarlo y devolverlo a su sitio. Le entregó una toalla limpia y humedecida con agua fresca. El sol entraba por la abertura de la choza, y ella se dio cuenta de que él tenía la cara enrojecida e hinchada.

—Todavía tienes fiebre —le dijo, intentando no alarmarse.

Él había estado intentando reparar su equipo de comunicaciones, porque tenía algunas piezas pequeñas a su alrededor. Recordó por un instante a Jean-Luc, tan listo con las radios, pero llevaba semanas sin verlo.

Sacó pan y huevos cocidos. También había llevado vendas y polvo para desinfectar las heridas. Y, en una pequeña caja de madera, tenía una jeringuilla.

—Esto es penicilina —le dijo—. Te curará la infección.

—¿De dónde demonios has sacado eso? —le preguntó él, pestañeando—. Por el amor de Dios, ¿se lo has dicho a alguien?

—Claro que no. Tengo un amigo que era... *vétérinaire*. ¿Entiendes?

—Veterinario.

Lisette no le había dicho nada sobre el soldado al doctor Toselli, sino que, en el transcurso de una conversación, había ido haciéndole preguntas hipotéticas sobre cómo debía tratarse cierto tipo de herida. Y Toselli, bendito él, no se había extrañado de las preguntas. Le había dicho que, a tenor de la gravedad de las heridas que le estaba describiendo, sería necesario inyectarle al paciente una dosis de penicilina. Incluso le había enseñado a poner la inyección y la había invitado a hacer prácticas con una pera sin madurar de su jardín.

—Está hecha en casa, ¿sabes? El hongo sale de la fermentación de un medio de maíz.

Después de que ella le leyera el relato de Arthur Conan Doyle *El detective moribundo*, Toselli le había explicado cómo funcionaban las infecciones y los antídotos.

—¿Y así se hace la penicilina? —preguntó Hank.

—Sí. Es lo mejor para curar las infecciones.

—Bueno, supongo que no puedo ponerme peor de lo que estoy.

—No te muevas —le dijo ella.

Le limpió cuidadosamente el muslo, donde había cortado la tela del pantalón, clavó la aguja en el músculo y le inyectó la solución.

A él se le escapó un silbido de dolor, pero se mantuvo inmóvil.

—Nunca me había hecho tanto daño una chica —le dijo.
—Lo siento mucho.
—No te preocupes. Para ti es muy peligroso ayudarme.
—No me da miedo el peligro —respondió ella.

Después, le inspeccionó el tobillo. No sabía si estaba roto. Se lo posó en un apoyo de vendas suaves y puso una compresa encima.

—Deberías comer —le dijo ella—. Necesitas recuperar las fuerzas.

—Gracias —respondió él. Desenvolvió el pan y dio un mordisco, y bebió agua para poder tragar.

Ella sintió ternura por aquel hombre. Estaba muy lejos de su casa, donde no había guerra, pero había atravesado el océano para luchar por Francia.

—Nunca había oído hablar de Vermont —le dijo—. Cuéntame cosas de allí.

Él sonrió.

—Está en el noreste, cerca de Canadá. Es muy distinto de esto. Nuestros inviernos son largos y muy fríos, y los veranos, cortos y muy bellos. Pero no tengo nostalgia. Yo quería ver el mundo. Aunque esto no entraba en mis planes —dijo, señalando su pierna destrozada—. Hasta la fecha, tú eres lo mejor que he visto en el mundo.

Lisette pensó que hablaba así por la fiebre. Sin embargo, aquellas palabras la conmovieron.

—Hank...

—Es la verdad. Me has salvado la vida. Eres mi ángel, Lisette.

Ella intentó ignorar aquellas palabras tan románticas. Era una mujer casada.

—Cuéntame más cosas de Vermont.

—En mi familia somos canteros. ¿Sabes lo que es?

Ella hizo un gesto negativo con la cabeza.

Él tomó una piedra pequeña del suelo.

—Existe una cantera, un lugar de una montaña, del que sacamos piedra, cortándola. El mármol de Vermont, el mejor del mundo.

—Ah. *Marbre*. Mi padre también tenía ese oficio.

—Nosotros hacemos pilares y monumentos. Lápidas. Justo antes de que yo me alistara en el ejército, estaba haciendo una estatua para un pueblo que perdió a la mitad de sus hombres en la Primera Guerra Mundial.

—¿Y, aun así, quisiste ser soldado?

—Sí. Muchos de mis compatriotas, también. Aunque, ojalá yo pudiera decir que lo hice por honor y patriotismo.

—¿No fue por eso? —preguntó ella con el ceño fruncido.

—No. Fue porque quería aventuras. Cuando me enteré de que podía ser paracaidista, no lo pensé dos veces.

—Y aquí estás.

—Un idiota que buscaba aventuras. Tú haces que me arrepienta de no haber sido más noble. Tú haces que quiera ser un héroe.

Ella le sonrió con una sonrisa que empezó en su corazón, y que no pudo contener.

—Lo eres.

En medio de su terrible situación en Sauveterre, Hank era lo único que le daba a Lisette un propósito cada día, al despertar. Sentía una necesidad muy poderosa de ayudarlo, y se entregó a la tarea con una pasión que llevaba mucho tiempo sin sentir. Incansablemente, en secreto, le curó las heridas, le llevó comida y agua, lo mantuvo tan limpio como era posible y le dio libros para que leyera, una colección de sus historias favoritas de Sherlock Holmes. Corrió el riesgo de robar una de las navajas viejas de Didier para que Hank pudiera afeitarse. En el cobertizo de las herramientas, encontró un pequeño martillo y un cincel para trabajar la piedra, y se los llevó también, para que tuviera algo que hacer durante las largas horas que pasaba solo.

Poco después de que le administrara la primera dosis de penicilina de Toselli, a Hank se le disparó la fiebre, y ella temió que iba a perderlo. Le inyectó una segunda dosis, porque se negaba a renunciar a él. Estuvo sentada a su lado todo el tiempo que se atrevió. Incluso cuando deliraba, le hablaba en francés para que él pudiera escuchar el sonido de su voz. Le hablaba de su vida en Bellerive. Era bueno recordar los días despreocupados de su niñez, cuando su padre estaba bien y sus hermanos estaban a salvo en casa, y podía correr libremente por el pueblo y por los campos de los alrededores con sus amigos, y su mayor temor era que la hermana Ignatius encontrara un enganchón en su uniforme del colegio.

También le habló de los últimos tiempos y de la desgarradora pérdida de sus dos hermanos, del accidente de su padre, de la pobreza y de la escasez, de la amenaza del desahucio, de los susurros atormentados de sus padres por las noches, cuando se preguntaban qué sería de ellos. Le habló de la noche en que se llevaron a Jean-Luc, y de su desesperación por ayudarlo.

–Didier vino en nuestra ayuda –le dijo–. Eso era lo que yo creía. Él convenció a las autoridades para que soltaran a Jean-Luc.

Se quedó sorprendida al darse cuenta de que se le estaban cayendo las lágrimas. Se había esforzado tanto en inmunizarse contra las emociones, que casi se le había olvidado lo que era sentir las cosas.

Él empezó a moverse con inquietud, con tanta fuerza, que tiró la carabina que siempre tenía al lado. Ella no entendía sus murmullos, pero trató de mantenerlo quieto. Después de una eternidad, él dejó de sacudirse.

Después, su quietud angustió a Lisette. Bajó la mejilla hasta su nariz y su boca para comprobar si seguía respirando. Al hacerlo, se dio cuenta de que su piel estaba fresca y sudorosa.

—Oh, gracias a Dios —susurró—. Te ha bajado la fiebre.

Él se estremeció, y ella lo tapó. Él gruñó y abrió los ojos. Miró a su alrededor. Ella cambió de posición para que pudiera verla.

—Lisette —dijo, con la voz ronca.

Ella sonrió. Le gustaba oír cómo pronunciaba su nombre.

—Bienvenido.

—Entonces, el truco definitivo ha sido esa inyección de penicilina.

—No ha sido ningún truco.

Él sonrió débilmente.

—Es una forma de hablar. Quiero decir que la medicina ha funcionado.

—Ah, sí —respondió ella. Le dio agua y algo de comer.

—¿Qué es este lugar? —preguntó Hank.

—Estamos a un kilómetro de la granja, en dirección opuesta al pueblo. Hay un riachuelo y un bosque. Los viñedos están abandonados, así que nadie viene por aquí. Desde que empezó la guerra, nadie trabaja las viñas, así que se han hecho silvestres.

—Yo necesito salir de aquí —dijo él—. Necesito encontrar a mi equipo.

—Debe de ser horrible estar aquí completamente solo.

Él la miró fijamente.

—Cuando tú estás aquí, no me siento solo en absoluto —respondió.

Tenía unos ojos maravillosos, de color castaño. Y, pese a la suciedad y la barba de varios días, era el hombre más guapo que ella había visto en su vida.

En medio de la guerra, había descubierto algo bello. No podía contárselo a nadie, y casi no sabía describirlo, pero era un sentimiento que había anhelado siempre. Se sentía completamente seducida por Hank Williams, por su sonrisa, su pelo negro y sus ojos castaños.

Era todo lo que no era Didier. Era cálido, sincero, amable y dulce, mientras que Didier era frío y cruel, y estaba amargado. No había nada que no pudiera contarle a Hank. Podía confiarle todo. Y eso era extraordinario, porque, aunque Hank era un desconocido, un extranjero, alguien cuya vida se había desarrollado a miles de kilómetros de la suya, la conocía. Y ella lo conocía a él.

Lo sabía todo de ella. Sabía todo lo que era importante. Y parecía que había ocurrido de la noche a la mañana. Era un pequeño milagro que ella pudiera sentir algo, teniendo en cuenta el estado de su matrimonio.

Didier ya no fingía que era bueno. Se pavoneaba por el pueblo, ordenada búsquedas y detenciones de sospechosos de colaborar con la resistencia y se enorgullecía de su estatus con los alemanes. Cuando habían tiroteado a su mejor amigo de la infancia en plena calle por tenencia de explosivos de contrabando, Didier no había pestañeado. En casa, era un acosador, y en el dormitorio, cruel. Decía que era culpa de ella que no hubieran concebido aún un hijo, y la insultaba por ser estéril. Por sus padres, ella ocultaba su dolor y procuraba apartarse del camino de su marido.

Le encantaba charlar con Hank. Él le hablaba de Vermont, que parecía un reino mágico en medio de un enorme bosque de arces que regalaban su savia a finales del invierno. Con ella se preparaba el delicioso sirope de arce, y ella estaba deseando probarlo. Hablaba afectuosamente de su familia. Tenía dos hermanas, abuelos e incluso bisabuelos. Dos de ellos habían muerto a los cien años.

Un día, cuando llegó a la choza, se lo encontró sentado. Estaba limpio y afeitado, y llevaba una camisa vieja de lino y unos pantalones que le había dado ella.

–¿Qué has hecho? –le preguntó, devorando su preciosa cara con la mirada.

–No podía soportarme más a mí mismo. Tenía que lavarme.

–Has ido al riachuelo –le dijo ella. Examinó su pierna herida. La venda y la atadura del tobillo seguían en su sitio–. Dios mío, ¿has ido andando?

–He ido arrastrándome como un bebé –dijo él–. No te preocupes, fui por la noche y he borrado el rastro. Cuando hubo luz suficiente, me puse a leer –dijo–. Gracias por el libro. Yo no tengo nada que darte, pero… toma –le tendió una estampita con la cabeza de Jesucristo–. La USO les da esto a los soldados. No es mucho. Un recuerdo.

Había escrito *Tú eres mi ángel* en el reverso de la tarjeta.

Ella se la metió en el bolsillo sin apartar los ojos de su cara recién afeitada.

–¿Lo he hecho muy mal? –le preguntó él–. Supongo que me he dejado algún parche.

–No, no está mal. Ahora pareces mucho más joven. ¿Cuántos años tienes, Hank?

–Casi dieciocho años.

–¡Qué joven!

Ella no era mucho mayor que él, pero el hecho de estar casada con Didier hacía que se sintiera como una anciana.

–Tuve que conseguir un permiso especial para poder alistarme –le dijo él–. Pero eso no fue impedimento, porque necesitaban a todos los hombres que pudieran conseguir para darle el último impulso al final de la guerra.

Ella asintió.

—A nosotros no nos permiten tener radios, pero hemos oído rumores y noticias —dijo ella. No le mencionó la radio de Toselli, que tenía bien escondida de los nazis—. Pero nadie ha oído decir nada de cómo va a acabar todo esto.

Él titubeó y, en su vacilación, ella leyó algo que él no podía decirle. Que lo habían enviado para reconocer el terreno. Aquello debía de significar que se estaba preparando algo.

—¿Hank?

—Solo me dieron la información necesaria para que pudiera llevar a cabo la misión. Lo único que sé, porque no es ningún secreto, es que la movilización es enorme. He oído hablar de un millón de soldados aliados. Todo el mundo sabe que Alemania tiene planeada la invasión de Inglaterra y, ahora, tienen que luchar en dos frentes. Son inferiores en hombres y en armamento.

—En Bellerive, no. En ninguna parte de esta región. Los alemanes tienen el control absoluto. Lo controlan todo y tienen la ayuda de los franceses traidores —dijo Lisette, y sintió una nueva oleada de desprecio por su marido—. Por eso estás aquí —añadió, sabiendo que era cierto incluso antes de que él respondiera—: Va a haber una invasión en el sur. ¿Cómo puedo ayudar?

—¿Qué dices? Lisette, es muy peligroso.

—¿Y crees que no lo sé? Dios mío, llevo viviendo en el peligro desde hace años —dijo, y se mordió el labio para no contarle nada de lo que ocurría en su casa—. No me da miedo el peligro. Y, a mi manera, ya he estado ayudando.

Se había acostumbrado a no confiar en nadie, pero Hank era distinto. Abrió la cesta de paja y sacó los negativos de las fotografías que había hecho.

—El punto más alto del pueblo es la torre de la iglesia —dijo—. Desde arriba del todo, se ve el área a varios kilómetros a la redonda. En un día claro, es posible ver, incluso, las montañas que hay al este. Yo había estado haciendo fotos desde la iglesia el día que te encontré.

—Dios mío —musitó él.

—Nunca sabré lo que ha sido de mis fotos. Es más seguro así. Si... Cuando te reúnas con tus compañeros, puedes llevártelas.

Al comprender lo que le estaba diciendo, él sonrió.

—Eres increíble, Lisette.

—No puedo luchar por Francia como un soldado, pero puedo luchar por Francia —dijo ella.

Capítulo 16

Hank estaba todo el tiempo pensando en Lisette. Podían descubrirlo y hacerle prisionero, torturarlo y asesinarlo, pero solo podía pensar en ella. Vivía para sus visitas. Era como un duende del bosque, escurridiza y secreta. Iba y venía al azar. Él trataba de imaginar cómo era su vida más allá del bosque, del arroyo y del viñedo.

Le había preguntado qué hacía durante el resto del día, pero sus respuestas habían sido vagas. Le dijo que vivía en una granja a la que llamó «masía», una finca donde producían todo lo que necesitaban. Los alemanes les obligaban a entregar toda la producción, pero se las arreglaban mejor que los que sufrían el racionamiento. La masía se llamaba Sauveterre, y ella le dijo que el nombre significaba «refugio». Lo dijo con un toque de ironía, porque ya no había ningún lugar seguro.

Cuando Lisette no estaba con él, repetía una y otra vez las conversaciones mentalmente, y practicaba las frases en francés que ella le enseñaba. Le encantaba su peculiar inglés, que había aprendido de las novelas de Arthur Conan Doyle. Hablando así, parecía una dama antigua y muy inteligente.

De vez en cuando, conseguía dejar de pensar en Lisette y se concentraba en la misión. ¿Habrían aceptado el plan los británicos, finalmente? ¿Habría proporcionado su unidad una información pertinente? ¿Lo estarían buscando todavía? ¿Lo habrían dado por muerto? ¿Por perdido o capturado? ¿Lo habrían abandonado? No se le ocurría ninguna forma de ponerse en contacto con su unidad que no supusiera poner a Lisette en peligro. Sabía que ella haría cualquier cosa que le pidiera, sobre todo, porque le había confesado que ayudaba a la resistencia tomando fotografías estratégicas. Sin embargo, no quería que ella se arriesgara de ese modo por él. Había oído rumores sobre lo que hacían los funcionarios del régimen de Vichy con los miembros de la resistencia.

Allí metido, con una pierna destrozada, lo único que podía hacer era imaginarse lo que estaba ocurriendo fuera. Ojalá pudiera trazar un mapa del terreno, instalar los radares y las luces para señalizar la zona de caída. Ahora que había conocido a Lisette, deseaba más que nunca formar parte de la fuerza que liberase a su pueblo junto con el resto del sur de Francia.

Sacó fuerzas de su frustración para fabricarse un par de muletas, arrancando la madera con una fuerza salvaje. A pesar del dolor, sabía que estaba cada vez más fuerte. Se le estaban curando las costillas, y ya podía respirar sin tener ganas de gritar. La pierna era otra cosa, pero, aun así, estaba decidido a ponerse de pie muy pronto.

¿Y, después, qué? La pregunta lo atormentaba. Miró la entrada de la choza, que enmarcaba una vista del cielo. Había memorizado cómo era el cielo a cada hora del día, y sabía que, en aquel momento, eran cerca de las nueve de la noche, por los profundos tonos anaranjados que proyectaba el sol del anochecer.

Oyó las pisadas de alguien que se acercaba por aquel terreno irregular. Como siempre, contuvo el aliento, porque, a pesar de que Lisette le había asegurado que no se iba a acercar nadie, tenía que estar muy atento. Entonces oyó su señal, el suave silbido de un pájaro.

Y así, tan fácilmente, se le llenó el corazón de felicidad. Lisette era pura magia.

—*Bonsoir, mon beau monsieur* —le dijo ella.

Él percibió un matiz especial en su voz. Casi, de emoción.

—Esta noche estás de muy buen humor.

—Pues sí —respondió Lisette, y dejó en el suelo una cesta de la que emanaba un olor delicioso—. Te he traído una tarta de fresa. Y algo especial: champán.

—Vaya, nunca he tomado champán. ¿Estás celebrando algo?

—Todos. Toda Francia. Todo el mundo —respondió ella, y se echó a reír. Estaba fresca como una rosa, y tan bella, que a él se le aceleró el corazón.

—¿Hay alguna noticia? —preguntó con avidez.

Lisette asintió.

—Han dado una información en una emisora inglesa. Los aliados han desembarcado en Normandía, y están realizando una operación para liberar a toda Francia.

—¿De verdad? ¿Cuándo? ¿Ahora?

Todo el mundo sabía que se estaba preparando una gran invasión para evitar que los alemanes invadieran Inglaterra, pero el momento y el lugar eran alto secreto. Sin embargo, ya se había producido un desembarco masivo en las playas de Normandía y la batalla había sido muy sangrienta, pero los alemanes habían huido y los aliados estaban liberando los pueblos uno por uno de camino hacia París.

—He encontrado unas cuantas botellas de champán escondidas por la granja. Vamos a brindar por la liberación de Francia.

El corcho estaba amarrado con un entramado de alambre fino para que no se saliera del cuello de la botella. Cuando ella quitó el entramado, el corcho no salió.

—Mira, te voy a enseñar una cosa. Solía hacerlo mi padre cuando... En tiempos más felices.

Sacó un extraño sable corto. Hank no pestañeó. Qué rápidamente había empezado a confiar en ella por completo, más de lo que nunca hubiera confiado en nadie.

Ella sujetó la botella con una mano, por la parte opuesta al corcho.

—Todas las botellas tienen una unión muy sutil —le dijo—. ¿La ves?

—No, en realidad, no. Está bastante oscuro.

—Dame la mano —le dijo ella.

—Muy bien.

A él le encantó sentir su delicada mano sobre la suya. Ella guio su dedo por la suave superficie del cuerpo de la botella, hasta que él notó el abultamiento de la corona.

—El cuello debe estar inclinado hacia arriba. Entonces, tomas el sable y... mira —dijo Lisette.

Con un movimiento rápido y decidido, deslizó la hoja del sable por el cristal, hacia el cuello, y quebró la corona, que salió disparada junto al corcho. La espuma blanca del vino cayó al suelo.

Hank se quedó sorprendido y encantado.

—Vaya, nunca había visto nada parecido.

—Solo tengo una copa.

—La compartiré gustosamente contigo, Lisette.

Ella sirvió champán y alzó la copa.

—Por Francia, y por los aliados que nos van a devolver la libertad —dijo. Tomó un sorbo, y le entregó la copa a Hank.

—¡Dios mío! —exclamó él después de beber—. Seguramente, es lo más delicioso que he probado nunca.

—Es como beberse las estrellas —dijo Lisette—. Así lo describió Dom Pérignon.

Impulsivamente, él tomó su cara entre las manos y la besó.

Ella se quedó tan asombrada como él mismo.

—He mentido —susurró Hank sin soltarle las mejillas.

—¿En qué?

—Cuando he dicho que el champán es lo más delicioso que he probado nunca. Porque no lo es. Eres tú. Tú eres lo más delicioso que he probado nunca —dijo, y volvió a besarla, brevemente, anonadado por su dulzura—. Es como besar a las estrellas.

Estaba loco por aquella muchacha. ¿Y si la convencía para que se fuera a Estados Unidos con él después de la guerra? ¿Y si la llevaba a Vermont? ¿Y si se casaba con ella y compartían la vida?

Lisette terminó la copa de champán y sirvió otra. Cuando se bebieron la mitad, él volvió a besarla. Qué dulzura. Quería tenerla para siempre en sus brazos.

Entonces, ella se retiró. Tenía los ojos llenos de lágrimas.

—Hank, esto no es posible.

—No digas eso —dijo él, y le acarició los labios con un dedo—. Te quiero. Estoy completamente enamorado de ti.

Ella empezó a llorar.

—Hank, no digas eso. No puedes. Yo... tengo que explicarte una cosa. Estoy casada. Tengo un marido.

Al instante, él se retiró. Dios... Se le encogió el corazón de tristeza y decepción. ¿Un marido? ¿Cómo podía tener ya marido aquella chica tan joven y tan bella?

—Lo siento muchísimo, Lisette. Si lo hubiera sabido, no habría sido tan irrespetuoso. Soy un idiota...

Entre lágrimas, ella le acarició la mano y, solo con aquel pequeño gesto, consiguió que a él le diera vueltas la cabeza.

—Ah, Hank. Tus palabras son preciosas, y siempre las conservaré en el corazón. No pienses que eres idiota por decirme que me quieres.

—Pero... si estás casada.

—No me casé por amor y, cuando lo hice, no pensé que nada fuera a cambiar para mí. Tú has provocado ese cambio, Hank. Nos está ocurriendo una cosa horrible y maravillosa a la vez. Yo también te quiero.

Por un momento, él creyó que la había oído mal.

—¿Qué? ¿Acabas de decir que…?

—Sí. Te quiero con toda mi alma. Sé que no debería, pero mi corazón no escucha —respondió Lisette, y se secó las lágrimas con una esquina del delantal, mientras esbozaba una sonrisa agridulce. Bebió más champán y le entregó la copa—. Es completamente imposible. Y, al mismo tiempo, cuando estoy contigo, me parece que todo es posible.

—Pero tú estás casada —repitió él. No podía imaginárselo. No podía imaginarla a ella en otra vida, con otro hombre.

Ella asintió.

—No es… como esto —dijo. Tomó su mano, y observó sus dedos entrelazados—. No es como tú y yo.

Lentamente, de mala gana, él apartó la mano de la de ella.

—Cuéntamelo. Quiero entenderlo.

Ella se puso muy seria.

—Yo no me casé con Didier por elección propia.

—¿Así se llama? ¿Didier?

—Sí, Didier Palomar. Es un hombre rico, mayor que yo, el alcalde de Bellerive. Su primera mujer murió muy joven, y él quería casarse de nuevo para tener un heredero. Cuando yo lo conocí, mi familia tenía muchos problemas. Mis dos hermanos mayores habían muerto y mi padre había tenido un accidente. No pudo volver a caminar.

Hank nunca había conocido tantas pérdidas. Se imaginaba cómo era la vida para las familias de aquel lugar, siempre luchando contra la tragedia y la carestía provocada por la guerra.

—Lo siento muchísimo, Lisette.

—Al principio, Didier fue generoso y bueno con nosotros. Parecía un hombre decente. Me prometió que, si me casaba con él, tendría a mis padres a salvo en Sauveterre —dijo ella, mientras se retorcía las manos en el regazo—. Yo no lo quería, pero pensé que casarme con Didier era un pequeño sacrificio para evitar que mis padres tuvieran que mendigar. Me pareció que era... lo que debía hacer. Pensé que... Bah, ya no importa. Lo hice. Mi madre me dijo que el amor llegaría cuando llegaran los bebés. Pero no ha habido bebés —dijo ella, y bebió más champán—. Didier me culpa a mí. Y eso no es lo peor de él; lo peor es que es un colaboracionista, y es miembro de la Milicia, y les hace el trabajo sucio a los nazis. Siento espanto y vergüenza cuando aterroriza a mis amigos y vecinos, cuando saquea sus hogares, cuando los traiciona para entregarlos a los alemanes. Los arrastra delante de sus familias cuando se los llevan. Y yo no puedo hacer nada por evitarlo.

—Ojalá pudiera abrazarte —dijo Hank.

—Hazlo —dijo ella. Sin dudarlo, dejó la copa en el suelo y se acercó a sus brazos, y se apoyó en la curva de su hombro—. ¿Te hago daño en las costillas?

—No —susurró él—. En absoluto.

Ella le tomó la cara con ambas manos.

—No puedo parar esto. No puedo parar lo que siento por ti, Hank. Se supone que es un pecado, pero lo que siento es amor, desde que te conocí. Y es un milagro, porque nunca pensé que sabría lo que es querer a un hombre con toda mi alma, y que un hombre me quisiera a mí.

Entonces, ella se sentó a horcajadas sobre su regazo, para que él pudiera sentir su dulce calor, y volvieron a besarse. En aquella ocasión, el beso fue diferente, más profundo, más duradero. Era la clase de beso que llevaba a la intimidad, a una intimidad que lo tocó con el fuego. Se le escapó un gruñido desde el fondo de la garganta y separó su boca de la de ella, aunque fuera lo más difícil que había tenido que hacer nunca.

—Tu pierna —susurró ella contra su boca.

—No me estás haciendo daño en la pierna, ni en las costillas. Pero, Lisette…

—Shh… Quiero hacer esto, Hank. Lo necesito. Necesito saber lo que es sentir de nuevo, que el amor no es solo una ilusión. He leído sobre ello en los libros de Toselli.

—Es real, Lisette. Te quiero, y siento que tu familia esté pasando tiempos tan difíciles. Ojalá pudiera mejorar las cosas para ti. Te juro que haría cualquier cosa por ayudar.

—Esto me ayuda —dijo ella, y mantuvo su mirada clavada en la de Hank mientras se desabotonaba la blusa.

En medio de la guerra y sujeta a la crueldad de su marido, Lisette había encontrado un amor tan puro y tan bello que, a veces, casi no podía respirar al pensarlo. No iba a arrepentirse ni a sentirse culpable por querer a Hank Williams. Nunca había sentido tanto placer ni deleite en compañía de un hombre, con sus caricias ni con la intimidad compartida.

Intentaba comportarse normalmente, pero era difícil dejar de sonreír, disimular la luz de su mirada y perder el color de las mejillas. Su madre le preguntaba si tenía fiebre o si había bebido algo de alcohol. Lisette decía que era por la noticia secreta que, supuestamente, no sabía nadie: que los aliados habían invadido el norte de Francia y que solo era cuestión de tiempo que llegaran al sur.

Siguió visitando a Hank tan a menudo como podía. Le hacía fotografías, porque no quería olvidarlo nunca, pero escondía los negativos para guardar su secreto. Se prometió que no revelaría nada hasta que acabara la guerra.

Didier estaba tan preocupado por sus amigos alemanes que no le prestaba ni la más mínima atención. Ella se sorprendió mucho un día de agosto, cuando él apareció en el huerto de la cocina con su hermana Rotrude. Ambos estaban muy serios.

–¿Cuándo pensabas decirme que estás embarazada? –le preguntó Didier, sin preámbulos.

El horror que le provocó aquella pregunta le cortó la respiración.

–No sé de qué estás hablando.

–No seas mentirosa –dijo Rotrude con una sonrisa mezquina–. ¿Por qué no quieres compartir una noticia tan alegre con todo el mundo?

–Porque no es... no estoy...

Pero sí lo estaba. Lo sabía desde hacía una semana. Su menstruación siempre había sido regular, pero el periodo se le había retrasado varios días.

–Llevas una semana vomitando el desayuno –dijo Rotrude.

Didier le pellizcó un pecho a Lisette, y ella gritó de dolor.

–Mi hermana me ha dicho que los pechos están muy blandos durante el embarazo.

Ella se giró y se abrazó a sí misma, con el corazón acelerado por el pánico. Entonces, de lo más profundo de su ser, surgió el coraje.

–Entonces, en vez de acosar a la madre de tu hijo –le dijo ella–, deberías sentirte orgulloso, porque por fin habrá un heredero para Sauveterre, como siempre has querido.

Rotrude intervino.

–¿Vas a dejar que te mienta así? –preguntó–. Tu primera mujer no se quedó embarazada. Tú te has acostado con todas las doncellas y temporeras del lugar, y nunca has conseguido tener un hijo. ¿Por qué piensas que este es tuyo?

—Porque él es el señor de Sauveterre, y el alcalde de Bellerive —dijo Lisette, rogando que su orgullo superara a la sospecha. Mentir le producía repugnancia, pero, si no lo hacía, se estaría condenando a sí misma y a sus padres. Y, sin ella, Hank moriría en el bosque.

—Lisette tiene razón —dijo Didier, y la abrazó con dureza—. Vamos a celebrar una cena especial esta noche, y daremos la noticia. ¿Queda alguna botella de champán en la cava?

Ella tragó saliva al recordar la botella que había robado para bebérsela con Hank.

—No lo sé. Los nazis se quedan con todo.

—¿Con todo, incluso con tu mujer, Didier? —preguntó Rotrude, con desdén. Odiaba a Lisette porque había ocupado su lugar en Sauveterre. Además, si nacía un heredero, su hija y ella pasarían a ser invitadas en la granja.

—¿Vas a permitir que tu hermana te falte así el respeto? —le preguntó a Didier, en voz baja.

Él la soltó y se giró hacia su hermana.

—Procura que haya una fiesta esta noche —le ordenó—. Y que no falte el champán.

Después de aquella conversación, Lisette apenas podía mirarse al espejo. Fingir que la vida diminuta y frágil que estaba creciendo dentro de ella era de Didier era una terrible mentira, pero tenía que ocultar la verdad para proteger a Hank.

—Vamos a llevar a papá al mercado —le dijo a su madre, más tarde, aquella mañana. Tenía que salir de casa—. Didier quiere que haya una cena especial esta noche. Podemos llevarnos la moto; tengo un cupón de gasolina que me sobró el mes pasado.

A ella le encantaba llevar a su padre en el sidecar de la moto, porque él se olvidaba, aunque solo fuera por un momento, de que ya no podía andar. Además, ir al pueblo le permitía volver a ver a sus amigos.

El mercado de los lunes ya no era igual que antes de la guerra. Con tan pocos hombres para trabajar en los campos, y los alemanes quedándose con la mayor parte de lo que se producía, la oferta era mucho menos abundante. Sin embargo, estaban en el Var, en pleno verano, y había pescado del puerto, grandes cubas de aceitunas y deliciosas mezclas de especias. Los huertos de Sauveterre estaban repletos de tomates, pepinos, berenjenas y calabacines, así que tendrían todo lo necesario para preparar la cena especial de Didier.

Dejó a sus padres en el Café de la Rive, junto al puente, uno de los pocos que permanecían abiertos en el pueblo. Había niebla y la mañana era un poco fresca para el mes de agosto. Los amigos de su padre, los Cabret, lo ayudaron a sentarse en una de las mesas. El sucedáneo de café era repugnante, pero cualquier excusa era válida para disfrutar de unos momentos de buena compañía. Ver a sus padres con sus amigos le dio una gran alegría a Lisette.

Todavía no les había contado lo del bebé. No sabía qué decir. Por su bien, ella nunca se había quejado ante ellos de Didier, así que, tal vez, se entusiasmaran al saber que iban a ser abuelos.

—¿Por qué nos miras así? —le preguntó su madre, con una sonrisa.

—Estáis tan contentos... Cuatro amigos tomando café juntos. Con esta luz tan suave...

Sacó la cámara, compuso la imagen y tomó la foto.

—¿Quieres que vaya contigo para ayudarte en el mercado?

—No, mamá, no es necesario. En cuanto se levante la niebla será un día precioso. Vuelvo a buscaros dentro de un rato.

Desenganchó el sidecar de la moto y se marchó. Cuando estaba ya alejada del puente, tomó un desvío. Dejó la moto escondida entre las viejas vides y, envuelta en la niebla, corrió a la choza a ver a Hank.

Él sonrió y la tomó entre sus brazos.

—Hola, cariño —le dijo—. No esperaba verte hasta después.

—Se supone que estoy en el mercado —dijo ella—, pero vi la oportunidad de escaparme.

Le cubrió la cara de besos y, cuando hicieron el amor, la pasión fue tan grande que se le llenaron los ojos de lágrimas. Sin embargo, al terminar, sintió una paz que nunca había sentido. Estar en brazos de un hombre que la amaba, saber que habían creado una vida nueva, era lo más dulce del mundo.

Aunque anhelaba decírselo, no se atrevía. Aún no. El futuro era demasiado incierto. Además, en una parte muy pequeña y oscura de su mente cabía la idea de que el bebé podía ser de Didier, en realidad.

—¿Qué es esto? —le preguntó él, suavemente, acariciándole con delicadeza el moretón que tenía en el pecho—. ¿Cómo te lo has hecho?

—No es nada —mintió Lisette. Si Hank se enteraba alguna vez de la crueldad de Didier, iría a buscarlo, y solo conseguiría que lo mataran—. He debido de darme un golpe al enganchar a Rocinante al carro.

Él se inclinó y le besó el hematoma.

—Ten cuidado. No soporto la idea de que te hagas daño.

Entonces, hizo rodar una piedra grande y redondeada hacia ella.

—Te he hecho una cosa.

Lisette se sentó y se envolvió en el chal. Él había cincelado una frase en la piedra: *H+L, Viaje sin final*.

—Es precioso, Hank —dijo ella, trazando las letras con el dedo.

—Significa que nunca voy a dejar de quererte, pase lo que pase.

—Tengo que dejarla aquí –dijo ella, y la colocó cerca de la entrada de la choza.

—Podemos llevárnosla a Vermont después de la guerra.

Ella apretó la mejilla contra su pecho desnudo.

—A Vermont, ¿eh? ¿Vas a llevarme a Vermont?

—Sí. Y a tus padres, también. Y, si tu marido pro-nazi intenta impedírmelo, lo va a lamentar.

Se quedaron abrazados, sin hablar, soñando. Lisette estaba a punto de llorar. Quería contarle que iban a tener un hijo. Sin embargo, tuvo que salirse de su abrazo para vestirse.

—Tengo que volver al pueblo.

Él se puso los pantalones y le mostró sus movimientos con las muletas.

—He estado practicando. Uno de estos días voy a bailar el fox-trot contigo.

Ella no pudo soportarlo más. Tenía que contarle la noticia.

—Hank, *mon amour*, tengo algo que contarte.

—Puedes contarme lo que sea, cariño. Cualquier cosa...

Sus siguientes palabras las engulló el fragor de los aviones y de una serie de estallidos de bombas en la distancia.

—Un ataque aéreo –dijo Lisette–. Dios mío...

Él salió tambaleándose de la choza y miró a su alrededor.

—Hay demasiada niebla. Eso es malo. No van a poder ver la zona de caída.

—Hank, ¿qué pasa?

—Tienes que ponerte a salvo. La invasión de los aliados está empezando ya.

QUINTA PARTE

Aix-en-Provence

«La fotografía extrae un instante del tiempo y altera la vida al mantenerlo inmóvil».

DOROTHEA LANGE, FOTÓGRAFA ESTADOUNIDENSE

Capítulo 17

–¿Qué pasó aquel día? –preguntó Camille.

Estaba ante una mesa llena de documentos, ordenadores portátiles y un lector de microfichas, al estilo de la vieja escuela. Finn, Roz y ella estaban en la universidad de Aix-en-Provence, revisando algunas microfichas apenas legibles que contenían noticias sobre la liberación del pueblo de Bellerive.

–Depende de a quién se lo preguntes –respondió Finn, señalando una narración y la foto de un soldado estadounidense que le estaba lavando la cara a un niño pequeño que lloraba desconsoladamente–. Todo el mundo tiene una historia.

–Sería de gran ayuda saber qué es lo que estamos buscando –murmuró Roz.

Camille rellenó sus vasos de limonada, la única defensa que tenían contra el calor que hacía aquel día. Los archivos estaban en un edificio del siglo XVIII, y estaban repletos de expedientes cuidadosamente catalogados. Muchos todavía estaban en forma de microficha, aunque un buen número de ellos habían sido digitalizados. Sin embargo, también había mucha información sin catalogar.

–Esto es Bellerive –dijo Finn, unos minutos después, mostrándoles una fotografía antigua. En ella aparecía un puente sobre un río, reducido a escombros. No había ninguna señal en la imagen.

Camille se estremeció a pesar del calor.

—Es como muchos otros —dijo—. En todos los pueblos de este departamento hay un puente de piedra.

—Esto es parte de una señal —respondió él—. Y aquí hay un pedazo de una fuente de jardín —añadió. Le dio la vuelta a la foto y le indicó un fragmento de metal retorcido con algo escrito en él, y un pedazo de cemento en forma de pez. Después, le mostró otra fotografía en la que aparecía un café junto a un río. La foto databa de unos años antes de la llegada de los aliados. En ella, el puente estaba intacto. Había mesas dispuestas alrededor de una fuente, bajo una parra.

—El Café de la Rive —dijo, y volvió a estremecerse—. Tengo una sensación tan personal... ¿Crees que esta foto es del día de la invasión?

—Probablemente —respondió él—. Eh, ¿quieres que hagamos un descanso?

Ella lo miró con asombro. No sabía cómo podía interpretar tan acertadamente su estado de ánimo. También le asombraba que ella le importara. No estaba acostumbrada a aquello. No estaba acostumbrada a los sentimientos que le provocaba Finn, ni a la atracción que sentía por él.

—¿Qué tienes pensado?

Un poco después, estaban en el coche con las ventanillas bajadas. Circulaban por una autopista a cuyos lados se extendían campos de girasoles. El intenso color amarillo de las flores creaba un contraste glorioso con el azul del cielo. Camille pensó en preguntarle a Finn adónde iban, pero decidió experimentar. Durante los cinco años anteriores había estado tan preocupada por controlarlo todo, que casi se le había olvidado lo que era dejarse llevar.

Él puso la radio, y fueron escuchando canciones pop francesas. La brisa que entraba por la ventanilla del dos caballos le revolvía el pelo. Todo era delicioso y arriesgado para ella. Se sentía como si estuviera al borde de un precipicio.

Al cabo de unos minutos, Finn comentó:

—En Estados Unidos me dijiste que ya no eras fotógrafa.

—No, lo que dije es que ya no hago fotos.

—Toma esa bolsa que hay en el asiento de atrás –le dijo él.

Ella se giró y agarró las asas de una bolsa de lona que pesaba.

—¿Es una cámara?

—Sí. Me la han prestado en el departamento de fotografía. Es una de las mejores del mercado hoy día.

Ella abrió la cremallera y sacó la cámara. Era una Nikon fabulosa.

—Pensé que te gustaría verla.

—Ah... Bueno, pues gracias –dijo ella. Miró el paisaje a través del visor, y exploró las funciones de la cámara.

Él se giró un poco hacia ella.

—Me encanta ver cómo la manejas. Como una profesional.

—¿De verdad?

—Es sexy.

—Cállate –dijo ella. Nunca sabía cuándo estaba bromeando. Al mirarlo, se dio cuenta de que tenía una expresión sombría y los ojos fijos en la carretera.

—¿Tu padre tenía un nivel profesional? –le preguntó.

Él no respondió al instante. Después, dijo:

—Sí, sí. Lo tenía.

Entonces, ella lo había adivinado. Cada vez se le daba mejor interpretar sus reacciones.

—Me gustaría ver algunas de sus fotos.

—Claro. Te enseñaré algunas un día de estos. Pero hoy quiero que conozcas otra cosa —dijo. Tomó un desvío de la carretera principal, hacia Gordes. Había un monumento que indicaba que todo el pueblo había sido honrado con una medalla por sus actos en agosto de 1944.

—¿Sabes quién es Willy Ronis?

—¿Estás de broma? Sí. Es uno de mis héroes de la fotografía. Él, y Cartier-Bresson. Llevo años obsesionada con ellos. ¿Por qué has pensado en él?

—¿Quieres visitar su casa?

—¿Qué?

El motor del dos caballos protestó mientras subía por unas cuantas callejuelas empinadas. Aparcaron y subieron a pie hasta la zona más alta de Gordes, dejando atrás antiguas casas de campo de piedra llenas de enredaderas y de flores. Él se detuvo ante una casa bonita y discreta que tenía dos puertas de madera. En una había un letrero que decía Privé y, en la otra, un letrero que decía Salon Ronis.

—No es posible —dijo Camille, suavemente—. ¿Willy Ronis vivió aquí?

—Sí.

Finn metió dinero en la caja de las donaciones voluntarias que había junto a la puerta y la abrió. La luz entraba a raudales por una ventana abierta y caía sobre una de las fotos más famosas de Ronis. Era una imagen de su esposa desnuda, de espaldas a la cámara, lavándose delante de un lavabo. El juego de luces y sombras le confería la calidad de una pintura. A Camille le conmovía la perfección y la ternura de la fotografía.

—Es una obra de arte —dijo.

Había otras imágenes expuestas, fotos de la vida cotidiana en Luberon: un jornalero descansando contra sus alforjas, un niño que corría junto a una ventana con un avión en la mano, un gato subiéndose por una cortina.

—Me gusta su alegría de vivir.

—Vivió hasta los noventa y nueve años —dijo Finn—. Eso es mucha alegría.

Ella sonrió y salió de la casita. Miró las calles con sus puertas y sus arcos antiguos. Era la última hora de la tarde, la que los fotógrafos llamaban «la hora dorada», cuando la luz tenía un color profundo y recortaba las formas con una claridad absoluta. Una pareja de ancianos pasó por debajo de un arco bajo el que crecían unas malvarrosas. En aquel momento, una mariposa revoloteó por encima de ellos. El anciano la señaló con el dedo justo cuando la luz la iluminaba. Sin pensarlo, Camille alzó la cámara e hizo la fotografía.

De vuelta en la universidad, se reunieron con Vivi y con Roz, que estaban catalogando más objetos de Sauveterre.

—Algunas veces, encuentras cosas que preferirías no saber —comentó Roz, mostrándoles la fotografía de una mujer a quien habían afeitado la cabeza por haber sido la amante de un nazi—. Podemos dejarlo, si queréis.

—No —respondió Camille, estremeciéndose al ver la cara de vergüenza de la mujer—. Vamos a seguir. Quiero saber todo lo que ocurrió ese día.

—Varias personas del pueblo todavía lo recuerdan. Uno de mis estudiantes ha preparado una lista con sus nombres y sus datos de contacto —dijo Finn.

Ella asintió.

—Espero que la prima de mi padre, Petra, esté dispuesta a contarnos sus vivencias. ¿Dónde estaba Lisette ese día, y con quién?

—Puede que encuentres algunas respuestas aquí —dijo Vivi, que entró en la sala y puso una caja de tabaco de latón, muy antigua, sobre la mesa.

—Esto lo encontré en una repisa alta en la buhardilla de Sauveterre.

—Creía que habíamos vaciado la buhardilla completamente —dijo Roz.

—Había una repisa muy alta en un rincón, y me acordé de una cosa que decía mi padre: cuando quieras esconder algo, ponlo en lo alto.

—Tiene sentido —dijo Camille—, porque, cuando la gente está buscando algo, normalmente mira hacia abajo.

—¿Qué hay en la caja? —preguntó Finn.

Vivi hizo una reverencia y abrió la tapa.

—¡Carretes! —exclamó Camille, con el corazón acelerado—. ¡Oh, Dios mío, no puedo creer que los hayas encontrado!

—Pues claro que los he encontrado —dijo Vivi—. Yo puedo encontrar cualquier cosa. Y mira, están fechados y etiquetados. Tu misteriosa abuela era increíblemente organizada.

—Es una pena, porque seguramente la película está estropeada —comentó Roz.

—No, si yo puedo remediarlo —dijo Camille.

—Es una de las expertas más reconocidas del mundo en la recuperación de negativos antiguos —dijo Finn.

—Bueno, eso es una ligera exageración, sobre todo viniendo de ti —dijo Camille, que todavía se sentía muy mal por haber destrozado los negativos de Finn—. Pero, si podemos encontrar un laboratorio...

—¿Qué te parece si lo buscamos en la universidad más grande de Francia? —le preguntó Finn.

El cuarto de revelado de la universidad de Aix era antiguo, pero estaba bien equipado y no tenía puntos de entrada de luz detectables. Camille respiró profundamente y entró.

Finn la siguió y se topó con ella en el reducido espacio.

—No hay mucho sitio aquí dentro –dijo, al sentir una punzada de deseo.

—Quiero mirar.

A ella le gustaba trabajar con él. Le gustaba estar cerca de él. Era emocionante revelar aquellos carretes con Finn. Jace nunca se había interesado mucho en su trabajo, pero parecía que Finn sí compartía su curiosidad y su pasión. Las fotos que surgieron de aquel pasado tan lejano mostraban un retrato del coraje: un soldado herido y la mujer que lo cuidaba. Era un hombre alto y moreno con la pierna vendada. Pensaron que podía ser un soldado estadounidense que había perdido el paracaídas. Había varios retratos suyos. Eran estudios llenos de detalles, de ternura, y tenían una composición muy bella que aprovechaba la luz natural.

—Más obras de Lisette –dijo Camille, y observó el rostro del hombre durante un largo instante–. Este soldado era alguien importante para ella. ¿Cómo podemos averiguar quién era?

—¿Cómo se puede averiguar quién es alguien? Hay que adivinar lo que le gusta, las cosas que adora. Y lo que ni siquiera sabe que desea.

El cuarto de revelado mostraba más cosas de Finn de las que él sabía. Camille lo observó con la luz roja de una lámpara de seguridad mientras él estudiaba una foto de un grupo de niños en la playa.

—¿Qué estás viendo? –le preguntó. Era una composición muy bella, equilibrada, de alguien muy experto. Estaba segura de que era una fotografía tomada por Lisette. Tenía un sello muy característico en su forma de captar el momento preciso de las cosas y en su comprensión del tema.

—Esta foto me recuerda a mi familia –comentó él–. Entre Rudy y mi madre, y todas las tías, tíos y primos, somos un clan ruidoso, amigable y exigente.

Comenzaron a recoger el cuarto de revelado.

—Parece muy divertido.

—Lo es. Siempre pensé que yo también iba a tener una familia grande —admitió—. O, aunque fuera, una pequeña.

—Una familia pequeña nos vale a Julie y a mí.

—Camille, ¿estás diciendo que…?

—No —respondió ella, rápidamente—. Me he expresado mal.

Él la observó con suma atención y le sujetó la puerta para que ella saliera delante de él. Siempre hacía cosas como sujetar las puertas, las sillas, esperar su turno, escuchar con atención a los demás. A ella le encantaban sus formas. Eran algo natural en él, no forzadas.

—Eres afortunada por tenerla. Parece una muchacha maravillosa.

—Si la hubieras conocido hace un mes, tal vez no habrías dicho lo mismo. Es muy duro ver a tu hija teniendo una mala época.

—Seguro que ella dice lo mismo de ti.

—Fue mi salvación después de que muriera su padre —dijo Camille—. Recuerdo que, después de que muriera Jace, yo pensaba que jamás iba a volver a ser feliz. Y, solo un mes después de que ocurriera, Julie se subió a mi regazo y me sonrió. Ver sonreír a mi hija fue más beneficioso para mí que varios meses de tratamiento psicológico.

—Yo quiero uno.

—¿Un tratamiento psicológico?

—No, un hijo que me sonría.

Ella respondió en broma. ¿Qué otra cosa podía hacer?

—Le estás pidiendo peras al olmo.

—¿De verdad?

—Tengo que irme —dijo ella—. No puedo… tengo que irme.

—¿Por qué?

—Porque...

Camille olvidó lo que iba a decir. Cuando él la miraba así, se le olvidaba el mundo entero.

—Eso no es una excusa válida —dijo él, y le dio un beso—. Ya hablaremos de ello más tarde. En mi casa.

—En tu casa, ¿eh?

—Sí. Vamos a cenar en mi bistró favorito y, después, vamos a irnos a mi casa con una botella de rosado.

—Debería volver a Bellerive, a ver cómo está Julie...

—Está perfectamente, en una casa llena de gente que la cuida. Déjame tu teléfono.

Ella se lo entregó sin pensarlo. Él escribió un mensaje y lo envió.

—Eh.

—Es para avisar a todo el mundo de que esta noche te quedas en Aix —dijo él. Después, apagó sus dos teléfonos y se los metió en el bolsillo.

—Eh.

—Tú me has mangoneado toda la tarde en el cuarto de revelado. Ahora mando yo.

La llevó a dar un paseo por el casco antiguo de la ciudad, donde estaba empezando el barullo nocturno. Aix hacía honor a su origen romano, Aquae Sextiae, puesto que tenía fuentes en todas las plazas, caños que salían de los muros de los edificios o de pilones en los que la gente dejaba su vino para que se refrescara.

Las aceras de la calle Cours Mirabeau estaban llenas de cafeterías situadas a la sombra de los árboles. Era una calle peatonal, y había niños y niñeras jugando alrededor de una fuente central, cubierta de musgo. Los sonidos y los olores eran abrumadores: pescado fresco, ramos de flores, incienso, frituras hechas en enormes sartenes con un hornillo... Había músicos callejeros tocando y, para deleite de Camille, Finn les dio un buen donativo. Ella se sintió seducida por la alegría de vivir que se respiraba en el ambiente.

Finn la llevó a una plaza pequeña en la que había otra fuente. Estaba rodeada de mesitas. El camarero les sirvió el vino de una de las botellas que estaban sumergidas en el agua. Tomaron una cena deliciosa y terminaron con unas copas de limonada helada. Camille notó la mirada de Finn, que estudiaba sus ojos y sus labios.

—Vamos —dijo él, y pidió la cuenta.

Ella estaba demasiado relajada como para poner objeciones. Quería explorar aquello que estaba sucediendo entre los dos. Era algo muy nuevo. Cada mirada, cada roce, encendía sus sentidos. Se sentía maravillada mientras caminaban hacia su casa, un apartamento en una mansión antigua y elegante que había sido rehabilitada, en un barrio que apenas tenía tráfico. Las paredes rústicas y las vigas de madera del techo le conferían a todo el espacio un ambiente atemporal. Era como estar aislado del mundo allí dentro, de todo el resto de su vida.

Se quedó frente a una ventana abierta al cielo lleno de estrellas y escuchó los sonidos de la calle, risas, música y el sonido de la brisa que movía las hojas de los sicomoros. Él se acercó a ella y le rodeó la cintura con los brazos. Se inclinó hacia su nuca e inhaló profundamente.

—Me encanta cómo huele tu pelo —le dijo.

—¿A líquido de revelado?

—A flores —respondió él. Levantó su melena con delicadeza y le acarició la nuca con la nariz—. Y también me gusta tu sabor.

—¿De veras?

Ella se giró entre sus brazos y se puso de puntillas para besarlo.

—No sabes lo mucho que he pensado en esto —le dijo.

—¿De verdad? Eso es estupendo, Camille, porque yo pienso en ello todo el tiempo.

La tomó de la mano y la llevó a su habitación. Era un dormitorio espacioso, con una iluminación tenue y con pocos muebles. La cama era baja y las sábanas eran muy frescas.

—Me gusta tu casa —le dijo.

—Me he pasado toda la mañana preparándola.

—¿Para qué?

—Para esto.

Se sacó la camisa por la cabeza con un brazo. Mientras trabajaba en Sauveterre, ella había observado su pecho y sus abdominales a cierta distancia. En aquel momento, lo tocó, y se deleitó con el sonido que a él se le escapó sin querer, al notar sus caricias.

Finn le desabotonó la blusa delicadamente, y fue besando cada lugar que exponía. Después, le quitó el sujetador y la falda. Y, finalmente, la tendió boca arriba en la cama, y las sábanas frescas la acogieron con un aroma a lavanda. Él apoyó los brazos a ambos lados de su cuerpo y, lentamente, escandalosamente, le quitó las bragas con los dientes.

«No pares», pensó ella. «No pares nunca». Se olvidó de todo, salvo de las sensaciones que le producían sus caricias. La sorpresa y el gozo de aquello le cortó el aliento. Hubo momentos en los que percibió una genuina emoción en él, cuando la miró a los ojos y se estremeció, y murmuró su nombre con ternura.

La noche pasó flotando, y Camille se dejó llevar, hasta que, sin saber cuándo, se quedó dormida.

Él la despertó con besos en lugares en los que no la habían besado... nunca. Su pulso latió con fuerza, con pesadez, y su cuerpo sintió un deseo al que ella no se resistió. Después, se quedaron en silencio, apoyados en un montón de cojines, mirando la luz del amanecer en el cielo.

—Ha sido... —dijo ella—. Lo de esta noche ha sido...

—Yo también lo creo.

—No sé si me gusta que pienses por mí.
—Entonces, vamos a tener que hacerlo mucho más para que puedas averiguarlo.
—Umm... Bueno, supongo que puedo hacerlo.
—Yo voy a conocer tus secretos más profundos y oscuros.
—No. Eso no te conviene.
—Deja que yo lo juzgue.
—¿No podemos solo... disfrutar de esto?
—Ya lo hemos hecho durante toda la noche –dijo él. Y emitió un sonido sexy mientras se estiraba.
—Ya sabes a qué me refiero. Lo de anoche fue increíble. No lo estropeemos haciendo algo que no debemos...
—¿A qué te refieres? ¿A enamorarnos?
—¿Quién ha hablado de enamorarse?
—Yo. También me he quedado asombrado.
—Eres raro.
—¿Tú crees? –le preguntó Finn, mientras jugueteaba con un mechón de su pelo, enroscándoselo perezosamente en un dedo–. ¿Qué te ha pasado? ¿Por qué ningún tipo ha conseguido volverte loca?

«Me parece que hay un tipo que lo está consiguiendo ahora», pensó Camille. Se recordó a sí misma que todo aquello era muy nuevo. Había una parte muy grande de su vida que ella no conocía. Finn estaba herido por una traición, ella lo sabía. Lo que no sabía... era todo lo demás.

Se apartó. Todavía no confiaba en él. Ni en ella. Nadie había conseguido que se sintiera así.

Ni siquiera Jace.

Aquel pensamiento atravesó sus defensas. Lo que sentía por Jace estaba perfeccionado por el tiempo y los recuerdos y, seguramente, por una buena dosis de falsas ilusiones. Nunca le había parecido tan profundo, ni tan real. Lo que sentía por Finn era caótico, intenso y gloriosamente real.

¿Era porque se había hecho mayor? ¿Porque conocía

mucho mejor su propio corazón? ¿O porque estaba desesperada?

Sacó su móvil del bolsillo del pantalón de Finn.

—Ni se te ocurra levantarte de esta cama —le dijo él, mientras se estiraba lujuriosamente.

—Tengo que irme —dijo ella, mirando la pantalla del teléfono—. Mi padre tiene noticias.

—Han llegado los resultados de la prueba de ADN —dijo Henry, dándose unos golpecitos en el bolsillo, donde tenía el sobre. Habían quedado en el pueblo para tomar un café. El local que había junto al puente del río era uno de los favoritos de la gente de allí.

—Vaya, qué rapidez. ¿Vas a...? ¿Los has mirado ya?

Él asintió.

—Sí. De hecho, los recibí ayer. Te lo habría contado, pero estabas con tu nuevo novio.

Ella se ruborizó. Se sentía rara, casi mareada, por haber estado con Finn.

—Bueno, y ¿me lo vas a contar ahora?

—Didier Palomar no era mi padre biológico.

—¿En serio? Bueno, yo me lo imaginaba... pensaba que... solo por los rasgos físicos, me parecía improbable que Palomar fuera tu padre. Pero ahora, lo sabemos con seguridad.

—Sí. Lo sabemos con seguridad. Pero hay muchas cosas que seguimos sin saber. ¿Significa eso que yo he sido parte de un fraude? ¿Que engañaron a Didier diciéndole que yo era su heredero? ¿Qué dice eso de Lisette? ¿Fue infiel, o fue víctima de una violación? —preguntó él. Sacó un pañuelo y se dio unos suaves golpecitos en la frente—. Me gustaría sentirme aliviado, pero esto solo ha servido para generar muchas más preguntas.

—Ya lo sé, papá. Y siento que no haya más certezas.

Pero me alegro de que no seas hijo de Didier Palomar –dijo Camille. Sacó el teléfono y navegó por las fotografías que habían revelado, hasta que llegó a la del soldado de pelo oscuro–. Esto estaba en el carrete que encontramos. Creo que era un paracaidista estadounidense. Me pregunto si es él.

Su padre observó la pantalla del móvil.

–¿Lisette hizo esta fotografía?

–Creo que sí.

–¿Y no hay forma de averiguar más sobre este hombre?

Camille asintió.

–Estamos en ello. Finn tiene a toda una clase de investigación histórica trabajando en ello –le dijo a su padre, y le apretó un hombro–. Si la gente hubiera sabido esto cuando eras niño las cosas habrían sido muy distintas. No te habrían hecho pagar por ser el hijo de un colaboracionista. Habrían sido más buenos contigo.

Su padre se quedó callado, con la mirada perdida, y palideció. Ella le tocó un brazo con consternación.

–¿Qué ocurre?

Él se estremeció ligeramente.

–Probablemente no sea nada, pero... Cuando yo era muy pequeño, llegó un desconocido a Sauveterre. Era muy alto y caminaba con un bastón, y habló con mi tía en un idioma que yo no entendí.

A ella se le cortó la respiración.

–¿En inglés? ¿Hablaba inglés?

–No lo sé. Yo debía de tener cuatro o cinco años –dijo él, y suspiró–. El pasado es el pasado. Ocurrió. No tiene sentido preguntarse cómo habría sido mi vida si yo lo hubiera sabido.

–Pero... –Camille vaciló–. ¿Le contaste a tu prima Petra cuáles habían sido los resultados?

–Por supuesto. Ella fue lo suficientemente amable

como para acceder a hacerse las pruebas de ADN y, por lo tanto, le debía la verdad. Fue la primera a la que llamé, incluso antes que a ti. En este punto, me veo obligado a decirte que no respondiste a mi llamada, así que tuve que enviarte un mensaje de texto –dijo él.

–¿Y qué dijo Petra? –le preguntó ella.

–No le sorprendió. Siempre se había preguntado por qué yo era tan moreno cuando el resto de mi familia era tan rubio. Yo le pregunté si sabía quién podía ser mi padre, pero no tenía ni idea. Y, como no llevo la sangre de Palomar, le ofrecí entregarle Sauveterre.

Camille soltó un jadeo.

–¿Qué quieres decir?

–Darle Sauveterre, la finca, libre de toda carga.

Camille se dio cuenta de la vergüenza tan grande que siempre había sentido su padre. No quería tener nada que ver con Didier Palomar.

–¿Y?

–Se echó a reír, y dijo que tiene ochenta y dos años y que no le sirve de nada una granja decrépita. No tuvo hijos, y su marido la dejó bien situada. Sin embargo, voy a pasarle una paga fija todos los meses durante el resto de su vida.

–Me alegro de que vosotros dos os hayáis reunido –dijo Camille.

–Yo, también. Después de todo, la gente cambia. Y eso hace que me pregunte si... Petra quiere conoceros a Julie y a ti.

–Por supuesto. Solo tienes que decirme cuándo. ¿Crees que querrá hablar de sus recuerdos?

–Algo me dice que no hay nada que desee más.

En Bellerive, a Julie le había ocurrido lo imposible: los niños pensaban que era *cool* y querían estar con ella.

Querían saber cosas sobre cómo era su vida en Estados Unidos. Incluso le habían puesto un mote, La 'Ricaine, un diminutivo de l'Americaine. Todos los días, después de hacer las tareas, empezaban las aventuras. Habían recorrido caminos a lo largo de la orilla del Var, habían saltado a unas cataratas en una poza muy profunda del río, habían subido a la montaña de Cézanne, la que él había pintado en cincuenta ocasiones, y habían jugado al fútbol hasta muy tarde por la noche. Su salida favorita era una excursión que había hecho a la playa con André y sus hermanos. Cada vez que saltaba desde el acantilado con ellos, declaraban que era su favorita.

—Tengo una buena noticia —le dijo Martine, mientras estaban en el jardín, quitando la ropa del tendal—. Hay un baile esta noche en Cassis, y va a tocar nuestra banda de chicos favorita. Deberíamos ir. Habrá puestos, actuaciones callejeras y comida rica.

—¡Claro! —dijo Julie. Aquel pueblo era el lugar perfecto para salir en una noche cálida de verano.

Julie sabía que su madre iba a decir que sí. Últimamente era mucho más fácil tratar con ella, porque estaba muy ocupada con su proyecto histórico. Y con Finn. Era muy agradable verla así, emocionada, sonriendo por nada y canturreando cuando se distraía… y no preocupándose por cada cosa que hacía ella.

—¿Qué te vas a poner? —le preguntó Martine.

—No sé. Algo que sea cómodo para bailar.

Martine se encogió de hombros.

—¿Quieres que te preste algo?

—Eres muy amable, pero no tenemos la misma talla.

—Claro que sí —le dijo Martine. Tomó una falda vaquera corta de la cuerda y se la lanzó a Julie—. Pruébate esta.

Julie se la probó por encima de los pantalones cortos y, para su sorpresa, la falda le valía. Le quedaba ajustada, pero no demasiado. No le salió el michelín esperado por encima de la cintura. Parecía que la natación y las tareas de la casa y los paseos en bici estaban sentándole muy bien.

–Monísima –le dijo Vivi, al pasar junto a ellas, con los brazos llenos de cajas del proyecto.

A aquellas alturas, las compañeras de trabajo de Finn eran casi como de la familia. Iban a Sauveterre todos los días y estaban obsesionadas con averiguar quién era el verdadero padre del abuelo. Julie se alegraba de que no fuera Didier Palomar. A casi nadie le gustaría saber que su padre era un simpatizante de los nazis.

–Necesitamos algo que ponernos para ir al baile de Cassis de esta noche.

–Ese es mi problema favorito –dijo Vivi–. Si queréis puedo llevaros al pueblo para que os compréis algo nuevo en el mercadillo del pueblo.

–¿De verdad? Eso sería genial –dijo Julie.

Aquella tarde, las tres fueron hasta la costa en el Renault de Vivi, por el espectacular camino de carreteras rurales rodeadas de campos, bosques, viñedos, acantilados y viejas granjas. Allí, los castillos o las ruinas de castillos eran tan comunes como las zonas de descanso en Estados Unidos. A Julie le encantaba estar allí. Y le encantó aún más que Vivi la ayudara a elegir un precioso vestido y unas sandalias para aquella noche. Sus amigas y ella bailaron y se rieron y, cuando André hizo un descanso en el concierto, la abrazó y le dio un beso. Su primer beso de un chico. Como todo lo demás de aquel verano, fue mágico.

La noche que Camille pasó con Finn fue el comienzo de algo que no podía definir, o que le daba miedo definir. Y sus encuentros no ocurrían solo por las noches. Aprovechaban cualquier momento para estar juntos, después de nadar en una cala apartada o cuando los demás estaban comiendo. Eran como dos adolescentes, en vez de dos adultos responsables. Ella no podía negar que se estaba enamorando rápidamente, casi en contra de su voluntad. Aquellos sentimientos eran demasiado, y demasiado rápidos. Intentaba mantener el corazón fuera de aquella relación, pero su corazón no escuchaba.

También intentó mantener el romance en secreto, porque no quería darle explicaciones a Julie, ni tampoco a su padre. Sin embargo, ambos estaban al tanto de la situación. Y Julie, que nunca había sido la discreción personificada, les dio la noticia a su abuela y a sus tías. Todas la bombardearon con miles de mensajes pidiéndole detalles. Camille apenas podía explicarse a sí misma lo que le estaba sucediendo, así que, mucho menos, a su familia.

Cuando se despertó sola en Sauveterre, echó de menos a Finn, y se sintió como una boba por echarlo de menos. Se recordó que iría aquel día a la granja, un poco más tarde. Iba a llevar a la prima de su padre, Petra, desde Marsella a Sauveterre para que todos la conocieran.

Antes, Camille tenía una reunión incluso más memorable. Michel Cabret iba a ir a comer a la granja. Su padre le había dicho que saber que no era hijo de Didier Palomar le había dado el valor necesario para hacer las paces con su amigo de la infancia. Quería presentárselo a Camille. Y, al ver a su padre preparándose para la visita de Cabret, ella tuvo una extraña sensación. La emoción y los nervios de su padre le recordaban a sí misma cuando iba a ver a Finn.

—¿Tu amigo siempre te ponía tan nervioso? —le preguntó, al sacar una bandeja con bebidas frías al jardín, donde iban a comer. La mesa, vestida con un mantel azul y unas servilletas amarillas, estaba a la sombra de una pérgola y era muy acogedora. Renée había puesto su vajilla de cerámica color cobalto y unas copas de vino talladas con una abeja, el símbolo de Sauveterre.

—Ah... ¿te parece que estoy nervioso?

—Como un niño en su primer...

Se abrió la puerta del jardín, y entró un hombre increíblemente guapo. La palabra que apareció en la mente de Camille al verlo fue «impecable». Era sastre de profesión, y llevaba un precioso traje con una camisa blanca y una corbata de seda, y unos zapatos brillantes, y un sombrero con la inclinación perfecta.

Ellos se saludaron al estilo francés, con un abrazo, un beso y otro beso, y, después, Cabret le abrió los brazos a Camille.

—Eres todavía más guapa de lo que me ha dicho tu padre. Solo deja de hablar de ti cuando está hablando de Julie.

Incluso su olor era impecable, a una colonia sutil y a rayos de sol. A Camille le gustó instantáneamente.

—Vamos, amigo mío, ven a comer —le dijo su padre, señalándole la preciosa mesa—. Ya verás como he aprendido a cocinar un poco durante estos años.

—Eso parece —dijo Cabret, que se quitó el sombrero y le sujetó la silla a Camille con galantería—. Bueno, Henry me ha dicho que habéis estado investigando el pasado de Bellerive.

—Pues sí. He revelado carretes de Lisette en el laboratorio de la universidad de Aix. Lisette era mi abuela. ¿Te gustaría ver las fotografías?

—Por supuesto.

Ella abrió las fotografías digitalizadas en la tableta.

—Hemos encontrado varios carretes sin revelar de tiempos de la guerra. Según la prima de papá, los padres de Lisette murieron el día de la invasión aliada, en agosto de 1944. Petra dice que estaban aquí, en esta cafetería —le explicó a Cabret, y le mostró dos imágenes, la del café antes del bombardeo, y la de después–. La destrozó una bomba que debía caer en el puente del río.

Michel observó las fotos.

–Yo ya lo sabía, porque estaban sentados con mi abuela, tomando un café, cuando cayó la bomba. Mi abuelo se salvó porque se había levantado de la mesa a pedir algo, pero nunca volvió a ser el mismo después de lo que ocurrió.

Ella se detuvo.

–Dios mío. Eso es muy triste. Aunque sucediera antes de que vosotros hubierais nacido, es una pérdida horrible.

–Sí, lo es –dijo su padre.

–Y esta –prosiguió Camille– es la foto más interesante y misteriosa que encontré –dijo, y le mostró a Cabret la fotografía del soldado–. Pensamos que puede ser la foto de un paracaidista estadounidense.

Michel observó la imagen con una expresión pensativa.

–He traído algunas fotografías mías –dijo–. Aunque están en papel, no en el éter digital –le dijo a Camille, guiñándole un ojo. Entonces, se sacó del bolsillo un par de fotos en blanco y negro–. Aquí tienes una fotografía de Henry y mía en 1959, en nuestro primer año de liceo.

Los dos chicos llevaban uniforme. Su padre parecía avergonzado con aquella chaqueta negra que le quedaba mal y una camisa blanca arrugada. Michel, por el contrario, miraba a la cámara con una sonrisa orgullosa. La chaqueta le quedaba como un guante y llevaba la camisa perfectamente planchada.

–Éramos muy distintos, ¿eh? –preguntó su padre.

–En algunos sentidos, sí –dijo Michel, y puso la fotografía junto a la del soldado, en la tableta–. Aquí estás tú a los dieciséis o diecisiete años. El parecido es asombroso, ¿no?

Camille le agarró la mano a su padre y se la apretó

mientras estudiaban ambas fotografías. Tanto el soldado como él tenían el cuello delgado y la nuez muy protuberante, el pelo rizado y oscuro y la misma forma facial. Incluso las orejas sobresalían de la cabeza en el mismo ángulo.

—Podríais ser hermanos —dijo Camille—. Oh, Dios mío, tenemos que averiguar quién era este tipo.

—Para mí, lo más importante es que no era Didier Palomar —dijo Henry, con los ojos empañados. Miró a Michel, y dijo—: Y, ahora, vamos a hablar de otras cosas. Hay algo que tengo que decirte. Nunca he hablado de mi infancia aquí porque no quería que supieras de mi vergüenza por ser el hijo de Didier Palomar. Aprendí a guardar secretos, y eso afectó a otras partes de mi vida, incluyendo a mi amistad con Michel.

—Te estoy tan agradecida por haber sido amigo de mi padre —dijo Camille—. Fuiste bueno con él cuando nadie más lo era.

—Quería ser su amigo, y quería ser bueno con él —dijo Cabret—. No podía contener mis sentimientos.

—Qué forma tan bonita de expresarlo —dijo Camille, con una sonrisa resplandeciente para los dos hombres.

—Lo que estamos intentando decirte, *chérie*, lo que estoy intentando decirte, es que éramos amigos de cierta manera. Pero, en algún momento de mi vida, decidí que siempre mantendría mis verdaderos sentimientos en secreto. Cuando me di cuenta de que quería a este otro chico, yo... Bueno, no exagero si digo que eso formó mi personalidad. Pero, al mismo tiempo, intentaba esconder esos sentimientos —dijo su padre, y puso su mano sobre la de Michel—. Hasta ahora. Ahora, con seguridad y sin avergonzarme, puedo decirte que todavía lo quiero, y que él ha sido lo suficientemente bueno como para estar dispuesto a darme otra oportunidad.

Ella frunció el ceño con desconcierto.

–¿Papá? No lo entiendo. ¿Estás diciendo lo que creo que estás diciendo?

–*Chérie*, Michel y yo… –dijo su padre–. Michel fue mi primer amor, y todavía lo quiero. Por fin, quiero que tú sepas la verdad.

A ella se le escapó una carcajada de asombro.

–¿Cómo? –preguntó. Entonces, la risa cesó, y ella vio claramente la verdad–: Eres gay –dijo, y miró alternativamente a Michel y a su padre–. Vosotros dos… ¿En serio?

–*Chérie*, he tenido estos sentimientos desde niño, pero, por supuesto, en aquellos tiempos… No sabía cómo actuar. No tenía ningún contexto, no podía comprender lo que sucedía. En aquellos días, sobre todo en un pueblo, esta situación no existía, sencillamente. O, si existía, nadie hablaba de ella. Camille, lo siento muchísimo. No debería habértelo ocultado durante tanto tiempo.

A ella le daba vueltas la cabeza.

–Esto es… Dios mío…

¿Cómo podía ser aquello? Era su padre. Su padre. No podía ser gay…

Sí, sí podía. Lo era. Al verlos a Cabret y a él juntos, lo vio con claridad, lo cual era extraño, porque, cinco minutos antes, ni siquiera se lo imaginaba. No lo había visto en toda la vida. Sin embargo, en aquel momento empezaron a encajar todas las piezas del rompecabezas. Después de su divorcio, su padre no había vuelto a casarse ni había tenido novia. Siempre había tenido muchas relaciones sociales, pero siempre había seguido soltero. Y, por fin, ella sabía cuál era el motivo.

Camille no se escandalizó, y dejó de sentir asombro. Sintió… otra cosa. Se le cayeron las lágrimas, no de tristeza, sino de alivio, quizá.

–¿Por qué nunca se me había pasado por la cabeza? –se preguntó en voz alta.

–Yo también me lo negaba a mí mismo.

–Pero ¿por qué? Yo lo habría entendido. Lo entiendo.

–Sí, yo sabía que lo entenderías, hija. Eso nunca me preocupó. Debería haber hablado contigo hace mucho tiempo.

–Pero... ¿por qué me lo has ocultado, a mí y a todos los demás, durante tanto tiempo?

–No lo sé, Camille. Yo crecí guardando secretos toda mi vida. Tenía ese terrible secreto sobre Palomar, y había aprendido a callar sobre todos mis asuntos personales. Siempre viví con una vergüenza que no era mía, y eso me destrozó la vida –dijo con la voz quebrada–. La única relación que quería tener me parecía imposible. Me enamoré de un chico, pero ni siquiera me permití a mí mismo pensar en qué era eso. Ni siquiera tenía nombre para esos sentimientos, pero decidí que debía ser un secreto. El hecho de averiguar que Palomar no era mi padre me ha liberado. Y liberarme de la culpabilidad por los crímenes de Didier me ha permitido abrir el corazón a un amor que nunca he olvidado.

Michel se secó los ojos con un pañuelo.

–Yo nunca dejé de pensar en ti, *mon vieux*.

Camille todavía estaba anonadada.

–Ojalá lo hubiera sabido. Oh, papá, si yo hubiera sabido lo que pasaba...

–No tienes por qué culparte de no haber pensado en tu padre de esa forma –dijo Michel con suavidad–. Camille, gracias por permitirme tomar parte en esta conversación. Sé que debe de ser difícil para ti.

–Yo... no, no es difícil. Solo es algo nuevo. Creo que necesito tiempo para asimilarlo.

–Por supuesto –dijo Michel–. Bueno, y, ahora, me voy a dar un paseíto por el jardín para que vosotros dos podáis hablar. Mis sobrinos nietos siempre están diciendo maravillas de Julie. Con vuestro permiso, me gustaría conocerla.

—Por supuesto —dijo Camille. Lo miró a los ojos durante un momento, sin saber cómo se sentía. Su padre había estado enamorado de aquel hombre una vez, y parecía que querían seguir juntos. Ella respiró profundamente, y dijo—: Me alegro de conocerte, Michel. De veras.

Él se inclinó ligeramente y se alejó de la mesa. A ella se le cayeron más lágrimas.

—Papá, llevas solo toda la vida porque has ocultado la verdad. Debes de haberte sentido muy solo. ¿Lo sabe mamá?

—Nunca hablamos de ello —dijo él—. Yo quise a tu madre lo mejor que supe, lo cual no es muy adecuado, pero... me casé con ella porque era lo que hacía la gente. La gente se casaba y formaba una familia. Cherisse y yo nos dedicamos al trabajo, a la tienda, a la casa. Pero, por muy ocupados que nos mantuviéramos, no había forma de ocultar el error que yo había cometido. Tu madre y yo nos teníamos mucho afecto y respeto mutuo, pero eso no puede sustituir al amor ni a la pasión. Yo me resigné a la idea de que el amor que yo quería era algo prohibido y, por suerte, Cherisse encontró al amor de su vida.

Camille asintió, pensando en su madre y Bart.

—Y es posible que tú también lo hayas encontrado.

—Ya veremos. Hay una cosa que quiero que entiendas, hija. No puedo arrepentirme de lo que hice, porque te tengo a ti. Tú eres el logro más importante de mi vida.

Ella sentía dolor por su padre.

—Tenías que habérmelo dicho. Eres mi padre. Eres el mejor padre del mundo. Te mereces saber lo que es el amor —dijo—. El tipo de amor que hizo que Jace se sacrificara por salvarme.

—Por eso, Michel y yo queríamos decírtelo. Para que «nunca» se convirtiera en «ahora».

Ella observó su cara llena de lágrimas y su sonrisa. Vio al padre que había conocido toda su vida, pero había algo diferente en él. Algo como una ligereza y una claridad nuevas.

—No sé qué más decir —murmuró Camille.

—No tienes que decir nada. Tu forma de mirarme en este momento me lo dice todo.

La prima Petra era formidable, pensó Finn. Fue todo el camino hablando de su marido abogado, de su malhumorada madre, que había vivido con ellos hasta la edad de noventa y ocho años, de la ola de calor que estaba asolando la región, de lo mal que estaba la Iglesia en aquellos días y de los cambios políticos en la Unión Europea. Cuando llegaron a Sauveterre, Finn estaba deseando tomarse una cerveza. Dejó a la anciana con Camille y Julie y fue a la cocina a buscar una botella fría. Cuando se dio la vuelta, se encontró con el padre de Camille.

—¿Hay otra? —le preguntó Henry.

—Aquí tienes. Blanc de Belges, mi bebida favorita para el verano.

—Me gustaría hablar contigo, y las conversaciones siempre van mejor con una cerveza fría.

Maravilloso, pensó Finn. Después de haber estado acostándose con la hija de un señor, ese señor siempre quería algo más que mantener una conversación. Finn abrió ambas botellas y alzó la suya.

—Salud. ¿De qué quieres hablar?

—De mi hija, Camille. Ella...

—Bueno, sé lo que debe parecerte esto —dijo Finn.

Debería haber iniciado aquella conversación mucho antes, pero sus sentimientos por Camille habían explotado con tanta rapidez e intensidad, que no había tenido tiempo ni de respirar y, mucho menos, de hablar con su padre en serio.

—Henry, siento no haberte dicho nada todavía. Tenía que haberte dicho, desde el principio, lo mucho que me importa Camille. Es increíble, y yo nunca pensé que iba a sentirme así. Seguramente, todo es muy repentino para ti, pero yo estoy seguro de que me estoy enamorando de ella. Quiero formar parte de su futuro. Demonios, quiero ser lo mejor que le haya ocurrido en la vida. Al menos, eso es lo que espero —dijo.

Después de aquella parrafada nerviosa, se bebió media cerveza de golpe.

Henry se quitó las gafas y limpió los cristales con su pañuelo. Tenía una expresión de desconcierto.

—Entonces, tenemos que hablar mucho más de lo que yo pensaba.

—¿Quieres decir que no era eso lo que…? Ah. Mira, si estás preocupado por Julie…

—Quería hablar de otra cosa —dijo Henry—. Pero me alegro de saber que tienes tanto respeto por Camille y Julie.

Finn empezó a preocuparse. Si se trataba de otra cosa… Él sabía que Camille se preocupaba mucho por su padre. ¿Acaso la enfermedad había empeorado?

—¿Estás bien?

—Sí. Soy gay —dijo Henry, mientras se ponía las gafas—. Se lo he contado hoy mismo a mi hija.

Finn se quedó sin habla. No supo cómo reaccionar. Al final, dejó de intentar pensar y se tomó el resto de la cerveza. Dejó la botella en la encimera, y dijo:

—De acuerdo. Perfecto.

Henry se echó a reír.

—Solo para que lo sepas, no se te da muy bien actuar como si nada.

Mierda.

—Lo siento. Me ha pillado por sorpresa.

Henry dejó de reírse.

—No tienes por qué disculparte. Es un alivio poder reírse de ello. Confieso que yo sé por primera vez en mi vida lo que es enamorarse. De la misma forma que tú te estás enamorando de Camille.

—Bueno, pues... vaya. Eso es estupendo —dijo Finn.

—Camille y yo se lo vamos a decir juntos a Julie —dijo Henry—. Ah, mis dos niñas. Puede que haya esperado más de lo debido para salir del armario, pero mi vida ha sido exactamente como debía ser. Camille y Julie lo han sido todo para mí. Han sido cada latido de mi corazón.

—Lo entiendo. Las dos son muy especiales. Yo me di cuenta la primera vez que vi a Camille —dijo Finn. Entonces, recordó su carrete destruido—. Bueno, tal vez, la segunda.

Henry le dio un sorbito a su cerveza.

—Ojalá pudiera quedarme más tiempo con ellas.

—¿Estás bien? Mira, si no estás bien, tenemos que ir al médico.

—No, escucha. Ya habrá tiempo suficiente para esa conversación. Ahora no es el momento. Pero soy realista, y sé que no siempre voy a estar aquí por si me necesitan.

—Yo, sí —dijo Finn. Aunque respondió sin pensarlo, era la afirmación más cierta que había dado nunca—. No voy a hacerle daño. Eso es una promesa.

Henry lo observó atentamente. Después, le tendió la mano.

—Voy a creerte. Y creo que ya te has ganado su corazón. Ahora tienes que conseguir su confianza.

—De veras, esto es completamente seguro —le dijo Finn a Petra, mientras la ayudaba a subir al quad de cuatro plazas para dar una vuelta por la finca.

Camille observó a la anciana mientras se acomodaba en el vehículo. Finn estaba siendo muy galante, y Petra había sido toda una sorpresa. Parecía mucho más joven de lo que era; estaba muy sana y tenía mucha energía. Además, estaba más que dispuesta en hablarle a su padre de todos sus recuerdos. Aquel día había pedido que la llevaran a dar un paseo por los viñedos más alejados, porque recordaba que Lisette solía pasear mucho por allí.

Finn conducía el quad, Petra iba en el asiento delantero y Camille se sentó detrás. La vieja dama llevaba un sombrero atado con un lazo brillante, y observaba atentamente el paisaje mientras avanzaban. Durante la guerra, aquellas viñas habían quedado abandonadas, pero, según Petra, a Lisette le encantaban.

–Me gusta haber vuelto –dijo–. Me alegro de haber podido ver al pequeño Henri otra vez. Así lo llamaban: el pequeño Henri. Era un niño encantador, y yo me siento muy mal por cómo lo trataban, como si fuera un sirviente en su propia casa, que mi madre llevaba con mano de hierro. Por no mencionar a los niños del colegio. Ojalá yo hubiera sido más buena, más protectora. Pero, cuando él estaba en el colegio, yo era la típica adolescente que solo vive en su mundo. Aunque eso no es excusa.

–¿Te acuerdas de Didier? –le preguntó Camille.

–Claro. El tío Didier era muy orgulloso y vanidoso. Se ponía delante del espejo y ensayaba poses. Mamá decía que era leal a su familia y que administraba muy bien Sauveterre. Pero era malo, y yo me mantenía alejada de él –respondió Petra. Entonces, siguió hablando con la voz más suave–. Yo les tenía mucho cariño a la tía Lisette y a sus padres, el señor y la señora Galli. Lisette era muy joven y muy guapa. Ella sabía encontrar el lado divertido de todas las cosas cotidianas. Me enseñó a hacer coronas de flores, por ejemplo, y a cantar. Su canción favorita era *Dis-moi, Janette*.

–Esa también es la favorita de mi padre. Todos estos detalles le devuelven la vida a Lisette.

—Ella siempre estaba escribiendo cartas, aparte de hacer fotografías.

—¿Y a quién escribía? —preguntó Finn—. ¿Se le ocurre alguna idea?

—No, pero, desde el descubrimiento sobre Henri, me imagino que las cartas eran para el hombre que fue su padre. ¿No es muy romántico por mi parte? No quiero pensar que la violara algún soldado. A muchas mujeres les ocurrió.

Se detuvieron en un viñedo que había junto a un bosque y un riachuelo. Petra dijo que aquel era uno de los lugares favoritos de Lisette, y que daba largos paseos por allí. Caminaron entre las viñas, que ya estaban preñadas de uvas. Petra los llevó hasta un montón de piedras.

—Esta choza fue destruida el día de la invasión de los aliados —dijo—. Fue lo único de Sauveterre que sufrió daños en la guerra. Mis amigos y yo veníamos a jugar a estos escombros. Venid, os voy a enseñar una cosa misteriosa que encontramos, si sigue aquí.

Empezó a mover unas hierbas que crecían junto a los escombros con su bastón.

—*Voilà* —dijo—. Nadie pudo explicar nunca esto.

Finn se agachó y apartó la hierba. Había una pequeña cruz de hierro forjado junto a una piedra tallada con unas palabras en inglés: *H+L, Viaje sin final.*

SEXTA PARTE

El Var

«Veo mi camino, pero no veo adónde lleva. Y no saber adónde voy es lo que me inspira para recorrerlo».

Rosalía de Castro

Capítulo 18

Bellerive, el Var, Francia
Enero de 1945

Por fin, la guerra terminó. Por supuesto, hubo celebraciones por la victoria. Fiestas para los soldados que volvían a casa y para los luchadores que habían estado en la clandestinidad, bailes en las calles, brindis con vino y champán, banquetes con comida que ya no escaseaba. Sin embargo, también hubo eventos tristes: misas por los caídos, paseos de la vergüenza para los colaboracionistas y para las mujeres que se habían amigado con los nazis.

Entendía que hubiera celebraciones y alegría en el pueblo, pero Lisette solo podía intentar encontrar algo de paz. Después de que el Var hubiera sido liberado por los aliados, su mundo se había venido abajo.

Cuando Hank y ella habían oído el ataque aéreo, aquella mañana de agosto, él le había ordenado que se pusiera a salvo. Y ella había corrido a buscar a sus padres. Los había dejado en la terraza con sus amigos y, al volver a la cafetería, los había encontrado muertos a causa de las bombas que habían caído para destruir el puente. Los supervivientes le dijeron que la primera explosión había sido muy repentina y que sus padres no habían tenido tiempo ni de sentir pánico ni de sufrir, pero, algunas veces, se preguntaba si solo se lo decían para calmarla. Cuando los había tenido entre sus brazos por última vez, cuando había acariciado sus caras polvorientas y sin vida, se había sentido como si le faltara la tierra bajo los pies.

Necesitaba a Hank más que nunca y había vuelto a la choza de piedra, pero había encontrado un montón de escombros. Había zorros merodeando y cuervos revoloteando, pero no había ni rastro de él. Ella se obsesionó con encontrarlo. Pasó horas, días y semanas trabajando con las manos ensangrentadas, apartando piedras del montón. Pero él no estaba. ¿Había escapado? ¿Había intentado unirse a la lucha? ¿Lo habían rescatado los aliados?

Recogió unas cuantas cosas muy preciosas para ella: su paracaídas, la estampita, cristales rotos de su botella de champán. Los descubrimientos solo suscitaban más preguntas, y destruían cada vez más sus esperanzas. Aquella pérdida era como una especie de locura.

Cuando los tanques estadounidenses entraron en el pueblo, la gente de Bellerive se volvió loca de alegría por la liberación. Lisette les preguntó a todos los soldados que veía sin conocían a Henry Watkins, un paracaidista, pero no recibió ninguna respuesta, salvo proposiciones. Nadie había oído hablar de él, y la miraban como si se hubiera vuelto loca. Y, todas las noches, ella le rezaba de rodillas a un dios que no parecía escuchar.

Los hombres del pueblo, los maridos, los hijos, los hermanos, salieron de sus escondites o volvieron de los campos de concentración, y la bebida y las celebraciones dieron un giro oscuro. Cuando conocieron las cifras de muertos y la devastación que habían provocado los alemanes y los colaboracionistas, y cuando se enfrentaron al trauma y a la vergüenza de la ocupación, se produjeron disturbios.

Parecía que Didier, por su parte, no asimilaba la realidad. Cuando los alemanes huyeron, él dobló cuidadosamente el uniforme de la Milicia.

–Voy a echar de menos esto –dijo, arrastrando las palabras, porque se había tomado una botella de vino aquella mañana, temprano–. Está muy bien confeccionado, ¿verdad? Puede que se lo lleve a Cabret, el sastre, para que me lo rehaga sin la insignia.

Gérard Cabret era un héroe de la resistencia que había abierto una sastrería en el pueblo hacía poco tiempo. Tenía una mujer y un bebé, Michel.

–Estarás bromeando –le dijo Lisette–. Cabret no tocaría ese uniforme ni con un palo.

–Tú lo sabes todo. Debería denunciarte, por puta. He estado follándote durante años sin ningún resultado, y ahora, de repente, ¿estás embarazada? ¿Quién es el padre del mocoso que llevas en el vientre, eh?

Ella quiso decirle que era el doble de hombre que él.

–Tus acusaciones te perjudicarán a ti, no a mí –respondió con calma–. Tu reputación ya está por los suelos. ¿Qué dirá la gente si me acusas de ser infiel?

–Entonces, a lo mejor debería quitártelo a golpes –dijo él, y empezó a remangarse.

Ella se puso de pie.

–Si me pones la mano encima, iré directamente a denunciarte al ayuntamiento –respondió.

Aquella amenaza consiguió que él se detuviera. Lisette sabía que tenía miedo de las represalias que pudiera tomar la gente a la que había traicionado mientras estaba en la Milicia.

Al final, ella no tuvo que cumplir la amenaza. Una noche, sin previo aviso, vinieron a llevarse a Didier mientras él se estaba tomando su botella de vino acostumbrada. Lo ataron a un poste, le vendaron los ojos y lo fusilaron. Ella lo vio todo con horror, y pensaba que iba a ser la siguiente. Sin embargo, resultó que todo el mundo sabía de su trabajo para la resistencia. Los maquis que volvían al pueblo la honraron, y recibió una proposición de matrimonio por parte de Jean-Luc d'Esterel, el muchacho al que había amado hacía tanto tiempo.

Ella sonrió con tristeza y, gentilmente, le dijo que no. Ya no había nadie para ella, salvo Hank. Aunque no volviera a verlo, solo Hank existiría para ella. El gran amor de su vida había llegado y se había ido.

Estaba sumida en la tristeza. Conservaba la cordura escribiendo cartas a Hank y enviándoselas a Vermont, Estados Unidos, pero se las devolvían todas con el sello de destino desconocido. Lo único que la impulsaba a seguir viviendo era el bebé. Mientras ponía una pequeña cruz de hierro forjado en los restos de la cabaña, junto a la piedra que él había cincelado para ella, hablaba con su hijo. A medida que crecía su vientre, ella anhelaba confesar la verdad sobre el padre del bebé, que era un héroe americano que había caído del cielo.

Sin embargo, si lo revelaba, el niño y ella se quedarían en la calle y morirían de hambre, como muchas mujeres y niños al final de la guerra. Ella solo podía permanecer en Sauveterre porque el hijo que iba a tener era el heredero de Didier. Pese a sus vergonzosos actos, él era el señor legítimo de Sauveterre, y su hijo heredaría algún día la masía. Tal vez, con el tiempo, la finca volviera a ser productiva, y se olvidaran las viejas penas.

Escondió las cartas que le había escrito a Hank. Sabía que tenía que renunciar al sueño de que volvieran a encontrarse. No pudo destruirlas, porque en ellas estaba su corazón. Las puso en una caja, en la repisa más alta de la buhardilla, junto con los carretes sin revelar que había hecho con la cámara de Toselli. Algún día, en el futuro, revelaría las fotografías y se las enseñaría a su hijo.

Todavía quedaba un carrete en la cámara. Lo había

puesto la mañana de la invasión aliada y había hecho unas cuantas fotos, sin saber que aquel día iba a producirse tal devastación. Ya no tenía fuerzas para hacer más fotografías. Por el bebé, se prendió a la hombrera del vestido la insignia de paracaidista de Hank, rezando por que el niño fuera suyo. Entonces, se observó en el espejo y preparó la cámara. Una joven con el dolor más antiguo del mundo en los ojos, con el vientre redondeado como una pera madura.

«Cuando vuelva a hacerte una foto, pequeño mío», pensó, «estarás en mis brazos».

SÉPTIMA PARTE

Switchback

«De repente entendí que la fotografía puede arreglar la eternidad en un momento».

HENRI CARTIER-BRESSON, FOTÓGRAFO FRANCÉS

Capítulo 19

Julie y sus amigos decidieron que solo había una forma de soportar aquel calor de agosto, y se fueron a la playa. Como siempre, ella sintió un pequeño cosquilleo de emoción cuando se reunieron con André y sus hermanos en su cala favorita, una playa de arena blanca rodeada de calanques, perfecta para saltar al mar.

Los chicos habían llevado una cuerda para hacer algo nuevo. Eligieron una zona llana, a la sombra de un árbol que crecía recto de la roca.

—Alguien va a tener que salir a la rama y atar la cuerda —dijo Martine.

—Yo —dijo Julie.

—¿Y si te caes?

—Bueno, caería al agua.

—Eres mucho más valiente que yo.

—No soy valiente —dijo Julie—, pero no tiene sentido tener miedo de algo si sabes que puedes hacerlo.

Se puso la cuerda al hombro y André la animó. Ella avanzó por la rama y ató la cuerda. Después, ¿qué? Estaba en sentido contrario a la vuelta. Miró hacia atrás, por encima de su hombro, y vio que los demás la estaban observando.

—¿Cómo vas a bajar? —le preguntó Martine.

—Tenía que haberlo pensado antes de salir hasta aquí —dijo Julie.

—¿No puedes moverte marcha atrás? —preguntó André.

Ella lo intentó, pero era demasiado difícil, y no podía darse la vuelta. Miró hacia abajo. El agua turquesa brillaba bajo el sol ardiente. Entonces, Julie suspiró. Todavía no se había quitado los pantalones cortos y la camiseta que llevaba sobre el traje de baño, y todo se le iba a mojar.

—Solo se me ocurre una manera de salir de aquí —dijo.

Entonces, sacó una pierna de la rama y saltó. La caída, larga y emocionante, fue algo increíble. En aquellos momentos, se sintió como si volara. En aquellos momentos, casi pudo ver a su padre.

Entró en el agua con los pies, y la frescura del agua la envolvió. Adoró el silencio profundo del mar. «Hola, papá», pensó, al ver las burbujas que ascendían hacia la superficie. «Me alegro de que seas parte de esta aventura». Movió las piernas para impulsarse hacia arriba, mientras pensaba que él la habría aplaudido por ser tan aventurera aquel verano, por haber hecho nuevos amigos y perfeccionar tanto el francés que lo hablaba hasta en sueños. «Creo que estarías orgulloso de mí».

Estaba a punto de llegar a la superficie cuando alguien la agarró del brazo.

—Eh —dijo ella, zafándose de la mano.

—Eh, hola —respondió Finn. Nadó suavemente para mantenerse a flote a su lado—. No quería asustarte. Te he visto saltar y quería cerciorarme de que estás bien.

—Sí, estoy bien —dijo ella, dirigiéndose hacia la orilla—. ¿Qué haces aquí?

—He venido con tu madre y con la familia de Anouk.

—¿Mi madre está aquí?

Oh, mierda. Ella le había dicho a su madre que iban

a ir a un museo de Aix aquel día, porque sabía que se asustaría mucho si la veía saltando de acantilados y árboles.

—Está allí, en la playa —dijo Finn, que no estaba al tanto de la tendencia a la angustia que tenía su madre—. Nos hemos tomado un descanso de la investigación. Hace demasiado calor como para pensar.

—Ah —dijo Julie.

Al salir del agua, tuvo la esperanza de que él no empezara a hacerle preguntas. Sin embargo, Finn se fijó en su ropa calada.

—¿Has saltado, o te has caído?

Ella le señaló la cuerda que colgaba de la rama del árbol, por encima de sus cabezas.

—Después de atar la cuerda, solo podía bajar saltando.

—¿En serio? Demonios, Julie.

«Estupendo», pensó ella. ¿Finn era tan don angustias como su madre?

—Es muy *cool* —dijo él.

Bien, así que no lo era. Buena señal. A ella le había caído bien Finn desde el principio, y, ahora, le caía aún mejor. Y lo que más le gustaba de él era lo feliz que estaba su madre desde que habían empezado a salir.

Ella miró hacia la playa. Su madre estaba cavando en la arena, con los niños de Anouk.

—¿Quieres probar? —le preguntó a Finn.

Camille miró al marido de Anouk, Daniel, que estaba jugando en las olas con sus hijos. Había ido a casa porque le habían dado un permiso, y estaba disfrutando de la vida familiar. Tenía tanto de guapo y de serio como Anouk de romántica y alegre: muchísimo. Sin embargo, mientras estaba en el agua con sus hijos, jugaba con ellos como si también fuera un niño pequeño.

Ella sacó la cámara Exakta de Lisette e hizo una fotografía. Le gustaba, después de haber pasado tanto tiempo sin hacerlo después de la muerte de Jace. Aquel día que había pasado en Gordes con Finn había sido un punto de inflexión para ella. Al ver las fotografías de uno de sus ídolos, recordó que la vida era bella y efímera, y que un momento capturado en papel podía durar eternamente. Así pues, su periodo de inactividad había acabado. Recordó su pasión por la fotografía y recuperó la emoción que siempre había sentido.

Si Finn no la hubiera empujado, ¿habría redescubierto esa pasión por sí misma? Tal vez. Y, tal vez, solo tal vez, Finn fuera bueno para ella. Tal vez pudiera decírselo. Y, entonces... Bueno, ese era el problema. ¿Qué?

Dejó todas aquellas cavilaciones y se concentró en la cámara y las imágenes.

—Están tan contentos —le dijo a Anouk, y siguió haciendo clic para captar la euforia de los niños mientras su padre los perseguía entre las olas—. Tienes una familia adorable.

Anouk sonrió.

—Gracias. Es maravilloso tener a mi marido en casa. Volverá definitivamente con nosotros después de otra rotación de seis meses. ¿Sabes? Antes, no podía imaginarse dejar su país. Entonces, pasó un verano aquí, con mi familia, como tú, y ahora solo quiere estar en Bellerive. Tal vez a ti te pase lo mismo.

Camille adoraba aquel pueblo. Adoraba el sol y el ritmo de la vida, y la creatividad de sus habitantes. Había muchos artesanos, y también anticuarios, que vendían sus productos en los mercados y en las tiendas.

Tenía mucho encanto, sí, pero no era su hogar. Pronto tendrían que volver a Bethany Bay, al trabajo y a la vida real. Había comprado algunos objetos únicos para la tienda, cosas dispares como telas y cuchillos de mantequilla.

Aunque Bellerive sí había conseguido hechizarla, a medida que pasaba el verano, los lazos del hogar tiraban de ella.

Guardó la cámara con un suspiro y siguió mirando a Daniel y a los niños.

—Siempre he pensado que quería tener una familia más grande. Aunque no me quejo.

—La tendrás con Finn —le aseguró Anouk—. Él también tiene una familia grande, ¿no?

—Yo no... No vamos tan en serio.

Finn era solo una distracción. Algo como el sol de allí: brillante, pero pasajero. Era cierto que la hacía reír, y que cada día con él era una aventura nueva. Hacía que se sintiera sexy, que se sintiera viva. Y, gracias a él, era la fotógrafa que siempre había querido ser.

Sin embargo, ella sabía cuál era el motivo por el que se contenían. Finn no estaba dispuesto a entregar su corazón, tal y como le habían dicho Roz y Vivi. Y, a decir verdad, ella tampoco. No lo había hecho desde la muerte de Jace, y no sabía si volvería a hacerlo.

—Eso no es lo que yo he visto este verano —dijo Anouk, mientras se ajustaba las gafas de sol en la nariz—. Para mí, esto es una relación, no una aventura. Harías mal si no te liberaras de la barrera defensiva que te has construido y lo dejaras escapar.

—Yo no tengo ninguna barrera defensiva —replicó Camille—. Tengo una vida. Una vida diferente. Está en un pueblo del tamaño de Bellerive, al otro lado del océano. La vida de Finn está aquí. Lo que tenemos... es solo para el verano. Yo tengo que volver, y él tiene que quedarse.

—¿Y has hablado con él de esto?

—No, claro que no. En realidad, no tenemos nada de lo que hablar.

Se puso la mano sobre los ojos para protegerse del sol

y vio a Finn en la playa. Su cuerpo largo y delgado brillaba por el agua y la crema solar. Sintió una incontenible atracción y lo siguió con la mirada.

—Ve a bañarte —le sugirió Anouk—. Yo voy dentro de un ratito.

Camille estaba a punto de hacerlo cuando Finn, a lo lejos, se giró en dirección contraria a ella y empezó a subir por un camino escarpado hacia un saliente de la roca. Había unos cuantos bañistas sobre el saliente, saltando por turnos al agua.

Al ver a Finn en aquel saliente de piedra, se estremeció, y se le escapó un jadeo.

—¿Tienes vértigo? —le preguntó Anouk.

—Sí, mucho —dijo ella, sin poder contener los recuerdos del peor día de su vida—. De joven, habría sido la primera en saltar, pero ahora ya no soy así.

—Tal vez sí lo seas y te estás conteniendo.

Camille se obligó a dejar de mirar a Finn.

—Claro que no. No he venido aquí este verano en busca de un hombre. He venido a ayudar a mi padre a dejar resueltas algunas cosas, y a sacar a Julie de una situación difícil en casa.

—Y ahora te la llevas de vuelta a esa situación.

—Sí —dijo Camille. Le había contado a Anouk que su hija había sufrido acoso escolar—. Siempre estuvo claro que esta visita era solo para el verano. Espero que ya esté fortalecida para enfrentarse a la situación con los chicos de su colegio.

—Tu hija ha cambiado mucho en estos meses. Ya no es una niña, sino una joven.

—Sí, me he dado cuenta —dijo Camille, con orgullo. Julie había hecho amigos, y estaba segura de sí misma.

—Tú no eres la única que se ha dado cuenta —le dijo Anouk, y señaló hacia el saliente—. ¿No es Julie esa de ahí?

—No, se iba con sus amigos al Museo Cézanne de Aix —dijo Camille.

Se giró y miró hacia el saliente. Finn había agarrado el extremo de una cuerda muy gruesa y, para horror de Camille, se la pasó a un par de niños, a un chico y a una chica que se parecía mucho a Julie. Los dos muchachos sujetaron la cuerda entre los dos y corrieron hacia el borde del acantilado.

Cuando reconoció a Julie, su hija estaba en caída libre desde el acantilado.

Camille metió las últimas maletas al maletero y se esforzó por cerrarlo. Después de un viaje, siempre le parecía que se llevaba mucho más equipaje del que había sacado de casa.

No tenían que estar en el aeropuerto hasta mucho después, pero quería asegurarse de que todo estaba listo.

Finn entró en el patio y aparcó. Miró el coche, y dijo:
—Te marchas.

A ella se le aceleró el corazón. Tuvo la fantasía de que él le pidiera que se quedara, o le jurara que iba a ir a Estados Unidos con ella. Sí, pero, después... ¿qué?

—Me llevo a casa a mi padre y a Julie —dijo Camille.
—Se suponía que ibas a estar aquí dos semanas más.
—He cambiado los billetes.
—¿Por lo que pasó ayer?

Ella se estremeció al recordar el momento horrible y surrealista en el que había visto a Julie caer al mar.

—Por muchas cosas. Ver a mi hija tirarse desde un acantilado es una de ellas.

—Está perfectamente —dijo él—. No pasó nada, salvo que se lo pasó muy bien. Deberías estar orgullosa de tener una hija aventurera. Yo lo estaría.

Finn no podía entenderlo. La única forma de proteger a Julie era mantenerla apartada de los peligros. Como Finn.

—Dios mío, ya lo sé. Allí estabas tú, animándola.

—No necesitaba que la animaran. Camille, no puedes tenerla toda la vida entre algodones. En algún momento tendrás que empezar a confiar en tu hija.

—Pero tú no vas a decirme cuándo —le espetó ella.

—No tengo que hacerlo. Es valiente e inteligente.

—Con eso no va a estar segura. Tú no sabes lo que es ser padre.

—Es verdad, no lo sé. Pero esto no tiene nada que ver con Julie —replicó él. En sus ojos se reflejó una ira que ella nunca había visto—. Tiene que ver con su padre.

Finn acertó de pleno, pero Camille no cedió.

—Tú no sabes nada de él.

—También es verdad, porque tú te niegas a hablar de él.

—Jace también era valiente —dijo ella—. E inteligente. Y se mató.

—Y eso es horrible para ti, para Julie y para todos los que le querían —dijo Finn—. Pero lo que pasó no significa que tengas que limitar tu vida de esta manera, con la esperanza de que no le pase a nadie más.

—Estuvo a punto de pasar ayer —dijo Camille, con horror—. Así que no me digas...

—¿Y si me lo dices tú? ¿Cómo murió, Camille? ¿Por qué nunca hablas de ello?

Ella no creía que hubiera forma de conseguir que lo entendiera. Sin embargo, Finn se merecía alguna explicación. Se apoyó en el coche y se cruzó de brazos.

—Tuvimos un accidente escalando. Y ver a Julie saltando de aquel acantilado fue como verlo morir a él otra vez.

La expresión de Finn se suavizó.

—Oh, Camille. Yo... ¿Por qué no me lo habías dicho?

—Porque fue tan horrible, que estoy intentando dejarlo en el pasado y seguir adelante —respondió ella con un hilo de voz.

Entonces, él la acarició y, lentamente, con dulzura, la rodeó con los brazos.

—Nena, lo siento muchísimo. Pero dejarlo en el pasado no es lo mismo que seguir adelante. Cuéntamelo. Quiero saberlo.

Camille respiró profundamente y se apartó de él.

—Estábamos en Cathedral Gorge de vacaciones —dijo—. Jace y yo habíamos hecho una cordada juntos, y estábamos rapelando hacia el curso del río desde la parte de arriba. La cuerda estaba asegurada en tres puntos, el borde del precipicio, un peñasco... y en mí. Hubo un sonido que no olvidaré nunca, como si sacaras un enchufe gigante, y la cuerda que estaba alrededor del peñasco se aflojó. Él se resbaló y cayó hasta que la cuerda lo detuvo. Yo me agarré con todas mis fuerzas —continuó—, pero empecé a bajar. Le grité a Jace que se agarrara a alguna grieta. Grité... y, cuando me giré a mirarlo, lo vi... —hizo una pausa. Estaba tan traumatizada por aquel recuerdo, que casi no podía seguir hablando—. Él cortó la cuerda y cayó al vacío.

Ella había gritado tanto, que había tenido la garganta dañada durante varias semanas. Las uñas habían tardado un año en volver a crecerle.

—Hicieron una investigación. Dictaminaron que Jace había hecho lo único que podía hacer, dadas las circunstancias. Se sacrificó para evitar que yo muriera con él.

Finn se quedó callado un momento, y le tomó las manos.

—Qué pesadilla. Lo siento, Camille. Siento que tuvieras que pasar por eso.

Ella hizo un esfuerzo y lo miró. Aquella cara, aquellos ojos y aquellos labios... Vaciló. Entonces, se recordó a sí misma que no quería que nadie la quisiera tanto nunca más, tanto como para morir por ella.

—Eso es lo que pasó. Por eso me voy a casa.

—Fue un accidente entre un millón.

—Lo de ayer fue un recordatorio horrible de que puede volver a ocurrir. Se acabó, Finn. Me has pedido una explicación, y te la he dado.

—¿Le has contado esto a Julie? Me refiero a los detalles.

—No. Ella sabe que la cuerda falló y su padre cayó.

—Sabe más cosas, Camille. Sabe que el mundo terminó aquel día.

—¿Qué?

—Me lo dijo anoche. Después de que tú te asustaras y te la llevaras a rastras de la playa, hablé con ella. Y, como bien has dicho, yo no sé lo que es tener un hijo, pero no creo que lo mejor para ella sea pensar que todo terminó cuando tú perdiste a su padre.

A Camille le faltó la respiración. Cuando consiguió recuperar el habla, dijo:

—Ella no piensa eso.

—Puede que no. Los chicos tienen tendencia a exagerar. Pero ¿estás segura de que entiende que, incluso después de la tragedia que sufristeis, la vida puede volver a ser buena? ¿No se merece eso tu hija?

Camille abrió la boca para contradecirle. Después, la cerró. Aquello tenía todo el sentido, y fue devastador para ella. ¿Qué mensaje le había estado transmitiendo a su hija durante aquellos años, durante casi toda su niñez? Dios santo, ¿y si Finn tenía razón?

—Así que, en tu experta opinión, yo he estado tan hundida en mi propio dolor que he sido negligente durante estos cinco últimos años.

—Dímelo tú. Yo no estaba ahí para verlo.

Ella recordó a su hija de pequeña, con sus coletas y una

mochila rosa, marchándose al colegio a saltitos, y mientras iba convirtiéndose en una adolescente de instituto, llena de fanfarronería e inseguridad. ¿Disfrutaba Julie lo suficiente de la vida, o ella estaba demasiado asustada y triste como para dejar que Julie sintiera la alegría de vivir? Se levantó del banco y se alejó, aunque no podía escapar de sus propios pensamientos.

—¿Sabes lo que me pone furioso? —le preguntó Finn—. Que me apartas de un empujón cuando me acerco a la verdad.

—Eso no es cierto.

Ah, pero sí era cierto. Él había dado en el clavo. Aquello nunca iba a funcionar. Lo único que ella quería era una vida tranquila y estable. Finn se lo impedía, porque despertaba todas sus emociones y le recordaba todas sus necesidades.

—Puedes decir que encontraste al amor de tu vida —le dijo él, mientras la miraba con dureza— y que lo perdiste. Pero ¿y si tienes otra oportunidad? ¿Y si yo soy tu segunda oportunidad?

—Somos demasiado diferentes —respondió ella, presa del pánico.

—¿De qué tienes miedo, Camille? ¿De no encontrar nunca un amor como aquel? Porque, en eso, tienes toda la razón.

—Entonces, ¿por qué...?

—Nunca vas a encontrarlo, porque ese amor terminó. Pero, si te dieras la oportunidad, tal vez encontraras algo nuevo conmigo. Te pregunto una cosa: ¿por qué te da tanto miedo eso? ¿De qué tienes miedo?

—¿Que de qué tengo miedo? —inquirió ella, a su vez. «Tal vez tenga miedo porque ya he encontrado algo contigo». Aquel pensamiento la maravilló... y la asustó—. De que no salga bien, de que nos hagamos daño, y de que Julie sufra.

–No voy a hacerte daño, Camille. Yo no haría eso.

–Agradezco tu preocupación –le dijo ella, con un nudo en la garganta–, pero es hora de que volvamos a casa.

Finn se quedó mirándola un momento, con frialdad. Ella trató de no acordarse de la dulzura y el placer que había encontrado entre sus brazos. Entonces, él se dio la vuelta y fue hacia su coche. Sacó una carpeta.

–He estado investigando desde la perspectiva del paracaidista. He reducido la lista a tres soldados en misión de reconocimiento que desaparecieron durante la exploración previa a la invasión de agosto de 1944 –dijo, y le entregó el dosier–. Puedes seguir desde aquí.

Capítulo 20

Por fin en casa, en Bethany Bay, Camille descubrió que el mundo le parecía diferente. Al haberse marchado, ahora apreciaba su pueblo de una forma nueva. Era un gran privilegio vivir en un lugar al que la gente iba de vacaciones para disfrutar de la brisa del mar, del océano y del paisaje. La tienda iba viento en popa, y los artículos que había comprado en Francia durante el verano se vendían rápidamente. Su madre había preparado una colección de obras seleccionadas del trabajo de Lisette y de Camille, y parecía que los clientes se quedaban fascinados por las imágenes recuperadas.

Suspiró. Abrió algunas ventanas y saboreó la ligera brisa del mar. Por fin en casa. El viaje había transcurrido entre un montón de emociones contradictorias. Se sorprendió al comprobar que ya no le daba miedo volar. Al marcharse de Sauveterre, había sentido miedo de otra cosa: era muy posible que estuviera renunciando a una nueva oportunidad de ser feliz.

El miedo era algo relativo. El miedo a poner en peligro su corazón era más poderoso que el miedo a volar.

Para evitar echar de menos a Finn como una loca, se puso a recordar las cosas buenas que habían sucedido durante el verano. Para Julie, había sido una experiencia transformadora en muchos aspectos, no solo físicamente, sino, también, mental y emocionalmente. Hacía muy poco que Julie estaba enfadada y herida, y calmaba su ansiedad comiendo en exceso y pasándose las horas mirando el teléfono móvil o la tableta. Ahora estaba muy diferente. Le había sentado de maravilla pasar una temporada al aire libre, haciendo ejercicio, perfeccionando su francés y reforzando la confianza en sí misma.

–Tengo una botella de prosecco, y sé usarla –dijo Billy, que había entrado en la cocina sin llamar. Dejó la botella fría en la encimera y abrazó a Camille–. Bienvenida a casa –le dijo–. Hace mucho que no nos vemos. Cuéntamelo todo.

A ella le reconfortó su abrazo familiar. De repente, se desmoronó.

–Ha sido... Ah, Billy. No sé por dónde empezar.

–Con el vino –dijo él, y le quitó el corcho a la botella.

Ella le contó la historia de la familia de su padre, y le habló del cambio de Julie, y de cómo Henry había encontrado por fin su verdadero yo con un hombre al que había abandonado hacía décadas. Cuando terminaron la botella, le había puesto al corriente de lo más importante.

–Julie dice que te has enamorado de Finn –le dijo Billy.

A Camille se le escapó un jadeo.

–No ha dicho eso.

–Sí. Tú has dejado varias cosas sin mencionar.

–Pues no, no es cierto. Yo... Nosotros... No ha sido así.

–Entonces, ¿cómo ha sido?

Mágico, pensó Camille. No podía dejar de pensar en Finn. Ojalá las cosas hubieran sido distintas. Tal vez debería haberse quedado para luchar por su relación. Entonces, se dio cuenta de que Finn no había luchado por ella. La había desafiado, había hecho que se cuestionara a sí misma, que se hiciera preguntas... pero no era un luchador.

—Solo ha sido una aventura. Y ya se ha terminado.

Billy se terminó lo que quedaba de vino.

—Camille Adams, te he querido desde que nos sentaron juntos en tercero. Pero, conmigo, nunca se te ha iluminado la cara como cuando hablas de él. Ahora mismo, cuando has dicho su nombre, has estado a punto de desmayarte.

—No es verdad. Y, por si te vale de algo, eres mi mejor amigo, y yo también te quiero.

—Pero no de ese modo —replicó él, y se agarró el corazón.

—Déjalo ya.

—No hasta que reconozcas que tengo razón. Y Julie, también. Te has enamorado de ese tío.

—Puede que sí. Un poco. O mucho.

—Entonces, ¿por qué estás aquí conmigo? ¿Vas a dejar que se te escape? Eres una idiota. Él tiene la oportunidad de hacerte feliz. Si no vas a buscarlo, nos vas a romper el corazón a los tres.

—A los cuatro —dijo Julie, que bajó de su habitación en ese momento—. Hola, Billy.

—Hola, guapa.

—Dejadme en paz los dos —les dijo Camille.

Julie dejó a su madre hablando con Billy sobre Finn. Parecía que su madre no se daba cuenta de que, cuanto más fingía que no le gustaba, más obvio era que estaba totalmente enamorada de él. Ojalá admitiera de una vez que, finalmente, había conocido a un hombre que podía hacerla feliz de verdad.

Tomó la bicicleta y se fue al pueblo. Otra cosa genial de Finn era que lo que le hubiera dicho a su madre aquella última mañana en Francia había conseguido que ella se relajara un poco. Desde que habían vuelto, no estaba tan tensa. El día anterior, el abuelo les había regalado unas bicicletas nuevas, unas bicicletas de montaña realmente buenas con frenos de compresión, y ellas habían hecho un trato: iban a dar un paseo juntas todas las noches.

Julie iba a la playa, porque acababan de dar la predicción del tiempo para el surf, y era buena. Tarek y su hermana mayor habían quedado con ella en el Surf Shack. También habían vuelto al pueblo, y la habían invitado a surfear. A Maya no se le daba muy bien, pero sabía lo básico y, aquel día, las olas eran perfectas.

La playa estaba abarrotada. La orilla del mar estaba llena de niños pequeños y, un poco más allá, había una fila de surfistas esperando su turno para surfear una ola. Ella se emocionó de la impaciencia. No había nada como la sensación de estar sobre una ola, aunque solo fuera durante unos segundos.

En el Surf Shack había imágenes de grupos de salvamento juvenil de diferentes años, y ella se detuvo para mirar la foto en la que aparecía su madre, en sus años de instituto. Estaba sonriendo, rodeada de sus amigas, alzando con orgullo su trofeo. Tenía una expresión feliz y triunfante. Tenía la expresión de sentirse como se había sentido ella al tirarse desde la cuerda en las calanques.

Sacó la tabla de surf del cobertizo. Era la tabla de su padre, y no había tenido mucho uso desde que él había muerto, pero ella estaba decidida a remediarlo.

Tarek y su hermana Maya ya estaban allí, encerando sus tablas de alquiler. Parecía que Tarek había crecido treinta centímetros durante aquellos meses. Tenía el pelo más largo, y la sonrisa igual de amistosa que siempre. Maya tenía diecisiete años y era impresionantemente guapa. Tenía los ojos muy oscuros y la sonrisa muy amplia.

–Las olas son perfectas, tal y como han dicho por la radio –dijo Julie, mientras tomaba prestada la pastilla de cera.

—Somos principiantes —dijo Maya—. A lo mejor puedes enseñarnos un poco.

—Haré lo que pueda.

—Yo voy a cambiarme —dijo Maya—. Ahora mismo vuelvo.

Julie terminó de encerar su tabla y guardó la pastilla. Después, se irguió y se quitó la camiseta. La dejó en la cesta de su bici.

Tarek se quedó mirándola. Sí, la estaba mirando disimuladamente. Ella trató de imaginarse lo que veía: ya no llevaba aparato, ni gafas. Había adelgazado tanto que la ropa de antes no le valía, y la que se había comprado en Francia le quedaba muy bien, gracias a Vivi, la supermodelo, que tenía un gusto increíble.

—Vaya, mira quiénes han vuelto —dijo una voz que le sonaba muy familiar, en el acostumbrado tono sarcástico. Julie se sobresaltó—. Julie y su novio, Aladín.

Julie sintió una extraña calma cuando se giraba hacia Vanessa Larson. Como de costumbre, Vanessa iba acompañada de sus secuaces, incluida Jana Jacobs. Todas llevaban pulseritas de la amistad, hechas de tiras de cuero de colores y con un abalorio en forma de ancla.

—Sí, adelante. Mirad todo lo que queráis. No os preocupéis por mí —les dijo. Ya no tenía miedo. No le tembló la voz—. Íbamos a entrar al agua.

—Pues vas a salpicar mucho —dijo Vanessa. Entonces, observó atentamente a Julie—. Bueno, y ¿qué has hecho en Francia? ¿Has estado en un campamento de adelgazamiento?

Julie no se inmutó.

—Me alegro de que lo hayas notado —le respondió con frialdad—. Es una pena que no existan los campamentos para idiotas, porque deberías estar en uno de por vida.

Oyó la suave risa de Tarek a su espalda. Vanessa se puso muy roja.

—¿Te crees muy graciosa? Bueno, pues a mí me parece que eres una...

—¿Quién es esta chica? —preguntó Maya, que salía del vestuario con toda su exótica gloria. Parecía una diosa; llevaba un biquini azul eléctrico, y la melena suelta por la espalda, como si fuera un río negro y brillante. Su sonrisa era deslumbrante, y dio a entender que sabía exactamente cuál era la situación—. ¿Son amigas tuyas?

—Sí —dijo Julie con una cara muy seria—. Maya, te presento a Vanessa, Jana...

—Ya nos vamos —la cortó Vanessa, y se giró hacia su grupo—. Vamos a bañarnos. Le echo una carrera a todo el mundo hasta la boya.

Cuando se alejaron a toda prisa, Julie miró a Tarek.

—Algunas cosas no cambian nunca, ¿eh?

—Pero otras, sí —dijo él, que no podía dejar de mirarla.

Mientras iban con las tablas al mar, ella se preguntó lo que había querido decir. Y después, no volvió a pensar en absoluto. Se limitó a disfrutar mientras remaban para alejarse de la orilla, atravesando las olas frontalmente. Era como una de aquellas postales de las tardes perfectas que todos amaban. Había familias con niños pequeños jugando en la arena, corriendo y chillando. Los turistas estaban dispersos por la arena, debajo de sus sombrillas de alquiler. Las parejas dormitaban a la sombra. Como siempre, los surfistas se habían adueñado de la zona del baño, sin prestar demasiada atención a los bañistas que había a su alrededor. Y luego estaban los niños como Vanessa y su pandilla, que cruzaban nadando los límites de seguridad y obligaban a los socorristas a utilizar el silbato de advertencia cada poco tiempo.

Julie las observó por un momento. Tenían como objetivo la boya que marcaba el límite más alejado. Era la misma boya que había servido de marcador durante los simulacros de salvamento de surf, el día que ella había terminado en urgencias. No recordaba mucho de lo que había sucedido después de que Vanessa la golpeara, supuestamente sin querer, con su tabla. Julie se había caído al agua y, por un momento, había visto el rostro de su padre con tanta claridad como si estuviera allí con ella. Y, después... nada. Nada, hasta que se despertó vomitando agua de mar, rodeada de personal médico de emergencias, pensando en el ataque de histeria que iba a darle a su madre.

En Francia, su madre no se había asustado hasta el último día. Pero, vaya, su crisis había sido épica. Y por una vez, ella había tenido que admitir que, quizá, y solo quizá, era comprensible. Probablemente, ver a su hija saltar desde la cuerda había despertado una vieja pesadilla. Ella se había disculpado más de mil veces, pero su madre había interrumpido el viaje, y allí estaban, en casa.

En aquel momento, iba nadando por delante de sus amigos, guiándolos. Se sentía bien al poder contar con Tarek y Maya. El agua del Atlántico estaba muy fría y oscura más allá de la rompiente de las olas, y era muy distinta del agua brillante y clara del Mediterráneo. Al principio, se perdieron algunas buenas olas, pero, por fin, entraron en el ritmo del oleaje y consiguieron surfear algunas de ellas. Se sintió genial sobre la tabla de su padre. Remaba como él la había enseñado, a la misma velocidad de la ola y, después, se subía a la tabla con un impulso suave.

–No intentes enfrentarte con el océano –le decía él–. Es más fuerte que tú, pero siempre te llevará a la orilla.

«Mírame, papá», le decía, cada vez que se subía a la tabla. «Mírame».

Después de un rato, Tarek y Maya estaban agotados, y cambiaron las tablas de surf por unas *bodyboards* para ir a jugar a las olas más pequeñas de la orilla. Julie se quedó en la rompiente. Estaba esperando la próxima ola cuando un grito le llamó la atención. Era un grito de pánico. Se sentó a horcajadas sobre la tabla y miró a su alrededor, pero no vio nada más que nadadores y surfistas, como de costumbre. En aquel momento, una ola la levantó por encima de los demás, y vio algo más allá de la boya. Un brazo delgado moviéndose, un brazalete de colores con un abalorio de metal que relucía bajo el sol.

Julie supo, por instinto, que aquella nadadora tenía problemas. Miró hacia la orilla y vio a uno de los socorristas saltar desde su puesto y agarrar una tabla de salvamento. Sin embargo, ella estaba más cerca. Su tabla de surf no era de salvamento, pero ella remaba muy rápido y llegaría a tiempo. Se puso de rodillas y remó con todas sus fuerzas. En unos instantes, estaba en paralelo a la bañista.

Inmediatamente, se dio cuenta de cuál era la razón de su pánico: más allá del límite donde el agua se volvía más oscura había una corriente de resaca. La resaca la atrapó a ella también, y convirtió su tabla en una balsa descontrolada. Tuvo que desatarse la correa del tobillo y dejarla ir. Después, agarró a Vanessa. Sí, la nadadora era Vanessa, pero, en aquel momento, solo era una víctima de la marea, que quería arrastrarla lejos de la costa.

—Te tengo —gritó Julie, mientras ejecutaba una maniobra para asir a Vanessa y poder remolcarla.

Vanessa estaba fuera de control y se aferró a ella luchando desesperadamente.

—Ayúdame, oh, Dios... no puedo... Me voy a ahogar.

—Deja de luchar —le gritó Julie, directamente al oído—. Te tengo agarrada. Acuérdate de lo que nos enseñaron.

La corriente era como un río poderoso que tiraba de ellas. Por el rabillo del ojo, Julie vio que se acercaban dos socorristas remando furiosamente en sus tablas, pero la corriente era más rápida.

—No te asustes —le dijo ella—. Pero no luches contra mí, ¿de acuerdo?

Ella mantuvo sus cabezas fuera del agua y comenzó a moverse en paralelo a la orilla hasta que, finalmente, después de unos momentos eternos, la corriente giró de nuevo hacia la costa. En aquel momento, las alcanzó uno de los socorristas.

—Tómala —le dijo Julie—. Está bien, solo asustada.

Él se cercioró de que Vanessa estaba bien agarrada a las asas que había detrás de la tabla de salvamento y se dirigió a la orilla. Julie los siguió hasta que el otro socorrista la alcanzó.

En el puesto de socorrismo, les hicieron un reconocimiento. Vanessa todavía tenía náuseas del agua que había tragado. Le lanzó a Julie una mirada fulminante.

—No tenía ningún problema —le espetó—. Vaya forma de reaccionar tan exagerada, Julie.

—Lo que tú digas —respondió Julie, y se quitó la máscara de oxígeno—. ¿Alguien ha recogido la tabla de mi padre?

Los socorristas se miraron el uno al otro, y a ella se le encogió el corazón.

—Necesito la tabla de mi padre —dijo, y fue hacia la puerta.

—Tenemos que hacer un informe de esto —le dijo el otro socorrista.

—Voy a buscar la tabla —insistió Julie.

—Está aquí —dijo Jana Jacobs. Estaba en la puerta de la caseta. La tabla estaba apoyada entre Tarek y ella—. El mar la ha traído a la orilla.

La muchacha sonrió temblorosamente y le ofreció su brazalete de la amistad.

—Eh, ha sido muy guay lo que has hecho.

—No pasa nada —respondió Julie—. Quédatelo.

No necesitaba el brazalete de la amistad. Ella ya sabía dónde estaba su ancla.

—Y gracias por recuperar mi tabla.

—Gracias a ti por salvar a Vanessa —dijo Jana—. Nos hemos asustado mucho.

—Estoy bien —dijo Vanessa, sin quitarse la máscara de oxígeno—. Estoy bien, Julie. ¿De acuerdo?

Capítulo 21

Camille encontró a su hija sentada en las rocas que había en la base del faro, justo fuera de la valla, al atardecer. Julie estaba muy quieta, con el pelo húmedo de la ducha y las piernas estiradas. Qué bella era, qué fuerte y calmada. Era una persona nueva, muy distinta a la muchacha tímida que se había dejado llevar por la corriente del mar unos meses antes.

–Hola –dijo Camille, subiendo por las rocas para llegar hasta ella.

Julie se giró.

–¿Me he metido en un lío?

–¿Tú qué crees?

–No iba a dejar que se ahogara. Bueno, si me hubiera dado tiempo a pensarlo bien, a lo mejor habría tenido la tentación…

–Qué graciosa –le dijo Camille, y le acarició el pelo–. El corte que te hicieron en Aix te queda muy bien.

–Gracias. ¿Crees que sabrán mantenerlo en Deep Cuts? –preguntó Julie, refiriéndose a la peluquería del pueblo.

–Claro. Solo tienes que decirles lo que quieres y no permitir que se les vaya la mano.

–Echo de menos Francia.

«Yo, también», pensó Camille.

—El abuelo me ha dicho muchas veces que, en ocasiones, el mejor viaje es el que te lleva de vuelta a casa.

—Y, en ocasiones, no.

Siguieron allí sentadas un rato, en silencio, escuchando los graznidos de las gaviotas y el estruendo de las olas. Camille pensó en lo que le había dicho Finn sobre Julie cuando se habían despedido. Por mucho que le doliera, él tenía una parte de razón.

—Escucha —dijo—. Quería decirte una cosa. Siempre ha sido la verdad, pero creo que nunca te lo he dicho, Jules. Tú eres lo mejor que me ha pasado en la vida. Me has dado los momentos de mayor orgullo de mi vida. No solo hoy, sino todos los días. Creo que nunca te lo he transmitido. Me temo que te he hecho creer que, cuando murió tu padre, mi vida empezó a ser un espanto, y que era algo irreversible. Su pérdida fue horrible, y el dolor que sentí, también. Pero tú estás aquí, y eres un milagro para mí.

—Mamá, está bien. Ya lo entiendo —dijo Julie, aunque tenía la voz un poco quebrada. Tenía una expresión de afecto y comprensión. Camille se dio cuenta de que Finn le había hablado exactamente de aquello. ¿Cómo lo sabía él?

—Cariño, no quiero ponerte triste. Solo quiero cerciorarme de que sabes que eres todo mi mundo. Las cosas no son como me había imaginado cuando tu padre estaba con nosotras. Pero tuvimos una vida maravillosa, y todavía la tenemos. Y es por ti.

—Mamá, eso es muy bonito. Es muy dulce. Pero... Bueno, te lo voy a decir: yo me preocupo por ti tanto como tú por mí. Dentro de pocos años, yo me independizaré.

Aquello le heló la sangre a Camille.

—Por supuesto que sí. No es lo que más me gusta pensar, pero así funciona el mundo.

—Quiero decir que, aunque tu casa siempre será mi hogar, quiero irme lejos, ver el mundo, volver a Bellerive y ver París y Sídney, y todos los sitios que todavía no he visto.

«Magnífico», pensó Camille. Eso era lo que se había ganado por llevar a Julie a Francia, por enseñarle lo que era viajar. No debería haber...

Rápidamente, dejó de pensar de esa manera.

—No te lo reprocho, Jules. Todos necesitamos ver mundo. Yo hice lo mismo a tu edad.

Entonces, abrazó a su hija e inhaló su olor a caramelo.

—Hay ciertos viajes que se hacen en la vida y que permanecen para siempre en la memoria. Recuerdas cómo golpeaba el viento tu piel, cómo era la luz, la comida, los olores... Y, sobre todo, recuerdas a la persona que estaba contigo. Y cómo te sentías contigo misma.

—Eso ha sido este verano para mí —murmuró Julie, contra su hombro—. Me alegro de que lo entiendas, mamá. Lo entiendes guay.

Camille iba conduciendo un coche que habían alquilado en el aeropuerto de Burlington. Iban al pueblo de Switchback, en Vermont. Su padre iba mirando por la ventanilla y, en el asiento trasero, Vanessa iba escuchando música pop francesa con unos cascos. De vez en cuando, cantaba alguna frase inconexa y desafinada que hacía sonreír a Camille.

Era el último viaje, y el más importante, que iban a hacer aquel verano. Y, para su padre, el viaje más importante de su vida. Ella lo miró. Henry iba apretando y relajando la mandíbula.

—¿Cómo estás? —le preguntó.

—Pues, como te imaginas. Emocionado. Nervioso. Es una emoción que no puedo describir.

Ella le dio una palmadita en la mano y se volvió hacia su hija.

—Pues ya somos tres, ¿eh, Jules?

—Totalmente —respondió la niña, sacándose los auriculares de los oídos—. Mirad, el cartel dice que faltan solo seis kilómetros.

Camille apretó el volante con ambas manos. Su investigación acerca de cada uno de los tres veteranos de la Segunda Guerra Mundial que figuraban en la lista que le había dado Finn los había llevado a aquel momento. El primero, un profesor de Matemáticas de escuela secundaria de Filadelfia, no era el candidato. Había fallecido, pero su hija le aseguró a Camille que no podía haber engendrado un hijo en la Francia de 1944. Sí, había participado en la Operación Dragón y, sí, había estado en el Var, pero no hasta agosto de aquel año, varias semanas después de la fecha de concepción del niño. El segundo veterano, un agricultor ya jubilado de Carolina del Norte, aún vivía. Sin embargo, aunque recordaba perfectamente el verano de 1944 y había realizado misiones de reconocimiento en mayo de ese año en Francia, nunca había estado cerca de Bellerive.

El último hombre de la lista de Finn era el cabo Henry «Hank» Watkins, retirado. Él mismo había contestado el teléfono, y cuando ella le había explicado el motivo de su llamada, se había quedado en silencio durante un largo instante. Justo cuando Camille pensaba que la llamada se había cortado, él le preguntó:

—¿Cuándo pueden venir?

Dos días más tarde, allí estaban, en un pueblo pequeño y hermoso de Vermont. Después de atravesarlo, Julie tomó un camino rural y llegó a la acogedora casa de madera donde vivía Hank Watson, ya viudo, con su hija y su yerno.

Cuando bajaron del coche, el veterano de noventa años salió al porche y bajó los escalones. Tenía una pierna torcida y andaba con un bastón. Al ver a Henry, el anciano tiró el bastón y abrió los brazos.

—*Mon dieu*, es él —le dijo a Camille su padre, y se adelantó hacia él. Aunque eran dos extraños, se reconocieron y conectaron al instante. Se abrazaron, y absolutamente todos rompieron a llorar: Camille, Julie, la hija de Hank, Wendy, y su yerno, Nils.

—Es un milagro —dijo Hank, con la voz ronca y temblorosa—. Gracias —le dijo a Henry, mirándolo maravillado—. Gracias por encontrarme.

Después de más abrazos y presentaciones, Wendy llevó a todo el mundo al porche, que daba a un precioso jardín rodeado de frutales y arces azucareros. La mesa estaba puesta para tomar el té, con galletas, barritas de sirope de arce que hacían ellos mismos, sándwiches y una botella de Dom Pérignon en un cubo de hielo.

—No puedo dejar de miraros a los dos juntos —dijo Camille, sin poder contener las lágrimas de alegría—. Esto es… Oh, Dios mío.

Los abrazó a los dos.

—Creo que podemos prescindir de la prueba de ADN —dijo Wendy.

El parecido entre padre e hijo era evidente. Tanto Hank como Henry eran delgados, altos, con los ojos castaños y la mandíbula fuerte. Sus rostros y sus manos eran tan parecidos que parecían hermanos gemelos, más que padre e hijo.

—Esto es tan, tan guay —dijo Julie, suavemente.

—Tengo una cosa para ti —le dijo Hank. Se sacó algo del bolsillo y se lo dio.

Ella lo observó sobre la palma de su mano.

—¿Es un Corazón Púrpura? —preguntó.

Hank asintió.

—Me lo concedieron después de la guerra. Quiero que lo tengas tú.

—No, es una broma —dijo Julie, mirándolo boquiabierta.

—Tu abuelo me contó lo que hiciste. Eres muy valiente —le dijo Hank—. Has rescatado a una chica que se estaba ahogando. Tal vez lo de salvar vidas sea una cosa de familia.

—Pero...

—Yo ya no lo necesito, jovencita, pero tú tienes muchas aventuras por delante. Consérvalo en mi nombre.

Ella lo apretó con fuerza y le dio un abrazo a Hank.

—No sé qué decir. Lo voy a cuidar muy bien.

—Eso es lo único que quiero. Ahora, siempre sabremos dónde está.

—¿Puedo sacar una foto? —preguntó Camille, enjugándose las lágrimas.

Julie y Wendy lo habían grabado todo con los móviles, pero Camille quería hacer una fotografía especial. Sacó cuidadosamente la cámara Exakta de Lisette. «*Bonjour, grand-mère*», pensó, y sintió una conexión especial con una mujer a la que no había conocido, que había tenido en las manos aquella misma cámara y había fotografiado a aquel mismo hombre hacía setenta y tres años. Cuando miró por el visor para hacer la foto, a Hank se le escapó un jadeo.

Camille bajó la cámara.

—Supongo que la recuerda.

—Por supuesto que sí. Y gracias por enviarme por correo electrónico las fotografías que encontrasteis. Fue muy emocionante verlas, aunque menos que este momento —dijo. No había soltado a su hijo, y no dejaba de mirarlo a la cara—. Eres tan guapo como ella —le dijo a Henry—. Tu madre era bellísima.

Henry asintió.

—Siento que la perdieras.

Hank lo abrazó de nuevo.

—Te he encontrado a ti. Estoy muy feliz.

—Vamos a brindar —dijo Wendy—. Podemos sentarnos para que papá nos cuente su historia.

Hank tomó la botella de champán y agarró un sable corto.

—Esto lo aprendí cuando estaba escondido en Francia, recuperándome de mis heridas —dijo.

—Siempre ha sido su espectáculo favorito para las fiestas —dijo Wendy.

—*Le sabrage* —dijo Henry, con una enorme sonrisa.

Hank asintió, y abrió la botella con el sable.

—Por esta reunión tan increíble —dijo, después de haber servido una copa a todo el mundo. Después, tomó el sable y explicó—: Este es el único recuerdo que sobrevivió a aquellos momentos. Cuando empezaron a caer las bombas, tuve mucha suerte de escapar con vida. Me encontré a algunos alemanes que huían, y uno de ellos me desafió. Era un chico como yo, y solo tuve que amenazarlo con el sable para que echara a correr.

Mientras Wendy y Nils se encargaban de servir la merienda, a Hank se le empañaron los ojos otra vez.

—Por Lisette —dijo. Todo el mundo alzó su copa.

Henry le entregó la estampita de la cabeza de Jesús.

—Esto estaba entre las pertenencias de Lisette. Hay algo escrito en la parte de atrás, pero no podemos leerlo.

—Le escribí «Eres mi ángel». Y lo fue. Sin ella, yo habría muerto.

Hank empezó a hablar y a llenar los vacíos de aquella historia. Solo tenía diecisiete años cuando lo habían lanzado desde un avión a territorio enemigo para que hiciera un reconocimiento del terreno. Mientras se recuperaba de sus heridas en una choza de piedra, se enamoró de la chica que le había salvado la vida.

—Lisette lo estaba pasando muy mal durante la guerra. Se había casado con Palomar para salvar a un partisano a quien habían detenido y para proteger a sus padres. Cuando descubrió que Palomar era un colaboracionista, se avergonzó de ser su mujer. Yo siempre tuve la intención de traerla a Estados Unidos después de la guerra, pero, en medio del caos de la invasión, nos perdimos el uno al otro.

Camille le contó a todo el mundo lo que había averiguado sobre ese día: que los padres de Lisette habían muerto durante el bombardeo, y que los aliados habían liberado el pueblo y habían hecho huir a los alemanes.

–Aquella mañana había mucha niebla –dijo Hank–. La choza en la que yo estaba escondido también fue alcanzada por las bombas, pero pude salir de entre los escombros. Seguí el curso del río hasta el mar y me crucé con una unidad de la Cruz Roja que me llevó a Marsella. En ese momento, ya estaba delirando por la infección, y, cuando por fin desperté, estaba en un barco hospital. Estuve a punto de morir de septicemia y tardé dos años en recuperarme.

–Estuvo a punto de morir más de una vez –dijo Wendy.

–Más tarde, supe que el Var fue liberado en pocos días –dijo Hank–. Siempre he creído que las fotografías de Lisette, las que sacó desde la torre de la iglesia que está en la parte más alta del pueblo, fueron de gran ayuda para coordinar la invasión. Henry, tu madre era increíble. Yo nunca la olvidé.

Se quitó las gafas y se secó los ojos.

–Volví a trabajar en el negocio familiar después de pasarme dos años en el hospital de veteranos, pero nunca pude dejar de pensar en Lisette. Al final, en el año 1950, había ahorrado lo suficiente como para volver a Bellerive. Yo todavía era joven y estaba soltero, y quería encontrarla. Me gasté todo el dinero que tenía en ir a Francia, y visité la granja Sauveterre.

–¿Cómo? ¿Fuiste a Sauveterre? –preguntó Henry–. ¿En 1950? Yo debía de tener cuatro o cinco años.

Hank asintió.

—Yo no lo sabía. No tenía ni idea de tu existencia hasta que me llamó Camille. Cuando llegué a Sauveterre, me saludó, con bastante brusquedad, una mujer. *Madame* Taro.

—La tía Rotrude, la hermana de Palomar. Era mi tutora —dijo Henry—. No tienes por qué ser amable al hablar de ella. Nunca fue una mujer buena.

—Ella me dijo que Lisette había muerto en abril de 1945. Yo lo comprobé en los archivos del ayuntamiento de Bellerive. Allí decía que había muerto al dar a luz, y yo supuse que el recién nacido también habría muerto. Sufrí por ella, pero, con el tiempo, el dolor fue calmándose. Volví a casa y conocí a la madre de Wendy, y comencé un nuevo capítulo con ella. Lisette fue mi primer amor. Pero, para la mayoría de nosotros, la vida es más larga, y el hecho de enamorarse de nuevo no te arrebata los recuerdos.

Camille pensó en Finn. Ojalá él pudiera estar allí en aquel momento.

Hank observó con anhelo el rostro de su padre.

—Henry, me rompe el corazón pensar que no he podido disfrutar de ti.

Henry se quedó en silencio un largo instante.

—Llevabas bastón —dijo.

—Sí. Siempre lo he llevado, desde la guerra —respondió Hank.

—Un bastón con unas alas talladas en la empuñadura.

Hank y su hija se miraron.

—Todavía tengo ese bastón —dijo Hank—, pero ya no lo utilizo. Yo mismo lo tallé. Las alas son las de la insignia de los paracaidistas. ¿Cómo lo sabes, Henry?

—Te recuerdo —dijo Henry con la voz temblorosa—. Le conté a Camille que es uno de mis primeros recuerdos. Un día, llegó a la puerta de la cocina un hombre, un extraño muy alto con el pelo rizado. El hombre era cojo y tenía una pierna torcida, y caminaba con un bastón con alas en la empuñadura, y hablaba un idioma extranjero muy gracioso. La tía Rotrude le respondió en el mismo idioma, solo unas pocas palabras. Yo tenía mucha curiosidad, pero ella me echó de la cocina.

Hank tomó las manos de Henry. Los dos se miraron.

–Sí, sí. Vi a un niño pequeño asomándose por la puerta del pasillo cuando yo estaba preguntando por Lisette. Dios Santo, ¿por qué no me lo dijo?

Henry bajó la cabeza, y nadie dijo nada durante unos momentos.

–Me imagino que mi tía tenía miedo de perder Sauveterre –dijo–. Se suponía que yo era hijo de Didier Palomar, el heredero legítimo de la finca, y como Rotrude era mi tutora legal, eso le proporcionaba un techo. Ojalá lo hubiera sabido –añadió, apretándole las manos a Hank–. Ojalá hubiera sabido que aquel visitante era mi padre, que me estaba viendo por primera vez. Pero no lo supe nunca. Ninguno de los dos lo supo.

Camille y Julie solo pasaron allí un día, aunque su padre tenía planeado quedarse un poco más para conocer a su padre. Acompañó a Camille al coche y la abrazó.

–Gracias –le dijo–. Sin ti, esto no hubiera sido posible.

–Ha sido un privilegio formar parte de esto, papá –dijo ella–. Te quiero muchísimo, y estoy muy contenta de que hayas encontrado a tu verdadero padre. Voy a revelar las fotos en cuanto llegue, y os las mandaré a Hank y a ti para que podáis enseñárselas a todo el mundo –dijo, y volvió a abrazarlo–. ¿Seguro que no te importa volver solo a casa?

–En absoluto. Me siento completo. Nunca me había sentido así. Tal vez solo sea por la emoción de haber descubierto tantas cosas del pasado, pero me siento diferente –dijo él, y retrocedió un paso–. Tengo que decirte una cosa –continuó–. Este otoño voy a volver a Bellerive para quedarme más tiempo.

–Papá, no. No deberías ir solo.

–No voy a estar solo, *chérie*.

Ella captó la expresión de felicidad de su rostro.

–Ah... ¿Michel?

Él sonrió.

–Sí, por fin.

–Ay, papá –dijo ella, abrumada por tanta emoción.

–Lo sé, Camille. Mira lo que ha pasado este verano. La vida está llena de riqueza. Lo que tiene que ocurrir, ocurre. Y las preocupaciones no afectan al resultado.

–Tienes razón, pero ¿cómo no me voy a preocupar por ti?

–Hija, no debes hacerlo. He esperado mucho para encontrar la felicidad, demasiado. Espero que tú no cometas el mismo error separándote de Finn, cuando puede que sea tu siguiente gran amor.

Ella se ruborizó e intentó disimular el dolor que sentía.

–Finn y yo... vamos a seguir caminos separados.

Entonces, ¿por qué quería llamarlo inmediatamente para contarle el extraordinario reencuentro con Hank Watkins? ¿Por qué lamentaba que Finn no hubiera estado allí para ver la alegría de aquella reunión? ¿Por qué se quedaba despierta por las noches, acordándose de sus caricias, sus besos y sus susurros?

Cuando subió al avión, Camille sintió una punzada de pánico muy familiar. Respiró profundamente y siguió caminando. Tal vez nunca se librara del miedo a volar, pero iba a hacerlo de todos modos. Tal vez, la próxima vez, se asustara un poco menos.

Cuando llegó a casa, intentó concentrarse en Julie y en el trabajo. Sin embargo, no podía dejar de pensar en

Finn. Sabía que el motivo por el que no dejaba de apartarlo de ella era que lo tenía demasiado vivo, que siempre estaba muy presente. ¿Y por qué eso la ahuyentaba? ¿por qué tenía tanto miedo de los sentimientos tan profundos que le inspiraba?

Estaba preguntándose todas aquellas cosas mientras organizaba el cuarto de revelado para procesar el carrete de la Exakta. Antes de apagar las luces, se acercó a la repisa de la chimenea y miró la cámara Leica. No había vuelto a tocarla desde aquel último viaje con Jace. El carrete todavía estaba allí, con las últimas fotos que le había hecho. Nunca lo había revelado, porque no quería exponer los últimos recuerdos que tenía de él.

Sopesó las opciones que tenía. Podía dejar la cámara donde estaba. Podía abrirla en aquel momento y destruir el carrete. O podía revelarlo y ver aquello que siempre le había dado tanto miedo.

Respiró profundamente.

Entonces, apagó la luz y comenzó a trabajar.

Una hora después, Camille estaba mirando las fotografías digitalizadas de ambas cámaras en su ordenador portátil. Las fotos del viaje con Jace eran buenas, pero se notaba que ella todavía estaba aprendiendo. Las fotos que había hecho en Vermont tenían más seguridad y madurez. Había un retrato de su padre y de Hank que captaba toda su sorpresa y su deleite, de una manera tan perfecta, que a ella se le llenaron los ojos de lágrimas.

Había una foto que le había sacado Jace a ella. Era una imagen en la que llevaba un peinado que no le favorecía nada, pero la sonrisa era la de una mujer joven que aún no sabía lo mucho que podía doler una pérdida. Había otra foto de los dos juntos, que ella había sacado con el temporizador.

Por muy irracional que fuera, ella había pensado siempre que, cuando viera aquellas fotos, vería su matrimonio como era en realidad. No era perfecto. Solo perfectamente normal. Una vida normal. Y se había pasado cinco años convenciéndose a sí misma de que su matrimonio y su amor habían sido algo extraordinario, insuperable.

Miró durante mucho tiempo las imágenes. La última estaba hecha momentos antes de la escalada final. Aparecía Jace, sonriendo, confiado, preparado para la aventura.

Su última foto de él.

—Hola, Jace —le dijo, suavemente—. Me alegro de verte.

Lo había canonizado con unos recuerdos dorados. Se había olvidado de sus defectos, que los tenía. Era un buen hombre y un magnífico médico, y la quería. Había sacrificado su vida para salvarla a ella. Sin embargo, a veces, cuando estaba vivo, no la veía. Nunca había entendido su pasión por la fotografía, por ejemplo. Ahora, ella vio claramente la realidad.

—No éramos perfectos. No lo necesitábamos. Y el hecho de que siga con mi vida no nos va a arrebatar lo que tuvimos.

En el fondo, tenía la sensación de que Jace nunca había sido tan atento como Jace, nunca se había interesado tanto por ella, nunca había sido tan comprensivo con las cosas que avivaban su pasión. Sin embargo, había dado su vida por salvarla, y eso no podía compararse con ninguna otra cosa. En aquel momento, lo veía todo de un modo distinto. Si ella no conseguía seguir con su vida, ¿de qué servía el sacrificio de Jace?

Camille se sirvió una copa de vino y salió al porche con su cámara y la de Lisette. Se sentó en el primer escalón y miró el anochecer, que se extendía sosegadamente por el barrio. Julie estaba en una fiesta de fin de verano con sus amigos, entre los cuales, sorprendentemente, estaban Vanessa y Jana. Que Julie hubiera vuelto a casa con el Corazón Púrpura de su bisabuelo había sido la guinda de un verano maravilloso.

Camille puso un carrete nuevo en la Leica. Miró por el visor, y fue como reencontrarse con un viejo amigo.

«Pareces una profesional», le había dicho Finn.

«Es sexy».

«Ya basta», pensó ella. Sin embargo, no olvidaba aquel día en que habían ido a Gordes, y no olvidaba la emoción de entrar en casa de Willy Ronis, donde él había encontrado sus mejores momentos como artista en la vida cotidiana de su familia. Qué bien lo entendía Finn.

Entendía lo que Jace no había entendido nunca. La fotografía no era una afición. Para Lisette, no. Y para ella, tampoco.

Se tomó el vino mientras intentaba contener las lágrimas.

—Ay, Jace. Te quiero con todo mi corazón —dijo—. Siempre te querré. Y nunca, nunca te voy a olvidar. Pero yo todavía sigo aquí, Jace, y tú… no. No podremos envejecer juntos. No podremos preocuparnos juntos por Julie. No podremos tener más hijos. Los dos queríamos tener un futuro juntos, pero no podremos tenerlo, y yo no puedo pasarme toda la vida sufriendo por ello. Tengo que despedirme. Por mí, y también por Julie. Mi vida y mi felicidad no van a transcurrir contigo. Pero eso no significa que no vaya a suceder.

Terminó la copa de vino y fue a recoger la piedra del jardín que había junto a la puerta, la que tenía las iniciales de Jace y la frase *Siempre en mi corazón*. La colocó al final, en el límite entre el bosque y el jardín trasero, en un lugar al que nunca iba nadie. Después, la sustituyó con la que habían tomado de Sauveterre, la que Hank había cincelado en 1944: *H+L, Viaje sin final*. De nuevo, pensó en Finn. Recordó la primera vez que se habían visto, en el porche delantero. Él la había conocido en uno de sus peores días, y ella había echado por tierra sus esperanzas de ver las últimas fotos que había hecho su padre.

Tomó la cámara de Lisette y enfocó el faro en la lejanía. Recordó la conversación que habían mantenido. Su hermana Margaret Ann había sacado el carrete de una caja que contenía objetos personales de su padre y que habían encontrado en algún almacén.

Aquel recuerdo le causó inquietud. Se preguntó si aquella caja era parecida al baúl que le había enviado Renée a su padre. Cosas que había dejado atrás una persona que se había ido demasiado pronto.

Una gaviota solitaria pasó junto al faro y se alejó, y Camille hizo la fotografía. Se sintió muy afortunada por tener la cámara de su abuela. Recordaba el momento como si fuera el día anterior: encontrar la cámara, darse cuenta de que había un carrete dentro y saber, al instante, quién era la persona que podía ayudarla a analizar las fotos: el profesor Malcolm Finnemore. Aquel era el momento en que había empezado todo.

Las fotografías que había dentro de la cámara de Lisette la habían llevado a un viaje que nunca hubiera esperado. Había aprendido muchas cosas sobre aquella mujer. Lisette había sido una mujer inteligente, intuitiva, con talento. Y, sobre todo, valiente. El amor de su vida había caído, literalmente, del cielo, y ella se había entregado a él sin preocuparse de las consecuencias. Si hubiera vivido, Lisette se habría arriesgado a todo y se hubiera ido con Hank.

En comparación con ella, Camille se sentía ridícula. Cobarde. Ella quería a Finn, tanto, que le iba a explotar el corazón. Debería haberse quedado y haber luchado por él. Debería volver y luchar por él.

Las últimas imágenes de Lisette habían abierto las puertas de su corazón, y...

Entonces, se hizo la luz.

–Oh, Dios mío.

Se puso de pie y entró corriendo en casa. Revolvió por el escritorio y encontró el resguardo de la empresa de reparto que le había llevado el carrete de Finn. La copia estaba emborronada y manchada, pero podía distinguirse la dirección y el número de teléfono de quien lo había enviado.

Respondió Margaret Ann. Camille le explicó rápidamente quién era, y le preguntó:

–¿Dónde está la cámara de su padre? La que encontraron con sus efectos personales de Camboya.

–La tengo aquí, con todo lo demás –respondió la hermana de Finn.

–No la abra por nada del mundo. No la rebobine ni toque nada.

–De acuerdo, no la voy a tocar. Lleva en su estuche cuarenta años –dijo Margaret Ann–. ¿Por qué?

–Se lo explicaré cuando llegue allí.

–Ya está –dijo Camille, cuando terminó de envolver el paquete para entregárselo al mensajero–. Hecho.

–¿El qué? –preguntó Julie, que estaba planchándose la ropa que iba a llevar el primer día de curso–. ¿Son las fotos que encontraste en la cámara antigua?

–Sí. Me alegro muchísimo de haberle echado un vistazo a la cámara del sargento mayor Finnemore. Nunca sabremos lo que había en el primer carrete, en el que yo estropeé, pero, por lo menos, sabemos lo que hay en este. Es el mejor modo que se me ocurre de compensarle. Ya le he enviado las imágenes digitalizadas por correo electrónico y, ahora, le voy a mandar el carrete y las fotos en papel.

Se había esforzado al máximo para que las fotos quedaran lo más perfectas posible. Eran asombrosas y misteriosas, pero Finn era un experto. Él sabría leer toda la información que había en ellas, como había hecho con las de Lisette. Tal vez encontrara respuestas para las preguntas que habían obsesionado a su familia durante décadas. O, tal vez, encontrara un misterio nuevo que debería resolver.

—Esto cierra el círculo –dijo ella.

—Bueno, eso sí que es una bobada –dijo Julie. Se puso la falda y la camiseta y guardó la tabla de planchar. Después, se miró en el espejo del vestíbulo–. No puedes cerrar el círculo con Finn. Él te hace feliz. Este verano te he visto más feliz que nunca.

—Y el verano ha terminado. Tú tienes colegio, y yo tengo que trabajar.

—Sí, claro. Trabajo –dijo Julie. Tomó una blusa de gasa del cesto de la ropa limpia y se la entregó a su madre–. Ponte esta hoy. Te queda muy bien.

Camille recordó el último día que se la había puesto: para una cita con Finn, el día que habían ido a Gordes. El día había empezado haciendo fotografías, una vez más. Y había terminado con una noche mágica. Recordó cómo le había desatado él el nudo del pañuelo del cuello, y cómo le había deslizado la hombrera hacia abajo para poder besarle el hombro.

Se quitó de la cabeza aquellos recuerdos.

—No voy a ir a ningún sitio, salvo al cuarto de revelado.

—Pero, de todos modos, puedes estar guapísima –le dijo Julie. Iba a decirle algo más, pero alguien tocó una bocina fuera–. Vaya, vienen por mí –dijo, y se puso la mochila al hombro–. Tengo que irme.

Camille le dio un abrazo.

—Hoy va a ser un día fantástico. Y tú eres fantástica.

Julie sonrió con algo de timidez.

—Sí. Bueno, ya veremos.

—Estoy muy orgullosa de ti, Jules.

—Hasta este momento, lo único que he hecho hoy ha sido plancharme una falda y una camiseta.

Camille se echó a reír y le abrió la puerta. Saludó a Tarek y a su hermana con la mano. Al ver a Julie bajar las escaleras del porche con paso decidido, se le hinchó el corazón. Había crecido varios centímetros y ya tenía la figura de una mujer, no de una niña. «Mira lo que hemos hecho, Jace», pensó, con afecto. «Lo hicimos muy bien. Ella está muy bien».

Una vez sola en casa, Camille se puso la blusa y unos pantalones Capri y se dirigió al cuarto de revelado. Tenía que revelar algunas fotografías para un cliente de Washington D.C. Estaba observando la hoja de contactos cuando oyó el ruido de unos neumáticos en la gravilla de la entrada. Alguien llamó a la puerta. Seguramente, el mensajero, que había ido para recoger el carrete de Finn.

Tomó el paquete y lo llevó a la puerta. Sin embargo, no era el mensajero.

Al otro lado del umbral estaba el propio Finn. Llevaba una camisa arrugada y unos vaqueros, y tenía un sobre grueso y un ramo de flores en las manos.

Ella dio un paso atrás de la sorpresa, y abrió la puerta de par en par.

—He enviado las fotos por correo electrónico hace solo una hora –dijo.

—He visto tu correo en el teléfono mientras iba conduciendo. ¿Es algo sobre las fotos?

A ella casi se le olvidó respirar.

—Son las fotos de tu padre. Había un carrete en la cámara...

—Muy bien, pero no he venido por las fotografías –dijo él, y pasó. Dejó las flores en la entrada y le entregó el sobre–. Son las cartas que le escribió Lisette a Hank. Las hemos encontrado entre las cosas de la buhardilla.

–Oh, Dios mío, esto es increíble. ¿Le escribió cartas?

–Eso parece. Yo no las he leído –dijo él.

–Entonces, yo tampoco las voy a leer. Se las enviaré a Hank, y que él decida.

Camille lo miró. Todavía no se había recuperado de la sorpresa.

–Gracias, Finn. Pero no era necesario que las trajeras en persona.

–Es verdad. No he venido por las cartas, sino por ti.

–¿Qué?

–Que he estado viajando toda la noche para venir a verte.

–¿Cómo? –preguntó ella, y se quedó con la boca abierta, como si fuera boba–. ¿Por qué?

–Porque te marchaste, y no hemos terminado.

–¿Y qué significa eso? –preguntó.

–Te quiero. Por eso no hemos terminado. Ni por asomo, Camille. De hecho, tú y yo nos vamos a querer para siempre.

Ella bajó la cabeza, porque quería asegurarse de que todavía tenía el corazón en su sitio.

–No puedes aparecer aquí hoy y decirme que… Tú… tú dijiste que solo íbamos a estar juntos durante el verano.

–Mentí para que acostaras conmigo.

–Eh…

–La verdadera razón por la que mentí era que no quería asustarte. Se me da muy mal mentir, normalmente, pero haría cualquier cosa con tal de que tú me aceptes.

La tomó de los hombros y la miró a los ojos. Tenía barba de un par de días, y arrugas de fatiga alrededor de los ojos, pero su expresión estaba llena de energía, de seguridad.

–¿Qué estás haciendo aquí? –le preguntó ella con la voz temblorosa.

—He venido a decirte lo que debería haberte dicho antes de que te fueras. Escucha. Siento lo que te ocurrió hace cinco años. Siento que tu marido muriera y se te rompiera el corazón. Fue algo trágico, y lo que él hizo fue una heroicidad. Y sé que crees que nadie te va a querer así nunca más. Puede que tengas razón. Yo no te voy a querer como él. Te querré de la única forma que sé: a mi manera. Tu marido murió por ti, y yo espero ser el tipo de hombre que estaría dispuesto a hacer lo mismo. Tú haces que quiera ser ese tipo de hombre, el que moriría por ti.

—Finn, por Dios...

Él le puso un dedo sobre los labios para acallarla.

—Pero prefiero vivir por ti. Contigo.

Camille posó la palma de la mano sobre su corazón. Era cálido, vibrante, fuerte. De repente, quiso contárselo todo, pero apenas sabía por dónde empezar.

—Todavía me da miedo volar.

—¿Qué?

—Perdóname. Finn, no me esperaba esto. Necesito un momento. Pero quiero que sepas que, aunque me da miedo volar, no voy a permitir que eso me siga limitando. Cuando fui a Vermont a conocer a Hank Watkins, no vacilé. Lo hice, aunque estaba asustada. Y, seguramente, también me da miedo quererte, Finn, aunque, ¿sabes lo que más miedo me da? Que pensaba que había perdido mi oportunidad contigo.

Él sonrió, y la sonrisa le iluminó la cara como el amanecer.

—Oh, nena. A ti nunca se te van a acabar las oportunidades conmigo.

Ella sabía que lo estaba mirando embobada.

—Así no es como se suponía que iba a ser este día.

—¿Y cómo iba a ser?

—Pues... no sé. Se me ha olvidado.

Él la besó suave, dulcemente, y ella quiso derretirse entre sus brazos y quedarse allí durante el resto de su vida. Sin embargo, después de un instante, se apartó.

–Tienes *jet lag*.

–Sí, tengo *jet lag*.

–Te estás tambaleando. Lo he notado.

–Entonces, será mejor que nos acostemos –dijo él.

–Creía que no me lo ibas a pedir nunca.

–¿Entonces, así eres tú con *jet lag*? –le preguntó Camille.

Rodó por la cama y metió el codo bajo su mejilla para poder verlo mejor. Adoraba su pecho, sus músculos y su vello, y la cadencia de su respiración.

–Sí. Tenía *jet lag*. Lo tengo. Pero me he recuperado.

Oh, sí. Se había recuperado. Había recuperado todas sus fuerzas encima de ella.

–Pero necesito quedarme a pasar la noche aquí. No puedo irme conduciendo hasta... –dijo Finn. Se interrumpió. Después, confesó–: No tengo adónde ir. He dejado el puesto de profesor en Francia. No tengo casa. Me parece que voy a buscar algún piso en Bethany Bay.

Ella notó un cosquilleo de nerviosismo en el estómago.

–Finn, no sé si lo has pensado bien. ¿Crees que te va a gustar vivir aquí?

–Bueno, ya veremos. Hay playa. Se puede hacer surf.

–En invierno, no. Aquí, el invierno es muy duro.

–Un pueblo pintoresco con biblioteca, dos bares por lo menos y un pub para pescadores. Y una novia guapísima.

–Tengo una adolescente.

–Ya lo sé. Es tan increíble como su madre. Y, cuando no es tan increíble como normalmente...

—Que es la mayor parte del tiempo, en el caso de los adolescentes...

—Bueno, ya nos las arreglaremos. Tienes que confiar en mí.

—Mi madre y mis hermanas.

—Estoy impaciente por conocerlas. Me van a adorar.

—¿Cómo lo sabes?

—Porque te quiero. Te voy a tratar bien, Camille, te lo prometo. Te haré tan feliz que me van a enviar ramos de flores. Me pondrán cerveza en la nevera.

Ella todavía no podía creerse lo que estaba ocurriendo.

—Tengo algún exnovio en el pueblo. Salí con algún hombre, ya sabes, para intentar superarlo todo.

—Tengo una teoría sobre eso: lo que estabas intentando era no superarlo. Por eso no te funcionó con ninguno de los demás. Hasta que llegué yo. Yo soy el tipo con el que vas a superarlo todo.

Ella se echó a reír. Se sentía ridículamente feliz.

—Pero te los vas a encontrar por ahí. Y podría ser embarazoso.

—Va, me aguantaré. Ya me has visto hacer cosas embarazosas —dijo Finn. Se apoyó en un codo y la miró—. Camille Adams, te quiero. Y, cuando te marchaste, me di cuenta de que casi pierdo algo especial porque no había averiguado cómo arreglarlo todo —añadió. Entonces, le dio un beso dulce en la frente, y otro en los labios—. Pero tengo una buena noticia.

—¿Qué noticia?

—Que ya lo he averiguado.

Epílogo

La primavera ya había hecho su aparición en el Cementerio de Arlington, y una ligera brisa creó una lluvia de pétalos de los cerezos y los cornejos que habían florecido. El zumbido de los aviones militares que sobrevolaban la zona se mezclaba con el ruido de las pezuñas de los caballos que tiraban del carro funerario, el que llevaba los restos del sargento mayor Richard Arthur Finnemore a su lugar de descanso definitivo en un ataúd envuelto con la bandera estadounidense. La procesión solemne pasó por delante de las filas de lápidas blancas antes de detenerse delante de la fosa del enterramiento, en una colina cubierta de hierba.

Se había reunido un gran número de personas para asistir a la ceremonia. La madre de Finn, Tavia, con sus hermanos, sobrinos y sobrinas. Camille le tomó la mano a Finn y se la apretó suavemente. Julie estaba a su lado, y Michel llegó empujando la silla de ruedas de su padre. Algunos de los supervivientes, los hombres a quienes Richard había salvado con su sacrificio, fueron a presentarle sus respetos.

Finn miró a Camille, y la emoción que había reflejada en su rostro la conmovió. Ella le dedicó una sonrisa trémula, con la esperanza de transmitirle todo el amor y el dolor que sentía. Puso su mano sobre el bebé que tenía en el regazo, el niño que dormía dulcemente y a quien habían llamado como el difunto padre de Finn.

Dos años después de que Camille hubiera revelado el carrete de la cámara del sargento mayor Finnemore, lo habían encontrado. La última imagen de la cámara, la última foto que él había hecho, resultó ser la clave del enigma de su desaparición. Justo antes de rendirse al enemigo, había apretado el botón y había dejado caer la cámara. Después, se había entregado y, de ese modo, había ganado tiempo para que su equipo pudiera esconderse y había dejado una pista para su localización. Al estudiar aquella última fotografía que Camille había revelado tan minuciosamente, se habían concentrado en un diminuto detalle: una caja de madera que tenía un número de serie. Después de meses de trabajo, habían encontrado el rastro de aquella caja en Lomphat, Camboya, un pueblo que había sido arrasado por las bombas. Uno de los supervivientes de la tragedia los había llevado hasta un rudimentario lugar de enterramiento.

Finn había entregado una muestra de ADN para identificar los restos de su padre.

Se oía *Amazing Grace* en el cementerio. Cuatro hombres tomaron el ataúd por cada lado y lo depositaron en la fosa. Ocho tiradores dispararon salvas de honor. La banda tocó *Taps* mientras los soldados doblaban la bandera en forma de triángulo.

Tavia recibió la bandera en su regazo. Miró a sus hijos y se inclinó hacia delante, como si fuera a desplomarse sobre la tela. Finn y sus hermanas la rodearon para ayudarla. Ella le entregó la bandera a Margaret Ann y se giró hacia Camille.

–Yo me quedo con el bebé –le dijo.

–Muy bien –dijo Camille, y le entregó a su hijo–. Tuvo un abuelo excepcional. Espero que se lo cuentes algún día –le dijo a Tavia.

Después, volvió junto a Finn, y permanecieron junto a la tumba.

—¿Estás bien? —le preguntó ella.

Él le tomó la mano y se la besó.

—Sí. Nunca he estado mejor. Dios, cuánto te quiero —respondió. La abrazó, y ella sintió muchas emociones encontradas: dolor y alegría, gratitud y pesar, orgullo y melancolía. Pero, sobre todo, amor.

Dos años antes, nunca se hubiera imaginado un momento así. Y, sin embargo, allí estaba, con un hombre al que quería más que al aire que respiraba, con su padre, que por fin estaba viviendo y amando como debía, y con su hija, que estaba a punto de volar del nido para vivir sus propias aventuras.

Miró las caras de su familia política. Qué viaje más bello estaban haciendo Finn y ella. El viaje largo y dulce que los había llevado hasta su hogar.

Agradecimientos

Este libro comenzó con un viaje, y el argumento se desarrolló entre caminatas al sol por pueblos costeros, donde muchas mujeres como Lisette lucharon por sobrevivir en una guerra que casi no entendían. Y, cuando la imaginación se estimula con comidas entre viñedos en compañía de un maravilloso marido, mucho mejor.

Sin embargo, el verdadero trabajo de escribir una novela no siempre es tan idílico. En su mayor parte, hay que pasar horas solitarias escribiendo palabras en una hoja en blanco, un proceso que no se alimenta con vino y *socca*, sino con Red Bulls y burritos de microondas, mientras una trata de mantener a raya el sentimiento de un inminente fracaso.

Por suerte para mí, las horas de soledad terminan cuando comienza la publicación. Gracias al increíble equipo creativo de William Morrow/HarperCollins, compuesto por Dan Mallory, Liate Stehlik, Lynn Grady, Pam Jaffee, Lauren Truskowski, Tavia Kowalchuk y sus muy talentosos colegas. Gracias también a las sabias Meg Ruley y Annelise Robey, de la Jane Rotrosen Agency, que lo hacen todo con buen humor y salero.

Además, está el equipo que juega en casa: Willa Cline y Cindy Peters, que me mantienen viva en internet, y Marilyn Rowe, suegra y amante de los libros, con una habilidad portentosa para corregir pruebas. Y, como siempre, el grupo de asesores de confianza, colegas de escritura que confunden regularmente a los clientes de Silverdale Barnes & Noble con largas conversaciones sobre temas de ficción muy improbables. Gracias Elsa Watson, Sheila Roberts, Lois Faye Dyer, Kate Breslin y Anjali Banerjee. Vuestra generosidad no conoce límites.

Y, como siempre, gracias a mi marido, Jerry, por mantener la calma en todas las ocasiones.

ÚLTIMOS TÍTULOS PUBLICADOS EN HQN

La promesa más oscura de Gena Showalter

Nosotros y el destino de Claudia Velasco

Las reglas del juego de Anna Casanovas

Descubriéndote de Brenda Novak

Vainilla de Megan Hart

Bajo la luna azul de María José Tirado

Los trenes del azúcar de Mayelen Fouler

Secretos por descubrir de Sherryl Woods

Pasó accidentalmente de Jill Shalvis

El juego del ahorcado de Lis Haley

El indómito escocés de Julia London

Demasiado bueno para ser verdad de Susan Mallery

Contigo lo quiero todo de Olga Salar

Atardecer en central Park de Sarah Morgan

Lo mejor de mi amor de Susan Mallery

Nada más verte de Isabel Keats

www.ingramcontent.com/pod-product-compliance
Lightning Source LLC
LaVergne TN
LVHW091616070526
838199LV00044B/815